CO

COLLECTION SÉRIE NOIRE

Créée par Marcel Duhamel

KEM NUNN

Surf City

TRADUIT DE L'AMÉRICAN
PAR PHILIPPE PARINGAUX

nrf

GALLIMARD

Titre original :

TAPPING THE SOURCE

© *Kem Nunn, 1984*
© *Éditions Gallimard, 1995, pour la traduction française.*

À mes parents.

Première partie

1

Lorsque l'étranger vint s'enquérir de lui, Ike Tucker était en train d'ajuster la chaîne de la Knuckle. C'était une journée ensoleillée, et derrière la station Texaco la terre était chaude sous ses pieds. Le soleil lui tombait droit sur la tête et dansait dans le métal poli.

— T'as un visiteur, dit Gordon.

Ike posa le tourne-à-gauche et regarda son oncle. Gordon portait une salopette maculée de cambouis et une casquette de base-ball des Giants. Appuyé au montant de la porte, il l'observait à travers la poussière depuis le porche de derrière.

— T'es devenu sourd? demanda-t-il. (Il voulait dire sourd et aussi muet.) J'ai dit que tu avais un visiteur. Quelqu'un veut te parler d'Ellen.

Ike essuya ses mains sur son pantalon et gravit la marche pour passer devant Gordon et entrer dans le bâtiment qui faisait à la fois office de station-service et de magasin. Il sentait la présence de Gordon derrière lui. Grand et rond, dur comme une souche, ce dernier le suivit le long des rangées de boîtes de conserve et du comptoir où une demi-douzaine de vieux types firent pivoter leurs tabourets pour le regarder – et il savait que quand il serait parti ils continueraient à l'épier, leurs figures navrées tournées vers l'écran grillagé de la porte et la véranda affaissée dans la fraîcheur de laquelle les mouches venaient s'abriter de la chaleur.

Appuyé contre le flanc d'une Camaro blanche, un garçon l'attendait sur la piste de gravier qui entourait les pompes. Ike se dit qu'il devait avoir à peu près le même âge que lui, dix-sept ans ou peut-être dix-huit ans. Ike avait dix-huit ans. Il en aurait dix-neuf avant la fin de l'été, mais les gens lui donnaient souvent moins. Il n'était pas grand, un mètre soixante-dix peut-être, et il était maigre. Un mois auparavant, un motard de la police l'avait arrêté sur la route de King City et avait demandé à voir son permis de conduire. Il n'était jamais sorti du désert depuis son enfance, et c'était une chose dont les étrangers lui faisaient généralement prendre conscience. Le garçon sur la piste était un étranger. Il portait des jeans en coton bleu pâle et une chemise blanche. Il avait repoussé une paire de lunettes noires qui semblait valoir cher au-dessus de son front, parmi une masse de boucles blondes. Deux planches de surf étaient arrimées au toit de la Camaro.

Ike prit un chiffon à côté des journaux empilés près de la porte d'entrée et termina de s'essuyer les mains. Une petite foule entourait déjà l'étranger. Il y avait là deux petits garçons en train de contempler la voiture, les gosses de Hank de l'autre côté de la rue, ainsi que les deux chiens de Gordon, des bâtards couleur rouille venus renifler les pneus. Quelques-uns des vieux du comptoir avaient suivi Ike à l'extérieur et, debout sur le porche derrière lui, ils regardaient à travers la chaleur.

Le garçon avait l'air mal à l'aise. Il s'écarta de la voiture tandis que Ike descendait les marches, suivi de Gordon.

— Je cherche la famille d'Ellen Tucker, dit-il.

— Tu l'as trouvée. L'autre moitié de la paire.

C'était Gordon qui parlait. Ike entendit un ou deux vieux glousser dans son dos. Quelqu'un se racla la gorge et cracha dans le gravier.

Ike et le garçon se dévisagèrent. Le garçon avait un soupçon de moustache blonde et une mince chaîne en or autour du cou.

— Ellen a dit quelque chose à propos d'un frère.

— Je suis son frère.

Ike tenait toujours le chiffon. Il se rendit compte que ses paumes devenaient moites. Cela faisait deux ans qu'Ellen était partie maintenant, et Ike ne l'avait plus revue ni n'avait entendu parler d'elle depuis son départ. Ce n'était pas la première fois qu'elle fuguait, mais elle avait un an de plus que Ike et ce dernier n'avait jamais imaginé qu'elle pût revenir à San Arco.

Le garçon regardait Ike comme si quelque chose lui échappait.

— Elle a dit que son frère était dans les motos, qu'il avait un chopper.

Gordon éclata de rire.

— Il a une moto, dit-il. Elle est là, derrière. La plus scintillante putain de bécane de tout le comté.

Il s'interrompit pour rire de sa propre vanne.

— L'a montée qu'une fois, pourtant. Vas-y, parle-lui de cette fois-là, Rase-Mottes.

Il s'adressait à Ike. Le frère cadet de Gordon avait un magasin de motos à King City, et Ike y travaillait pendant les week-ends. La moto de Ike était une Knuckle-head de 36 qu'il avait entièrement assemblée lui-même. Lors de son unique tentative pour la conduire, il s'était étalé dans le gravier et s'était enfoncé la béquille dans la cheville.

Ike ignora la demande de Gordon. Il continuait à regarder le garçon tout en se disant que c'était bien d'Ellen d'aller inventer une histoire à la con. Elle n'avait jamais pu dire les choses comme elles étaient. C'était trop ennuyeux, disait-elle. Elle était douée pour raconter des histoires, mais bon, elle était douée pour tout sauf pour éviter les emmerdes.

— Tu es son seul frère? demanda le garçon, toujours quelque peu désorienté.

Il regarda l'un des chiens de Gordon lever la patte pour pisser sur un pneu arrière, puis regarda de nouveau Ike.

— Je t'ai dit que c'était l'autre moitié de la paire, dit Gordon. Si tu as quelque chose à dire à propos d'Ellen Tucker, on t'écoute.

Le garçon posa ses mains sur ses hanches. Il contempla un moment la route à deux voies qui s'éloignait de la ville et menait à l'autoroute. C'est dans cette direction que Ike avait regardé le jour où sa sœur était partie, et de nouveau il regarda vers là, comme si, peut-être, Ellen Tucker allait se matérialiser soudain dans la poussière et le soleil, une valise au bout du bras, et s'avancer vers lui depuis la lisière de la ville.

— Ta sœur était à Huntington Beach, dit finalement le garçon comme s'il venait de se décider. L'été dernier, elle est allée au Mexique. Elle y est allée avec des mecs de Huntington. Les mecs sont revenus. Pas ta sœur. J'ai essayé de découvrir ce qui s'était passé. (Il fit une pause tout en regardant Ike.) J'ai pas réussi. Ce que je veux dire, c'est que les mecs avec lesquels ta sœur est partie sont pas du genre à se laisser emmerder. J'ai commencé à sentir quelques mauvaises vibrations.

— Ça veut dire quoi, des mauvaises vibrations? demanda Gordon.

Le garçon fit une nouvelle pause mais laissa la question de Gordon sans réponse.

— Je me suis tiré, dit-il. J'avais la trouille de rester plus longtemps, mais je savais qu'Ellen avait de la famille par ici. Je l'avais entendue parler d'un frère qui était dans les motos, et j'ai pensé...

Il laissa sa voix s'éteindre et finit par hausser les épaules.

— Merde. (Le mot venait de Gordon, craché dans la

poussière.) Et tu croyais que le grand méchant frère allait s'occuper de ça. T'as sonné à la mauvaise porte, mon gars. Tu devrais peut-être aller raconter ton histoire aux flics.

Le garçon secoua la tête.

— Aucune chance.

Il fit retomber les lunettes devant ses yeux et se retourna pour monter dans la voiture. L'un des chiens sauta et posa ses pattes sur la portière, le garçon le chassa.

Laissant Gordon derrière lui, Ike marcha sur le gravier jusqu'à la vitre ouverte de la voiture. La chaleur était intense sur son dos et ses épaules. Il vit son propre reflet dans les lunettes du garçon.

— C'est tout? demanda-t-il. C'est tout ce que tu voulais dire?

Les lunettes disparurent, le garçon fixa son tableau de bord. Puis il tendit le bras vers la boîte à gants et en sortit un morceau de papier.

— Je voulais donner ça à quelqu'un, dit-il. Les noms des mecs avec qui elle est partie. (Il regarda le papier un moment, secoua la tête puis le tendit à Ike.) Je suppose que tu as le droit de l'avoir.

Ike regarda le papier. Il avait du mal à lire à cause du soleil.

— Et comment je les trouverai, ces gens?

— Ils font du surf près de la jetée, le matin. Mais écoute, mec, tu serais dingue d'y aller tout seul. Tu commences à poser des questions et tu te retrouves dans la merde. C'est pas des poids plume, tu comprends? Et quoi que tu fasses, laisse pas ce vieux mec te convaincre d'appeler les flics. Ils feraient que dalle et tu le regretterais.

Il s'interrompit et Ike aperçut de minces traînées de transpiration sous les lunettes noires.

— Écoute, reprit le garçon. Je suis désolé. Je crois que

j'aurais mieux fait de pas venir ici. Mais d'après ce que ta sœur m'avait dit, j'ai cru...

Sa voix mourut.

— T'as cru que ça serait différent.

Le garçon mit le moteur en marche.

— Tu ferais sans doute mieux d'attendre. Peut-être qu'elle va réapparaître.

— C'est ce que tu crois?

— Qui sait? De toute façon, tant que t'auras pas trouvé d'aide...

Il haussa de nouveau les épaules. Une seconde après il était parti, et Ike se retrouva debout dans la poussière de la Camaro en train de regarder la forme blanche de la voiture s'évanouir dans les vagues de chaleur. Et quand il n'y eut plus rien que l'étendue de soleil et de poussière, ce perpétuel mirage qui marquait les limites de la ville, il fit demi-tour et marcha sur le gravier en direction du magasin.

Les vieux étaient tous sur le porche maintenant, en train de chuchoter et de siroter des Budweiser. Lorsqu'il passa devant lui, Gordon agrippa le bras de Ike.

— J'ai toujours su qu'un truc comme ça allait arriver, dit-il. Du jour où elle a commencé à marcher, j'ai su que cette fille allait mal finir. Merde, ses manières d'allumeuse, à faire du stop et à porter ces jeans qui lui moulaient le cul. Qu'est-ce qu'on pouvait attendre d'autre? On la reverra jamais, fiston. Faudra t'y faire.

Gordon relâcha sa prise et Ike se dégagea d'une secousse. Il traversa le magasin et, debout sur le porche de derrière, contempla la cour où sa sœur et lui avaient jadis écrit leurs noms sur le sol. Ils avaient tracé les lettres avec des bâtons et puis Ellen avait versé de l'essence dans les lettres avant d'y mettre feu, mais le feu s'était répandu et avait brûlé le poivrier de Gordon et roussi l'arrière du magasin avant qu'on l'éteigne. Mais sa sœur avait dit que c'était okay, que son seul regret était que le feu n'ait pas réduit en cendres le magasin et toute la putain de ville aussi. Il l'entendait dire cela comme si c'était hier, en fermant les yeux il pouvait sentir la chaleur des flammes sur sa peau. Il descendit les marches jusqu'à la terre maculée de cambouis et se mit à ramasser ses outils.

2

Cette nuit-là il leur dit qu'il partait, qu'il allait chercher Ellen.

— Avec quoi tu vas y aller? demanda Gordon. Avec la Harley?

Ils étaient assis à la table de la cuisine. Ike écoutait le rire de Gordon, l'incessant cliquetis du vieux réfrigérateur Sears & Rœbuck. L'odeur grasse du poulet frit flottait autour de lui.

— Quelqu'un doit y aller, dit-il.

Sa grand-mère lui jeta un coup d'œil par-dessus ses lunettes ornées de strass. C'était une femme frêle, rabougrie. Elle n'allait pas bien. Chaque année, elle semblait rétrécir.

— Je vois pas pourquoi, dit-elle, mais le ton de sa voix indiquait clairement qu'elle pensait le contraire.

Ike évita son regard. Il se leva de table et alla compter son argent dans sa chambre. Presque sept cents dollars, entassés dans une boîte de café rouillée. Trois années passées à travailler sur les motos, et pas beaucoup d'endroits où dépenser son argent. La librairie de King City, l'unique cinéma où les films étaient les deux tiers du temps en espagnol, le flipper que Hank avait déniché pour la station-service. Et, récemment, il avait commencé à payer un loyer à la vieille. Il y en aurait eu beaucoup plus s'il ne s'était pas tellement investi dans la Harley. Il étala l'argent sur son lit, le recomptant plusieurs fois sous la maigre lumière jaune. Puis il entassa ses affaires dans une valise et sortit par-derrière.

Il faisait nuit, maintenant. Il suivit la clôture de fil de fer barbelé qui séparait la ville du désert. De la musique country se déversait par une fenêtre chez Hank, ainsi qu'un triangle de douce lumière jaune, et lorsqu'il regarda la forme sombre des collines au-delà de la clôture il devina l'été qui attendait dans le désert. L'un des chiens de Gordon sortit de sous la maison et le suivit jusqu'au magasin.

Son idée, c'était de boire un pack de bière, de s'endormir et d'attendre le car de King City. Il prit un pack de six grandes boîtes, laissa un peu d'argent et un mot près de la caisse et sortit dans la cour. Il ôta la housse de toile de la Knuckle et s'assit le dos contre le mur du magasin pour regarder la moto briller au clair de lune. Il espérait que Gordon veillerait sur elle jusqu'à son retour. Seigneur, il n'avait pas la moindre idée de ce qu'il allait faire, ni du temps que cela allait prendre. Il supposait que lorsqu'on enlevait sa sœur à quelqu'un, ce quelqu'un se devait de réagir. Il supposait que c'était ce à quoi servaient les familles. La malchance d'Ellen, c'était qu'elle n'avait que lui pour toute famille.

Tout était calme derrière le magasin, la musique venant de chez Hank semblait douce et lointaine. Il ferma les yeux et attendit jusqu'à ce qu'il entende le distant ferraillement d'un train de marchandises gravissant la côte de King City, et il repensa à l'époque où Ellen et lui s'asseyaient au même endroit pour écouter les mêmes sons, rêvant qu'il y avait quelque promesse dans le grondement de ces trains parce que c'était le bruit du mouvement, du voyage. Il l'imagina assise là avec lui, la tête renversée contre le mur, les yeux mi-clos et une boîte de bière posée sur sa jambe maigre. Cela avait tou-

14

jours rendu la vieille furieuse que Gordon les laisse boire de la bière, mais de toute façon la plupart des choses rendaient la vieille furieuse.

Le bruit du train s'estompa et disparut, quelqu'un arrêta la musique et il n'y eut plus que le silence, cette qualité de silence qui n'appartient qu'au désert, et il savait que s'il attendait viendrait un moment, quand les étoiles pâliraient et qu'une mince bande de lumière ramperait à l'horizon, où ce silence grandirait jusqu'à devenir insoutenable, comme si la terre elle-même était sur le point de s'ouvrir pour révéler quelque secret. Il se souvint de la première fois où il avait éprouvé cette sensation. C'était l'été, et il avait un rhume des foins. Fiévreux, il s'était levé au milieu de la nuit et était sorti en pyjama et en tennis pour aller jusqu'à la clôture de barbelés qui délimitait le terrain de Gordon. Il espérait qu'il y aurait un peu de vent, mais il n'y en avait pas. Il n'y avait que le vide, les formes obscures des montagnes lointaines découpées sur un ciel noir et un calme effrayant pareil à une chose vivante qui l'oppressait, quelque chose qui appartenait à la nuit et à la terre, quelque chose qu'il fallait fuir. C'est ce qu'il avait fait, il était retourné dans la maison, dans la chambre d'Ellen et non pas dans la sienne. Mais quand il avait essayé de lui expliquer, elle n'avait fait qu'en rire et lui avait dit que c'était la fièvre, qu'il avait peur de trop de choses, peur du désert, peur de la nuit, peur des autres garçons de King City.

Une autre fois elle lui avait dit qu'il pourrirait dans le désert, qu'il resterait là comme un moteur rouillé, comme la vieille elle-même, son nez enfoncé dans un maudit bouquin. Et maintenant il se disait qu'il avait toujours eu peur de cela, peur de rester et peur de partir aussi, tout comme il avait encore peur de cette heure étrange de la nuit et d'une voix qu'il n'avait jamais entendue. Jésus. C'était comme s'il était un dégonflé et pas elle. C'était le monde à l'envers que ce soit lui qui parte à sa recherche, et pas le contraire.

Il but la moitié du pack avant de s'en aller. Il remit la bâche en place et marcha le long de la route à deux voies vers la bordure de la ville, vers cet endroit où il avait vu la Camaro blanche s'évanouir dans le mirage de midi et où sa sœur s'était évanouie elle aussi, avalée par la tache de soleil et de poussière et jamais revue depuis.

Mais aucun mirage ne l'attendait cette nuit-là. Il n'y avait que la lisière du désert plate et dure sous la lune et la route comme un ruban d'asphalte sous ses pieds et le bruit de son sang cognant dans ses oreilles. Et puis il aperçut la silhouette de Gordon qui s'approchait, arpentant pesamment la vieille route, visible par instants dans la lumière des deux derniers réverbères de la ville et puis disparaissant dans l'ombre, le bruit de ses pas résonnant de plus en plus fort jusqu'à ce qu'enfin il se tienne auprès de son neveu. Et les deux hommes à moitié ivres se regardèrent furtivement sous la lumière de la lune.

Gordon avait une bouteille de Jim Bean neuve. Il la sortit de sa poche arrière et l'abattit violemment sur la paume de sa main, sa façon à lui d'en briser le cachet.

— Alors, tu t'en vas vraiment.

Ike hocha la tête. Gordon fit de même, laissa couler un regard vers Ike comme s'il voulait le voir une bonne fois pour toutes, puis but à la bouteille.

— C'est peut-être bien le moment, dit-il. Tu as fini l'école et tu as un métier. Merde, c'est plus que j'en avais à ton âge. Pourtant, je m'étais imaginé que tu allais continuer avec ces motos. Jerry dit qu'il a jamais vu un môme manier les outils comme toi. Qu'est-ce que tu veux que je lui dise ?

— Je reviendrai.

Gordon rit et but encore. Son rire sonnait comme un "tu parles !".

16

— C'est ici même que j'ai vu ta mère pour la dernière fois. Tu savais ça? demanda Gordon. (Il gratta la poussière avec la pointe de sa botte tandis que Ike secouait la tête et ajoutait mentalement sa mère à la liste de ceux que la tache de lumière avait avalés.) Ouais. L'avait dit qu'elle reviendrait à l'automne. Pour ses gosses. Merde, j'ai eu qu'à regarder rien qu'une fois le gommeux qui l'accompagnait pour savoir que c'était un bobard.

Ike avait cinq ans, cet été-là. Il n'avait jamais connu son père, seulement un type avec qui sa mère avait vécu par intermittence pendant deux années.

— Je suis pas ton père, poursuivit Gordon. Et j'ai jamais essayé de l'être, mais je vous ai donné un toit, et il sera toujours là si vous voulez revenir. Mais je me ferais pas trop d'illusions en ce qui concerne ta sœur. Elle était dingue, Ike, comme sa mère. Elle peut s'être fourrée dans n'importe quoi. Tu comprends? Va pas trop loin en la cherchant.

Ike attendait. Il n'était pas habitué à ce que Gordon s'intéresse à lui. Dans le temps, c'était ce qu'il avait désiré. Mais maintenant? Il supposait que cette époque était révolue. Pourtant, Gordon était venu. L'ennui, c'est que Ike ne trouvait rien à dire. Il regarda Gordon boire de nouveau, puis l'endroit où les lumières de King City saupoudraient d'une couche de glace pâle un fragment du ciel du désert.

Il réfléchissait à ce que Gordon avait dit à propos d'Ellen qui était dingue, tout comme sa mère l'avait été avant elle, et il se mit à penser à cette dernière. Il n'avait guère de souvenirs d'elle. Il y avait cette photo – la seule, il en était sûr, d'eux ensemble. Ils étaient assis sur les marches de la maison de sa grand-mère, lui d'un côté et Ellen de l'autre qui entourait d'un bras les épaules de leur mère, l'autre levé et tendu pour faire un doigt à l'objectif, tous les trois clignant des yeux dans le soleil de sorte qu'il était difficile de distinguer leurs visages.

Ce qu'il se rappelait surtout de la photo, à part Ellen taquinant Gordon, c'étaient les cheveux de sa mère, épais et noirs, vivants dans le soleil. Il croyait se rappeler qu'elle s'asseyait pour longuement les brosser à gestes réguliers et puis les fixer à l'aide d'un peigne en ivoire représentant un long et mince alligator. Cet été-là, avant de partir, elle avait donné le peigne à Ellen – la seule chose qu'elle ait jamais donnée à l'un d'entre eux, pour autant qu'il s'en souvienne. Le peigne était devenu un des trésors d'Ellen, et ce jusqu'au jour de son départ. Et il lui semblait bien maintenant qu'elle le portait ce jour-là aussi, qu'il avait disparu avec elle dans les vagues de chaleur. Il ferma les yeux pour mieux se souvenir, et la bière lui fit tourner la tête. Il regretta brusquement d'avoir fouillé dans sa mémoire. C'était habituellement un exercice déprimant, il aurait dû le savoir. D'autres souvenirs affluèrent, mais il les chassa. Il fixa son attention sur le gravier entre ses pieds et attendit que le ronflement du Greyhound remplisse le silence.

Il attendait toujours lorsqu'il prit conscience qu'une troisième personne les avait rejoints dans la rue. Gordon devait s'en être aperçu également, car il tourna la tête pour regarder par-dessus son épaule vers l'endroit où le réverbère brillait faiblement parmi les chênes.

Elle ne pénétra pas dans la lumière mais demeura dans l'ombre, et de la voir là lui fit penser à elles toutes en même temps – sa grand-mère, sa mère, sa sœur. Car parfois il retrouvait sa mère et sa sœur dans le visage de la vieille femme, dans la façon qu'elle avait de tourner la tête, dans la ligne de sa mâchoire. La ressemblance était généralement diffuse, comme une ombre passant sur un sol aride. Mais ce qui l'avait rendu aride – le temps, la maladie – il n'aurait su le dire. Il soupçonnait que la religion n'avait pas arrangé les choses.

Avant de s'avancer, elle attendit que les phares du car flottent à travers les branches rabougries – petite et raide, comme si elle avait été taillée dans quelque chose de dur, comme si elle faisait partie des arbres courbés par le vent qu'on avait plantés là pour marquer les limites de la ville. Et sa voix, quand elle s'éleva, était pareille à une arme, l'arête vive d'une bouteille brisée. Une voix qui transperçait sans peine l'air froid, le ronronnement sourd des moteurs. Mais Ike n'avait aucune envie de rester pour l'écouter. Il grimpa rapidement les marches et remonta l'étroite travée, aspirant à pleins poumons l'air vicié et recyclé, évitant le regard des autres passagers dont certains se tordaient le cou pour observer l'agitation au-dehors. Il lui sembla, alors qu'il attendait et même quand ils commencèrent à rouler et que les lumières se mirent à bouger puis disparurent, il lui sembla qu'il pouvait encore l'entendre très clairement et qu'elle les insultait tous les deux, lui parce qu'il partait et Gordon parce qu'il le laissait faire, qu'elle portait témoignage et citait les Écritures. C'était quoi ? Quelque chose comme le Lévitique 2O : 17, peut-être, un de ses préférés. "Et si un homme prend sa sœur, la fille de son père ou la fille de sa mère, et voit sa nudité et qu'elle voit sa nudité, alors c'est une mauvaise chose et ils seront châtrés sous les yeux de leur peuple. "

3

Il y avait cinq heures de car depuis le désert jusqu'à L.A., et une autre heure et demie jusqu'à Huntington Beach. Les bières n'avaient pas été une tellement bonne idée. Il les avait bues l'estomac vide, et elles le laissèrent échoué en un endroit qui n'était ni le sommeil ni la conscience. Il fit des rêves, mais ils étaient tous mauvais et s'en sortir était comme s'extirper de trous profonds. Et quand ils finirent par s'estomper quelque part dans le vertigineux éclat des néons d'une gare routière au nord de Los Angeles, il se retrouva avec la migraine et l'estomac noué.

Maintenant, sa valise déposée à la consigne car il était encore trop tôt pour chercher une chambre, il se tenait contre la rambarde de la jetée de Huntington Beach et avait du mal à réaliser qu'il était vraiment arrivé. Mais le ciment sous ses pieds était bien réel, et au-dessous il y avait l'océan. Vingt-quatre heures plus tôt, il ne pouvait qu'imaginer ce à quoi ressemblait un océan, l'odeur de l'océan. Maintenant il en surplombait un, et son immensité lui coupait le souffle. Sa surface se soulevait et retombait sous ses pieds, s'étirant en trois directions comme un grand désert liquide, et la ville derrière lui, dure, plate et sans couleurs, le surprenait par sa ressemblance avec n'importe quelle ville du désert, tapie au bord de la mer tout comme San Arco l'était au bord du désert, rendue minuscule par la chose immense qui s'étendait devant elle.

Hound Adams, Terry Jacobs, Frank Baker. C'étaient les noms que le garçon avait inscrits sur le bout de papier. "Ils surfent près de la jetée", avait-il dit. "Le matin. " Et il y avait des surfers au-dessous de lui, maintenant. Il les observa tandis qu'ils manœuvraient pour se mettre en position au milieu des ondulations de la houle. Jamais il n'aurait imaginé que les vagues puissent autant ressembler à des collines, de mouvantes collines d'eau. Il était fasciné par la manière qu'avaient les surfers de se déplacer face aux vagues, montant et retombant, faisant prendre à leurs corps la forme des rouleaux jusqu'à ce qu'ils aient l'air de danser avec la mer. Il repensa à ce que le garçon lui avait dit, qu'il serait idiot de venir tout seul, qu'il s'attirerait des ennuis en posant trop de questions. Alors, d'accord. Il n'en poserait aucune. Il en était arrivé à voir les choses ainsi : tout d'abord qu'il était raisonnable de sa part de supposer le pire, de supposer que quelque chose de grave était arrivé à sa sœur et que les types avec qui elle était partie ne tenaient pas à ce que cela se sache. Ensuite, qu'il serait sage de prendre l'avertissement du garçon au sérieux : ces mecs n'étaient pas des poids plume.

Donc, il n'avait pas l'intention de se balader en ville en posant des tas de questions. Il lui était venu à l'esprit que sa sœur s'était peut-être fait d'autres amis, qu'il serait utile de trouver quelqu'un qui l'ait connue. Mais comment ? S'il prononçait son nom devant la mauvaise personne ? Et si elle avait ici des amis susceptibles de l'aider, pourquoi le garçon avait-il jugé utile d'aller jusqu'à San Arco pour chercher le grand méchant frère d'Ellen ? Non. Il en revenait sans cesse à cette idée qu'il lui fallait d'abord découvrir qui étaient ces types sans qu'ils sachent qui il était, lui. Une fois qu'il les aurait repérés, qu'il saurait ce à quoi ils ressemblaient, il aurait une meilleure idée de la marche à suivre. Et cela, la marche à suivre, ce serait bien sûr la partie délicate de l'affaire. Qu'arriverait-il s'il découvrait que le pire était arrivé, qu'elle était morte ? Irait-il voir les flics ? Chercherait-il à se venger ? Ou bien resterait-il impuissant ? Il se souvint de la façon dont le garçon l'avait regardé dans la chaleur de l'allée de gravier. C'était de cette manière que les choses allaient se passer ? Il découvrirait ce qui était arrivé, et ensuite il découvrirait qu'il n'y avait strictement rien à faire ? La crainte que les choses ne se passent ainsi planait au-dessus de lui comme un nuage que même le soleil levant ne pouvait dissiper.

Il n'aurait su dire combien de temps il resta appuyé à la rambarde, figé par la double contemplation de sa peur et de ce nouveau sport au-dessous de lui, mais au bout d'un moment il finit par prendre conscience de la chaleur sur ses épaules et de l'activité croissante alentour. Il entendait les voix des surfers s'appelant les uns les autres, mais la promenade où il se tenait était trop éloignée pour qu'il puisse distinguer leurs noms. Il finit par tourner le dos à la rambarde et reprit le chemin de la ville.

Le soleil grimpait vite maintenant, loin au-dessus des formes dures et carrées des bâtiments alignés le long de la route côtière. Et sous ce soleil, toutes les ressemblances avec les villes du désert qu'il avait notées plus tôt s'estompaient rapidement. Car Huntington Beach s'éveillait et il y avait des gens dans les rues, des files de voitures bloquées aux feux rouges et aux passages pour piétons, des skateboards ronflant sur le ciment et des mouettes criardes, des vieillards nourrissant les pigeons devant des maisons de repos en brique. Il y avait des types qui portaient des planches de surf et des filles, plus de filles qu'il n'en avait jamais vues en un seul endroit. Des filles en patins à roulettes ou à pied, tourbillon de jambes bronzées et de cheveux décolorés par le soleil, des filles plus jeunes que lui qui fumaient des cigarettes assises sur la rambarde à l'entrée de la jetée. L'air ennuyé et las dans la lumière du matin, elles regardaient droit à travers lui tandis qu'il passait.

C'est alors qu'il retournait vers la gare routière, de l'autre côté de l'autoroute, qu'il vit les motos : deux Harley et une Honda 834 Hardtail. Le premier spectacle depuis le matin qui lui rappelait le pays. L'une des Harley était un chopper, une vieille Knuckle presque identique à la sienne. Il décida de traverser la route pour mieux voir. Les engins étaient alignés le long du virage, moteurs en marche, les motards chevauchant leurs soupapes surdimensionnées tandis qu'ils parlaient à deux filles. Il remarqua qu'un des moteurs (on aurait dit la Knuckle) avait des ratés et s'appuya contre le mur d'un magasin de spiritueux pour écouter.

— T'as un problème ? demanda une voix.

C'était la première fois qu'on lui parlait depuis qu'une

serveuse avait pris sa commande à l'arrêt du car, au nord de L.A. Il cilla dans le soleil et rencontra le regard maussade d'un des motards. Il se détacha du mur et s'éloigna. Il les entendit rire derrière lui. Il faillit bousculer un vieil ivrogne sur le passage clouté et l'homme s'arrêta pour l'insulter, bloquant la circulation. Des bruits de klaxons et des crissements de pneus l'accompagnèrent tandis qu'il atteignait l'autre côté de la rue où il aperçut son reflet dans les vitres de la gare routière. Il examina le T-shirt Budweiser décoloré, le jean taché de cambouis, les boucles brunes et la coupe de cheveux maison, la carcasse de soixante-cinq kilos, et il se trouva encore plus malingre et inutile qu'il ne l'avait cru. Rase-Mottes, l'avait appelé Gordon, et il eut l'impression d'être un nain. Le rire des motards résonnait encore à ses oreilles et la voix du vieil homme était devenue la voix de la vieille femme, comme si les mots de cette dernière l'avaient poursuivi à travers la nuit. Et puis, pour une raison obscure, il se mit à penser aux vers de cette chanson, un seul vers en fait, le seul dont il se souvenait : "Les paumés font toujours des conneries quand ils sont loin de chez eux." Et là dans la rue, dans le chaud soleil et l'air rempli de gaz d'échappements et de bruit et d'une étrange brume pareille à une fine poussière grise recouvrant chaque chose, il se rendit soudain compte qu'il serait facile de tout perdre dans cet endroit, et une fois de plus il sut qu'il devrait être prudent.

Au milieu de l'après-midi, il avait trouvé à se loger. La chambre faisait partie d'une structure terne appelée les Appartements Sea View, un grand immeuble carré recouvert d'une espèce de stuc d'un brun étron. La façade de l'immeuble donnait sur la rue, séparée d'elle par le trottoir et un étroit rectangle d'herbe mal entretenue. Il y avait une autre pelouse mitée sur l'arrière, ainsi que deux palmiers rabougris et un puits de pétrole solitaire. Le puits était planté dans un coin du terrain, protégé par une chaîne qui grinçait.

La chambre de Ike était sur le côté ouest du bâtiment, à l'étage, avec vue sur le puits et le terrain vide au-delà. N'eût été l'arrière des immeubles bâtis le long de la route côtière, le Sea View aurait mérité son nom et il aurait pu voir l'océan Pacifique, mais la vue lui aurait probablement coûté cent dollars de plus par mois et, de toute manière, il n'aurait pu se l'offrir. Il avait passé la majeure partie de l'après-midi à chercher une chambre et à prendre ses premières leçons d'économie de plage. Des chambres qu'on aurait louées cent dollars par mois dans le désert en valaient cinquante par semaine à Huntington Beach et le Sea View, avec ses deux paliers superposés chichement éclairés, ses murs crasseux et sa gérante alcoolique en peignoir de bain bleu douteux, était l'endroit le moins cher qu'il ait trouvé. Il n'avait pas mis longtemps à se rendre compte que son argent ne durerait pas aussi longtemps qu'il l'avait espéré.

Il avait prévu de dormir un peu cet après-midi-là, mais le sommeil ne vint pas et il se retrouva assis sur le sol près du téléphone à pièces dans le vestibule du haut, plongé dans la lecture des noms contenus dans l'épais annuaire blanc. Il y avait des tas de Baker, de Jacobs et d'Adams, mais pas de Terry Jacobs, pas de Hound Adams. Il y avait un Frank Baker, mais pas à Huntington Beach, dans un endroit appelé Fountain Valley. D'après ce que le garçon lui avait dit, il avait supposé que ceux qu'il cherchait vivaient à Huntington Beach. Pourtant le garçon n'avait pas dit cela, il avait seulement dit qu'ils surfaient près de la jetée. Merde, il avait été stupide de ne pas poser plus de questions, de rester planté là comme l'idiot du village tandis que le soleil lui embrouillait les idées. Et Hound Adams ? Hound, c'était sûrement un surnom. Mais il y avait deux H. Adams dans l'annuaire, et l'un d'eux vivait à Huntington Beach, sur Ocean Avenue. Il resta un moment assis à regarder ce nom, se maudissant de n'avoir pas posé de questions quand il en avait eu l'occasion. Il finit par recopier l'adresse, acheta une carte dans une station-service et prit le bus pour Ocean Avenue. C'était à plusieurs kilomètres à l'intérieur, et la maison se trouvait en face d'une école primaire. Il s'assit devant l'école sur un mur de briques froides, indécis quant à ce qu'il devait faire. Il finit par décider qu'il allait rester là et voir quelle sorte de gens entraient et sortaient. Mais personne n'entra ni ne sortit pendant au moins deux heures. Le soleil déclinait et un vent froid se levait quand une lumière s'alluma à l'une des fenêtres. Il traversa la rue pour mieux voir et aperçut une vieille femme dans un décor jaunâtre, encadrée par des rideaux à fleurs. Elle avait l'air de se pencher sur un évier. Il se dit qu'il était possible que d'autres gens vivent là – un fils, peut-être. Mais les signes n'étaient guère encourageants, et il faisait de plus en plus froid. Il tourna le dos à la maison et marcha jusqu'à l'arrêt d'autobus au coin de la rue.

Ainsi se termina sa première journée à Huntington Beach. Il faisait noir lorsqu'il regagna le Sea View. Et, de même que la ville s'était animée avec le lever du soleil, le Sea View s'était animé avec la nuit. Lorsqu'il l'avait quitté, l'endroit était plus calme qu'une morgue. Maintenant, il y avait apparemment une fête quelque part. De nombreuses portes ouvertes béaient sur le linoléum taché. Une musique qu'il n'avait jamais entendue mais qu'il supposa être du punk rock sortait des entrailles du vieil édifice et dansait autour de lui tandis qu'il gravissait les marches. Il alla droit à sa chambre, ferma la porte et s'écroula sur son lit. Il était là depuis cinq minutes et sur le point de s'endormir quand quelqu'un frappa à sa porte.

Il ouvrit et vit deux filles sur le palier. L'une était petite et noiraude, avec de courts cheveux bruns.

L'autre était grande et athlétique. Elle avait des cheveux blond vénitien qui lui tombaient sur les épaules. Ce fut la brune qui parla. La blonde se tenait appuyée contre un mur et se grattait la jambe avec son pied. Elles avaient toutes les deux l'air ivre et béat, un peu stupide. Elles voulaient savoir s'il avait du papier à rouler. Le musique était plus forte maintenant, à cause de la porte ouverte, et il entendait d'autres voix plus loin sur le palier. Elles eurent l'air déçu quand il dit que non. La brune passa sa tête dans la chambre et jeta un coup d'œil. Elle voulut savoir s'il était branché picole, ou quoi. Il dit que non.

Les filles gloussèrent et s'éloignèrent. Ike referma la porte et alla dans la salle de bains. La lumière de la lune se faufilait à travers la petite fenêtre rectangulaire et se reflétait sur la porcelaine et la surface argentée du miroir, de sorte qu'il put distinguer un sombre reflet de lui-même dans le verre. Un reflet difficile à reconnaître. Il paraissait changer de forme et d'expression tandis qu'il l'observait jusqu'à ne plus être tout à fait sûr que c'était bien le sien, et il lui apparut que le sentiment que lui inspirait le verre obscur n'était pas très différent de celui que lui avait inspiré l'accablant silence du désert – alors il se détourna rapidement, son cœur cognant fort, pour regarder le jardin où un puits de pétrole solitaire éjaculait au clair de lune.

4

Il passa une autre journée planté devant la maison Adams sur Ocean Avenue, pensant toujours que d'autres gens vivaient peut-être là avec la vieille dame. Mais ce n'était pas le cas. Le H s'avéra signifier Hazel, et

Hazel Adams vivait seule. Son mari était mort, elle avait un fils à Tulsa et une fille à Chicago qui n'appelait jamais. Ike apprit tout cela parce qu'il était assis devant l'école primaire quand Mrs Adams eut un accident avec son chariot électrique à trois roues. Elle rentrait du marché et fit verser l'engin en essayant de le faire entrer dans son allée. Ike vit la scène et traversa la rue pour donner un coup de main. La vieille dame, qui était indemne, l'invita à venir manger un morceau de gâteau à la banane. C'est ainsi qu'il apprit, pour sa famille. La vieille Mrs Adams manquait apparemment d'affection. Elle passait ses journées à penser à son défunt mari, à sa fille qui n'appelait jamais, à son fils qu'elle ne voyait jamais, et à faire cuire des gâteaux à la banane pour des visiteurs qui ne venaient jamais. Elle parla de bruit et de pollution, du ciel bleu qui avait viré couleur café, des élèves de l'école primaire qui fumaient de l'herbe et forniquaient sous l'arbuste dans son jardin. Elle mit Ike en garde contre les dangers de l'auto-stop sur la route côtière. Elle était une mine inépuisable d'histoires macabres.

Il y avait des bandes de punks, dit-elle, défoncés à l'*angel dust* et à leur musique bizarre, qui attendaient dans les ruelles et enlevaient les jeunes filles et les garçons comme lui pour les forcer à graver des croix gammées dans leurs propres bras et jambes, ou pour les immoler. Assis, Ike écoutait. Il regarda une autre journée s'évanouir devant ses yeux, le bois sombre d'une antique table se fondre dans la lumière du soleil.

Ce soir-là, alors qu'il rentrait en bus, une pensée particulièrement déprimante le frappa : il se vit soudain n'apprenant rien. Ses économies partiraient en nourriture grasse et en chambre sordide. Son voyage à Huntington Beach ne serait rien d'autre que de grotesques vacances et, en fin de compte, le désert le reprendrait. Il ne pouvait en être autrement. Il ne collait pas dans le décor. Pas une seconde, et tout allait plus lentement et plus maladroitement qu'il ne l'avait imaginé. Il n'était pas à San Arco, même pas à King City.

Il découvrit un petit café dans la rue qui menait à la jetée, un endroit bizarre où se retrouvaient à la fois les motards et les surfers. À l'intérieur, les deux groupes se tenaient chacun à un bout de l'établissement et s'observaient par-dessus leurs gobelets blancs. Cet endroit le mettait mal à l'aise. Il se rendait compte qu'il n'appartenait à aucun des deux camps, mais c'était le lieu idéal pour tendre l'oreille, et la nourriture y était bon marché. Ce fut dans ce café qu'il trouva sa première piste.

C'était son cinquième jour en ville et, comme chacun des matins qui avaient suivi son retour en bus de chez Mrs Adams, il avait eu du mal à se lever, du mal à lutter contre un désir de plus en plus violent d'abandonner et de s'en aller, du mal à accepter l'idée que sa venue ici n'avait été que de la frime et que le garçon à la Camaro avait dit vrai. Mais il avait surmonté tout cela. Il avait réussi à s'arracher de son lit à l'aube puis à suivre la route côtière jusqu'au café, en quête de quelque chose, un mot, un nom, n'importe quoi. Et c'est ce qu'il trouva : un nom. Il venait de finir son café et ses beignets et s'était rendu aux toilettes pour pisser quand la chose arriva. Debout devant l'urinoir, sa queue à la main, il lisait distraitement les ordures gravées dans le mur quand deux mots lui sautèrent brusquement au visage. Un nom, Hound Adams, inscrit sur la cloison métallique qui séparait l'urinoir du lavabo. Il n'y avait rien d'autre, juste le nom.

Bien sûr, ce n'était pas grand-chose. Pourtant, une fine pellicule de sueur recouvrait encore son front lorsqu'il quitta le café et traversa la rue. Cela lui avait fait quelque chose de voir ce nom ailleurs que sur le morceau de papier. Cela voulait dire qu'il y avait vraiment un Hound Adams quelque part. Cette découverte lui inspira une nouvelle idée. Elle le frappa alors qu'il marchait sur la promenade en direction de la jetée. Et s'il surfait ? Pas besoin d'être un champion, juste de quoi aller sur l'eau avec les autres. C'était logique. Il était trop éloigné de l'action sur la jetée, et traîner sur la plage en vêtements de ville n'était pas un bon plan non plus. Il avait essayé de s'approcher de certains groupes alors qu'ils sortaient de l'eau, mais il était trop voyant, il s'était attiré trop de regards. Mais s'il surfait ? S'il était dans l'eau avec eux, avec une planche sur laquelle s'asseoir, tout le truc ? Bon Dieu, oui. Cela valait la peine d'y réfléchir.

Il y pensa toute la matinée tout en regardant les petites montagnes se former et se briser, et plus il y pensait, plus l'idée le séduisait – jusqu'à ce qu'il s'avoue à lui-même que sa seule motivation n'était pas de se rapprocher de l'action. Il y avait quelque chose dans la forme et le mouvement des vagues, quelque chose dans ces murailles d'un vert brillant ourlées d'argent sous la lune encore visible au-dessus de la ville. On pouvait se perdre là-dedans, se dit-il, et il imaginait de vertes et fraîches cavernes creusées dans les rouleaux liquides. Cette pensée ajouta encore à son excitation et il rentra rapidement chez lui, soudain attentif aux innombrables magasins de surf qui jalonnaient la rue, aux planches neuves pareilles à des sucettes multicolores scintillant derrière des emballages de verre.

Il y repensa cette nuit-là. Il se rappela le jour où il avait essayé de conduire la Knuckle. Il se revit étendu sous le soleil, son sang formant une flaque sombre sur le gravier tandis que Gordon allait chercher la camionnette. Il n'avait rien tenté de tel depuis, mais il n'était plus question de machines maintenant, seulement de planches et de vagues.

Ce fut une longue nuit, peuplée de demi-rêves et

d'images. La musique faisait trembler les murs de sa chambre, le puits de pétrole grinçait dans le jardin et tout d'un coup il prit conscience qu'une peur nouvelle se glissait parmi les autres, quelque chose à quoi il n'avait jamais pensé. C'était sa cinquième nuit en ville et cette peur avait à voir avec une nouvelle notion de ce que cela impliquerait d'abandonner, de dépenser son argent et de retourner la queue basse à San Arco. Car quoi qu'il y eût ici, cette chose s'accompagnait d'une certaine énergie bien différente de tout ce qu'il avait pu ressentir dans le désert. Il y avait du désir dans l'air. La nuit, il entendait les fêtes. Les filles lui souriaient maintenant sur la promenade, au-dessus de la plage où les couples baisaient dans l'ombre de la jetée. Il ne voulait pas partir. Il voulait participer. Il repensa au magasin de son oncle, à la vieille porte grillagée, à la musique qui s'écoulait de la radio et se répandait sur l'allée de gravier, une chanson country après l'autre jusqu'à ce qu'elles n'en fassent plus qu'une, plus longue et plus assommante que le vent du désert sur King City et les hauteurs désolées au-delà, et soudain il eut l'impression de comprendre un peu mieux cette femme que Gordon avait un jour vue partir bras dessus, bras dessous avec un gommeux, accrochée à une promesse.

Dans son souvenir, ils étaient revenus dans le désert, dans la maison de sa grand-mère, parce que sa mère était tombée malade et avait besoin d'un endroit où se reposer. Il ne lui restait pas grand-chose de l'époque d'avant San Arco, seulement le souvenir plus ou moins flou de nombreux appartements et de motels bon marché. Gordon lui avait dit qu'elle avait à un moment donné essayé de travailler dans l'immobilier, ou quelque chose comme ça. Il ne savait plus. Tout ce qu'il savait c'est qu'ils avaient vécu dans une voiture, une vieille station-wagon déglinguée, pendant un moment. Ce dont il se souvenait le plus, c'était l'attente. Dans la voiture.

Dans d'innombrables bureaux. Dans des maisons inconnues. Dans son esprit, tous ces endroits où il avait attendu avaient certaines choses en commun. Ils étaient invariablement chauds et confinés. Ils sentaient. Une odeur qui avait quelque chose à voir avec des cendriers remplis de mégots et l'air conditionné. Seule Ellen avait rendu cette attente supportable. Elle avait toujours été là avec lui, elle l'avait distrait avec des jeux de son invention, des tours destinés à emmerder les adultes anonymes qui étaient là pour les surveiller. Elle savait y faire. L'attente, se dit-il, avait été plus facile pour elle. Mais plus tard, le désert avait été plus dur à supporter. Il la revoyait arpentant en long et en large la cour chaude et poussiéreuse derrière le magasin tel un chat en cage et disant qu'elle espérait que la femme était morte, que le gommeux l'avait plaquée et qu'elle s'était saoulée à mort dans quelque chambre pourrie – c'était après qu'elle eut compris qu'elle ne reviendrait pas. Ellen n'avait jamais pardonné à sa mère. Elle ne lui avait jamais pardonné San Arco. "De tous les putains d'endroits", disait-elle. "De tous les trous du cul merdeux du monde où crever, il a fallu qu'elle choisisse celui-ci. "

Pour lui le désert avait été plus supportable, du moins au début. En ce qui concernait sa mère, pourtant, ses sentiments n'étaient pas faciles à démêler. Au début il y avait eu quelque chose comme de l'étonnement brut devant l'ampleur de sa trahison – un étonnement si grand que la haine n'y avait pas de place. Plus tard était venu quelque chose comme de la gêne, la notion vague que quelque tare de son propre caractère avait rendu cette trahison possible. Il ne savait pas exactement de quelle tare il s'agissait, mais il était persuadé que les autres le savaient et que pour eux la fuite de sa mère n'était pas un mystère. Il ne savait pas grand-chose sur le gommeux dont Gordon avait parlé, il ne savait pas où ils étaient allés dans cette décapotable neuve, mais là dans l'obscurité de sa chambre au milieu de cette ville inconnue dont il entendait battre le cœur, il comprit que revenir ce pouvait être mourir. C'était la première fois qu'il envisageait les choses sous cet angle. Et vue sous cet angle, la trahison n'avait pas l'air aussi grande.

5

Il faisait chaud et moite lorsqu'il ouvrit les yeux. Il s'assit dans son lit et essaya immédiatement de trouver de bonnes raisons pour repousser sa décision d'acheter une planche. Puis il jeta un coup d'œil sur la chambre. C'était le bordel. Ses vêtements puaient. Comme si les grotesques vacances qu'il avait imaginées étaient en train de devenir une réalité. Et la nouvelle peur s'immisça en lui, occultant tout le reste.

Il n'avait aucune idée du prix d'une planche d'occasion. Il glissa quatre billets de vingt dans sa poche et quitta la pièce.

C'était une chaude journée avec un parfum d'été dans l'air, un ciel dégagé et l'océan calme et bleu. Au loin, il devinait les falaises blanches d'une île dont quelqu'un lui avait dit qu'elle était distante de trente-cinq kilomètres. Un léger vent de terre soulevait les vagues, petites et nettes comme des diamants au soleil.

La ville était pleine de magasins de surf. Avec les boutiques de soldes et les bars à bière, cela semblait être la principale activité du centre-ville. Il rôda devant les vitrines d'une demi-douzaine de magasins avant de se décider à entrer dans l'un d'eux. L'endroit était tranquille. Les murs étaient recouverts de vieilles planches en bois, de trophées et de photos. Un garçon astiquait des planches neuves avec un chiffon. À part lui et Ike, le magasin paraissait désert. Le garçon ignora Ike qui ressortit et entra dans un autre magasin, plus proche de la route.

On y passait le même genre de musique qu'il avait entendu à l'hôtel, un son dur et frénétique qui ne ressemblait à rien de ce qu'il avait écouté dans le désert. Il n'y avait pas de souvenirs dans ce magasin-là. Les murs étaient recouverts de posters de groupes punk. Une planche bleu pâle recouverte de petites croix gammées rouges était accrochée au fond. Près de l'entrée, il y avait un comptoir. Deux filles en maillots de bain minimalistes étaient assises sur la surface de verre et deux garçons assis derrière. Ils regardèrent tous Ike quand il entra, mais personne ne dit rien. Ike trouva qu'ils se ressemblaient : nez brûlés par le soleil, corps bronzés, cheveux décolorés. Il se dirigea vers le fond du magasin pour regarder les planches d'occasion. Peu après, l'un des garçons qu'il avait vus assis derrière le comptoir vint le rejoindre.

— Tu cherches une planche ? demanda-t-il.

— Un truc pour débutant, répondit Ike.

Le garçon hocha la tête. Il portait un mince collier de coquillages blancs autour du cou. Il se détourna pour remonter l'alignement de planches, s'immobilisa et en sortit une qu'il posa sur le sol. Ike le suivait.

— Je peux te faire un prix sur celle-là.

Ike regarda la planche. Elle avait dû être blanche dans le passé, mais elle était maintenant presque jaune. Elle était longue et étroite, pointue aux deux extrémités. Le garçon se releva.

— Elle te plaît ?

Ike s'agenouilla près de la planche à son tour et fit comme s'il y connaissait quelque chose. Le tempo frénétique de la musique remplissait le magasin. Il se rendait compte qu'une des filles s'était mise à danser près du comptoir, son petit cul ferme se tortillant dans la culotte de son bikini.

— Ça irait, pour apprendre?

— Je veux. C'est un stick d'enfer. Et je peux te faire un bon prix. Tu as du cash?

Ike hocha la tête.

— Cinquante dollars, dit le garçon, et elle est à toi.

Ike passa ses doigts sur l'arête de la planche. Il y avait un petit décalque sur le dessus, la forme d'une vague à l'intérieur d'un cercle, une vague dont la crête se transformait en flammes – et au-dessous les mots *Branché à la Source*. Ike regarda le garçon. Mais celui-ci se désintéressait de la question. Il observait la fille à l'entrée du magasin.

— Cinquante dollars, répéta-t-il sans regarder Ike. Tu trouveras pas mieux.

C'était la planche la moins chère que Ike ait vue jusque-là.

— D'accord, dit-il. Je la prends.

— D'accord.

Le garçon prit la planche et se dirigea vers le comptoir. Ike se tint près de la caisse pendant que l'autre enregistrait la vente. Il était conscient qu'une des filles le dévisageait avec une sorte de demi-sourire aux lèvres. La musique était forte. Le soleil qui entrait par la vitrine et la porte ouverte lui brûlait une moitié du visage. Quand le vendeur eut fourré l'argent dans une boîte, il sortit deux cubes colorés de dessous le comptoir et les poussa vers Ike.

— C'est quoi?

— De la wax.

La fille assise sur le comptoir fit la grimace.

— Tu lui as donné de la paraffine, dit-elle. Il a plutôt besoin de vaseline.

L'autre garçon ricana.

— Tu en mets sur la planche avant de surfer, dit-il.

Ike hocha la tête. Il se rappelait avoir vu les surfers passer de la wax sur leurs planches. Il fourra la cire dans la poche de son jean et prit la planche.

— Tue-les tous, dit une des filles alors qu'il sortait dans la lumière éblouissante. L'un des garçons se mit à rire. Jamais Ike n'aurait imaginé qu'acheter une planche puisse être une expérience aussi humiliante. Qu'ils aillent se faire foutre, se dit-il : il avait fait une affaire. Il cala la planche sous son bras et longea le trottoir, décidant que tout compte fait il préférait encore le vacarme de la circulation à la musique du magasin.

De retour dans sa chambre, il s'attaqua à l'un de ses deux jeans avec des ciseaux. Il en coupa les jambes au-dessus du genou et l'enfila. Il ramassa sa planche, qui tenait à peine dans la petite pièce, et essaya de se regarder dans le miroir. Ce qui était sûr, c'est qu'il ne ressemblait pas aux autres surfers qu'il avait vus en ville. Ses cheveux étaient trop courts et son corps se détachait, blanc et frêle, sur le tissu sombre du jean. Il haussa les épaules, s'accrocha une serviette autour du cou et se dirigea vers l'entrée.

Il venait de descendre les marches menant à la bande de gazon pelé quand il faillit rentrer dans une des filles qui étaient venues dans sa chambre pour chercher du papier à rouler. C'était la grande costaude, le soleil dansait dans ses cheveux blonds et sur son débardeur. Il se sentit gêné, nu là sous la lumière crue, et essaya de se cacher autant qu'il put derrière la planche.

— Tu surfes ? lui demanda-t-elle.

Il haussa les épaules.

— J'essaie d'apprendre.

Il chercha une trace d'ironie sur le visage de la fille. Elle avait des pommettes hautes et larges, des sourcils délicats et joliment dessinés. Quelque chose dans son visage, peut-être l'arc de ses sourcils, lui donnait un air blasé et hautain. Mais on ne retrouvait pas cette expression dans ses yeux. Plutôt petits et lumineux, ils plongeaient leur regard dans les siens. Il y avait une ombre de sourire sur ses lèvres, mais il décida que ce sourire n'avait rien à voir avec celui des filles dans le magasin. Il s'engagea sur le trottoir puis se retourna. Toujours au même endroit, elle le regardait.

— Amuse-toi bien, lança-t-elle.

Il lui sourit et prit la direction de Main Street et de l'océan Pacifique.

6

La plage était noire de monde et le soleil brillait, mais la brise dans son dos était fraîche et tandis qu'il se tenait debout sur le sable humide, sentant l'océan lui lécher les pieds pour la première fois et entourer ses jambes de rubans de froidure, il comprit pourquoi beaucoup de surfers portaient des combinaisons. Pourtant, il n'hésita pas. Il avait l'impression que tout le monde le regardait. Il pataugea dans l'eau, tomba immédiatement dans un trou et sentit ses couilles se ratatiner tandis que l'eau glissait autour de sa taille. Il s'allongea sur la planche et se mit à ramer avec ses mains.

Il ne tarda pas à se rendre compte que ces vagues qui semblaient petites vues de la jetée devenaient infiniment plus grosses vues du niveau de la mer. S'éloigner de la plage était bien plus difficile qu'il ne l'aurait cru. D'abord, il n'arrêtait pas de glisser de cette putain de planche. Il essayait de ramer comme il avait vu les autres le faire, allongeant un bras après l'autre, mais à chaque fois qu'il se mettait dans le bon sens un mur d'écume lui tombait dessus, chassant la planche de travers, il tombait et devait tout recommencer. Ses bras et ses épaules se fatiguèrent vite, mais lorsqu'il se retourna vers la plage pour juger de sa progression il se rendit compte qu'il n'avait pas du tout avancé.

L'endroit où les vagues se soulevaient en douces collines devenait de plus en plus inaccessible. Pourtant il continua à pagayer, sa respiration de plus en plus courte, ses mouvements de plus en plus faibles. Et puis soudain l'océan devint plus calme et s'étendit devant lui comme un lac immense. Ike se remit à ramer de toutes ses forces, et bientôt il se retrouva en ligne parmi les autres surfers.

L'épuisement lui brûlait le visage et ses poumons étaient douloureux. Les autres surfers, à califourchon sur leurs planches, surveillaient l'horizon. Quelques-uns le toisèrent avec ce qui ressemblait à un air moqueur. Ici, les choses étaient étonnamment différentes. Tout était calme et lisse, comme il l'avait imaginé. Une douce houle de terre le faisait monter et descendre. Un pélican passa tout près, effleurant la surface de l'eau. Une mouette criait au-dessus de lui, la lumière du soleil se mouvait sur l'eau. Il apercevait au loin les taches de couleur des voiles et les falaises de l'île.

Il voulut s'asseoir et enfourcher sa planche comme le faisaient la plupart des autres. Mais la sienne semblait vouloir chavirer au moindre mouvement. Il tomba deux fois en faisant de grandes éclaboussures, s'attirant les regards de ses voisins les plus proches.

Brusquement, des ululements et des cris montèrent de l'alignement des surfers. Il regarda vers le large et aperçut une nouvelle série de vagues qui s'approchaient en longues lignes lisses. Elles lui parurent beaucoup plus grosses que les autres. Il se mit à ramer de toutes ses forces vers l'horizon, terrorisé à l'idée que ces vagues puissent éclater sur lui et lui fassent perdre sa planche –

il était trop fatigué et il avait trop froid pour espérer la récupérer. La première vague l'atteignit. Il l'escalada en ramant et n'en franchit la crête que pour en voir une autre, plus grosse que la première, se ruer sur lui. Il piocha de nouveau, ses bras pareils à du caoutchouc. À sa gauche, un peu devant lui, un autre surfer cessa soudain de ramer et fit pivoter d'un coup sa planche pour la pointer vers la plage. Ike ne savait plus quoi faire. Non seulement il allait se prendre la vague, mais l'autre type était en train de dévaler celle-ci et lui fonçait droit dessus.

À l'ultime seconde, au moment où la vague commençait à la soulever, il essaya lui aussi de faire pivoter sa planche. Par-dessus le fracas et le souffle de l'écume qui explosait autour de lui, il entendit l'autre surfer hurler. La vague le prit de côté et lui passa dessus.

Il refit surface, battant des bras et cherchant sa respiration. Il était sûr que sa planche avait été emportée jusqu'à la plage, mais lorsqu'il regarda par-dessus son épaule il la vit flotter à quelques mètres derrière lui. Soulagé, il se mit à nager vers elle. Lorsqu'il atteignit la planche, il vit l'autre surfer qui ramait dans sa direction, le type qui avait été pris dans la vague avec lui.

Ike s'accrocha au bord de sa planche. L'autre type voulait peut-être s'assurer qu'il allait bien. Il essaya de sourire, mais son visage était glacé et engourdi. Et lorsqu'il eut bien regardé le surfer, il comprit que quelque chose n'allait pas du tout. Il voulut parler mais n'en eut pas le temps. À peine avait-il ouvert la bouche que le type le frappa. Il était allongé sur sa planche, de sorte que le coup n'avait pas beaucoup de force, mais cela fit mal malgré tout. Ike essaya de se hisser sur sa planche, mais le type le frappa de nouveau. Un coup arriva sur son épaule, un autre en plein sur son oreille. Ike ne savait plus où il était. Il était encore désorienté par sa gamelle, il avait l'impression que sa tête était remplie d'eau froide et que l'autre surfer était partout. Plus tard, lorsqu'il essaya de se rappeler à quoi le type ressemblait, il ne revit que du brouillard, un visage rouge, des poings blancs, la douleur dans son oreille. Puis une vague le sauva. Un mur d'écume lui tomba dessus et l'emporta vers la plage. La planche chavira de nouveau, mais il tint bon. Lorsqu'il émergea, il était presque sur la plage et l'autre surfer avait disparu.

Combien de gens le regardèrent tituber hors de l'eau, il n'en avait aucune idée – probablement tous. Il était sûr que tout le monde sur la plage l'avait vu se ridiculiser, se faire dérouiller et se faire emporter comme un rat noyé. Il s'assit sur le sable mouillé, dos à la plage, les yeux fixés sur l'horizon où les vagues étincelaient sous le soleil. Pas de doute, il avait fait un bide, il avait été presque aussi nul que le jour où il avait essayé de conduire la Knuckle. Mais il était trop lessivé pour vraiment s'en faire. Il se sentait seulement trahi, mais il ne savait pas exactement par quoi.

Il resta assis là un moment, n'osant pas se retourner pour marcher entre tous ces gens qui avaient peut-être vu ce qui s'était passé. Il essaya de s'empêcher de trembler. Il avait peur aussi de rester là trop longtemps. Peur que le type là-bas dans l'eau ne vienne finir de lui botter le cul. Il se leva enfin. Il jeta un dernier regard à la mer où les autres glissaient sans effort, dévalant et escaladant les petites vagues, la confrérie dont on venait de lui refuser l'accès.

La planche pesait lourd sous son bras, mais il essaya de se composer un semblant de dignité tandis qu'il titubait dans le sable chaud. Lorsque la planche devint trop lourde à porter, il la traîna derrière lui dans le sable. En atteignant l'asphalte près de la jetée, il eut l'impression qu'il allait vomir ou s'évanouir – lequel des deux, il n'aurait su le dire. Il s'assit sur la bordure du trottoir au

39

soleil, et c'est alors qu'il vit les motos pour la deuxième fois.

C'était celles qu'il avait vues le jour de son arivée en ville, il en était sûr. Il y en avait plus aujourd'hui, mais il reconnaissait la Knuckle dont le moteur avait toujours des ratés. Il était assis à quelques mètres du groupe. Les fourches chromées renvoyaient des éclairs aveuglants. Il sentait toujours la douleur dans son oreille. Il la tâta avec ses doigts et s'aperçut qu'il saignait, mais il était comme anesthésié et se dit que cela ne devait pas être bien grave.

Il était assis là depuis un moment, la planche à ses pieds, lorsqu'il commença à distinguer les voix par-dessus le grondement des moteurs.

— Putain, je croyais que tu l'avais réglée, cria quelqu'un, et Ike vit le propriétaire de la Knuckle mettre pied à terre dans le parking.

— Je l'ai réglée, mec.

— Alors pourquoi elle déconne encore? voulut savoir le motard.

Il se détourna des autres, et Ike le vit mieux. Il était costaud, plus grand encore que Gordon mais moins épais et plus large d'épaules. Et ses bras étaient deux fois plus solides. Les plus gros bras que Ike ait jamais vus, plus gros que ceux de tous les gars qui venaient au magasin de Jerry. Et avec plus de tatouages aussi. Le type avait un grand aigle américain tatoué sur une épaule, avec un serpent qui en sortait et descendait le long de son avant-bras pour s'enrouler autour de son poignet comme un bracelet. Sur l'autre bras il avait une tête d'homme, celle du Christ peut-être puisqu'elle était surmontée de ce qui ressemblait à une couronne d'épines. Des rayons s'échappaient des épines pour se répandre sur son épaule où ils se transformaient en lézards et en oiseaux. Et sur ses avant-bras et ses mains, entre les tatouages dessinés par des professionnels, il y en avait d'autres, de ceux que Jerry appelait des tatouages de taulards, le genre qu'on se fait soi-même avec un canif et de l'encre. Le type était vêtu d'un jean crasseux et de vieilles bottes de moto assez épaisses et lourdes pour réduire une Harley en miettes. En haut, il portait un débardeur délavé qui paraissait trop petit pour lui, et au-dessus une paire de lunettes d'aviateur cerclées d'or et un bandanna rouge noué autour de sa tête. Ses longs cheveux étaient noirs et coiffés en arrière, maintenus en place par le bandanna. Il portait à l'oreille un petit brillant qui accrochait la lumière, tout comme la monture dorée des lunettes.

Le motard se tenait à quelques mètres de Ike et, tandis qu'il se penchait sur son moteur, ce dernier remarqua que les cheveux noirs commençaient à s'éclaircir au-dessus du tissu rouge. Le type s'accroupit pour examiner le moteur, mais à la façon dont il se déplaçait Ike sut qu'il ne savait pas vraiment ce qu'il cherchait. Assis sur leurs machines, les autres motards regardaient. Le type se redressa brusquement. Il le fit trop vite et vacilla un peu, si bien que Ike comprit qu'il était à moitié ivre.

— Bordel de merde, cria-t-il sans s'adresser à quiconque en particulier.

Ike vit deux des autres motards sourire. Mais le type leva tout à coup son poing et l'abattit sur le réservoir d'essence. Le coup ne venait pas de bien haut, mais un creux de belle taille apparut pourtant sur le métal laqué de noir, et les sourires que Ike avait remarqués une seconde plus tôt s'évanouirent. Il entendit quelqu'un dire "Merde" et le motard le plus proche de la Knuckle poussa sa moto plus loin, comme s'il craignait une explosion.

— Putain de bordel de merde.

Le propriétaire de la Knuckle secoua la tête, oscilla un moment puis fonça vers l'avant de la moto et resta là à la contempler, ses lunettes d'aviateur lançant des éclairs dans la direction de Ike, de sorte que l'espace d'un instant ce dernier eut l'impression que le motard le regardait par-dessus son engin.

— C'est le carburateur, dit Ike, surpris par le son de sa propre voix. Dans le silence qui suivit, une demi-douzaine de têtes hirsutes pivotèrent dans sa direction.

— Le quoi?

— Le carburateur.

Le motard mit ses mains sur ses hanches et fit le tour de la moto pour mieux voir. Puis il tourna son visage vers le soleil et éclata de rire. Il montra Ike du doigt puis se retourna vers ses amis.

— C'est quoi, ça, Morris? Ton frangin?

Les autres rirent. Ike déplaça ses fesses sur le trottoir.

— Je peux le régler, si vous avez un tournevis.

Le motard le regarda attentivement. Il repoussa ses lunettes au-dessus de son bandanna et elles restèrent accrochées à ses cheveux.

— Merde, dit quelqu'un. Je le laisserais même pas s'en approcher.

Le propriétaire de la Knuckle leva la main.

— Et même si j'en ai un, de tournevis? demanda-t-il. Qu'est-ce que tu vas faire si tu bousilles tout?

— Je bousillerai rien.

Le motard sourit.

— Viens par ici, Morris. Apporte ton tournevis et regarde comment on fait.

Un énorme motard aux cheveux blonds s'approcha et lança un tournevis à Ike, ainsi qu'un regard noir.

— Merde pas, dit-il.

Ike laissa sa planche sur le trottoir et s'agenouilla près du gros moteur, respirant les familières odeurs d'essence et de métal chaud. En trois minutes, il eut réglé le mélange.

— Ça y est, dit-il. Et je peux aussi réparer la bosse, si vous voulez.

Le motard le regardait fixement, et Ike aurait été bien incapable de dire s'il était furieux ou non. Il enfourcha la moto et dévala dans un rugissement le ruban d'asphalte qui partait de la jetée. Ike attendit avec les autres. Il se sentait mieux, maintenant. Il ne tremblait plus. Il ne regardait pas les autres motards, il regardait le fond du parking à travers les vagues de chaleur et attendait que la Knuckle revienne. Elle réapparut quelques minutes plus tard. Ike essaya de déceler des ratés mais n'en entendit pas.

— Je veux bien me faire enculer, cria le motard par-dessus le bruit du moteur. Elle tourne comme une horloge. Ce môme est meilleur mécano que toi, Morris.

Morris s'approcha et récupéra son tournevis. Il cracha sur le sol, dangereusement près des pieds de Ike, et retourna à sa moto. Le propriétaire de la Knuckle coupa le contact et mit pied à terre.

— Pour la bosse, dit-il. Combien ?

— La carrosserie, la peinture, tout le truc, calcula rapidement Ike. Cinquante billets.

Le motard regarda les autres.

— Pas mal.

Il se retourna vers Ike.

— Tu habites dans le coin ?

— J'habite dans la Deuxième Rue, au Sea View. C'est au coin de...

— Ce taudis ? Ouais, je sais où c'est. D'où tu viens ?

— Tu connais San Arco ?

— Ce trou ? Ouais, j'ai entendu parler de San Arco. Une putain de merde de ville du désert au milieu de nulle part. Où t'as appris à bricoler les motos ?

— Mon oncle a un magasin.

Le motard resta silencieux un moment puis fit deux pas vers Ike.

— Qu'est-ce qui est arrivé à ton oreille ?

Ike haussa les épaules.

— J'ai pris un gnon.

— Ouais. Première ville, hein?

Le type se pencha pour mieux voir et Ike se retrouva soudain en train de regarder de tout près la grosse figure carrée et de noter au passage toutes sortes de détails : la demi-douzaine de cicatrices disséminées autour d'une des arcades, la barbe de trois jours dont on voyait qu'elle serait noire et épaisse comme ses cheveux si le type la laissait pousser, le nez légèrement aplati et tordu pour avoir été trop souvent cassé. C'était un visage dur, le genre de visage qui allait avec les bras tatoués et les lourdes bottes, mais il y avait aussi en lui quelque chose à quoi Ike ne s'était pas attendu. Dans ce genre de visage, on s'attend à trouver des yeux pareils à du marbre noir, morts et méchants comme ceux d'un serpent, des yeux qui peuvent vous tuer sur place. Mais ces yeux-ci n'allaient pas du tout, comme s'ils avaient perdu la trace du corps dans lequel ils se trouvaient. Ils étaient d'un bleu très pâle, ni froid ni dur, et cela avait quelque chose de déconcertant. Il y avait dans leur expression quelque chose qui ne collait pas non plus, mais il fut incapable de trouver quoi. Le regard glissa de Ike à la planche de surf. L'homme s'agenouilla et posa une main sur la planche.

— C'est à toi?

Ike dit que oui. Il sentit l'odeur aigre du whisky dans l'haleine du motard et il lui sembla qu'une expression nouvelle altérait le visage de ce dernier tandis qu'il examinait la planche, une expression étrange, comme s'il était sur le point de demander quelque chose d'autre mais changeait d'avis au dernier moment – et l'expression disparut.

— T'es un dingue de surf, hein? demanda le motard.

— J'essaie d'apprendre.

— Avec ça?

— Qu'est-ce qui va pas?

— C'est une torpille, voilà ce qui va pas. On apprend

44

pas à surfer sur une torpille, c'est un engin pour spécialiste. Où tu l'as eue ?

Ike montra l'autre côté de la rue. Derrière le motard, il voyait les autres s'impatienter.

— Allez, Preston, dit quelqu'un. On se tire.

Preston l'ignora. Il se releva et regarda de l'autre côté de la rue.

— Cette boutique, là, à côté de chez Tom ?

Ike hocha la tête.

— Je comprends. Ces enculés de punks.

Il leva ses mains au-dessus de sa tête et hurla en direction de la route :

— Cette ville de merde est pleine de punks de merde.

— Allez, Preston, répéta un des motards. Tirons-nous. J'ai dit à Marv qu'on serait là-bas à une heure.

— Ça me tue, dit Preston. Cette ville est pleine de petits merdeux de punks.

— On s'en branle, allons-y.

Preston se tourna brusquement vers les autres.

— Tu t'en branles, mec, tu te tires. J'ai encore un truc à faire.

— Mec...

— J'ai dit tu te tires.

— Allez, mec, il est bourré.

— Je t'en fous que je suis bourré. Allez-y, je vous retrouve là-bas.

Ils échangèrent encore quelques mots, quelques sourires, quelques grognements. Les motos firent demi-tour dans le parking puis foncèrent vers la route et le rugissement de leurs moteurs se noya bientôt dans le bruit de la circulation. Preston les regarda partir puis regarda de nouveau Ike.

— C'est quoi, ton nom ?

— Ike.

— OK, Ike. Tu m'as fait une fleur. Je vais te faire une fleur.

Quinze minutes plus tard, Ike se tenait à l'intersection de la route côtière et de Main, une planche flambant neuve sous le bras. Il n'était pas près d'oublier le sentiment qu'il avait éprouvé lorsqu'il était entré de nouveau dans le magasin de surf avec Preston à ses côtés. Et il n'était pas près d'oublier l'expression du visage du garçon quand il les avait vus arriver. C'était celui qui avait vendu la planche à Ike, mais cette fois il ne souriait pas. Il ne souriait pas quand ils entrèrent et il ne souriait pas non plus quand ils repartirent, trop occupé qu'il était à ramasser les planches que Preston avait empilées sur le sol tandis qu'il cherchait la bonne. Trop occupé aussi, sans doute, à se demander comment il allait bien pouvoir expliquer à son patron pourquoi il avait vendu une planche à deux cents dollars pour cinquante.

Quand ils arrivèrent au Sea View, Preston expliqua à Ike pourquoi sa nouvelle planche était ce dont il avait besoin pour apprendre.

— Regarde comme elle est large. Regarde comme elle est large en queue aussi. Ça lui donne de la stabilité. Celle-ci chavirera pas tout le temps comme l'autre.

— Tu dois souvent surfer, dit Ike.

— Merde. (Preston se releva et rabattit ses lunettes devant ses yeux.) De temps en temps. Pas plus. Avant, je surfais toute l'année près de la jetée. Pas de leashes, pas de combis. Une bonne houle d'hiver et six gars peut-être dans l'eau. C'est devenu un zoo, maintenant. Tous ces petits pédés de punks sont là-bas, ils se prennent pour les rois.

Il se retourna brusquement et marcha lentement vers sa moto. Il se balança sur le kick et fit partir l'énorme moteur.

— Et mon réservoir? demanda-t-il par-dessus le bruit. Tu me le répares quand? Je m'arrangerai pour que tu puisses utiliser le compresseur de Morris.

Ike haussa les épaules.

— Quand tu veux.

Preston hocha la tête.

— Plus tard, dit-il avant de faire faire une roue à la Knuckle sur ce qu'il restait de la pelouse du Sea View, les mottes de terre et les petites fleurs jaunes voltigeant dans l'air derrière lui. Ike vit les muscles se gonfler derrière les tatouages de taulard, le bandanna rouge et la chevelure noire soulevée par le vent, l'éclat du soleil sur le métal. Longtemps après que la moto eut disparu, il entendit encore son moteur. Il regarda la rue au-delà des immeubles délavés et des jardins mal entretenus, les palmiers qui commençaient à s'agiter dans le vent qui avait tourné et ne venait plus de l'intérieur mais de la mer, apportant avec lui une odeur de sel. Il retourna à sa nouvelle planche. Il s'agenouilla auprès d'elle comme Preston l'avait fait, promena ses doigts sur les bords doucement arrondis. C'était sans doute idiot, songea-t-il, mais il y avait quelque chose dans la première planche qui lui manquait. Celle-ci était plate et ronde comme une grosse sucette. La première était étroite et méchante. Et il aimait bien son décalque aussi, la vague à crête de feu et les mots *Branché à la Source*. Il n'avait aucune idée de ce que cela voulait dire, mais il trouvait que ça sonnait bien.

7

Ellen fit sa première fugue quand elle avait dix ans. Elle emmena Ike avec elle. Après qu'elle eut emballé des provisions dans des sacs en papier brun, ils partirent un matin et prirent ce qu'ils pensaient être la direction de San Francisco. Ils allèrent jusqu'aux ruines de l'ancienne verrerie, de l'autre côté de King City, et passèrent la nuit au milieu de collines de sable et de murs d'étain ondulé. C'était l'été, l'air était chaud. Ils restèrent assis toute la nuit à regarder le ciel. Ellen parlait.

Lorsqu'il repensait à cette nuit-là, c'était de sa voix qu'il se souvenait et de la façon dont elle se mêlait à la brise venue des plaines de sel dont l'odeur leur tint compagnie jusqu'à la fin de la nuit. Il fit très chaud dès le matin, les vagues de chaleur se tordaient parmi les nuages de poussière rouge. Ike avait faim et il était fatigué. Il la suivit sur la route dont l'asphalte était si chaud qu'il les brûlait à travers leurs chaussures. Ils marchaient sur le bord de la route. Il n'y avait d'eau nulle part, et Ike ne fut pas mécontent quand ils entendirent une voiture ralentir derrière eux et se retournèrent pour voir Gordon au volant de sa camionnette. Ike avait cru que Gordon serait fâché, mais il ne l'était pas. Il leur dit que la vieille s'occuperait de leur cas. Il laissa même Ellen s'asseoir à côté de lui et passer les vitesses. Il leur expliqua qu'il y avait des tas de paumés et de vagabonds qui passaient la nuit dans la verrerie et qu'ils avaient de la chance de n'en avoir rencontré aucun. Ike revoyait la manière qu'avait Ellen de renverser sa tête pour voir par-dessus le tableau de bord, l'énorme bras de Gordon passé autour de ses épaules et sa main posée sur sa jambe.

Ils s'enfuirent de nouveau près de cinq ans plus tard. Ellen vint dans sa chambre une nuit, et il comprit tout de suite que quelque chose n'allait pas. Elle marchait de long en large au pied de son lit, les bras croisés sur sa poitrine, ses mains serrant si fort ses bras que ses phalanges devenaient blanches. Puis elle éteignit la lumière et s'assit près de lui sur le lit. Elle dit qu'elle ne pouvait pas lui raconter avec la lumière allumée. Elle était tout contre lui, il sentait son corps trembler. Jamais de sa vie il ne l'avait vue pleurer, mais ce tremblement était aussi près des larmes qu'elle pouvait aller. Elle dit que Gordon était venu dans sa chambre, qu'il était ivre et qu'il l'avait touchée. Ike s'était assis quand elle lui avait dit cela, froid et pétrifié, et il avait eu la nausée en repensant à la grosse main de Gordon posée sur la jambe d'Ellen, un jour lointain dans la camionnette. Elle avait presque quinze ans la nuit où elle vint dans sa chambre, et les hommes commençaient à s'intéresser à elle. Ike avait remarqué la manière dont ils la regardaient quand ils allaient en ville. Elle avait une maigre silhouette de garçon manqué, mais son cul était ferme et rond et lorsqu'elle portait ce jean serré et délavé et les bottes de cowboy qu'elle s'était payées avec ses économies, elle avait quelque chose. Quelque chose dans sa façon de balancer ses hanches en marchant, de rejeter la tête en arrière pour secouer son épaisse chevelure noire ou bien pour l'attacher avec le peigne tout comme sa mère l'avait fait avant elle.

Gordon avait deux voitures. Un vieux coupé Pontiac et une camionnette Dodge équipée en camping-car. Ike et Ellen prirent la Dodge, parce que c'était sur celle-là qu'Ellen avait appris à conduire. Le vent se levait quand ils partirent, et la visibilité fut bientôt très mauvaise. Ils passèrent la nuit à proximité de la verrerie, dans les faubourgs d'une petite ville située au bord des plaines de sel. Ils dormirent dans le camping, sur un vieux matelas que Gordon gardait là. Le vent secouait la camionnette, la faisant vibrer dans l'obscurité et la criblant de sable. Il n'y avait qu'une seule couverture, qu'ils tirèrent sur eux avant de se serrer l'un contre l'autre pour se protéger du froid qui chevauchait le vent. Elle tremblait dans ses bras et il sentait son souffle dans son cou, elle lui demanda en chuchotant s'il avait peur. Il dit que non. Elle lui prit la main et la posa sur sa poitrine pour qu'il sente son cœur.

— Il bat comme un fou, dit-elle.

Elle portait un jean et une vieille chemise en flanelle, elle pressait la main de Ike contre elle sous le tissu pour qu'il sente son cœur comme s'il le tenait dans sa paume. Il sentait sa poitrine aussi, ronde et ferme et pourtant si douce, sa peau chaude et légèrement moite comme si elle avait de la fièvre, lorsqu'il déplaça sa main il sentit son téton dur sous ses doigts. Il distinguait dans l'obscurité, près de la portière arrière, la forme sombre des bottes d'Ellen accrochant un reflet de lune. Et il tremblait lui aussi maintenant, ils tremblaient tous les deux et s'agrippaient l'un à l'autre, le visage d'Ellen tout contre le sien et ses doigts sur sa nuque, quand il inspirait il sentait son souffle à elle et le faisait pénétrer dans ses poumons comme s'il l'aspirait tout entière en lui. Il l'aimait tant. Il embrassa son cou et son visage. Il essaya de trouver sa bouche. Alors, comme si un courant électrique l'avait traversée, elle se raidit et s'écarta brusquement.

— Non, dit-elle. Il faut pas, Ike.

Il y avait dans sa voix une douleur qu'il n'avait jamais entendue auparavant. Elle se retourna et fit face à la paroi de métal de la camionnette. Il ne dit rien. Il arrangea la couverture sur elle puis s'assit grelottant à ses côtés et contempla les bottes d'Ellen et l'obscurité audehors en attendant l'aube.

Au matin, le vent soufflait encore si fort qu'on n'y voyait presque rien. La route était couverte de sable et des buissons morts gros comme des voitures passaient devant eux tels des fantômes. Ce fut probablement ce qui causa l'accident. Ils traversaient la ville quand l'un d'eux heurta la vitre près de la tête d'Ellen. Elle donna un coup de volant si brusque qu'ils escaladèrent un trottoir et s'écrasèrent contre la façade d'un bâtiment. Il se rappelait encore le bruit des briques dégringolant sur le capot, les maigres bras d'Ellen manœuvrant désespérément le volant. Il se rappelait aussi comment il se sentait ce matin-là, l'esprit vide et engourdi, de sorte qu'il se rendit à peine compte que sa tête traversait le pare-brise.

Gordon vint les chercher, tout comme il l'avait fait cinq ans auparavant. Sauf que cette fois il conduisait la voiture et que la vieille était assise sur la banquette arrière. Ike s'installa dans la voiture avec sa grand-mère tandis que Gordon et Ellen discutaient avec le shérif et le propriétaire du magasin. Gordon signa des papiers. Puis on leur posa des questions. Le voyage de retour fut très calme. Le vent tomba et le désert s'éclaircit comme toujours après la tempête, chacune de ses couleurs si dure et si nette qu'elle blessait les yeux. Le ciel était immense et bleu, de grandes traînées de sable laissées par le vent maculaient l'asphalte noir de la route. Lorsqu'ils roulaient dessus, le sable se soulevait en nuages blancs et dansait sur la route derrière eux comme de minuscules orages de grêle.

Après cela, Gordon arrêta de boire pendant quelque temps. C'était arrivé pendant les vacances de Noël, et quand les vacances furent terminées ils retournèrent à l'école. Un jour qu'il rentrait à la maison, Ike passa devant le magasin et vit Gordon en train de siffler une bouteille avec un de ses copains. Il alla avertir Ellen. Elle l'amena dans sa chambre et ouvrit un tiroir au fond duquel il y avait un revolver. Il se rappelait combien le barillet lui avait semblé long et dur, reflétant la lumière de l'après-midi qui traversait les stores.

— Il me l'a offert, lui dit Ellen. Il a dit que s'il me donnait des raisons de m'en servir, j'aurais qu'à le descendre.

Après cela il les entendit parfois s'entraîner derrière le magasin, faisant exploser des bouteilles vides en éclats de verre qui brillaient dans la poussière rouge.

Ce furent quelques-unes des choses auxquelles pensa Ike dans la semaine qui suivit sa rencontre avec Preston, après que ce dernier lui eut apporté le réservoir pour qu'il le répare et se fut arrangé pour qu'il puisse travailler dans l'atelier de Morris. Il y avait quelque chose dans le bruit d'explosion que faisait le compresseur de Morris dans la cabine de peinture qui lui rappelait les coups de feu, lui faisait penser au désert.

Il était content d'avoir ce boulot. Non seulement cela lui rapporterait quelques dollars, mais cela lui permettait de rester en contact avec Preston. Il pensait sans cesse à ce que le garçon lui avait dit à San Arco juste avant de disparaître, cette histoire d'aide qu'il lui faudrait trouver. Il se disait que cela ne pouvait pas faire de mal d'avoir un type comme Preston de son côté. Ce qu'il n'avait pas prévu avec ce boulot, par contre, c'est que cela lui laisserait tout ce temps pour penser.

Gordon n'avait jamais donné à Ellen l'occasion de se servir de son revolver. Et elle et Ike ne reparlèrent jamais de cette nuit près des plaines de sel. Mais ce fut peu de temps après que les choses commencèrent à changer, qu'il commença à la perdre. Elle se mit à fréquenter d'autres types. Pas des types de l'école, mais des gars plus âgés avec des voitures, des gars de King City. Cela ne plaisait pas à la vieille, mais elle était tombée malade et tout ce qu'elle pouvait faire c'était engueuler Ellen depuis sa chaise sous la véranda, lui crier qu'elle ne valait pas mieux que sa mère, une traînée et une pute, et la menacer de l'envoyer dans une de ces institutions où il avait été question de la mettre après qu'elle eut démoli la camionnette. Mais ces menaces n'avaient pas grand poids, étant donné que c'était Gordon qui s'occupait de tout désormais, et qui payait les factures. Ike avait entendu dire que Gordon avait été marié, après la guerre. Mais sa femme l'avait quitté, et il était revenu dans le désert pour s'occuper du magasin et de la station-service. C'était un type bizarre, Gordon. Il ne disait jamais grand-chose, et quand Ellen commença à courir à droite et à gauche il ne fit pas de commentaires non plus. Ike se dit qu'il n'était peut-être pas le mieux placé pour cela.

Lorsque l'été arriva, Ellen s'était mise à rentrer tard. Elle voyait beaucoup ce type appelé Ruben qui travaillait dans un garage de King City et conduisait une Mercury 56 customisée. Ike les vit un après-midi qu'il rentrait à la maison – il venait juste de commencer à travailler au magasin. Ils traînaient avec d'autres gens sur le terrain de jeu aux limites de la ville. C'était la première fois qu'il la voyait vraiment avec quelqu'un d'autre. Ruben avait garé la voiture sur l'herbe et Ellen, allongée près du pare-chocs avant, se penchait sur lui. Sa chevelure noire brillait au soleil. Elle portait une robe d'été blanche à rayures bleues, une robe qui paraissait miroiter dans la lumière chaude. Ike s'arrêta près d'une clôture grillagée et les observa longuement. Ellen finit par se lever et se dirigea vers lui à travers l'étendue d'herbe. Ses cheveux étaient dénoués et il y avait quelque chose de sauvage et d'éclatant sur son visage. Elle leva la main et leurs doigts se touchèrent à travers les mailles du grillage. Il voulait qu'elle rentre avec lui, mais elle refusa. Elle dit qu'elle était avec ses amis, ses doigts pressèrent ceux de Ike contre le métal frais et puis elle s'en retourna. Mais lui, il était resté là à les regarder jusqu'à ce qu'ils s'en aillent. Il vit Ellen s'asseoir sur le siège du passager et puis glisser plus loin en se retournant pour laisser un autre couple rabattre le siège et grimper à l'arrière, il vit la robe d'été remonter jusqu'en haut de ses cuisses brunes.

Elle rentrait souvent tard, mais cette nuit-là elle ne rentra pas du tout. C'était la première fois. Il resta étendu sous la lumière de la lune, les haïssant et se haïssant lui-même pour ce qu'il ressentait, se haïssant pour cette nuit près des plaines de sel et pour sa jalousie tordue. Au matin, elle n'était toujours pas là. Il sortit, grimpa sur la petite butte au fond de la cour de Gordon et attendit.

Enfin il aperçut un nuage de poussière qui se déplaçait à la lisière de la ville, puis la Mercury d'un bleu profond qui avançait comme un énorme insecte. La voiture la déposa devant le magasin, et il comprit qu'elle essayait d'éviter la vieille. Elle portait toujours la robe bleue et blanche, mais elle tenait ses chaussures à la main. Tandis qu'il la regardait faire le tour de la maison, il vit ses pieds nus soulever de petits nuages de poussière rouge. Elle n'entra pas dans la maison, mais dans la cave. Elle descendit les marches et referma la porte derrière elle, il ne vit plus que le bois cloqué et décoloré par le soleil. Il se releva et descendit de la butte. Il avait l'impression d'être ivre, comme si le sol se dérobait sous ses pieds. Le soleil cognait sur sa nuque, sa gorge était sèche et brûlante.

La porte de la cave n'était pas fermée. Il l'ouvrit et descendit, et aujourd'hui encore, alors qu'il se tient dans l'arrière-cour sale de l'atelier de Morris où les boîtes de bière écrasées et les bouteilles brisées lui font de l'œil dans l'herbe, alors qu'il sent sous sa main le métal poli du réservoir de Preston, il n'y a pas un seul détail de ce moment-là dont il ne se souvienne : le flot de lumière dans l'escalier, l'expression sur le visage d'Ellen quand elle le vit, surprise et en même temps furieuse contre elle-même de ne pas avoir refermé cette foutue porte derrière elle, et même le motif de poussière qui tourbillonnait dans le soleil.

Il y avait un vieil établi et un évier. Ellen se tenait debout près de l'évier. Elle avait posé ses chaussures sur l'établi et était nue à part son soutien-gorge. Elle n'était pas grande, mais si mince que ses jambes paraissaient

54

longues et brunes, sauf tout en haut où son maillot de bain avait laissé une marque blanche. Ses cheveux dénoués brillaient sous la faible lumière d'une ampoule suspendue au-dessus de l'établi et, comme elle était penchée, ils tombaient devant elle et dissimulaient son visage. Elle se retourna une fois pour le regarder puis reprit son occupation qui consistait à essayer d'effacer une tache de sa robe. Ike ne dit rien. Il se sentait toujours ivre et étourdi, malade d'être resté trop longtemps au soleil. Il avait laissé sa chemise sur la butte et ses épaules le cuisaient. Le sol de la cave était froid sous ses pieds nus. Ellen continuait de s'acharner sur la tache, mais lorsqu'il fut tout près d'elle elle se retourna de nouveau et il vit que ses yeux étaient rouges et remplis de larmes et que son maquillage avait coulé, laissant des traînées noires sur ses joues. Il voulut dire quelque chose mais n'y parvint pas. Il la prit simplement dans ses bras, elle laissa tomber la robe et ils restèrent là tous les deux, les seins d'Ellen écrasés contre sa poitrine à travers le léger tissu blanc, ses jambes plaquées aux siennes. Il baisa son front et ses yeux et même sa bouche, mais il voulait seulement la tenir serrée contre lui et lui dire – lui dire quelque chose, et les mots étaient sur le point de sortir de sa bouche quand brusquement tout fut terminé : la vieille les avait trouvés. Elle se tenait en haut des marches, la porte grande ouverte derrière elle et la lumière se précipitant à l'intérieur une fois encore, et leur seule consolation fut qu'elle était si choquée qu'elle ne pouvait parler, que tout ce qu'elle semblait capable de faire était d'osciller au-dessus d'eux, noire et tordue contre le bleu du ciel.

Après, bien sûr, cela devint invivable pour eux. Ike avait son travail et l'école. Ellen avait ses amis, et du coup ils ne se voyaient pas tellement. Le processus de séparation qui avait commencé après la nuit près des plaines de sel se poursuivait. Ellen tint tout l'hiver, mais à l'été elle était partie, seule cette fois et pour de bon. Et depuis près de deux années il n'avait plus entendu parler d'elle, jusqu'à ce que ce garçon se pointe en ville dans sa Camaro blanche avec deux planches de surf arrimées sur le toit.

À la fin de la semaine, Preston passa chez Ike pour récupérer son réservoir. Ike entendit les lourdes bottes marteler l'escalier, il eut l'impression que l'immeuble allait s'écrouler et sut qui c'était avant même d'avoir ouvert la porte.

Preston avait l'air de sortir de sa douche. Ses cheveux étaient encore humides et plaqués en arrière. Il portait le même débardeur crasseux et les mêmes jeans, mais son expression était différente et Ike comprit qu'il n'avait pas bu. Sans dire un mot, il entra et alla chercher son réservoir. Le travail de Ike le sidéra.

— Bon Dieu, répétait-il, c'est superbe. Sans blague, mec, t'as fait un boulot d'enfer.

Il approcha le réservoir de la fenêtre pour l'examiner dans la lumière du matin. En le regardant debout devant la fenêtre en train d'admirer son réservoir, Ike se sentit absurdement fier de lui-même. Même s'il savait qu'il faisait du bon travail, il n'était pas habitué aux compliments. Jerry avait toujours considéré que cela allait de soi.

— T'es un putain d'artiste, dit Preston.

Puis il se détourna brusquement de la fenêtre et regarda Ike dans les yeux. Le soleil dans son dos le faisait paraître encore plus grand que d'habitude et faisait étinceler le petit diamant à son oreille.

— Qu'est-ce que tu fous ici? demanda-t-il. Dans ce taudis? C'est pas un endroit pour toi, t'es encore qu'un gosse. Pourquoi tu retournes pas réparer les motos dans le désert?

Ike fut surpris par les questions, par le fait que Preston soit le moins du monde intéressé. Il hésita un instant. Il s'était promis de ne révéler à personne les raisons de sa venue à Huntington Beach. Mais Preston avait l'air différent ce matin, l'air de quelqu'un à qui on pouvait faire confiance, et il n'avait pas oublié qu'il aurait besoin d'aide. C'était peut-être l'occasion. Il alla à la table à jouer et prit le morceau de papier sur lequel les noms étaient inscrits. Il le tendit à Preston et tandis que ce dernier le regardait il lui parla du garçon dans le désert, du voyage au Mexique, des trois surfers de Huntington Beach qui avaient passé la frontière avec une fille et étaient revenus sans elle.

Ike se tenait tout près de Preston, et tandis qu'il parlait il lui sembla qu'une étrange expression traversait le visage de ce dernier, un air menaçant pareil à l'ombre qu'il avait remarquée le jour où Preston avait posé les yeux sur son ancienne planche.

— C'est ça que tu faisais dans l'eau? demanda Preston. Tu essayais de trouver Hound Adams?

Ike hocha la tête, surpris que Preston n'ait mentionné qu'un nom.

— Merde. (Preston avait l'air furieux, maintenant.) Et tu aurais fait quoi, quand tu aurais trouvé ces mecs?

— J'en sais trop rien. J'aurais traîné avec eux, pour essayer de découvrir quelque chose.

— Traîné avec Hound Adams?

Ike haussa les épaules.

— Tu fais peine, mec. Écoute, si tu veux mon avis, laisse tomber et arrache-toi vite fait. Retourne à San Arco réparer tes motos. Si tu veux pas faire ça, au moins t'approche plus de la jetée. Si tu veux surfer, va au nord, aux falaises. La jetée, c'est pour les mecs du coin.

— Et Hound Adams?

Preston lui tendit le papier.

— Je te répète que si tu es malin, tu retourneras chez ton oncle.

— C'est ma sœur. Je suis sa seule famille.

— Et ton oncle?

— Il en a rien à foutre, c'est pour ça que je suis venu. Mon oncle dit qu'elle était dingue, que si elle s'est fourrée dans les ennuis c'est de sa faute.

— Il a peut-être raison.

— Et peut-être pas. Il faut bien que quelqu'un découvre ce qui est arrivé.

Preston le regarda pendant un moment.

— Ouais, bon, comme tu veux, champion, mais souviens-toi de ce que je t'ai dit à propos de la jetée. T'en approche pas. Personne veut rencontrer Hound Adams sur l'eau.

Preston cala le réservoir sous son bras et marcha vers la porte. Ike le suivit dans le corridor.

— Attends, dit-il.

Preston se retourna.

— Hound Adams. Qui c'est?

Preston s'immobilisa. Il regarda à ses pieds la petite tache de soleil qui tombait de la cage d'escalier et secoua la tête. Puis il regarda Ike.

— Ça, c'est ton problème, champion. Tu piges?

Puis il partit en faisant trembler le vestibule, descendit les marches de bois et s'engagea dans la rue. Ike le suivit jusqu'en haut des marches. Il était partagé entre l'envie de lui courir après et le regret d'avoir ouvert sa grande gueule. Mais Preston l'avait pris par surprise avec ses foutues questions. Il repensa au vers de cette chanson qui parlait des paumés et des conneries qu'ils font quand ils sont loin de chez eux. C'était lui le paumé, le petit cul-terreux abruti. Merde, où avait-il été chercher qu'un type comme Preston voudrait l'aider? Et maintenant, il avait mis les pieds dans le plat. Qu'allait-il se passer si Preston et Hound Adams étaient copains ou quoi? Non, Preston n'avait pas réagi comme s'ils étaient copains; il avait réagi comme si tout ça, pour une raison quelconque, le foutait en rogne. Le problème avec les types comme lui, c'est qu'il ne fallait pas les bousculer. Pas question. Trop près de la limite en permanence. Ike serra les dents et retourna dans sa chambre. Il claqua la porte et s'y adossa. Il ferma les yeux et serra les paupières si fort qu'il finit par voir deux jambes maigres soulevant des nuages de poussière rouge par un après-midi brûlant dans le désert – non, il n'était pas près d'oublier.

8

Après ça, après sa conversation avec Preston, il se sentit mal de nouveau. Dans un sens, c'était pire qu'avant. Il savait maintenant que Hound Adams existait, qu'il était dans le coin et que Preston le connaissait. Mais les mots de Preston avaient ravivé toutes ses incertitudes. Il avait le sentiment que quel que soit le prochain mouvement qu'il ferait, ce serait le mauvais.

Il passa toute la journée suivante seul dans sa chambre et le soir il sortit se promener en se disant que peut-être il rencontrerait Preston, qu'ils pourraient discuter. Cela n'arriva pas et il se retrouva tout au bout de la vieille jetée, assis avec une poignée de pêcheurs mexicains tandis que la nuit devenait froide et humide, pleine d'un épais brouillard. Les rambardes de fer et les bancs peints étaient trempés et les lumières jaunes de la promenade tiraient des traits sur leur surface lisse. Pourtant Ike resta là un moment à regarder la route et la ville derrière lui, réduite à un mince ruban de lumières sous le ciel sans lune. Il pensait toujours à Preston et à la colère que son histoire avait fait monter en lui. Cette colère l'intriguait et en même temps le rassurait. C'était sans doute égoïste de penser cela, mais il lui semblait que cette colère était comme un outil attendant d'être utilisé – à condition qu'on la comprenne mieux. Et même s'il se doutait que cela risquait de prendre du temps, il ne fallait pas éliminer Preston du paysage. La meilleure chose à faire, c'était de patienter encore un peu. Pendant ce temps, il pourrait continuer d'apprendre à surfer. Il suivrait l'avis de Preston et éviterait la jetée, au moins jusqu'à ce qu'il soit un peu meilleur. Pour l'instant, il ferait confiance à Preston.

Ces pensées et le fait d'avoir pris une décision le réconfortèrent un peu. Sa sœur ou Gordon l'auraient sans doute trouvé trop prudent, et peut-être l'était-il. Mais il ne voulait pas tout foutre en l'air dès le début.

Il était tard lorsqu'il quitta la jetée. Il traversa la route côtière et s'engagea dans Main. Il ne savait pas l'heure qu'il était, mais il remarqua que les bars étaient fermés et que les rues étaient vides. Alors qu'il approchait de l'intersection de Main et de Walnut, une Chevy surbaissée passa près de lui sur ses jantes chromées, ses pneus chuintant doucement sur l'asphalte humide. Il ne put voir combien il y avait de passagers dans la voiture car ses vitres étaient teintées, mais elle traversa le croisement à quelques mètres de lui puis parut ralentir, comme si on l'épiait de l'intérieur. Il était sur le point de tourner dans Walnut, mais c'eût été aller dans la même direction que la voiture et il changea d'avis en se remémorant tout à coup les avertissements de Hazel Adams. Il traversa et continua sur Main, marchant vite, les mains enfoncées dans les poches de son jean.

Au bout du pâté de maisons suivant, il y avait un terrain planté d'arbres. Il attendit là dans l'ombre pendant un moment pour s'assurer que la voiture ne revenait pas. Elle ne revint pas, et il s'apprêtait à repartir quand quelque chose lui tira l'œil. Derrière les bâtiments qui donnaient sur la rue il y avait une ruelle parallèle à Main, et d'où il était il pouvait voir derrière lui, à travers le terrain, toute cette ruelle en enfilade. C'est ainsi qu'il aperçut la moto.

Il quitta le couvert des arbres et longea lentement le côté est du terrain. C'était une grosse moto, et lorsqu'il arriva près de l'entrée de la ruelle Ike se rendit compte que c'était la Knuckle de Preston. Et puis il vit Preston lui aussi. Le motard se tenait sur le côté de la ruelle, dans ce qui semblait être l'entrée d'une allée, sauf qu'il n'y avait pas d'allée à cet endroit, seulement l'arrière d'un bâtiment de brique sombre éclairé par une ampoule nue accrochée à trois mètres du sol. L'ampoule jetait une lumière blême sur l'asphalte défoncé et le gravier.

Penché, son bras levé appuyé contre le mur, Preston parlait à un autre type. Ike ne put pas voir à quoi ressemblait ce dernier, car Preston était beaucoup plus grand que lui et le dissimulait. Tout ce que Ike distinguait de l'autre homme, c'était la tache claire que faisaient ses cheveux blonds au-dessus du bras allongé de Preston. Sans doute à cause de la manière dont la tête blonde se courbait, Ike se dit que c'était Preston qui parlait tandis que l'autre écoutait. Mais il était trop loin pour entendre et ne pouvait prendre le risque de s'approcher plus. Il ne voulait pas rester trop longtemps non plus à l'entrée de la ruelle, car l'un des deux hommes pouvait se retourner et le voir. Il y avait quelque chose dans la scène qui lui intimait de rester à distance. Ce qui l'ennuyait le plus, cependant, c'était l'emplacement du bâtiment derrière lequel se tenaient les deux hommes. Pour autant qu'il puisse en juger, c'était l'arrière du premier magasin de surf dans lequel il était entré le jour où il avait acheté sa planche.

Cela pouvait être interprété de plusieurs manières, et cette seule pensée fut suffisante pour lui faire perdre la sérénité qu'il avait trouvée au bout de la jetée. Il se posait des questions tandis qu'il sortait de la ruelle et s'enfonçait dans la nuit, et son état d'esprit ne changea pas jusqu'aux heures grises du matin. Sa résolution tenait toujours, cependant, et il se leva à l'aube pour enfiler ses jeans coupés et un sweat-shirt en loques, jeter une serviette autour de son cou et caler sa planche sous son bras. Après une nuit blanche, il prit la direction de la route côtière et des plages du nord de la ville.

Tout était différent, là-bas. La sensation de lumière et de mouvement n'existait plus comme autour de la jetée. Depuis la plage, on ne voyait ni les routes ni la ville. Il n'y avait que des falaises blanches, nues et rocheuses, surplombées par la grinçante forêt des puits de pétrole et la terre noire souillée d'huile. C'était un paysage de gris et de bleus, de bruns sinistres et d'ocres, de traces de feux de camp noirâtres et d'ordures. Sur chaque morceau de rocher ou de béton on trouvait des messages bombés, des croix gammées, des noms chicanos – car on lui avait dit que les plages du nord devenaient, dès que le soleil se couchait, le domaine réservé des gangs de l'intérieur, des gangs qui surgissaient des terrains vagues de Long Beach et de Santa Ana. C'était une enfilade de plages dont les flics se désintéressaient totalement la nuit, et les surfers racontaient de macabres histoires de découvertes matinales. L'un d'eux, à qui Ike avait parlé, prétendit avoir trouvé une jambe humaine, gonflée et décolorée, flottant au bord de l'eau. Mais les plages étaient désertes le matin. Il n'y avait que les messages peints, la saleté, les feux de camp noircis comme des autels de pierre, et Ike ne fit aucune découverte épouvantable.

Peu à peu il s'habituait à une sorte de dichotomie qu'il avait découverte ici, la contradiction entre la tristesse du paysage et la beauté de la mer. Parfois celle-ci ressemblait à la terre, plate, aride, de la couleur du béton. Mais d'autres fois sa surface semblait vivre sous la lumière, le tube des vagues pareil à de la pierre polie et l'écume paraissant prendre feu dans le soleil levant. Nulle part cette contradiction n'était plus apparente que sur les plages au-dessous des falaises. En dépit des histoires qu'il avait entendues et des preuves de la saleté humaine sur le sable, il en vint à aimer ces étendues de plages désertes sous les premières lueurs, silencieuses à part le bruit du ressac et les cris des mouettes. Il s'y rendit pour la première fois le lendemain du jour où il vit Preston dans la ruelle, et puis chaque matin de la semaine. Il prit un grand plaisir à marcher le long des falaises, près du bord, l'océan vitrifié et lisse au-dessous de lui, l'air sur sa peau calme et doux et pourtant chargé de l'humidité salée de la mer. Mais ce qu'il préférait, c'était l'excitation qui montait en lui quand il choisissait un sentier et commençait à descendre en regardant les ondulations de la houle, anticipant la première explosion de froidure, la première ligne d'écume se brisant sur lui et emportant tout sauf le moment lui-même.

Au-dessous des falaises, les vagues se brisaient au large et puis l'écume roulait jusqu'à la plage en longues traînées bouillonnantes. Il y avait un endroit, pourtant, où cette écume formait une nouvelle vague qui repartait et se brisait à quelques mètres du rivage. C'est sur cette seconde vague intérieure que Ike s'entraînait. Il ramait jusqu'à ce qu'il ait passé l'endroit où les vagues se formaient, laissait le mur d'écume emporter sa planche puis essayait de se mettre debout au moment où la vague se reformait. La plupart du temps, il chutait peu après que la vague intérieure eut commencé à se former. Sa planche dévalait tout droit la petite vague et puis il s'envolait, ou bien il perdait l'équilibre en essayant de virer. Et puis un jour, il arriva quelque chose de différent. Ike se retrouva dans le mur d'écume d'une grosse vague extérieure. Elle happa sa planche et la fit voler sur la surface de l'eau. Ike se dressa sur ses pieds. Il allait plus vite qu'à l'accoutumée, mais il s'aperçut que grâce à cette vitesse il tenait plus facilement debout. Le rouleau ralentit légèrement et commença à se reformer. Ike s'inclina dans la vague et la planche vira aisément sous lui. Un mur d'eau se dressa devant lui, sa face lisse comme du verre striée de blanc. Il le dévala en biais. Les soubresauts de son parcours dans l'écume avaient disparu, tout était lisse et rapide. Il prenait une vague. Le mur s'éleva rapidement, commença à se briser, le bord de sa planche se déroba et il partit la tête la première dans l'écume, la planche voltigeant dans l'air derrière lui.

Il dut nager jusqu'au rivage pour la récupérer. Mais pendant tout le temps qu'il nagea il eut envie de s'arrêter pour hurler, lever les bras au-dessus de sa tête et agiter ses poings. Il comprenait maintenant ce que signifiaient les cris et les ululements des surfers près de la jetée. Il avait pris une vague. Il courut dans le ressac en soulevant de grandes gerbes d'eau avec ses pieds. Il ne retourna pas surfer tout de suite. Il s'assit sur le nez de sa planche dans le sable mouillé et, tout en fixant les lignes d'écume qui viraient au doré dans le soleil levant, il essaya de se rappeler chacune de ses sensations.

Il y pensa pendant le reste de la journée, se remémorant chaque sensation tandis qu'il errait devant les terrains vides et les palmiers balafrés. Les palissades s'élevaient comme des murs verts devant lui. Il se livra à des figures imaginaires de grand style, plongeant çà et là sous la crête d'une haie, sa main levée pour le protéger d'embruns invisibles.

Il avait envie d'en parler à quelqu'un et décida de partir à la recherche de Preston. Il ne l'avait toujours pas revu depuis la nuit dans la ruelle.

Il le trouva à l'atelier de Morris. Morris n'était pas là, Preston était seul dans l'arrière-cour. Assis sur la roue d'une vieille remorque, il contemplait le passage. Il tournait le dos à la ruelle et, en remontant celle-ci, Ike vit un pack de six grandes boîtes posé près de lui.

Preston leva les yeux quand Ike contourna le grillage qui séparait l'allée de la cour. Puis il regarda de nouveau en direction du passage.

— Regardez qui est là, dit-il. Billy the Kid.

Ike contourna la cabine de peinture et s'approcha de la remorque. Il remarqua qu'il y avait déjà six boîtes vides aux pieds de Preston.

— Soif ? demanda Preston, et sans attendre la réponse il lui lança une boîte. Ike l'attrapa et tira sur l'anneau. La bière sortit en moussant, blanche et froide, ruissela sur les flancs de la boîte et sur ses doigts. Il but puis regarda Preston. Ce dernier contemplait toujours le passage.

— J'ai suivi ton conseil, lui dit Ike. Je suis allé plus au nord, aux falaises.

— Mon conseil, c'était que tu quittes la ville.

Ike but une autre gorgée et regarda la tête de Christ qui recouvrait l'avant-bras de Preston, la couronne sanglante qui irradiait des oiseaux et des lézards. La bière lui brûlait la gorge.

— J'ai pris une vague aujourd'hui, mec.

— Ah, ouais ?

Preston le regarda du coin de l'œil puis avala le reste de sa bière. Il avait sa façon à lui de faire ça, il ouvrait la bouche et tenait la boîte à quelques centimètres pour laisser couler le liquide, comme s'il versait de l'huile dans un carter. Quand il eut fini il laissa tomber la boîte, l'écrasa avec son pied puis en saisit une autre.

— Tu avais raison pour la planche. Elle est bien plus stable.

Preston hocha la tête, l'œil dans le vague. Ike se tenait

65

près de lui. Il fut tenté de lui dire qu'il l'avait vu dans la ruelle, mais il se retint. C'étaient les oignons de Preston, et ce dernier n'était pas du genre à apprécier les fouineurs.

— Alors ça te plaît, là-bas, dit Preston.

C'était plus une constatation qu'une question, mais Ike répondit tout de même.

— Ouais. J'adore. C'est autre chose. J'y pense souvent. Quand je travaille ou autre chose, je m'aperçois que je pense aux conditions météo, à la marée, à ce que je vais essayer la prochaine fois. J'ai besoin de matériel. J'ai besoin d'une combinaison et d'un leash pour ma planche.

— Achète une combi. Oublie le leash. Apprends à t'accrocher à ta planche.

— C'est dur.

— Allez, mec. Je croyais que t'étais Billy the Kid. Je croyais que t'étais venu ici pour te faire Hound Adams. C'est dur, ajouta-t-il en imitant Ike et en prenant une voix de fausset.

Après avoir dit ça, il regarda Ike du coin de l'œil comme il l'avait déjà fait. Il grimaçait parce qu'il avait le soleil dans la figure, mais il sembla à Ike qu'il souriait aussi.

— Prêt pour une autre bière?

Ike secoua la tête.

— Il m'en reste.

Il but une autre gorgée et entendit Preston dire : "Seigneur."

— Alors, ce Hound Adams? demanda Ike sur le ton de la conversation. Tu le connais depuis longtemps?

— Assez pour savoir qu'il utilise jamais de leash.

Pour une raison quelconque, Preston sembla trouver ça drôle. Il gloussa et versa un peu plus de bière dans sa gorge – une demi-boîte environ.

— Alors, tu vas vraiment traîner dans le coin. C'est sérieux, cette connerie?

66

Ike opina. Il renversa la tête en arrière et avala ce qu'il lui restait de bière. Il plia la boîte et l'écrasa puis la lança sur la pile aux pieds de Preston. Preston lui en tendit une neuve.

— Et de quoi tu vas vivre ? Tu vas te trouver un job ?

— Sûrement.

— Quoi ?

Ike haussa les épaules.

— N'importe quoi.

— Eh ben, merde. Y en a du boulot. Tu te mets à réparer les bécanes dans ce bled et tu fous Morris en faillite vite fait. Évidemment, Morris pourrait ne pas apprécier. Pense à ça, il est pas fou de ton petit cul, Morris.

Ike haussa de nouveau les épaules.

— Je vais te dire, commença Preston, mais il fut interrompu par le bruit d'une moto – c'était Morris qui remontait l'allée.

— Et voici son altesse, dit Preston.

Il se leva, finit sa bière, balança la boîte et remonta son jean crasseux. Il ramassa ses lunettes noires sur la remorque et les mit devant ses yeux.

— Qui sait, dit-il en tapotant la poitrine de Ike avec le dos de sa main. Je peux peut-être glisser un mot pour toi à ce vieil enculé de fourbe. Te recommander, comme qui dirait.

Il cligna de l'œil et s'éloigna. Ike le regarda s'approcher avec une nonchalance exagérée de l'endroit où Morris, agenouillé près d'une moto, déballait des pièces détachées qu'il venait apparemment d'aller chercher. Ike les entendit discuter d'une voix étouffée pendant quelques instants. Puis il distingua clairement la voix de Preston.

— Je sais que tu dois démonter cette Shovel.

Morris finit par se relever et s'essuya les mains. Il dit quelque chose à Preston puis s'avança et parla à Ike à travers le grillage.

— Je dépouille une bécane la semaine prochaine, dit-il. Ça t'intéresse?

Ike opina.

— Bien sûr, dit-il. Et comment.

Morris le regarda un moment comme s'il se demandait s'il était en train de commettre une erreur ou pas, puis il fit demi-tour et retourna à son travail. Preston dit encore quelque chose que Ike ne comprit pas puis se dirigea vers Ike.

— Merci, dit Ike.

Preston leva une main.

— Lui tourne jamais le dos, dit-il avant d'éclater de rire à la pensée de la nouvelle association.

Ike resta un moment planté là à attendre. Un vent violent descendait l'allée, et lorsque Ike parla de nouveau, ce fut de surf.

— Ça doit souffler là-bas, dit-il.

Preston opina, et Ike vit le ciel se refléter dans ses lunettes.

— Ce qu'il te faut, c'est des bons brisants, lui dit Preston. Des bancs d'algues qui cassent les vagues. Huntington est pas le seul endroit où il y a du ressac, tu sais. Merde. Si tu savais tous les endroits où je suis allé. (Il regarda en direction du passage.) Dans le temps, il se passait pas un jour sans que j'aille vérifier.

Il étendit ses bras puis en gonfla les muscles comme s'il prenait la pause pour une photo.

— Merde, je devrais aller là-bas avec toi pour jeter un œil, dit-il, mais il ne fit pas mine de bouger.

Ike se dit qu'il était temps de partir. Il ne voulait pas parler devant Morris. Pour l'instant, il se satisfaisait de savoir que Preston était toujours de son côté, qu'ils pourraient parler de nouveau. Il dit au revoir et se dirigea vers la rue, mais Preston le rappela et il se retourna.

— Tu raconteras ce que tu m'as dit à personne d'autre, hein?

— Non. Je dirai rien. J'ai rien dit.

— C'est bien, dit Preston. Dis rien.

Ike attendit un instant pour voir si Preston en dirait plus ou se déciderait à l'accompagner jusqu'à la jetée, mais Preston ne bougea pas. Il restait avec Morris près de l'entrée de l'atelier. Morris avait ôté sa chemise et mis un masque pour peindre au pistolet qui pendait à son cou. Son gros ventre poilu passait par-dessus sa ceinture de telle sorte que la boucle pointait vers le sol. Tout comme il l'avait fait avec Ike auparavant, Preston tapota la poitrine de Morris avec le dos de sa main.

— Le gosse a pris sa première vague aujourd'hui, Morris. Qu'est-ce que t'en penses ?

— En plein dans les déferlantes, ajouta Ike, toujours quelque peu exalté par son exploit.

Morris venait de mettre le masque devant son visage. Il le rabaissa et regarda Ike par-dessus le bord.

— Ça me fait une putain de belle jambe, dit-il.

9

Morris le faisait travailler les après-midi, ce qui lui laissait ses matinées libres pour surfer. Ils passèrent les premiers jours sur la Shovel. Le boulot exigeait de la concentration, sans compter les rapports délicats avec Morris, et le soir venu Ike était lessivé. Il rentrait chez lui et dormait. Il était impatient de parler de nouveau avec Preston, mais celui-ci ne se montra pas de la semaine. Vers le milieu de la deuxième semaine, Ike recommença à se faire du souci.

Il y avait de plus en plus de boulot et il passait ses après-midi le nez dans les culasses gonflées des Shovelhead et des Panhead, s'échinant sur le réservoir de Fat

Bob avec le nouvel aérographe Badger de Morris, laissant dans son sillage un arc-en-ciel de toiles d'araignée métalliques, de dentelle gris perle et de flammes bleues. Ses matinées, il les passait dans l'eau. Mais le temps devenait un problème, maintenant – cela faisait deux semaines qu'il avait parlé à Preston dans sa chambre, un mois qu'il était en ville et il ne savait même pas à quoi ressemblaient Hound Adams, Frank Baker et Terry Jacobs. Il avait promis à Preston de ne rien dire mais, du coup, rien n'arrivait. Il avait de plus en plus de mal à se concentrer sur son travail. Il lui fallait une autre piste. Et puis vint la cinquième semaine – vingt-neuf jours depuis que, debout dans les gravillons au bord de la route, il avait dit au revoir à Gordon. Ce fut la cinquième semaine que la grosse houle arriva.

D'abord il entendit le bruit, comme de lointains et réguliers coups de tonnerre par-dessus la rumeur de la circulation sur la route. Cela le réveilla et il écouta un moment, se demandant ce que c'était, avant de se rendormir. Mais au matin le bruit était toujours là, plus fort dans la lumière grise de l'aube, et il sut ce que c'était. Il enfila ses vêtements et sortit en courant. Il dévala l'escalier de bois et traversa la pelouse, passa devant le puits de pétrole et s'engouffra dans l'allée. Au sud de Main, il courait toujours vers l'océan et aperçut l'écume avant même d'avoir traversé la route.

La première chose qui le frappa, c'est qu'avec la houle tout avait l'air différent. Il aurait aussi bien pu se trouver dans une autre ville, sur une autre jetée, en train de contempler une plage qu'il n'avait jamais vue auparavant.

Les vagues ne se formaient pas sur l'océan en lignes mouvantes comme d'habitude. Elles semblaient surgir de l'horizon comme si elles avaient traversé tout le Pacifique pour venir s'écraser sur la plage. La surface de l'eau bouillonnait furieusement, grise et noire, striée de blanc. Il semblait impossible de ramer là-dedans. Les cinquante premiers mètres d'eau semblaient sortir d'une machine à laver. Des paquets d'écume jonchaient le sable mouillé comme de la neige. Et tandis qu'il courait le long de la promenade, la structure entière tremblait sous lui à chaque nouvelle vague.

Il était seul avec la houle. Tout en bas sur la plage, il apercevait la Jeep jaune des sauveteurs. La matinée était calme et grise, de lourds nuages enveloppaient le soleil. Il s'avança sur la jetée, et c'est alors qu'il les vit. Il n'était pas tout seul, finalement. D'abord il n'en crut pas ses yeux : personne n'aurait pu sortir avec des vagues pareilles. Il courut plus loin. Il les perdit de vue puis les retrouva. Plus de doute. Il en repéra un, puis deux autres, un quatrième et un cinquième. Les creux étaient si profonds qu'il était difficile de les voir. Parfois ils disparaissaient complètement derrière les vagues. Il s'agrippa à la rambarde trempée par les embruns. Ils étaient sortis, d'accord, mais il était bien certain qu'ils n'avaient pas pris une vague.

Il était presque à leur hauteur maintenant et pouvait les distinguer plus clairement : six surfers du côté sud de la jetée. Ils restaient groupés, filant à droite et à gauche comme un banc de poissons, essayant apparemment de se mettre en position au milieu des énormes rouleaux. De temps à autre l'un d'entre eux semblait sur le point de décoller, mais il renonçait au dernier moment et laissait la vague s'enfler et le dépasser pour, inviolée, se précipiter dans un bruit de tonnerre sous la jetée et vers la plage.

Les surfers semblaient en baver pour se mettre en position. Les vagues passaient les unes après les autres, les soulevaient et les dissimulaient, projetant des rideaux d'embruns à vingt mètres de hauteur quand elles s'enroulaient autour des piliers. Et chaque nouvelle série semblait venir de plus loin encore, les forçant à ramer vers le large. Ike était en train de se demander s'ils arriveraient à prendre une vague lorsqu'il remarqua un surfer qui ramait dur. Sa planche commença à se dresser, soulevée par la vague. Difficile d'évaluer la hauteur de la vague, mais sa crête s'élevait bien au-dessus de la tête du surfer.

Ce dernier dévala la vague à toute vitesse et, arrivé en bas, s'arracha dans un virage surpuissant, la queue de sa planche projetant en l'air un grand arc d'eau. Il remonta dans la vague, fut presque englouti par l'eau qui retombait. Et puis il sortit du tube, haut sur la crête, faisant accomplir à sa planche de courts et rapides virages, fonçant vers la jetée. Et puis ce fut fini, le type avait traversé la lèvre de la vague à l'ultime seconde, juste avant qu'elle se fracasse contre un pilier. Ike le perdit de vue un instant dans les embruns et puis l'aperçut de nouveau allongé sur sa planche, ramant ferme vers l'horizon.

Lorsque le soleil eut fini de disperser les nuages, il y avait une autre demi-douzaine de surfers dans l'eau. Ils avaient gagné le large en restant du côté nord de la jetée, utilisant les piliers comme écran contre la houle venue du sud. C'était malgré tout risqué, et Ike vit plus d'un surfer renoncer, plus d'une planche fracassée contre les piliers.

Bien peu se mirent à l'eau mais beaucoup vinrent regarder, et une foule bruyante se massa bientôt contre la rambarde. Les gens ululaient et acclamaient chaque surfer qui prenait une vague. Ike se surprit à faire de même. Il y avait désormais une douzaine de caméras installées sur la jetée, certaines maniées par des équipes en T-shirts identiques portant des publicités pour différents magasins de surf et fabricants de planches. Il y avait encore plus de caméras sur la plage, plus de spectateurs, plus de Jeep jaunes, et aux environs de midi une atmosphère de cirque avait envahi cette partie de la ville, tous ces gens qui s'entassaient sur la jetée et sur la bande de sable blanc.

Ike vit le surfer blond, celui-là même qui avait pris la première vague, se livrer à des chevauchées spectaculaires qui arrachaient des acclamations à la foule. Il était là depuis une heure environ lorsqu'une voix familière détourna son attention du surf. Il se retourna et vit Preston derrière lui. Il portait son débardeur crasseux et son vieux bandanna rouge. Il semblait déplacé au milieu des équipes de télé et des surfers alignés sur la jetée, cette foule de cheveux décolorés par le soleil et de membres lisses. Avec ses énormes bras tatoués et son buste carré, Preston ressemblait plutôt à un prolongement de l'engin qui étincelait entre ses jambes. Les lunettes d'aviateur renvoyaient le soleil, de sorte que Ike ne pouvait voir ses yeux, mais sa bouche était tordue par un grand sourire ironique, comme s'il y avait dans l'air quelque plaisanterie dont lui, Ike, ne savait rien, dont il était peut-être le sujet.

— Je croyais t'avoir dit de quitter la ville, dit Preston.

Ike sourit à son tour sans trop savoir quoi dire, content malgré tout que Preston soit venu. Depuis qu'il était à Huntington Beach, Preston était pour lui ce qui se rapprochait le plus d'un ami. Preston savait pourquoi il était là et cela créait un lien entre eux, du moins dans l'esprit de Ike.

— Ça cogne, dit Ike.

Preston regarda les vagues derrière Ike.

— Première houle de sud de la saison, dit-il. Faut ça pour avoir une vague à soi, maintenant. Les punks peuvent pas sortir.

— Tu as déjà vu une mer aussi grosse que ça?

— Bien sûr. Plus grosse. J'ai surfé des vagues plus grosses. Mais c'est une bonne houle.

Ike remarqua soudain un son qui s'élevait au-dessus du brouhaha de la foule et du tonnerre des vagues. La

tour avait apparemment repéré Preston, et la voix mécanique avait commencé à geindre. "Pas de motocyclettes
sur la jetée", disait la voix. "S'il vous plaît, descendez de
moto et quittez la jetée. " Preston se pencha vers la promenade et fit un doigt à la tour. La voix reprit, un peu
fêlée. "S'il vous plaît, descendez de moto et quittez la
jetée. "

Preston secoua la tête et commença à faire faire demi-
tour à sa moto. Les spectateurs les plus proches se
retournèrent pour le regarder mais prirent bien soin de
lui laisser toute la place pour manœuvrer.

— La voix de la sagesse, dit Preston. J'ai l'impression
que ce type est là-haut depuis vingt ans. J'ai l'impression
que c'est toujours la même voix.

Ike regarda les vitres fumées loin au-dessus de la promenade. Il décida de s'en aller lui aussi et d'aller
prendre un petit déjeuner. Pourtant, il lui était difficile
de s'arracher à la rambarde et il se tourna de nouveau
pour regarder l'océan – juste à temps pour voir le surfer
qu'il observait depuis le début prendre une nouvelle
vague. Le type était facile à repérer. Il était grand et
blond, et alors que la plupart des autres portaient des
combinaisons, lui ne portait qu'un maillot de bain et un
gilet.

— Celui-là, c'est vraiment un bon, dit Ike en le montrant à Preston.

— Ton héros, hein? dit Preston, et son sourire se tordit.

Ike regarda la mer, et puis Preston de nouveau.

— T'attache pas trop à lui, dit Preston. C'est ton
homme. Et l'autre là-bas – il montra une silhouette
sombre en combinaison noire avec ce qui semblait être
des bandes rouges sur les côtés, assise au large, bien plus
loin au sud – c'est un autre de tes copains. Terry Jacobs.
C'est un Samoan, le plus costaud de tous ces mecs.

Écrasant la jetée sous ses lourdes bottes, Preston se

mit à pousser la moto vers la promenade tandis que les gens s'écartaient pour le laisser passer.

Ike le suivit. Preston ne dit rien d'autre. Il se contenta de pousser la moto parmi la foule. Lorsqu'il arriva à proximité de la tour, il se souleva et appuya sur le kick. Le moteur ne partit pas et il dut recommencer. Ike lui attrapa le bras. Il l'agrippa en plein dans le biceps, en haut du serpent enroulé, et eut l'impression de refermer ses doigts autour d'un gros tuyau. Preston se pencha en arrière et regarda son bras, la main de Ike. Il le fit très lentement, et Ike relâcha sa prise. Il plongea son regard dans les lunettes noires de Preston.

— Attends, dit-il. Tu peux pas t'en aller comme ça.

Preston le regarda.

— Vraiment ?

Ike hésita.

— Parle-moi d'eux, finit-il par dire.

— Qu'est-ce que tu veux dire, parle-moi d'eux ? demanda Preston. C'est eux, champion. Deux d'entre eux, en tout cas.

Preston kicka dur, et le gros moteur s'éveilla. Au-dessus d'eux le speaker donnait d'autres ordres, parlait de pousser la moto, mais sa voix se perdit dans le grondement du moteur. Un pâle nuage de fumée flottait dans l'air et Ike, debout en plein milieu, regardait Preston.

— Écoute, lui cria ce dernier. Mettons les choses au point. J'ai repensé à ce que tu m'as dit. Donne-moi le temps d'y réfléchir un peu. En attendant, fais comme je t'ai dit, garde ton histoire pour toi. S'il y a quelque chose que tu dois savoir, je te le dirai. Mais souviens-toi de ça : t'es pas chez toi, ici. Tu comprends ? T'as aucune idée de ce qui se passe ici. Et encore une chose. Ne m'attrape plus jamais comme ça. Je pourrais t'arracher ta putain de tête.

Il embraya et démarra, remontant la promenade dans

le tonnerre des tuyaux d'échappement et l'éclat brûlant des chromes, et les gens se dispersaient devant lui comme des feuilles dans le vent.

10

La houle tint tout le reste de la semaine. Chaque jour, cependant, la mer devenait un peu plus calme. Et, à mesure que les spectateurs s'en retournaient à la plage et que l'atmosphère de fête se dissipait, le nombre des surfers qui se mettaient à l'eau augmentait. Vers la fin de la semaine, les vagues, compactes et bien formées mais réduites à une hauteur de deux mètres, étaient plus encombrées que jamais. Les bagarres n'étaient pas rares, sur l'eau et en dehors. Ike venait voir. Au début la mer avait été trop grosse pour lui, mais maintenant qu'il pouvait enfin mettre des visages sur deux des noms inscrits sur le morceau de papier, il voulait voir de plus près. S'il avait mieux surfé, il se serait aventuré sur l'eau ; les choses étant ce qu'elles étaient, il resta sur la jetée et regarda.

Les deux hommes que Preston lui avait montrés étaient là chaque matin : Hound Adams et Terry Jacobs. Hound Adams était grand, mince mais bien bâti. Et Preston avait dit vrai à propos du Samoan ; il semblait toujours être le mec le plus costaud sur l'eau – un peu plus petit que Hound, avec une poitrine comme un frigo. Ils surfaient magnifiquement tous les deux, particulièrement Hound Adams. Terry semblait surfer sans trop d'efforts, mais il n'avait pas la brillance fluide de Hound. Il ne dansait pas avec la mer, il la défiait en une épreuve de force. Il pouvait traverser d'incroyables sections de vagues, tel un arrière enfonçant une défense, l'air trop lourd et trop bien planté pour être seulement mis à bas de sa planche. Sur la plage aussi il était effrayant, avec l'énorme boule de cheveux crépus qui se balançait au rythme de sa marche.

Ils surfaient toujours aux aurores, ainsi que le garçon le lui avait dit dans le désert. Mais avec la houle ils surfèrent également le soir, si bien que Ike prit l'habitude d'aller les voir après son travail. Il avait noté la direction qu'ils prenaient en quittant la plage et avait formé le projet de les suivre. Il était sûr que Preston n'aurait pas approuvé, mais de toute manière Preston ne s'était pas montré depuis le premier jour de houle.

Il les observa depuis la jetée jusqu'à ce que le soleil s'enfonce dans la mer et que les lumières commencent à voleter et à bourdonner au-dessus de la promenade, puis il marcha rapidement jusqu'à la route. Ils traversaient généralement en face de chez Tom puis tournaient à gauche et s'éloignaient vers le nord de la ville. Il attendit chez Tom. Lorsqu'ils passèrent devant le café, il les suivit.

Il resta trop loin en arrière pour entendre ce qu'ils disaient, mais il les voyait faire des gestes et rire. Pendant un moment, leurs pieds nus laissèrent des empreintes humides sur le trottoir sale. En face du Capri Room, les néons jetaient une lueur rose sur le ciment et se reflétaient dans les chromes de la demi-douzaine de choppers garés le long du trottoir. Il vit Hound faire un geste en direction des motos et entendit Terry Jacobs rire.

Les gens s'écartaient devant eux. Ils tournèrent à droite à Del Taco et empruntèrent une rue mal éclairée. Ike resta derrière eux. Il sentait son pouls battre dans sa gorge, la moiteur de ses paumes. Il n'y avait personne d'autre dans la rue. Il ralentit un peu et les laissa prendre de l'avance.

Trois blocs plus loin, ils s'engagèrent sur la pelouse d'une maison à deux étages. La lumière qui tombait d'une des fenêtres du haut dessinait un cercle jaune sur l'herbe sombre et s'accrochait aux feuilles d'un vieux palmier. Ike les entendit parler tandis qu'ils retiraient leurs combinaisons. Il avait d'abord eu l'intention de passer devant la maison en prenant l'air le plus dégagé possible, mais maintenant il en voulait plus. La maison voisine était sombre et sa pelouse noire dans l'ombre des vieux arbres. Une haie épaisse séparait les deux propriétés. Ike plongea derrière. Puis il se déplaça le long de la haie, à moitié accroupi et songeant combien il serait stupide de se faire surprendre. Mais la maison était sombre et silencieuse, les fenêtres éteintes. À travers la haie il les entendait parler, faire jaillir de l'eau d'un tuyau. Il se mit à genoux et rampa jusqu'à ce qu'il trouve un trou dans la haie.

Ils étaient en maillot de bain dans le jardin. Hound rinçait les combinaisons au jet. Un autre homme sortit sur le porche. Il était plus petit que Hound et que le Samoan, plutôt maigre et sec. Il avait des cheveux blonds ondulés coiffés en arrière et qui paraissaient mouillés, comme s'il venait de sortir de l'eau. Il porta sa main à sa bouche pour tirer une bouffée de quelque chose, et ce faisant il pencha la tête de telle manière que son geste, l'inclinaison de sa tête peut-être ou bien la lumière dans ses cheveux, rappela à Ike la ruelle à l'arrière du magasin. Il était presque sûr que c'était le type qu'il avait vu parler avec Preston, et un nom se forma sur ses lèvres, un nom qu'il se chuchota à lui-même.

— T'aurais dû venir, mec, dit Terry à l'homme sur le porche.

Celui-ci haussa les épaules et passa le joint à Terry.

— Demain, dit-il.

Terry secoua la tête, monta les marches et disparut

dans la maison. Le nouveau venu et Hound Adams étaient seuls dans le jardin. Pendant un moment, ils ne dirent rien. Hound mit les combinaisons à sécher sur un fil tendu entre le porche et un arbre. Ce fut lui qui finit par parler, et Ike entendit sa voix pour la première fois.

— C'est une bonne houle, dit-il. (Sa voix était douce.) On devrait avoir un bon été. Je le sens. Tu vois ce que je veux dire ?

L'homme blond opina puis s'assit sur le porche. Hound vint se planter devant lui, lui prit le joint puis le lui rendit. Ils continuèrent à parler de surf, d'orages et de houles et de la façon qu'ils avaient de fonctionner par cycles – c'était l'année. Ike les écoutait. Le sol était légèrement humide sous ses mains et ses genoux, il respirait l'odeur de verdure moisie de la vieille haie. Une voiture passa dans la rue, trop loin pour que ses phares l'éclairent. Et puis une pensée lui vint. C'était une pensée étrange sans doute, mais il ne put l'empêcher de lui venir à l'esprit. Il se dit qu'ils étaient sacrément bons, particulièrement Hound, qu'ils savaient des tas de choses sur ces cycles et ces orages et cette énergie lointaine, qu'eux seuls avaient osé affronter la grosse houle alors qu'il croyait que personne n'aurait pu s'y risquer, il revit la manière dont Hound Adams avait pris la première vague. Il repensa à ces noms inscrits sur le morceau de papier et se demanda pourquoi il fallait que ce soit eux.

Quelqu'un éteignit la lumière à l'étage et les motifs d'ombre disparurent de l'herbe. Mais Ike pouvait toujours les voir à travers la haie : Hound debout et l'autre type qui portait les planches à l'abri sous le porche. Hound resta seul pendant un moment ; les mains sur les hanches il regarda le jardin rempli d'ombre, puis il tourna les talons et entra dans la maison. La porte claqua dans l'obscurité. Ike attendit quelques minutes puis se redressa. Il brossa avec ses mains les traces humides sur son pantalon. Puis il marcha lentement le long de la haie et se retrouva sur le trottoir.

Il y avait une autre lumière allumée dans la maison maintenant, dans ce qui semblait être une cuisine, et il pouvait les voir à travers la vitre. Hound Adams et Terry Jacobs assis autour de ce qui devait être une table, bien qu'elle fût trop basse pour qu'il la vît. Ils étaient toujours torse nu, leurs visages penchés, concentrés sur quelque chose qui était devant eux. L'espace d'un instant, la pensée qui lui était venue derrière la haie traversa de nouveau l'esprit de Ike, et puis elle disparut et il ne resta plus que le goût curieusement métallique de la peur dans son palais et dans sa gorge. Tandis qu'il marchait lentement sur le trottoir et passait devant la maison, il tourna la tête pour regarder une fois encore. Sous cet angle, il les voyait mieux. Les deux hommes se tenaient légèrement penchés vers l'avant, leurs visages durs comme ciselés par la lumière jaune ; des visages qui lui parurent soudain arrogants et fourbes ; des assassins sous la lampe.

Un spasme soudain le traversa et il s'éloigna dans l'obscurité de la rue. Plus tard, quand il fut seul dans sa chambre, il repensa à tout cela. Il repensa aussi à Ellen Tucker. Il ne se passait pas une journée sans qu'il pense à elle, mais le boulot et le surf avaient encombré son esprit d'autres préoccupations. Mais pas cette nuit. Cette nuit la pensée était bien là, tout comme quand il avait travaillé sur le réservoir de Preston. Sauf que maintenant il les avait vus, avait mis des visages sur les noms inscrits sur le morceau de papier. De nouveau il songea à ce que le garçon lui avait dit, que ces types n'étaient pas des poids plume et qu'à moins qu'il ne trouve de l'aide... Et pour la première fois depuis qu'il était là il se retrouva en train de lutter d'une manière différente contre ce que Gordon lui avait dit, qu'il fallait qu'il s'y fasse, qu'il ne la reverrait jamais. Il entendait ces mots maintenant comme si les murs les prononçaient et il lutta contre eux toute la nuit, jusqu'à ce que les premières lueurs de l'aube glissent sur le plâtre craquelé du plafond. Et ce fut comme si au bout du compte, quelque part à la lisière d'un sommeil agité, ses yeux le brûlant comme s'il avait contemplé le vent du désert, il comprenait que ces mots étaient vrais. Il le sut avec une absolue et terrible certitude, et en même temps qu'une nouvelle vague d'anxiété le submergeait il pensa à l'homme à qui il avait vu Preston parler dans la ruelle – le même homme qu'il avait vu ce soir : Frank Baker. Ce ne pouvait être que lui. Et il se demanda ce que les deux hommes s'étaient dit cette nuit-là, derrière le magasin.

11

Ce fut le bruit des bottes dans l'escalier qui le réveilla un peu plus tard. Les bottes appartenaient à Preston, qui ne prit pas la peine de frapper et entra directement. Ike vit tout de suite qu'il avait quelque chose de changé. Il se souleva sur un coude et se frotta le visage avec la main. Ce qu'il y avait de plus manifestement différent, décida-t-il, c'était la chemise. Une chemise ridicule, décorée de pélicans d'un bleu lumineux et de poissons volants, le genre de chemise qu'on s'attendrait plutôt à voir sur les épaules d'un touriste avachi avec appareil de photo sur le ventre. C'était la première fois que Ike voyait Preston vêtu autrement que de son débardeur crasseux. Il portait toujours ses bottes de motard et son jean graisseux, mais la chemise faisait de lui un autre homme.

Mais il n'y avait pas que la chemise. Son visage avait l'air frais et sobre, comme le jour où il était venu chercher son réservoir, et de nouveau ses cheveux étaient humides et plaqués contre son crâne, comme s'il venait de prendre une douche. Il se frottait les mains et faisait les cent pas devant le lit de Ike.

— Reste pas là à te dorloter, dit Preston. Viens prendre quelques vagues.

Ike s'arracha du lit et posa ses pieds sur le sol froid. Le souvenir de la nuit précédente le hantait encore. Là, dans la lumière grise, il se sentait lessivé et, bien qu'il n'eût rien bu, il avait l'impression d'avoir la gueule de bois. Il cligna fort des yeux et essaya de se mettre au diapason de l'enthousiasme de Preston qui semblait tout à fait hors de propos ce matin-là, et même forcé et un peu mécanique. Il pinça son nez entre ses doigts, à hauteur de ses yeux. La chambre était remplie de pélicans bleus et de poissons volants.

— Allez, viens, disait Preston. Il avait arrêté de faire les cent pas et se tenait devant le lit, les mains sur les hanches – position qui rappela à Ike Hound Adams debout sous son porche en train de regarder dans l'obscurité, la nuit précédente. Il envisagea un instant d'en parler à Preston, puis décida de n'en rien faire. Il allait suivre Preston et voir où cela le mènerait. De plus, forcé ou non, il n'avait jamais vu ce type aussi jovial et cela l'aurait ennuyé de briser le charme. Il se leva et se mit à chercher ses jean coupés à travers la pièce. Puis il se rappela qu'il était censé aider Morris à réviser la Shovelhead de Moon.

— J'ai promis à Morris de bosser avec lui sur une autre Shovel, dit-il.

Preston le fixa et repoussa ses lunettes dans ses cheveux.

— Je croyais que tu voulais apprendre à surfer.

— C'est vrai.

— Alors, merde à Morris. Laisse-le démonter sa Shovel tout seul. Tu veux être un esclave toute ta vie?

— C'est la Shovel de Moon, dit Ike.

Il s'assit sur le bord de son lit pour enfiler son bermuda. Il se réveillait peu à peu, et l'enthousiasme de Preston commençait à déteindre sur lui. Il sourit.

— Je croyais que t'étais à la retraite.

— Merde. C'est ton cul que je vais mettre à la retraite si tu te décides pas. Tu viens avec moi, ou quoi?

Ike se leva et boutonna son jean.

— On va où? demanda-t-il.

Preston sourit et rabattit ses lunettes noires devant ses yeux.

— Là où c'est bon, champion. Là où c'est bon.

À la grande surprise de Ike, une vieille camionnette Chevy les attendait au bas des marches. Elle était grise. Le pare-chocs avant avait été customisé. Un habitacle de camper recouvrait le plateau et la vitre arrière était décorée d'une collection d'écussons Harley-Davidson. Preston souleva le hayon afin que Ike puisse glisser sa planche à l'arrière, et ce fut alors que ce dernier remarqua l'autre planche et le matériel de camping. La planche de Preston avait l'air vieille avec ses bords un peu jaunis, mais au moment où il rangeait la sienne Ike remarqua le décalque collé dessus, une vague dans un cercle et les mots *Branché à la Source*.

Ils roulèrent toute la matinée, et Ike ne posa plus de questions quant à leur destination. Il grimpa dans la camionnette à côté de Preston et ils prirent la direction du nord, à travers les champs de pétrole et au-dessus des falaises où Ike avait pris sa première vague. Preston baissa sa vitre et l'air du matin leur fouetta les oreilles, un air propre et froid qui fit du bien à Ike. Il était tout à fait réveillé maintenant et se demandait où ils pouvaient bien aller et ce que Preston avait en tête. Il pensait aussi à la planche qu'il avait vue à l'arrière, mais il ne posa plus de questions. Il regardait la route se ruer vers lui, les premiers rayons de soleil qui perçaient la grisaille.

Ils s'arrêtèrent une fois pour boire un café dans une baraque à beignets située du côté de la mer, sur la route côtière. Debout derrière la baraque, leurs gobelets de plastique à la main, ils regardèrent les ondulations de houle mouvante qui traversaient l'océan loin au-dessous d'eux. De retour dans la camionnette, Preston se pencha par la vitre et ulula.

— Ça va être bon, champion, dit-il.

Puis il se pencha sur Ike et lui donna un coup de poing dans le genou. Ike sentit sa jambe sauter sous l'impact et, bien que Preston ait voulu plaisanter, il eut un peu mal. Il regarda le serpent qui descendait le long du bras de Preston et disparaissait sous la manche de sa drôle de chemise et ne put s'empêcher de se demander à quoi rimait tout cela. Il lui semblait toujours qu'il y avait quelque chose de décalé dans l'enthousiasme de Preston. Il aurait voulu parler de Hound Adams. Il aurait voulu parler à Preston du type blond avec qui il l'avait vu discuter dans la ruelle. Mais, tout comme il l'avait fait plus tôt dans sa chambre, il se retint. Il ne voulait pas dissiper le charme fragile de cette matinée. Alors il garda la bouche fermée et contempla le tableau de bord où une clé rouillée se balançait au bout d'un lacet de cuir accroché à un des boutons. Il regarda passer la matinée et commença à se sentir heureux. Maintenant qu'il y pensait, c'était pratiquement la première fois de sa vie que quelqu'un l'emmenait quelque part – mis à part les kilomètres qu'il avait faits avec sa mère quand Ellen et lui étaient petits, mais cela ne comptait pas. Il repensa à ces virées de chasse que Gordon faisait parfois et auxquelles il avait toujours voulu participer sans être jamais accepté – Gordon disait qu'il était trop jeune, ou trop petit. Il se demanda ce que Gordon dirait maintenant s'il le voyait foncer dans une vieille camionnette décorée d'ailes Harley-Davidson avec un type comme Preston au volant. Il se redressa sur son siège et passa son bras par la vitre, comme Preston. Pour l'instant, il n'en avait rien à foutre d'où ils allaient et pourquoi ils y allaient. C'était une balade, et voilà tout.

À midi, ils arrivèrent à Santa Barbara. Le soleil tombait en oblique sur les toits de tuile rouge et les murs blanchis à la chaux d'une rue appelée South State. Il y avait des Mexicains et des ivrognes qui prenaient le soleil, des auto-stoppeurs assis en tailleur sur la bande d'herbe qui longeait la route.

Preston trouva un café mexicain délabré où ils mangèrent des burritos et du riz. Preston commanda un pichet de bière, et une vieille Mexicaine leur apporta deux verres sans vérifier l'âge de Ike.

— On va passer l'après-midi en ville, dit Preston. Je veux pas aller là-bas avant la nuit.

— La nuit ?

— Il y a un problème avec cet endroit. Les vagues sont superbes, mais c'est une propriété privée. Ils nous tireront dessus s'ils nous prennent à surfer là-bas.

Ike sentit les haricots se coincer dans sa gorge et dut boire une longue gorgée pour les faire descendre. Preston lui sourit et termina le pichet sans se soucier de son verre.

Pus tard, ils se rendirent dans une salle de billard que Preston connaissait, puis sur une colline herbeuse d'où, munis d'un pack de bière, ils regardèrent le soleil plonger dans l'océan. Enfin, Preston se releva et s'essuya les mains sur son pantalon. Il balança une bouteille en bas de la colline. Ils guettèrent le bruit du verre brisé mais n'entendirent rien – un son perdu dans le vent et le grondement lointain de la mer. Preston ôta ses lunettes, les replia et les glissa dans la poche de sa chemise.

— Allez, dit-il. On y va.

Ils filèrent à travers une série de collines herbeuses,

sur une route de terre cahoteuse qui contournait les crêtes. La lune se leva, grasse et jaune, et les suivit parmi les hauteurs. Ils prirent un virage abrupt et s'arrêtèrent devant une barrière de fer. Preston attrapa la clé sur le tableau de bord. Il cligna de l'œil et tint un instant la clé levée devant le visage de Ike.

— Regarde-la bien, c'est un vrai bijou de famille. On a versé du sang pour des clés comme celle-là. Tu as du pot de connaître un mec qui en a encore une.

— Comment tu l'as eue ?

Preston fit sauter la clé et la rattrapa dans son gros poing.

— Moi je sais, toi tu cherches.

Il sauta de la camionnette et Ike l'entendit rire tout bas dans le clair de lune.

Une fois la barrière franchie, ils roulèrent encore une dizaine de minutes puis quittèrent la route et garèrent la camionnette dans une sorte de ravine où quelques arbres clairsemés se tordaient dans l'ombre. L'herbe était haute. Elle bruissait à hauteur de hanche dans la brise légère parfumée d'océan.

— On continue à pied, dit Preston.

La nuit n'était pas particulièrement fraîche, mais Ike se surprit à frissonner tandis que Preston déchargeait leur matériel. Il y avait deux sacs de nourriture en conserve et d'eau en bouteilles, plus les combinaisons et les planches. Preston déchargea le tout et ils s'éloignèrent dans l'herbe haute. Lorsqu'ils furent sur la route, Ike se retourna et se rendit compte que la camionnette était invisible.

La nuit était pleine du chant des insectes, des odeurs de l'herbe et de la sauge et de celle, humide et salée, de la mer. La lune éclairait la route et jetait une lumière argentée sur les herbes et les bords polis des planches. Ike eut l'impression qu'ils marchaient longtemps. Ses bras lui faisaient mal et lui parurent plus longs de trente centimètres quand ils finirent par poser leur matériel. Ils déroulèrent les sacs de couchage entre les racines d'arbres épais à flanc de colline. La lune était juste au-dessus d'eux, maintenant. Au loin, Ike entendait le bruit du ressac.

— Les vagues, chuchota Preston. Ça faisait long-temps.

Et, pour la première fois, il n'avait pas l'air de jouer un rôle.

Au matin, Ike se rendit compte que le flanc de la colline était plus étendu et plus escarpé qu'il ne l'avait cru dans l'obscurité. Un bouquet d'arbres dissimulait la vue en face d'eux, mais sur la gauche le terrain plongeait pour révéler des collines, de grandes taches de moutarde des champs et de fleurs sauvages, de l'herbe verte et des arbres noirs et, tout en bas, la mer.

Ici, les plages étaient différentes de celles que Ike connaissait. Celles de Huntington étaient larges et plates, pratiquement sans couleurs. Ici le paysage était sauvage, les couleurs luxuriantes et variées. De longues lignes de collines descendaient vers la mer puis se trans-formaient en falaises à pic, mélange de rouges et de bruns. En bas des falaises, il y avait de minces croissants blancs et des pointes rocheuses qui s'enfonçaient dans le Pacifique. Pas de bruits de circulation, pas de voix. Rien d'autre que les appels des oiseaux, le vent dans l'herbe et les vagues explosant tout en bas.

Ils enfilèrent leurs maillots et leurs combinaisons dans l'air froid du matin. Ils s'agenouillèrent sur le sol caillou-teux sous les arbres pour waxer leurs planches. Les odeurs de caoutchouc et de noix de coco se mêlèrent à celles de la terre et de l'herbe.

— On surfera jusqu'à dix ou onze heures, dit Preston. On reviendra ici pour manger et dormir, et puis on y retournera jusqu'au coucher du soleil.

Ils entassèrent les sacs et le matériel puis attaquèrent

la descente. Ike aperçut une voie ferrée qui serpentait à travers les collines au-dessous d'eux, à la limite de la plage.

— C'est un ranch, dit Preston en montrant les collines. Les propriétaires aiment pas les intrus, mais en général il y a personne dans le coin à part quelques cow-boys qui bossent ici. En tout cas, c'était comme ça dans le temps.

Il regarda Ike en souriant, et il sembla à Ike que Preston commençait à perdre certaines de ses attitudes de motard. Peut-être était-ce simplement dû au fait qu'il portait un maillot de bain et une planche, mais il devenait soudain difficile d'imaginer que c'était le même dur à cuire qu'il avait vu défoncer un réservoir d'un coup de poing. Il paraissait plus jeune ce matin, presque un garçon tandis qu'il conduisait Ike à travers les herbes hautes tout en parlant de cow-boys et de vagues idéales.

— Ces cow-boys sont imprévisibles, disait Preston. Des fois ils réagissent, des fois non. J'avais un ami dans le temps qui avait perdu sa planche et avait dû nager pour la récupérer. Y avait une bande de cow-boys qui l'attendaient sur la plage. (Preston fit une pause.) C'était pas beau à voir, dit-il.

Ike attendit qu'il en dise plus, mais ils continuèrent de marcher en silence.

Quand ils eurent traversé les arbres, ils s'arrêtèrent pour jeter un coup d'œil au-dessous d'eux.

— Regarde-moi ça, dit Preston, et Ike regarda le croissant de sable blanc, la pointe rocheuse, les parfaites lignes liquides attendant d'être chevauchées – et il se dit que, peut-être, il savait pourquoi il était venu, après tout. Il toucha le bras de Preston et ils repartirent.

— Merci, dit Ike. Merci de m'avoir amené.

Preston se contenta de rire tout en marchant devant lui, et son rire résonna dans les collines.

Ils se mirent à l'eau au milieu de la plage en forme de croissant. Ike suivit Preston, et lorsqu'ils eurent passé le ressac ce dernier orienta sa planche vers la pointe rocheuse. Devant eux, l'horizon n'était qu'une ligne bleue. Le soleil étincelait sur l'eau pareille à du verre, si lisse et transparente qu'en regardant à travers on pouvait apercevoir de petits bancs de poissons et des vrilles d'algues cherchant le soleil. Bientôt ils ramèrent pardessus leurs épaules tandis que les vagues les faisaient monter et descendre, et Ike sentit son cœur cogner contre sa planche. Jamais il n'était allé aussi loin, jamais il n'avait vu une eau pareille.

Enfin, Preston enfonça ses jambes dans l'eau et se hissa sur sa planche. Ike fit de même, et ils contemplèrent ensemble les vertes collines, la bordure de sable blanc. Tout avait l'air lointain. D'où ils étaient ils pouvaient voir une bien plus grande section de côte, et Ike repéra un endroit où la végétation semblait plus dense. L'endroit était très en retrait dans les collines, et tout d'abord il ne vit que la végétation. Et puis il vit la maison, une partie en tout cas car elle était masquée, un coin de toit de tuiles rouges au-dessus d'un brillant éclat de blanc. Il était sur le point de questionner Preston lorsque celui-ci parla.

— C'est tout le problème, dit-il. Avant, il y avait des tas d'endroits comme ça sur la côte. On pouvait y surfer avec les potes. Mais c'est terminé. Putain de promoteurs. Ces enculés se noieront dans leur propre merde un jour, y a qu'à attendre.

Il semblait un peu essoufflé d'avoir ramé, comme s'il ne l'avait plus fait depuis longtemps. Il secoua ses bras et fit pivoter son cou épais, puis il regarda l'endroit où se formait la série de vagues suivante. Ike oublia la côte et se mit à ramer. Il lui semblait qu'ils étaient encore trop près du rivage, mais Preston le rappela.

— Reste avec moi et fais comme je te dis.

Ike obéit. La série était sur eux maintenant, et Preston se mit à ramer vers la gauche, toujours plus près de la crête des vagues. Ike le suivit. Chaque vague qui les atteignait les soulevait très haut et sa lèvre laissait en passant un fin nuage blanc dans lequel s'accrochaient des arcs-en-ciel. Preston se retourna soudain vers Ike et cria :

— Ta vague, champion. Va la chercher.

Ike fit pivoter sa planche et se mit à ramer. Presque instantanément, il se retouva pris dans la vague. Il entendit Preston hurler derrière lui. Il entendit le vent et un drôle de sifflement. Il agrippa les bords de sa planche, bondit dessus et se retrouva au sommet de la vague, la montagne d'eau au-dessous de lui, sidéré par la hauteur, sidéré par la différence avec les vagues courtes et raides qu'il avait prises à Huntington Beach. Il descendait et prenait de la vitesse. Son estomac remonta dans sa poitrine. La vague devint plus pentue, tel un mur vert avançant sans cesse. La planche poussait sous ses pieds. Il se sentit oppressé, comme s'il était dans un ascenseur montant à toute vitesse. Et puis ce fut terminé. Il amorça un virage au pied de la vague, mais ce fut insuffisant. Le bord de la planche se bloqua, et il lui sembla qu'il s'arrêtait net. Il fut éjecté, glissa sur la figure et sur le ventre avant de s'enfoncer dans l'eau, et tout l'océan Pacifique lui dégringola dessus. Il n'avait aucune idée d'où il était par rapport à la surface. Sa tête était remplie d'eau salée. Il sentait le leash qui reliait sa cheville à sa planche le tirer sous l'eau. Il essaya de se détendre, de ne pas lutter, mais il ne pouvait s'empêcher d'imaginer Preston retrouvant son corps boursouflé et décoloré, à moitié dévoré par les crabes, coincé entre les rochers. Il se mit à battre des mains pour atteindre la surface et brusquement elle fut là, une masse d'embruns tourbillonnant tout autour de lui, le soleil dansant dans l'écume. Il avala de grandes goulées d'air et essaya de chasser le sel de ses yeux, émerveillé par la beauté du ciel.

Il flotta quelque temps dans les eaux peu profondes, tout près du ressac, accroché à sa planche, partagé entre la peur de cow-boys cachés attendant de le massacrer s'il regagnait la plage et celle de se noyer s'il retournait au large. Il pouvait voir Preston assis au loin, et c'est peut-être la peur de Preston qui l'emporta, la peur de ce que Preston pourrait dire s'il abandonnait. Il pointa la planche vers l'horizon et se mit à ramer.

Il regarda Preston prendre une vague, et même si ses mouvements étaient un peu saccadés par moments il la prit bien, descendant et creusant l'eau, remontant haut et vite, et Ike se dit que Preston avait dû être vraiment bon dans le temps, peut-être aussi bon que Hound Adams l'était aujourd'hui. Pour finir, Preston remonta la vague et passa par-dessus, de sorte que lorsque Ike arriva il l'attendait tranquillement au large. Il prit de l'eau dans sa paume et la porta à sa bouche avant de la recracher en l'air comme un baleineau, puis il rit et fit une grimace à Ike.

— T'y arriveras, dit-il. Simplement, oublie pas de virer la prochaine fois. Penche le haut de ton corps, guide avec ton pied arrière.

Ils surfèrent jusqu'à ce que le soleil les surplombe. Les bras de Ike étaient si las qu'il pouvait à peine les soulever. Mais il avait commencé à prendre des vagues, à aller les chercher, à les dévaler, à virer. Il avait aussi compris que ses gamelles ne le tueraient pas, pas ces vagues-là, pas aujourd'hui.

Comme Preston l'avait suggéré, ils surfèrent jusqu'à midi puis retournèrent au camp où ils mangèrent des pêches en boîte et burent de l'eau puis dormirent à l'ombre des arbres, les collines et l'océan étalés devant eux. À la tombée du jour, ils surfèrent de nouveau. L'eau glissait comme du verre poli sous leurs planches.

À un moment donné, Ike se retourna pour regarder Preston assis sur sa planche à environ cinquante mètres de lui. La mer était sombre et tout autour de lui des rubans de lumière scintillaient puis s'évanouissaient comme des bancs de poissons. À l'horizon le soleil avait commencé à fondre, rouge au-dessus d'une mer pourpre. La marée était basse et les vagues dirigeaient leurs faces noires vers le rivage tandis que des traînées de brouillard s'élevaient de leur crête déchiquetée en de minces arcs dorés qui montaient dans le ciel, s'étiraient puis retombaient dans la mer, éparpillant leur lumière sur la surface comme des flammèches. Il y avait une qualité cyclique dans tout cela, dans les jeux de lumière et le mouvement de la houle. C'était un moment incroyable, et Ike se sentit soudain en prise avec tout ce qui l'entourait, sentit qu'il en faisait partie de façon quasiment organique. Ce sentiment lui fit prendre conscience d'une nouvelle gamme de potentialités, d'un nouveau rythme. Il eut envie de rire ou de crier. Il leva la main et fit signe à Preston à travers l'étendue sombre. C'était un geste bizarre, le bras entier s'agitant et aussi la main tout au bout, un geste plein de puérile exubérance. Il vit Preston lever la main et lui faire signe à son tour.

12

Le soleil se coucha derrière eux. Il faisait noir lorsqu'ils atteignirent la plage. Ike s'agenouilla dans le ressac pour détacher son leash. L'eau qui clapotait doucement contre sa jambe était tiède. Preston lui souriait. Ike voulut dire quelque chose, expliquer ce qu'il ressentait, mais il en fut empêché par le bruit d'un camion quelque part sur la plage.

92

— Les cow-boys, chuchota Preston.

Ils se baissèrent et s'allongèrent sur le ventre dans l'eau noire. D'abord, ils entendirent le moteur. Le son paraissait venir de plusieurs endroits à la fois. Et puis ils virent les phares. C'était une camionnette solitaire qui avançait en cahotant sur la plage, longeant les rails au pied de la falaise. Ike entendait la respiration de Preston à côté de lui. Ils regardèrent en silence. La camionnette passa sans s'arrêter, sans dévier de son chemin. Lorsqu'elle eut disparu, ils se faufilèrent dans l'ombre des collines et retournèrent au campement.

Ils firent un petit feu, réchauffèrent des haricots et des hot dogs, parlèrent de vagues. Preston raconta la grande époque et les jours de creux parfaits. Il parla d'endroits comme Cotton's Point, Swamies, Lunada Bay, la jetée de Huntington. Il parla d'endroits lointains où il n'avait jamais surfé, les spots du Queensland et d'Afrique du Sud et les récifs de Nouvelle Zélande. Il dit à Ike que certains types en avaient fait un mode de vie, ils voyageaient et ils surfaient. Ils venaient dans des endroits comme le ranch, la foule ne les intéressait pas.

— Et les pros? demanda Ike, car il avait vu le programme des compétitions dans les magazines.

— Ouais, les pros voyagent. C'est une manière de surfer. Mais c'est un autre monde aussi. Toi, tu as déjà un métier. Tu pourrais gagner ta vie n'importe où, aller là où tu veux, voyager. C'est comme ça qu'on devient bon, de toute manière, en surfant des spots différents. Pense à ça.

Ike y pensa, et il lui apparut soudain que Preston n'était pas en train d'essayer de le convaincre de faire une chose, mais bien de ne pas en faire une autre. Il essayait de le convaincre de ne plus chercher Ellen. Ce fut une impression fugitive mais très nette, et il sentit que Preston s'en était rendu compte aussi. Ike ne dit rien et le silence grandit entre eux.

Ce fut Preston qui finit par se décider.

— On ferait aussi bien d'en parler, dit-il en se redressant. Il s'était tenu allongé, appuyé sur un bras. Maintenant, il était assis en tailleur et fixait les flammes. On aurait dit qu'il faisait un grand effort.

— J'ai pensé à ce que tu m'as raconté, dit-il lentement sans quitter le feu des yeux. Et il y a une chose ou deux qui me tracassent. La première, c'est l'histoire du garçon. Il t'a dit que ta sœur était allée au Mexique l'été dernier avec Hound Adams et Frank et Terry, c'est bien ça?

Ike hocha la tête. Après une journée de soleil aveuglant et de sel, la fumée lui faisait venir les larmes aux yeux.

— Admettons. Mais ça fait une paye que je suis à Huntington Beach, et ce genre de voyage, Hound Adams le fait généralement en hiver, vers Noël. Il ferme la boutique et se tire pour un mois. Alors, pourquoi ce garçon parle de l'été? Ça pourrait être un autre voyage, mais ça pourrait être autre chose aussi. Pense à ça : je sais que Hound Adams deale un paquet de drogue. Et il est bien capable de rouler un mec, surtout un gamin. Suppose que c'est ce qui est arrivé. Qu'est-ce que le gamin va y faire? Il va pas botter le cul à Hound Adams. Il va rien faire du tout. Mais suppose qu'il ait connu cette fille, qu'il l'ait entendue parler de son gros dur de frère? La fille se tire, et lui y voit un moyen d'emmerder Hound Adams. Tu vois où je veux en venir?

Ike réfléchit. Il imagina le garçon inventant toute l'histoire. L'idée de Preston lui paraissait un peu tordue.

— Je sais pas, dit-il. Je veux dire, est-ce que ce garçon aurait pas pensé que...

— Attends, attends, dit impatiemment Preston. (Il parlait plus vite maintenant, comme s'il allait de nouveau s'énerver.) Tu comprends pas ce que je veux dire. Je dis pas que c'est ce qui est arrivé. J'en sais foutre rien de ce qui est arrivé. J'essaie seulement de te dire qu'il y a un truc pas net dans l'histoire du gamin. Les dates collent pas. Ce que j'essaie de te dire, c'est de pas croire tout ce que tu entends. Les gens essaieront toujours de t'embobiner. Tu comprends ? Surtout dans cette ville. (Il lança son pouce vers les arbres, dans la direction de Huntington Beach.) Tout le monde a une combine. Si ton seul point de départ c'est l'histoire de ce gamin, c'est vraiment pas lourd.

— Et s'ils avaient fait un autre voyage ? Et si le garçon avait dit la vérité ?

— D'accord, admettons. Ça m'amène à la deuxième chose qui me tracasse. Un jour, dans ta chambre, tu m'as dit que tu allais rester dans le coin pour essayer de repérer Hound Adams et puis t'approcher de lui pour apprendre quelque chose. Sans vouloir te vexer, champion, c'est un plan à la con. De la façon dont je vois les choses, t'as deux possibilités. Soit ta sœur s'est simplement barrée, ce qui est très possible, soit il lui est arrivé quelque chose. Admettons le pire. Admettons qu'elle soit morte et que tu le découvres. Tu auras besoin de vraies preuves pour mettre les flics dans le coup, et ça, ça peut être coton. Je voudrais pas te faire peur, mais si elle est vraiment allée au Mexique avec ces mecs... (Il s'interrompit un moment pour passer son pouce sur son visage.) Elle est peut-être morte et enterrée au milieu du désert, mec. Personne en saura jamais rien. Tu vois où je veux en venir ? Tu peux traîner à Huntington Beach et tu peux même apprendre quelque chose, mais tant que tu la retrouveras pas, tu sauras rien. Tu peux entendre des tas d'histoires, mais ça sera que des histoires, des rumeurs, rien de suffisant pour les flics. Je sais aussi que Hound Adams a quelques amis bien placés, des types qui ont du fric, assez de fric pour fermer la gueule des gens.

Preston s'interrompit une nouvelle fois et déplaça ses

fesses. Ike vit une grande trace de poussière là où il avait passé sa main sur son visage.

— Le problème, c'est que si le pire est arrivé tu l'apprendras probablement, mais tu pourras rien y faire. Oh, tu pourrais te faire Hound tout seul. Te planquer sur un toit une nuit et lui balancer une brique sur le crâne. Au mieux, tu passerais un peu de temps en taule. (Preston fit une pause et regarda Ike à travers le feu.) J'ai été en taule, dit-il. T'aimerais pas ça.

Tout d'abord, Ike ne dit rien. Preston ramassa un bout de bois et tisonna le feu avec.

— Il y a autre chose, dit-il. Une dernière chose, au cas où t'y aurais pas pensé tout seul – après, je me tais. Tu m'as dit que ta sœur avait fugué. Alors, si elle a fugué, comment tu sais qu'elle voudrait que tu la cherches ? C'est perdu d'avance, mec. Ou bien ta sœur est quelque part et veut pas te voir te ramener, ou bien elle est morte et y a pas grand-chose que tu puisses faire. Je sais que c'est dur à encaisser, mais c'est comme ça que je vois les choses. Et de toute manière, si ta sœur est pas à Huntington Beach, qu'est-ce que ça peut foutre ? Cette ville est un égout, mec, si on y reste trop longtemps on coule. Tu comprends ce que j'essaie de te dire ? J'essaie pas de jouer au papa, j'essaie de t'expliquer quelque chose.

Le bout de bois s'était enflammé et Preston jouait avec en essayant de l'approcher le plus possible de sa main.

— Écoute, dit-il après avoir roussi un moment sa paume. Le truc le moins con que tu pourrais faire, ça serait de te tirer. Pas besoin de t'en faire pour ce boulot avec Morris. Putain, j'aurais même jamais dû lui en parler la première fois. Je devais avoir la tête dans le sac, ce jour-là. (Il s'interrompit et fit un geste vague avec le bras.) Je vais nulle part. Tu peux rester en contact avec moi. S'il se passe quoi que ce soit, je te le ferai savoir. Comment tu as dit qu'elle s'appelait ?

— Ellen.
— Ellen.
Preston répéta le nom puis enfonça le bout de bois dans le feu.

Ike s'étendit sur le dos et ferma les yeux tandis que le nom de sa sœur finissait de résonner dans l'air nocturne, au-dessus des flammes orange. Qu'y avait-il sous la surface des mots de Preston ? Il avait dit que tout le monde avait une combine. Alors, quelle était la sienne ? Pourquoi s'intéressait-il à Ike ? Pourquoi l'avait-il amené ici ? Était-ce aussi simple qu'il l'avait dit : Ike lui avait rendu un service et il lui renvoyait l'ascenseur en essayant de le détourner de Huntington Beach et de mésaventures douloureuses ? Il aurait aimé le croire. Mais pour lui, cela n'était pas aussi simple – même si ce que Preston avait dit était vrai, cela n'était pas aussi simple. Il avait une dette envers Ellen. Elle avait été tout ce qu'il avait eu pendant des années. Et pour finir, quand elle avait eu besoin de lui il n'avait pas été là – pas de la bonne façon. Quand elle avait eu besoin de lui cette nuit-là dans les plaines salées, il avait laissé une autre sorte de besoin s'interposer entre eux et, après cela, les choses n'avaient plus jamais été les mêmes. Peut-être que s'il s'était conduit différemment alors, tout ne se serait pas goupillé de cette façon. Et c'était peut-être bien pour cela qu'il était venu – pas pour ce que la vieille avait cru, pas même parce qu'Ellen était sa famille, mais bel et bien parce qu'il l'avait laissé tomber et lui devait quelque chose. Il ne pouvait pas abandonner aussi facilement. Et pourtant, il ne savait trop quoi dire à Preston. Sa culpabilité était une affaire privée.

Il resta étendu là un moment sans parler ni commenter l'offre de Preston. Il repensait à ce qu'il avait vu dans la ruelle – Preston en train de parler au surfer blond. Mais, d'une certaine manière, repenser à tout cela semblait hors de propos. Preston avait précisé sa position. Elle était partie ou bien elle était morte. D'une manière ou d'une autre, il n'y avait pas grand-chose à faire. Bien entendu, il y avait déjà pensé bien des fois. Mais cela lui semblait tout à coup particulièrement déprimant, peut-être parce qu'il entendait pour la première fois quelqu'un d'autre le dire tout haut. Il ferma les yeux et tenta de se remémorer la sensation d'osmose qu'il avait ressentie tout à l'heure sur la plage, de se rappeler les vagues lisses se ruant dans le crépuscule, le sens de la camaraderie qui avait grandi lors de cette journée passée ensemble. Il tourna la tête et regarda Preston toujours assis près des restes du feu. La lueur rouge des braises rampait sur ses bras tatoués et montait jusqu'à son visage penché sur le foyer. Il ne ressemblait pas aux motards que Ike avait rencontrés dans le magasin de Jerry. Il pouvait être bruyant et violent, ainsi que Ike l'avait constaté le premier jour sur le parking, mais il y avait autre chose en lui, quelque chose qui, comme ses yeux, ne collait pas avec le reste de son déguisement – et du coup, il voulut dire quelque chose.

— Pourquoi tu as abandonné ? demanda-t-il. Pourquoi tu vas pas dans ces endroits dont tu m'as parlé ? C'est pas trop tard.

Preston parut réfléchir un moment.

— Je suppose que je veux que les choses soient comme je voudrais qu'elles soient, dit-il. Si elles sont autrement, ça m'intéresse pas.

Ike réfléchit. Il aurait voulu demander ce qui avait changé, mais il ne le fit pas. Il se dit que c'était le genre de question qu'on ne pose pas, que c'était privé, comme sa culpabilité.

— C'est différent maintenant, poursuivit Preston. J'ai trop de bons souvenirs, trop de bonnes vagues.

Il tisonna les braises avec un autre bâton. Ike l'observait, courbé, le regard perdu dans les cendres, et il lui

98

sembla que ce n'était pas au bon vieux temps que Preston songeait. Il ressemblait plus à quelqu'un qui a perdu quelque chose et ne voit aucun moyen de le retrouver. Peut-être était-il simplement fatigué, mais Ike se dit que ce n'était pas tout. Alors il comprit ce qui n'allait pas dans ce visage, dans ces yeux, ce qu'il avait remarqué le premier jour – une sorte de désespoir, presque comme si Preston avait peur de quelque chose. Et c'était peut-être cela qui ne collait pas. La peur n'appartenait pas à ce corps-là, à ces yeux-là. Et pourtant, elle était présente. Peut-être n'était-ce que l'imagination surchauffée de Ike qui lui jouait des tours, mais il ne le croyait pas, et il se demanda soudain ce que dirait Preston s'il lui parlait de cette sensation, de cette heure particulière du jour où le silence devient trop grand, où la terre elle-même semble vouloir pleurer. Et même s'il ne le lui en parla pas, parce que c'était une chose difficile à expliquer avec des mots, il se dit que, contrairement à Ellen, Preston n'aurait pas ri, lui. Il se dit que Preston saurait. Il se mit à plat sur le dos et regarda le ciel au-dessus de lui, au-delà des branchages sombres. Il ferma les yeux, vit d'innombrables vagues arriver vers lui depuis l'horizon lointain et attendit qu'elles le bercent jusqu'à ce qu'il s'endorme.

Il se réveilla en sursaut. Il n'avait aucune idée de ce qui l'avait dérangé ou du temps qu'il avait dormi. Le feu était éteint, les cendres avaient l'air froides et mortes au clair de lune. Ike s'assit dans son sac de couchage et regarda autour de lui. Le sac de Preston gisait, déroulé, à une dizaine de mètres de lui, mais Preston n'était pas dedans. Ike essaya de percer l'obscurité qui entourait le campement. Il écouta mais n'entendit que les bruits de la forêt, les battements de son cœur. L'espace d'un instant, il sentit quelque chose comme de la panique gonfler sa poitrine. Il se rallongea et essaya de respirer calmement. Il était sûr que Preston reviendrait. Peut-être était-il seulement allé pisser. Il se força à fermer les yeux et finit par sombrer de nouveau dans le sommeil. Lorsqu'il se réveilla, le ciel était gris et Preston dormait près du cercle de cendres.

La deuxième journée ressembla en tout point à la première : surf jusqu'à midi, déjeuner et sieste l'après-midi, surf de nouveau jusqu'au crépuscule. Ils virent encore des cow-boys, cette fois depuis l'eau, une camionnette rouge au sommet de la falaise. Ils ramèrent jusqu'à la pointe pour se mettre hors de vue et attendirent que la camionnette soit partie.

Le deuxième après-midi, pendant que Preston dormait, Ike explora une section de la piste qu'ils avaient croisée en descendant vers la plage. À un endroit la piste se séparait en deux, un embranchement descendant et l'autre montant vers ce que Ike supposa être le bord de la falaise surplombant la pointe. Il n'était pas sûr que Preston aurait apprécié sa curiosité, mais il n'avait pas l'intention de s'absenter longtemps et la piste n'était en aucun cas proche de l'endroit où ils avaient vu la camionnette.

L'après-midi était chaud. Les insectes chantaient dans les broussailles. Une brise légère murmurait dans l'herbe haute et les collines semblaient bouger dans le vent, onduler comme si elles étaient vivantes. La moutarde sauvage dessinait des balafres jaunes au milieu de grandes étendues vertes. Il remonta la piste étroite dont le sol était chaud sous ses pieds là où il était plat et exposé au soleil, et froid et humide lorsqu'il serpentait sous les branches tordues des arbres trapus et sombres qui poussaient en bouquets à travers les collines.

La piste n'allait pas loin et bientôt, alors qu'il émergeait d'un bosquet, il se retrouva dans une grande clairière au bord de la falaise. Il fit un pas en avant puis recula à l'abri des arbres. Il y avait quelque chose d'inhabituel dans cet endroit, et il eut l'impression d'avoir violé un lieu privé. Debout dans l'ombre, il regarda la tache ronde que faisait l'étendue de terre plate et tassée. Au centre de la clairière, il y avait un anneau de pierres. La terre plate et la légère élévation du terrain donnaient l'impression que le sol s'élevait pour découper un grand demi-cercle dans le ciel. L'anneau de pierres était noirci par la suie et les cendres. Une série d'étranges symboles étaient gravés dans la pierre, et cela lui rappela les foyers sous les falaises, les graffitis des gangs. Ce foyer-ci, cependant, n'était pas fait de béton mais de pierres. Il les examina soigneusement et s'aperçut qu'elles étaient jointes par un mortier qui par endroits semblait presque frais, comme si l'anneau avait été construit récemment. En regardant au-delà de l'anneau, il découvrit du côté opposé, du côté de la falaise et de la mer, qu'on avait récemment creusé une sorte de tranchée au bord de laquelle on avait entassé de la terre noire.

Il fit de nouveau un pas dans la clairière, désireux d'examiner la tranchée. Au même moment, il regarda par-dessus son épaule et se rendit compte qu'il pouvait voir la maison qu'il avait aperçue le premier jour depuis la pointe. Il la voyait mieux depuis l'endroit où il se tenait et il l'observa un moment tout en écoutant la chaleur qui faisait craquer les broussailles, le bruit du ressac qui montait des plages tout en bas. La maison était très éloignée, mais il distinguait des fenêtres et ce qui semblait être un balcon. Et, alors qu'il regardait, il se rendit compte qu'un point minuscule se déplaçait sur le balcon. Une silhouette vêtue de blanc? Oui, il en était sûr. Il y avait quelqu'un. Il plongea sur la piste, espérant qu'on ne l'avait pas vu. Il attendit un moment en écoutant le bruit des vagues. On ne voyait pas grand-chose depuis la piste, mais il ne voulait pas prendre le risque de retourner dans la clairière. Il finit par faire demi-tour et redescendit vers le campement.

Preston était réveillé quand Ike revint, et ce dernier lui parla de la clairière, de la maison et de la minuscule silhouette blanche. Preston écouta, l'air renfrogné, ses yeux fixés sur le sol où il dessinait des cercles avec un bâton pointu.

— Ça fait longtemps que je suis pas venu ici, dit-il. Les choses ont changé. Il y a peut-être plus de gens dans le coin, maintenant.

Ike se demanda s'il était prudent de rester. Ils avaient vu des cow-boys chaque jour. Il y avait quelqu'un dans la maison.

— Les vagues sont encore belles, dit Preston. Encore un jour. On leur donne encore un jour.

13

À la fin du troisième jour, Ike avait l'impression qu'il était là depuis toujours. Sa peau était noire et ses cheveux collés par le sel, presque décolorés à leurs extrémités. Son dos et ses bras lui faisaient mal à force de ramer, mais ce sentiment d'harmonie ne l'avait pas quitté. Il se sentait vivant d'une manière nouvelle, plus sûr de lui-même qu'il ne l'avait jamais été, même s'il doutait encore occasionnellement de la raison pour laquelle ils étaient là. Peut-être était-ce aussi simple que l'avait dit Preston : ils étaient là pour les vagues.

La troisième journée se passa sans incident. Ils avaient décidé qu'ils dormiraient là encore une nuit et partiraient au matin. Ike se coucha dès qu'il eut fini de dîner. Avant de s'endormir, il regarda une dernière fois Preston assis près du feu, un joint aux lèvres, sa longue chevelure retombant sur ses épaules, et cela lui rappela certains dessins à l'aérographe qu'il avait vus sur des réservoirs de motos ou des couvertures de magazines : cet air menaçant sous les longs cheveux, les bras et les épaules couverts de tatouages dans la lueur orange du feu. On aurait dit un personnage surgi de quelque passé lointain, un tueur de dragons.

Et une fois encore, tout comme c'était arrivé la première nuit, Ike se réveilla dans l'obscurité et découvrit qu'il était seul, que le feu était éteint et le sac de couchage de Preston vide. Cette fois, pourtant, il eut l'impression d'avoir été dérangé par quelque chose, d'avoir entendu un bruit. Il tendit l'oreille dans le silence, le bourdonnement des insectes, le lointain impact des vagues. Puis il entendit de nouveau : c'était l'aboiement d'un chien. Il se glissa hors de son sac de couchage et resta debout au milieu de la petite clairière. Il ne savait que faire. Il enfila ses tennis et alla jusqu'à la limite du campement pour observer la piste qui descendait vers la plage et bifurquait vers la clairière. Preston était-il allé lui aussi explorer cette clairière ? Fallait-il abandonner le campement ? Une demi-lune était suspendue loin au-dessus des arbres. Il entendit de nouveau le chien. Le chemin n'était pas long jusqu'à la clairière. Il venait de s'engager sur la piste lorsqu'il entendit un autre bruit : une voix. Une voix d'homme qui déchirait la nuit. Il se mit à courir.

La piste paraissait plus longue dans le noir. Les arbres masquaient le peu de lumière qu'il y avait, et Ike heurta une branche basse qui traversait la piste. Il détourna la tête à la dernière seconde et la branche le frappa en pleine mâchoire, écrasant la peau de sa joue contre ses dents. Le goût du sang envahit sa bouche. Il s'arrêta pour récupérer, la tête sonnante, les mains sur les genoux. Et puis il entendit de nouveau la voix. Était-ce la même ? Ou bien celle-là venait-elle de derrière pour lui couper le chemin? Il ne savait plus. Il avait mal à la tête. Il entendit encore le chien, une voix et puis une autre, et la nuit sembla tout à coup remplie de bruit et de violence. Une lumière apparut quelque part entre les arbres sur le côté de la piste, un point blanc solitaire qui tressautait, apparaissait puis disparaissait – quelqu'un courait. Ike baissa la tête et prit ses jambes à son cou, mû par la panique. Il avait peur de retourner vers le campement, ses poumons le brûlaient. Il escalada une côte dont il ne se souvenait pas et se retrouva d'un seul coup au bord de la falaise, dans la clairière. Preston était là, mais il n'était pas seul.

Le dos à la falaise, Preston faisait presque face à Ike. Et entre Ike et lui se tenait un autre homme, un colosse au dos large et à l'énorme masse de cheveux noirs, et pendant un moment fou Ike resta là, pétrifié comme un lapin dans des phares, les yeux écarquillés et idiots, tandis qu'il essayait de se rappeler où il avait déjà vu ce dos et ces cheveux. Et puis il réalisa que c'était ceux qu'il avait suivis à travers les rues de Huntington Beach trois nuits plus tôt. Et tandis qu'il se tenait debout là et que la mémoire lui revenait, Terry Jacobs et Preston entrèrent en collision au milieu de l'espace vide. Il y eut un grand bruit sourd et sinistre et les deux hommes roulèrent au sol en jurant et en grognant. Et puis ils se relevèrent, Terry Jacobs cassé en deux et Preston le tenant dans une sorte de clé à la tête, un bras sous le menton de Terry pour essayer de l'étrangler, l'autre en travers de sa nuque. Terry faisait des efforts inouïs pour se défaire de la prise. Il parvint à faire décoller Preston du sol et à l'envoyer s'écraser contre l'anneau de pierres. Le dos de Preston heurta la pierre avec une violence qui fit tressaillir Ike.

Mais Preston ne lâcha pas prise et Ike le vit tirer, arc-boutant son dos pour enfoncer son avant-bras dans la gorge de Jacobs. Il entendait ce dernier hoqueter et cracher, chercher désespérément un peu d'air. Et puis il entendit quelque chose d'autre : des voix sur la piste au-dessous de lui, et bien que Preston lui parût sur le point de l'emporter, il sut qu'il n'en aurait pas le temps.

Apparemment, aucun des deux hommes dans la clairière ne l'avait remarqué. Il courut vers l'anneau pour essayer d'avertir Preston, mais il avait peur de crier. Il vit Preston le regarder par-dessus l'énorme dos voûté de Terry. Son visage était déformé et couvert de sang sur un côté, l'un de ses yeux était méchamment enflé.

— Fais quelque chose, bordel de merde, siffla Preston à travers ses dents serrées. Une pierre, n'importe quoi.

Les voix se rapprochaient. Ike regarda désespérément autour de lui, et c'est alors qu'il vit le chien. Il était allongé sur le flanc près du bord de la falaise, et il était mort. Sa langue noire sortait de sa gueule ouverte et ses crocs brillaient d'un éclat blanc au clair de lune. Son crâne baignait dans une mare de sang sombre. Une bêche brisée gisait près de lui. Ike regarda le chien, la bêche. Pour quelque raison ridicule, il avait peur de s'approcher du chien. Un œil mort le regardait. Il entendit Preston l'injurier. Il entendit les voix. Il entendit le bruit du ressac monter dans l'obscurité au-delà des falaises. Il aperçut des pierres près du bord de l'anneau, des pierres noircies par le feu, de la taille de balles de softball ou plus grosses encore. Il en ramassa une. Elle pesait lourd dans ses mains. C'était la première fois de sa vie qu'il essayait de faire mal à quelqu'un. Il souleva la pierre à deux mains au-dessus de sa tête et la lança sur la hanche de Terry. Elle le heurta avec un bruit sourd puis retomba sur le sol. Terry Jacobs poussa un grogne-ment et tomba sur un genou. Preston relâcha brusque-ment sa prise et fit un pas de côté. Il cogna des deux mains, très vite. Le premier coup atteignit le sommet du crâne de Terry et le second le toucha derrière l'oreille. On entendit quelque chose craquer. Terry tomba en avant sur le bord de l'anneau de pierres, mais ne fit aucun effort pour se relever. Il resta affalé là, respirant péniblement. Preston traversa rapidement la clairière, saisit Ike par un bras et l'entraîna à travers les hautes herbes jusqu'à une ravine escarpée qu'ils dévalèrent en glissant et où les pierres pointues et les branches leur déchirèrent les bras et les mains. Ils finirent par s'aplatir côte à côte contre le sol, respirant l'odeur de la terre et de l'herbe. Ils entendaient les voix toutes proches, ils voyaient des pinceaux de lumière blanche découper la nuit et éclairer les branches au-dessus d'eux.

Ils se remirent à descendre centimètre par centimètre, s'accrochant à tout ce qui pouvait les empêcher de rouler en bas et de faire trop de bruit. Ils finirent par rejoindre un étroit sentier caillouteux, et Ike se rendit compte que Preston lui parlait à l'oreille.

— Okay, disait Preston, le souffle court. Fais comme à la pointe, là-bas. Reste derrière moi. Fais ce que je te dis de faire. On oublie notre matériel, compris?

Le visage de Preston était tout près du sien, ses yeux pâles ne le quittaient pas.

— Tu crois que tu pourrais retrouver la camionnette tout seul?

Ike commença à dire qu'il n'en était pas sûr, mais Preston lui fit signe de se taire.

— Laisse tomber, dit-il, et sa voix n'était qu'un chuintement dans la nuit. Reste avec moi, reste tout près de moi.

Combien de temps ils mirent pour atteindre la camionnette, Ike n'aurait su le dire. Ils semblaient progresser vite, et les voix se firent de plus en plus distantes et enfin inaudibles. Le moteur démarra avec ce qui lui parut être un bruit effrayant, mais déjà ils cahotaient phares éteints sur la route sinueuse, rebondissant dans des nids-de-poule invisibles. Preston braquait en jurant, ses énormes bras tournant le volant d'un côté puis de l'autre tandis que de son œil valide il surveillait le rétroviseur.

— Putain, l'entendit dire Ike. Je crois que j'ai vu des phares derrière. Je crois qu'ils sont après nous.

Il se pencha pour allumer les phares. La route s'illumina et ils prirent de la vitesse, la camionnette sautant et dérapant. Ike se cogna les genoux contre le tableau de bord et fit un trou avec sa tête dans ce qu'il restait de tissu au plafond. Il baissa sa vitre pour mieux s'agripper à la portière et tint bon. Ils arrivèrent enfin sur une portion de route droite et Ike entendit Preston aspirer profondément. À travers le pare-brise, au-delà du capot tressautant, Ike aperçut la barrière. Elle était grande ouverte, repoussée sur un côté, et la voie était libre. Ils étaient passés. Cinq minutes plus tard, ils roulaient sur l'asphalte. Personne ne les suivait, et Preston s'injuriait lui-même.

— Que je suis con, disait-il. Mais que je suis con. Je suis presque rentré dans Jacobs et ce putain de chien. Putain que je suis con.

À l'aube ils avaient rejoint l'autoroute, direction la maison.

14

Le retour s'effectua dans un silence quasi total, et lorsque Ike aperçut les mornes environs de Huntington Beach ils lui parurent plus plats et plus ternes encore après ces quelques jours au ranch. Au-delà de la route, le Pacifique ressemblait à une mer de plomb dans la lumière de la mi-journée. La houle se soulevait, épaisse et grise, l'océan en colère moutonnait.

Durant tout le voyage, il avait repensé à la bagarre pour essayer de comprendre. Pourtant, ce ne fut pas avant qu'ils atteignent les faubourgs de Huntington Beach qu'il eut le courage d'en parler à Preston. Ce dernier avait été d'une humeur de chien durant tout le trajet. La mâchoire de Ike lui faisait encore mal après sa rencontre avec la branche, mais il était sûr que Preston souffrait bien plus que lui. Il avait proposé de conduire deux fois, mais Preston s'était contenté de secouer la tête. Et quand Ike lui demanda ce que Terry Jacobs faisait au ranch, Preston se contenta de dire qu'il n'en savait rien et que Ike ne devait pas se casser la tête avec ça.

— Tu ferais mieux de penser à mettre les voiles, dit-il.

Ils se faufilaient dans la circulation de midi, trop vite. Preston conduisait d'une main et de l'autre il faisait un doigt par la vitre ouverte à un type dont la voiture remplie de moutards venait de déboîter sous son nez.

— Je sais pas si Jacobs t'a vu ou pas. Mais je peux te garantir qu'il laissera pas passer un truc comme ça. Ça va chier, tu peux en être sûr. Si Jacobs te voit dans la rue, il fera le rapprochement et je serai peut-être pas là pour l'arrêter.

Ike repensa à la bagarre. Il essaya de se rappeler si Jacobs l'avait vu ou pas. Il était persuadé que non. Il faisait noir, et Terry avait la tête baissée. Il le dit à Preston.

— Comme tu veux, dit Preston. C'est toi qu'on enterrera.

Preston avait traité le Sea View de taudis, mais l'endroit où il habitait ne parut guère plus reluisant à Ike quand il le vit pour la première fois alors que Preston se garait devant un petit ensemble de duplex. Devant, il y avait deux palmiers rabougris et un carré d'herbe défoncé. Les deux appartements étaient de ces machins en stuc, parfaitement identiques – façades d'un turquoise délavé qui jurait avec la couleur orangée d'un grand bâtiment industriel qui s'élevait derrière eux de l'autre côté d'une étroite ruelle.

Ike décida de tenter sa chance une fois encore.

— Dis-moi juste un truc, dit-il. Au ranch, tu cherchais quoi?

Ils s'étaient garés en face des duplex. Preston restait assis, ses deux poignets posés sur le haut du volant. Il se retourna pour faire face à Ike, et pour la première fois celui-ci vit distinctement le côté de sa tête. Cette vision le fit frissonner. Preston avait l'air mort de fatigue et, dans un sens, Ike regretta de lui avoir posé la question.

— T'es un putain de petit salaud d'entêté, pas vrai? Je t'ai amené au ranch pour te faire plaisir, c'est tout, dit Preston. (Il fit un geste de la main.) Tout le reste, c'est mes oignons. Mais je vais te dire un truc. Je sais pas ce que Terry Jacobs faisait là-bas. Mais ça arrive souvent que des gens d'ici montent là-haut. Ils s'y introduisent de temps en temps pour surfer. Ça fait des années que ça dure. Mais je sais pas ce que faisait ce gros con. Je m'étais levé pour pisser et j'ai voulu aller voir cet endroit dont tu m'avais parlé. Je suis tombé nez à nez avec lui sur cette putain de piste. Lui et ce foutu chien.

Preston souleva un bras du volant pour montrer à Ike qu'il avait été mordu. La morsure avait un vilain aspect, enflée et décolorée.

— Merde. Tu devrais te faire soigner.

Preston rabaissa son bras et ouvrit la portière.

— Écoute, dit-il. Tu as un problème. Je comprends ça. Mais je t'ai donné mon avis. Alors c'est tout, mec. Tu saisis?

Ike attendit un instant avant de répondre. Il était crevé lui aussi, et la douleur de sa mâchoire se répandait dans son crâne.

— C'est ma sœur, finit-il par dire.

Preston se contenta de regarder au loin et d'ouvrir la portière.

— Ouais, l'entendit dire Ike. C'est ta putain de sœur.

Ike se dit qu'il allait devoir retourner à pied au Sea View, que Preston avait eu sa dose de conduite pour la journée. Il posa le pied sur l'herbe inégale et claqua la portière derrière lui. Il alla jusqu'au trottoir et regarda Preston s'éloigner d'une démarche lente et raide, un peu comme celle de Gordon après une mauvaise nuit. Preston s'engagea dans l'étroite allée de ciment qui menait aux duplex, puis il s'immobilisa et regarda autour de lui. Son œil était si enflé qu'il était fermé et la peau autour semblait irradier une sorte de lumière bleue.

— Désolé pour ta planche, dit-il.

Ike haussa les épaules.

Un sourire plus ou moins bancal parut éclairer le visage de Preston.

— Content que tu aies fini par te pointer avec cette putain de pierre, dit-il. Pendant une seconde, j'ai cru que tu allais me laisser tomber.

— Non, dit Ike. Je ferais pas ça.

Preston hocha la tête et se remit en marche. Ike le regarda s'éloigner. Il était presque arrivé à la porte lorsqu'une mince fille aux cheveux bruns qu'il n'avait encore jamais vue sortit d'un des appartements. Elle s'immobilisa en voyant Preston. Ike était trop loin pour entendre ce qu'ils se disaient, mais leur discussion semblait animée. Il vit la fille porter sa main à sa tête. Il vit Preston passer devant elle à la toucher et entendit la porte d'entrée claquer. La même porte par laquelle la fille était sortie. La fille et Ike se dévisagèrent pendant un moment, puis Ike tourna les talons et s'éloigna. Il allait atteindre le coin de la rue quand il entendit quelqu'un l'appeler. Il regarda derrière lui et vit que c'était la fille. Elle traversait la pelouse en courant.

Elle se mit à marcher en arrivant près de lui. Elle n'était pas très grande et sa minceur la faisait paraître jeune, mais tandis qu'elle approchait il se rendit compte qu'elle n'avait probablement pas loin de trente ans. Elle avait des cheveux fins et lisses que la brise de l'après-midi soulevait sur ses épaules. Ike se sentit mal à l'aise, persuadé qu'elle allait lui poser des questions sur ce qui était arrivé.

— Tu dois être Ike, dit-elle en s'immobilisant près de lui.

— Oui.

— Je m'appelle Barbara.

Ike hocha la tête. Pendant un instant, ils restèrent là à s'examiner. Elle avait des yeux sombres, presque de la même teinte de brun que ses cheveux, et il se dit que c'était sans doute sa bouche, un trait droit et vierge de maquillage, qui donnait une certaine dureté à ses traits. Malgré tout, elle était plutôt séduisante. Elle posa une main sur sa hanche, comme pour reprendre son souffle après sa brève course, et esquissa un sourire. Elle portait un débardeur bleu pâle sous lequel on distinguait nettement la forme de ses seins. Ike se dit qu'elle avait l'air d'une de ces filles qui ont roulé leur bosse, comme aurait dit la vieille.

— Je te raccompagne chez toi, dit-elle. De toute façon, je dois garer la camionnette.

Ike n'avait pas très envie de se faire raccompagner. Il aurait préféré être seul, mais il n'eut pas le courage de refuser. Il fit demi-tour et la suivit jusqu'à la camionnette. Elle portait un short blanc sous le haut bleu. Ses jambes étaient minces mais bien dessinées et si bronzées qu'elles tranchaient sur le tissu blanc, des jambes qui lui rappelèrent celles de sa sœur.

— T'es au Sea View, c'est ça?

— Oui.

— Preston m'a parlé de toi. Tu as fait du bon boulot sur sa moto.

Ike monta dans la camionnette à côté d'elle. C'était bizarre de la voir au volant après Preston. Ses bras étaient maigres. Elle portait un bracelet en argent. Il remarqua qu'elle avait une curieuse façon de pencher la tête en arrière pendant qu'elle conduisait, comme si elle était trop petite pour voir par-dessus le volant – mais elle ne l'était pas.

— Preston dit que tu es aussi un bon mécano, dit-elle.

Ike se força à sourire. Il posa ses mains sur ses genoux et regarda les maisons défiler dans la lumière du soleil. Il avait du mal à croire que quelques heures plus tôt il était assis sur le même siège, en train de rebondir sur une route poussiéreuse et de craindre pour sa vie.

Ce ne fut que lorsqu'ils furent garés sur le trottoir devant l'appartement de Ike que Barbara demanda ce que Ike savait qu'elle demanderait.

— C'était une bagarre ?

Ike hocha la tête. Il ignorait ce que Preston aurait voulu qu'il réponde.

Elle secoua la tête. Ses deux mains reposaient en haut du volant. Ike se pencha et déverrouilla la portière. Il sortit une jambe, posa un pied sur le marchepied.

— Je le savais, dit-elle. Bon Dieu. (Elle se tourna vers Ike, et il se rendit compte qu'elle était en colère.) Tu peux pas savoir l'effet que ça m'a fait quand il m'a dit qu'il allait surfer. Ça m'a paru être une bonne nouvelle. Il avait rien fait de ce genre depuis longtemps. J'espérais que tout se passerait bien.

— Tout s'est bien passé pendant les deux premiers jours. C'était pas la faute de Preston. Des types nous sont tombés dessus.

— Au ranch ?

— Tu connais le ranch ?

— Le ranch Trax. Bien sûr. Il est là depuis toujours. Je me souviens que des types allaient y surfer quand j'étais encore à l'école. Il fallait entrer en douce, ou je ne sais quoi. Je savais pas que ça continuait, jusqu'à ce que j'entende Preston en parler l'autre jour. (Elle s'interrompit et le regarda.) Ça m'a drôlement surprise.

Je sais pas comment te dire ça, mais ça m'a donné envie de voir la tête que tu avais. Je veux dire, personne n'avait fait remonter Preston sur une planche depuis bien longtemps. Et il avait l'air tout excité. (Elle s'interrompit de nouveau et secoua la tête.) J'aurais dû me douter que quelque chose foirerait.

Ike se tortillait au bord de son siège. Il regarda un couple de petits merles en train de picorer la pelouse du Sea View.

— C'était pas sa faute, répéta-t-il.

Il envisagea de lui poser d'autres questions sur le ranch mais changea d'avis. Sans doute valait-il mieux attendre de parler de nouveau à Preston.

— Désolée, dit-elle. Je voulais pas te retenir.

Ike descendit de la camionnette. Il sentait qu'il devait dire quelque chose, mais son esprit était vide.

— Pas de problème, dit-il. Merci de m'avoir raccompagné.

Elle hocha la tête.

— Tu pourras peut-être encore l'emmener surfer, dit-elle. Ça serait bien qu'il s'intéresse de nouveau à autre chose qu'à sa moto. Il était bon, tu sais.

— Il est encore bon. Je l'ai observé au ranch.

— Oui, mais je veux dire vraiment bon. Il a gagné des compétitions. Il avait un magasin de surf sur Main Street. Il t'a parlé de ça?

— Non.

Elle haussa les épaules.

— Bien sûr. Il dit jamais rien à personne. Mais il était propriétaire de ce magasin. Lui et Hound Adams.

Ike plongea son regard dans la cabine. Il se sentait un peu comme la première fois qu'il était arrivé en ville, comme si la lumière passait à travers lui, comme s'il risquait de disparaître.

— Preston et Hound Adams?

Il répéta lentement les noms pour s'assurer qu'il avait

bien entendu. Apparemment, Preston n'avait pas dit à Barbara pourquoi Ike était en ville, ne lui avait pas parlé des noms inscrits sur le bout de papier.

— Les premiers héros du surf local, dit-elle. Passe un jour, je te montrerai son album. (Elle s'interrompit pour le regarder.) Bon, je sais que tu es crevé. Mais tâche de venir, d'accord ?

Elle poussa le levier et enclencha une vitesse.

— D'accord, dit Ike. Je passerai.

Debout sur le trottoir, il la regarda s'éloigner. Il eut du mal à gravir les marches. Une fois dans sa chambre, il s'allongea sur son lit mais fut incapable de s'empêcher de penser à ce que Barbara avait dit. Et lorsqu'il ferma les yeux, il se retrouva au ranch avec le poids de la pierre entre ses mains et se demanda de nouveau ce que tout cela signifiait.

15

Trois jours plus tard, il n'en savait pas plus et n'avait pas revu Preston. C'était la fin de l'après-midi, il faisait chaud mais une bonne brise soufflait de l'océan. Ike était assis sur le porche du Sea View en train de discuter avec les deux filles, la petit brune et la grande blonde qui étaient un jour entrées dans sa chambre en quête de papier à rouler. Elles s'appelaient Jill et Michelle, et maintenant que Ike s'était laissé pousser les cheveux et allait surfer avec des types comme Preston, il supposait qu'il avait moins l'air d'un plouc et qu'on pouvait lui parler sans déchoir. La conversation avec les deux filles était plutôt succincte. Tout ce qui semblait les intéresser, c'était de rencontrer des mecs mignons et de trouver de la dope. Ike les soupçonnait d'avoir un seul cerveau pour deux. Pourtant, il était vaguement intrigué par Michelle, la blonde à qui il avait parlé le jour où il avait acheté sa planche. D'abord parce qu'elle avait de longues jambes sexy et qu'il aimait sa façon de lui sourire en plantant ses yeux dans les siens. Elle avait des yeux verts parsemés de jaune et sur l'un d'eux il y avait une tache sombre dont elle lui dit qu'elle avait été provoquée par un coup de bâton, quand elle était petite. Mais ce qui intéressait avant tout Ike, c'était le fait que Jill et Michelle connaissent Hound Adams, ou du moins sachent qui il était. Ainsi, elles savaient qu'il était dealer. Elles savaient aussi où il habitait. C'étaient toutes les deux des fugueuses arrivées en ville, découvrit-il, quelques semaines seulement avant lui – mais elles avaient pas mal circulé. Elles étaient allées à une soirée chez Hound Adams et étaient persuadées que Hound avait flashé sur Michelle. C'était là une source de spéculations sans fin entre elles, et elles semblaient avoir besoin d'un auditoire. Ike fut trop heureux de leur rendre service. En quelques minutes de conversation avec Jill et Michelle, il en avait plus appris sur Hound Adams qu'en plusieurs jours passés à tanner Preston. Tout cela par hasard. Il était assis là quand Jill avait prononcé le nom. Le reste avait suivi avec une facilité déconcertante. Et il y avait une bonne chance pour que Hound Adams invite Jill et Michelle à sa prochaine fête et que Ike s'y rende avec elles. Il était résolu à y aller, si l'occasion se présentait. Voilà ce qu'il faisait l'après-midi suivant la bagarre : il servait d'auditoire à Jill et à Michelle et allait à la pêche aux informations.

Il entendit la camionnette de Preston avant même de la voir. Il entendit les vitesses craquer et les pneus hurler. Il leva les yeux et vit le véhicule piler devant le Sea View puis faire un petit bond en avant. Le moteur s'éteignit et Barbara descendit. Elle vint vers lui en courant à travers la pelouse. Elle était livide et terrifiée.

— Preston est dans une bagarre, dit-elle. En ville. J'ai pas voulu y aller toute seule.

Elle était hors d'haleine.

— Morris a appelé, dit-elle tandis qu'ils montaient dans la camionnette. Il s'est battu au couteau ou je ne sais quoi, et les flics sont déjà là.

Elle était au bord des larmes, et Ike eut peur qu'elle n'emboutisse quelque chose. Elle brûla le stop sur Main et finit par se garer devant un bar à bière nommé Club Tahiti.

Il y avait foule sur le trottoir. Deux voitures de police étaient garées dans la rue et on pouvait entendre au loin le bruit d'une sirène qui se rapprochait. Barbara sauta de la camionnette et se précipita dans la foule. Ike la suivit. Il se sentait effrayé et inutile. L'espace d'un instant, il perdit Barbara de vue. Quand il la retrouva, elle avait traversé la foule et se tenait devant la porte où un flic l'agrippait par le bras. Ike joua des coudes pour la rejoindre et saisit son bras libre. Le flic était en train de dire à Barbara de rester à l'extérieur.

— Ça va, dit Ike.

Il parla fort, afin que le flic l'entende lui aussi. Il passa son bras autour des épaules de Barbara. Le flic la lâcha et se tourna vers la porte. Ike sentit Barbara trembler contre lui.

Plus tard, il se souviendrait d'avoir remarqué un tas de choses simultanément. Ses propres jambes qui tremblaient sous lui, le goût aigre au creux de son estomac, le sentiment de terreur – et pourtant dans le même instant il fut conscient de la présence de Barbara à ses côtés, de la fraîcheur lisse de sa cuisse tandis qu'elle se pressait contre lui, de l'odeur de ses cheveux. L'agitation grandit à l'intérieur et il aperçut brusquement la tête de Preston. Il était encadré par deux flics casqués, et les trois hommes se bousculèrent en passant la porte. Le visage de Preston saignait de nouveau autour de son œil tumé-

chant du regard son ami au-delà de la foule. Ike n'entendit pas ce que les gens lui disaient. Barbara était toujours à côté de lui. Il lui tenait la main et n'avait pas besoin de la regarder pour savoir qu'elle pleurait. L'un des amis de Hound s'éloigna, et Ike vit la main de Hound se tendre et agripper le type par le bras. Ses mots résonnèrent, durs et clairs.

— Tu ouvres pas ta putain de gueule, dit-il. Je le veux dans la rue. Ike n'en entendit pas beaucoup plus.

— Mais il lui a sauté dessus, dit quelqu'un que Hound fit taire. Ike tenta de se rapprocher pour en entendre plus. Mais il sentit que Barbara tirait son bras. Et puis il eut l'impression que quelqu'un le regardait, et il tourna la tête.

Hound Adams se tenait le dos contre le mur de brique sale. Le brouillard envahissait la rue et au-dessus d'eux le néon pourpre du Club Tahiti commençait à grésiller. L'espace d'un instant, leurs yeux se rencontrèrent. Le regard de Ike croisa le regard de Hound Adams. Mais cela ne dura qu'un instant, et ce fut Ike qui détourna les yeux pour regarder de nouveau la rue envahie par la foule.

16

Barbara ne voulait pas rentrer chez elle et ne voulait pas rester seule. Sur le chemin du Sea View, ils achetèrent un pack de bières et le burent assis sur le plancher de la chambre de Ike, le dos appuyé au lit. En fait, Barbara but presque tout. Ike but deux bières, et elle les quatre autres.

— Tu sais un truc marrant, dit-elle. Quand je me suis mise avec Preston, je pensais que j'étais foutue. Ma vie partait en couille, à l'époque. Mais c'est pas vrai. Preston est foutu, pas moi. C'est ça que j'ai appris, en vivant avec lui. Preston est foutu. Pas moi. Ça m'a pris du temps, mais je commence à comprendre ça.

Ike sentit qu'il devait répondre, mais il ne savait trop quoi dire.

— Tu dis que tu es avec lui depuis un peu plus d'un an?

— Presque deux.

— Mais tu le connaissais avant?

— Pas vraiment. Je savais qui il était. Cette ville était différente en ce temps-là, quand Hound et lui avaient le magasin. Tout était plus petit. Il y avait qu'un lycée, tout le monde connaissait tout le monde. Je crois que j'étais en seconde quand Preston s'est installé à Huntington, mais je passais pas mal de temps à la plage. La plupart des gens qui traînaient à la plage savaient qui étaient Hound et Preston.

Ike but une gorgée de bière et observa un reflet de lune sur son verre.

— Je me souviens du jour où il a gagné cette grande compétition, les championnats nationaux ou je sais plus quoi. J'étais sur la jetée et je regardais. Ça fait drôle d'y repenser aujourd'hui. J'y ai plus pensé depuis long-temps. Mais j'avais jamais rencontré Preston jusqu'à récemment, il y a deux ans à peu près. (Elle s'interrom-pit.) Je t'ennuie avec tout ça, dit-elle. Je vais la boucler.

— Non. Ça m'intéresse.

— Tu es sûr?

— Oui.

Ike la regarda avaler une autre gorgée puis reposer la bouteille sur son genou.

— Ça faisait une paie que j'avais pas bu autant de bière, lui dit-elle. Peut-être bien depuis la nuit où j'ai rencontré Preston. (Pour une raison quelconque, elle parut trouver cela drôle et sourit au plancher.) On s'est

120

rencontrés dans un bar, celui qui est devenu un club punk maintenant. Je me souviens même plus du nom qu'il avait à l'époque, le Beachcomber ou un truc comme ça. Je venais de sortir de l'hôpital et j'avais pas le droit de boire, ça je m'en souviens. J'étais tombée enceinte cet été-là, mais c'était une grossesse extra-utérine. J'ai failli mourir. Ils ont fini par tout enlever. Tout.

Elle dit cela d'une voix unie, la bouteille appuyée sur sa jambe nue, la lune éclairant un côté de son visage. Ike n'avait pas allumé les lumières et la chambre paraissait moins minable dans le noir.

— Voilà où j'en étais l'été où Preston est revenu. Je venais de faire deux années de fac et je voulais m'inscrire dans une école de photographie plus au nord, et d'un seul coup tout s'est cassé la gueule. Tout ça ne rimait plus à rien. Et puis Preston s'est amené. Il avait été absent pendant quatre années. D'abord la guerre, et puis la prison. Il est revenu tel qu'il est aujourd'hui. Tu l'as jamais vu autrement, alors ça veut probablement rien dire pour toi, mais personne pouvait y croire. C'était une autre personne, complètement. (Elle s'interrompit et but une gorgée de bière.) Je suppose que j'ai cru qu'on avait quelque chose en commun. C'est en tout cas ce que j'ai ressenti au début, comme s'il y avait plus aucun espoir. (Elle regarda Ike.) Mais je me trompais, je le sais maintenant que j'y ai réfléchi, que j'ai vécu avec lui. Je sais pas si je me fais bien comprendre, mais ce qui se passait c'est que je regardais Preston, et à travers tout ce gâchis je voyais quelque chose d'autre : je voyais toujours ce jeune gars sur la plage en train de soulever son gros trophée d'argent au-dessus de sa tête, et du coup je voulais toujours être la fille sur la jetée. Ça a l'air idiot, mais j'avais une idée derrière la tête. Je croyais sincèrement que si Preston et moi on s'aimait vraiment on pourrait s'aider l'un l'autre, on pourrait retrouver un peu de ce qu'on avait perdu. Mais durant l'année qui a passé, je me suis rendu compte que j'étais la seule à croire ça.

Elle se tut.

— Preston s'en fout, reprit-elle lentement. Il se fout de tout. Alors tu comprends que j'aie été surprise quand il a commencé à parler d'emmener au ranch ce garçon qu'il avait rencontré. Il avait vraiment l'air d'en avoir envie. Je sais pas.

Elle se tut de nouveau et secoua la tête.

— Qu'est-ce que tu sais du ranch?

— Rien. Seulement ce que je t'ai dit dans la camionnette.

Ike fixait le mur, mais il sentit qu'elle tournait la tête pour le regarder.

— Tu crois que l'histoire de ce soir a un rapport avec ce qui s'est passé là-bas?

Ike ne répondit pas tout de suite. Pour une raison quelconque, il hésitait à tout lui raconter. Mais elle finirait par découvrir la vérité tôt ou tard. Peut-être valait-il mieux qu'elle l'entende de sa bouche à lui. Tout lui semblait plus clair, d'un seul coup. Barbara lui avait dit que Hound et Preston avaient été associés. Preston lui avait dit que Hound Adams avait des amis pleins de fric. À coup sûr, le propriétaire du ranch avait de l'argent. Et Preston n'avait pas eu à entrer par effraction – il avait sa propre putain de clé. Il semblait évident que Preston avait eu jadis libre accès au ranch, mais qu'aujourd'hui il n'y était plus le bienvenu. Quand Jacobs et lui s'étaient rencontrés, ils s'étaient battus à cause de ça. Et c'est ainsi que tout avait commencé. Ils s'étaient rencontrés de nouveau au Club Tahiti et avaient fini de s'expliquer. Quant au risque qu'il prenait en amenant Ike là-bas, il était évident que Preston l'avait mal évalué. Ainsi qu'il l'avait dit le jour où Ike avait vu la silhouette en blanc depuis la clairière, il ne s'était pas attendu à ce qu'il y ait autant de gens dans le coin. Ike retournait ces pensées dans sa tête tout en parlant à Barbara. Elle l'écouta, l'air absent. Quand il eut fini, elle ferma les yeux et posa son front sur le dos de sa main.

— Les cons, dit-elle finalement.

Après quoi ils restèrent assis en silence pendant un moment, jusqu'à ce que Barbara dise qu'elle avait besoin d'aller aux toilettes. Ike la regarda traverser la chambre. Quand elle revint, elle lui demanda s'il était prêt à aller se coucher. Il haussa les épaules.

— Comme tu veux, dit-il.

Elle posa sa main sur son bras.

— D'accord. Et merci.

Ce fut une nuit étrange. Ike laissa le lit à Barbara. Il dormit à côté d'elle sur le plancher, d'un sommeil agité. Il se réveillait de temps à autre en croyant qu'elle lui avait parlé, qu'elle était éveillée. Mais à chaque fois qu'il s'asseyait pour la regarder, elle dormait. Et il finit par s'endormir lui-même, profondément supposa-t-il car lorsqu'il se réveilla il la vit déjà habillée en train de fouiller dans le placard au-dessus de ce qui était censé être un évier.

— Pas de café? demanda-t-elle.

— Désolé.

— Pas grave. Allons chez moi, je nous en ferai.

Bien qu'il n'eût pas très envie de café, Ike accepta. Cela lui paraissait être la chose à faire. Il enfila une chemise et ils descendirent les marches. Dehors, le ciel était couvert. L'air était froid et sentait la mer. Il était plus tôt qu'il ne l'avait d'abord cru, et en chemin ils ne rencontrèrent que deux voitures.

Lorsqu'ils arrivèrent aux duplex, la première chose que Ike remarqua fut la moto de Morris le long du trottoir. Morris émergeait de l'allée lorsqu'ils se garèrent et descendirent de la camionnette. L'air supris, il regarda Ike pendant un moment, puis il regarda Barbara.

— Tout ce qu'ils ont contre lui, c'est ivresse et tapage, dit Morris. Ils ont voulu lui coller la bagarre au couteau sur le dos, mais on dirait que personne veut témoigner. Moi, j'ai rien vu. J'étais à l'autre bout du bar. Frank et Hound étaient là, mais ils ont pas dit un mot à ces enculés de flics. (Il hocha sa tête hirsute.) Je sais pas, dit-il.

Il semblait crevé et paraissait avoir la gueule de bois. Le soleil commençait à percer la couche de nuages et l'air devenait poisseux. Ike vit la sueur tracer des sillons sur le visage gras de Morris. Il y eut un moment de silence embarrassé.

— Je vais faire du café, dit Barbara. Tu en veux, Morris?

Morris secoua la tête.

— J'étais juste passé te donner des nouvelles, dit-il. J'ai pensé que ça pourrait t'intéresser.

Ike crut déceler une note de sarcasme dans la voix de Morris, et l'idée lui vint que le motard avait pu trouver curieux de les rencontrer ensemble, Barbara et lui, à cette heure de la journée. Morris resta encore un moment devant eux, puis il tourna les talons et rejoignit sa moto d'un air satisfait. Ike le regarda s'éloigner puis marcha jusqu'à la porte de Barbara. D'un seul coup, cela lui faisait tout drôle d'être là. Il ne voulait plus entrer.

— Une autre fois, dit-il. Je vais voir si Morris a besoin de moi à l'atelier.

Elle haussa les épaules.

— D'accord. Et merci. J'avais besoin de quelqu'un la nuit dernière, quelqu'un en qui j'ai confiance.

Puis elle entra et referma la porte.

Ike courut sur le trottoir pour essayer de rattraper Morris. Il arriva trop tard. Morris démarrait lorsqu'il atteignit la rue. Ike se sentit tout à coup sale et fatigué, comme s'il n'avait pas dormi du tout. Il décida d'oublier l'atelier et de retourner au Sea View. Le facteur en sortait au moment où Ike arriva, et il trouva une lettre dans sa boîte. C'était la première qu'il recevait, et elle venait de San Arco. Il l'emporta dans sa chambre et s'assit près de la fenêtre pour la lire. La lettre était de Gordon. Ike reconnut instantanément la grande et familière écriture sinueuse. Apparemment, Gordon avait écrit deux lettres, l'une à Washington et l'autre à l'ambassade américaine au Mexique. Il n'y avait aucune trace d'une Ellen Tucker trouvée morte ou emprisonnée. Gordon n'était pas très sûr de ce que cela signifiait, mais il avait pensé que Ike aimerait savoir. Gordon n'était pas du genre bavard. Au bas de la page, il disait à Ike de faire attention.

Ike relut plusieurs fois la lettre. Cela fait, il la replia, la remit dans l'enveloppe déchirée et la posa près du morceau de papier portant les trois noms. Puis il alla à la fenêtre et appuya ses doigts sur la vitre. Il contempla les horribles bâtiments qui cachaient la mer et essaya d'imaginer Ellen dans cette ville, arpentant les rues comme il le faisait maintenant, regardant les mêmes choses et pensant... quoi ? Dans le temps, il aurait su. Dans le temps, ils étaient tellement semblables. C'était même un de leurs jeux – deviner ce que pensait l'autre. Sauf que c'était plus que deviner, c'était savoir, et c'était quelque chose de très spécial. Il repensa, comme il l'avait fait si souvent, à la façon dont les choses avaient changé après cette nuit dans les plaines de sel. Et comment, quand elle était partie pour de bon sans même prendre la peine de lui dire au revoir, il était sorti du magasin par hasard et l'avait vue s'éloigner dans la lumière crue du jour, une pauvre valise au bout du bras, son jean décoloré par le soleil et ses bottes rouges traînant dans les rubans de poussière et de chaleur tandis qu'il se tenait là sous le porche affaissé de Gordon, terrorisé à l'idée de toute la solitude qui l'attendait.

Il resta longtemps près de la fenêtre, ses doigts posés

sur le verre jusqu'à ce que celui-ci devienne chaud et moite. Il était envahi par une sensation qu'il n'arrivait pas à définir. Mais cela avait à voir avec ce qu'il avait un jour éprouvé dans le désert, à voir avec Ellen qu'il avait aidée à mettre quelque chose en mouvement – une chaîne d'événements auxquels il était relié mais qu'il était incapable de contrôler. Et tout recommençait maintenant, ici, et il sut que la lettre de Gordon ne changerait rien et qu'il ne ferait pas ce que Preston lui avait conseillé de faire. Cela lui rappelait les tempêtes dans le désert, ces tourbillons de vent qui balayaient le sol, mais il n'aurait su dire si cette tempête-ci soufflait à l'extérieur de lui et l'entraînait avec elle, ou bien si elle soufflait en lui pour le pousser vers l'avant – il savait seulement qu'il était coincé et qu'il y avait plus en jeu que la seule quête de sa sœur. Cela lui apparut clairement pour la première fois. Ce n'était pas seulement Ellen Tucker qu'il poursuivait. C'était aussi lui-même. Il regarda par la fenêtre, le petit jardin et le ciel déchiqueté de Huntingon Beach, et une fois encore il entendit dans les sombres replis de sa mémoire la plainte électrique des lettres de néon au-dessus du Club Tahiti. Et il revit le sombre regard qu'il avait été incapable d'affronter.

Deuxième partie

17

Mazatlàn, San Blas, Puerto Vallarta, Cabo San Lucas. Des noms pleins de magie qui flottaient dans l'air enfumé comme des cantiques. Ike écoutait. Il imaginait des eaux tropicales, des jungles fumantes transpercées par des pistes défoncées dans l'ombre desquelles se lovaient des lézards verts.

Quand il rouvrit les yeux, il se rendit compte que Hound Adams était en train de le regarder. Ils étaient assis autour d'une carte étalée par terre dans le salon. Michelle était à côté de lui. Elle lui entourait le bras de ses mains et avait posé son menton sur son épaule. Hound Adams avait donné sa fête, en fin de compte, et il avait invité Michelle et Jill. Michelle avait amené Ike. Maintenant il était très tard, ou alors très tôt. De l'autre côté de la fenêtre, Ike voyait le ciel qui commençait à s'éclaircir.

La fête avait été bruyante, mais maintenant la plupart des invités étaient partis et seuls quelques-uns de ses admirateurs restaient assis dans le living de Hound, autour de la carte sur laquelle il traçait pour eux l'itinéraire de sa balade surf de l'hiver prochain. De l'hiver, comme l'avait dit Preston.

Terry Jacobs n'était pas là. Après une semaine passée aux urgences, il était toujours au Huntington Beach Community Hospital. La bagarre avait été le principal sujet de conversation durant la fête, et personne ne sem-

127

blait très bien savoir comment elle avait éclaté. Chaque version que Ike entendait était différente. La seule chose certaine, c'était que Preston Marsh était un homme marqué. Apparemment, Terry Jacobs avait une famille de durs dont certains membres étaient déjà arrivés à Huntington Beach, en provenance de leurs îles. Ike se les était fait montrer, plusieurs étrangers costauds en chemises à fleurs, calmes et sombres.

Ike n'avait revu Barbara qu'une fois depuis la bagarre. Elle s'était brièvement arrêtée un après-midi pour lui faire savoir que Preston était toujours en prison mais qu'il n'y avait toujours aucun témoin. Ike avait alors repensé à ce qu'avait dit Hound, qu'il voulait que Preston se retrouve dans la rue, et il y pensait de nouveau tandis qu'il observait l'un des inquiétants parents de Terry étendu sur le divan.

Il n'avait pas revu Morris depuis le lendemain de la bagarre et avait renoncé à se rendre à l'atelier. Il avait passé la plus grande partie de la semaine tout seul à réfléchir en regardant le puits de pétrole, l'herbe sèche et les petits oiseaux bruns sous sa fenêtre. Et puis Michelle était venue pour l'inviter à la fête.

Ce fut pour lui l'occasion de voir Hound Adams de près, et il l'observa tandis qu'il circulait parmi ses invités, accueillant certains d'entre eux avec une poignée de main façon soul-brother ou même une embrassade, d'autres avec un signe de tête. Cela parut lui faire plaisir que Michelle soit venue, et plus d'une fois Ike le vit poser sa main sur le bras de Michelle ou sur son dos alors qu'il passait près d'elle, ou bien s'arrêter pour lui dire quelques mots. Ike commençait à croire que les filles avaient dit vrai : Michelle avait un ticket avec Hound. Et plus d'une fois aussi, Ike s'aperçut en levant les yeux que Hound l'observait. Il n'était pas parano. Et maintenant, assis en tailleur au-dessus de la carte dépliée, ses cheveux jaunes brillant dans la faible lumière, Hound Adams le fixait de nouveau.

— *Todos son hermanos del mar.*

Hound parlait en regardant Ike. Ce dernier n'avait aucune idée de ce qu'il lui disait. Il y eut un silence qu'il ne sut pas comment meubler, bien que ce fût apparemment ce que l'on attendait de lui. Tout contre lui, il sentait Michelle appuyée contre son bras. Il sentait la transpiration perler sur son cou et au milieu de son dos. La bouche de Hound lui souriait, mais ses yeux étaient pareils à des pierres. Ike sourit à son tour et haussa les épaules pour indiquer qu'il ne comprenait pas. Hound rit.

— Nous sommes tous des frères de la mer, non ? C'est ce que disent les gens de ce village.

Son doigt se posa sur un point de la carte. Ike se sentit soulagé. Il regarda attentivement la carte.

— C'est un petit village de pêcheurs, poursuivait Hound. Un spot superbe.

Ike releva les yeux et vit que Hound le regardait toujours.

— J'ai entendu dire que tu surfais, dit Hound, et Ike ne fut pas sûr que c'était une question.

— J'apprends.

— Nous apprenons tous.

Ike plongea son regard dans les yeux sombres où ne brillait aucune étincelle d'humour, et il comprit que Hound ne se moquait pas de lui. Comme il l'avait fait dans la rue devant le club, il soutint le regard de Hound un moment et étudia son visage. Il avait remarqué au cours de la soirée que ce visage semblait plus ou moins âgé selon la distance depuis laquelle on l'observait. Les cheveux de Hound ressemblaient à ceux d'un jeune garçon ou d'une jeune femme, épais, jaunes, décolorés par endroits par le soleil. L'association des cheveux brillants, de la peau bronzée et de la silhouette athlétique faisait ressembler Hound à bien des jeunes surfers qu'on rencontrait aux environs de la jetée et dans les magasins de Main Street. De loin, on lui aurait donné une vingtaine d'années. Mais en le regardant de près on remarquait autre chose, les rides autour des yeux, la mince cicatrice blanche au-dessus de l'arête du nez, les dents légèrement jaunies. De près, ce n'était plus le visage d'un jeune homme. C'était un visage grave et rusé, et plus d'une fois ce soir Ike avait eu l'impression d'être un jouet.

— On m'a dit que tu as un bon professeur, dit Hound.

Ike pila net. Rien ne transparaissait dans la voix ou dans les yeux de Hound. On y était ? C'était pour en arriver là que Hound l'avait appâté ? Sur le divan, l'un des gros Samoans se redressa et fit sauter l'anneau d'une boîte de bière. Ike cherchait quoi répondre. Mais ce fut le rire bref de Hound Adams qui rompit le silence.

— T'en fais pas, dit-il. Tout le monde a besoin d'un professeur. Le tout est de choisir le bon. (Il fit une pause.) D'où viens-tu, Ike ?

Il avait changé si brusquement de sujet que Ike se sentit comme libéré.

— Du désert... commença-t-il, puis il laissa sa voix mourir et fit un geste vague de la main vers l'extrémité de la pièce, comme si le désert était là derrière le mur.

— Il y a de l'énergie dans le désert, dit Hound après un long silence, tout comme il y en a dans la mer.

Plus tard, ils se retrouvèrent sous la véranda en bois tandis que le soleil se levait sur la ville. Hound avait déjà enfilé son maillot et sa veste. L'un des Samoans waxait une planche dans le jardin. Après une nuit de fête, ils allaient surfer près de la jetée. Michelle était toujours à côté de Ike. Curieux comme il s'était habitué à sa présence au cours de la nuit, et plus curieux encore l'effet que cela lui faisait. Non seulement elle avait été anormalement calme, mais elle avait aussi été un soutien important, et il en était à la fois reconnaissant et intrigué. Il était également crevé et avait la gueule de bois. Il ne comprenait pas où Hound Adams trouvait l'énergie pour aller surfer.

— Tu veux venir avec nous? demanda soudain Hound, arrachant en sursaut Ike au brouillard dans lequel il sombrait. Pendant un instant, les mots lui manquèrent.

— J'aimerais bien, dit-il, mais je peux pas.

— Il a perdu sa planche, dit Michelle. On la lui a tirée.

Hound opina, la tête légèrement penchée, et de nouveau il fixa Ike.

— On a des planches, ici.

— Pas ce matin. Je bosse dans quelques heures. Merci tout de même.

Hound Adams hocha la tête.

— Une autre fois, dit-il. Revenez, tous les deux.

Ike et Michelle avaient presque atteint le trottoir lorsque Hound rappela Ike. Ce dernier s'immobilisa et regarda derrière lui. Hound Adams se tenait au bord de la véranda. Il paraissait aussi grand et dur que les piliers qui soutenaient le toit.

— Passe au magasin, dit-il à Ike. Il te faut une planche. On arrangera ça.

Ike se sentait vaguement engourdi tandis qu'ils marchaient le long des trottoirs déserts. La bière et la dope lui faisaient mal au crâne et le ciment sous ses pieds lui semblait par moments très lointain. Il jeta un coup d'œil à Michelle et s'étonna de la regarder d'un œil si différent après cette fête. Très surprenant.

La matinée était fraîche, noyée dans une lumière rose. Quelques rares nuages, lumineux et métalliques, flottaient au-dessus d'eux comme de grands dirigeables. Le ciel était turquoise, strié d'orange et de rouge.

— Ce lever de soleil me rappelle le désert, dit Ike.

— Je suis jamais allée dans le désert.

— C'est difficile à croire.

— C'est pourtant vrai. Mon père nous a quittés quand j'étais toute petite. Ma mère va jamais nulle part. Je suis allée nulle part. C'est une des raisons pour lesquelles je me suis tirée.

— Alors, imagine un sol aussi vide que le ciel et aussi plein de couleurs.

Il s'interrompit pour regarder Michelle. Ils avaient pratiquement la même taille, de sorte qu'il la regarda droit dans les yeux. Il vit qu'elle était attentive, mais il ne poursuivit pas. Il haussa les épaules.

— C'est mieux au printemps, dit-il.

— T'es différent, dit-elle.

Il croisa son regard un instant puis détourna les yeux.

— C'est vrai. T'es pas comme les autres types d'ici.

— Peut-être parce que je suis pas d'ici.

— Alors parle-moi du désert.

Ike haussa de nouveau les épaules.

— Il y a pas grand-chose à dire.

— Et ton école ? Comment étaient les autres mômes ?

Il rit en repensant à la rangée de baraques démontables qui servaient d'école, aux salles minuscules et si étouffantes que certains jours il fallait mettre des arroseuses sur le toit pour les rafraîchir.

— La plupart étaient mexicains, dit-il. Je me suis pas fait beaucoup d'amis. Je sais pas comment ils étaient, pour te dire la vérité.

— T'avais pas d'amis ?

— Ma sœur. On était amis.

— Ta sœur ?

— Ouais. (Il hésita. Cela le mettait toujours mal à l'aise de parler de cela, de sa famille – si on pouvait appeler ça comme ça.) Ma mère nous a abandonnés, ma sœur et moi. Un été, elle nous a laissés à sa mère et à son frère et elle est jamais revenue.

— Et ton père ?

— Je l'ai jamais connu.

Elle parut y réfléchir pendant un moment.

— Alors, il y avait que toi et ta sœur, dit-elle.

Il crut qu'elle allait vouloir en savoir plus sur sa sœur, mais elle ne dit rien. Ils marchaient en se tenant par la main et il sentait le contact de la paume de Michelle, chaude et humide, contre la sienne.

— Peut-être qu'on ira là-bas un jour, dit-elle. Tu me montreras.

— Peut-être, dit-il, et sans bien savoir pourquoi il se sentit tout drôle.

De retour au Sea View, ils gravirent l'escalier et il accompagna Michelle jusqu'à sa porte. La porte était ouverte et il aperçut Jill étendue sur le lit toute habillée. Michelle regarda sa copine, puis Ike. Elle fronça son nez et sourit.

— Tu peux entrer si tu veux, dit-elle. J'ai mon coin à moi. Ou bien tu dois aller travailler ?

Ike regardait la petite chambre en désordre.

— J'ai menti. Je vais me coucher. Je suis vraiment crevé.

— Tu surferas avec eux un jour ?

Il haussa les épaules.

Elle se tenait le dos à la porte, la main posée sur la poignée. Il la regarda et comprit qu'elle attendait, qu'il était censé faire plus que dire bonne nuit. Il aurait bien aimé. Il y eut un moment étrange et pesant durant lequel leurs yeux ne se quittèrent pas. Il aurait pu faire un pas vers elle et la toucher, mais il laissa le moment passer, ou plus exactement il attendit trop longtemps, de sorte qu'aller vers elle eût paru emprunté et maladroit. Il se tourna vers sa propre porte et puis la regarda de nouveau d'une distance plus sûre.

— On pourrait peut-être se voir demain, dit-il. Aller au spectacle ou un truc comme ça.

— D'accord, dit-elle. Passe quand je reviens du bou-lot.

Elle lui fit au revoir de la main et il fit de même.

Une fois dans sa chambre, il s'assit sur le lit et se remémora la soirée. Tout en se déshabillant, il ne cessait de penser aux questions que Hound Adams lui avait posées. Elles impliquaient que Hound savait deux ou trois choses, mais pourtant Ike avait en même temps l'impression qu'il piochait au hasard. Que savait Hound Adams? Et cette offre de passer au magasin, c'était quoi sinon une proposition pas nette, par quelque bout qu'on la prenne?

18

Ike ne se sentait pas tellement plus frais lorsqu'il sortit de son lit. Il prit une douche et décida d'aller se balader dans le centre-ville. La douche lui fit du bien et une bonne brise soufflait de l'océan. Il passa devant le Curl Theater pour voir quels films on y jouait. Il se dit que Michelle voudrait peut-être voir un film de surf avec lui. C'était la première fois qu'il sortait une fille et il se sentait bizarre, un peu nerveux. Il ne comprenait toujours pas pourquoi Michelle lui avait paru si différente après la fête. Jill était là aussi, et elle avait été telle qu'en elle-même, bruyante et stupide. Mais Michelle avait été différente. Il se mit soudain à essayer d'imaginer ce que ce serait d'avoir une vraie petite amie – ou même une femme. Il essaya de s'imaginer au volant d'un break rempli de planches de boogie et d'enfants couverts de sable, roulant le long de la route côtière un dimanche après-midi. Il essaya, mais n'y parvint pas vraiment. Pour autant qu'il sache, personne dans sa famille n'avait encore mené une vie normale, et il ne voyait pas pourquoi il serait le premier.

Le Curl était une vieille bâtisse à l'aspect peu engageant dont la peinture s'écaillait et qui était bordée de chaque côté par des terrains vides. Cette semaine, on y jouait un film appelé *Places Debout Seulement*. Il regarda un moment les affiches avant de décider que ça valait la peine d'être vu. Puis il alla jusqu'au Del Taco où travaillait Michelle pour boire un Coke.

Elle parut surprise de le voir. Il n'était encore jamais venu pendant ses heures de travail. Elle était vêtue d'un uniforme orange et marron avec un petit badge blanc portant son nom épinglé sur son sein. Il traîna au comptoir pendant un moment à siroter son Coke avec une paille et à bavarder avec elle. Quand il lui parla du film, elle dit : "Génial. "

Pendant tout le temps qu'il parla à Michelle, il remarqua qu'une autre fille du même âge le dévisageait. Elle servait les conducteurs des voitures, mais elle n'arrêtait pas de regarder Ike comme si elle se demandait si elle le connaissait ou pas. Ike ne l'avait jamais vue de sa vie. Il croisa son regard une fois ou deux, et les deux fois elle détourna les yeux. Il aurait aimé rester là plus longtemps. C'était agréable de parler avec Michelle et de sentir le vent lui rafraîchir le dos, mais quelques personnes avaient commencé à faire la queue derrière lui et il dut dire au revoir.

— Je te vois ce soir, dit Michelle. On va s'éclater.

Ike descendit les marches jusqu'au trottoir et puis se retourna. Michelle lui sourit à travers la vitrine. Derrière elle, il vit que l'autre fille le regardait toujours.

Il s'arrêta deux fois en remontant Main Street. D'abord dans une agence de voyage où il prit quelques cartes du Mexique. Il voulait retrouver les noms et le parcours dont Hound Adams avait parlé la nuit précédente. Ensuite, il se rendit dans le magasin de surf. Il ne vit pas Hound Adams. En fait il n'y avait per-

sonne, et tout comme lors de sa première visite le magasin était vide et tranquille. Il enfonça ses mains dans les
poches de son jean et entra. Il n'était pas très sûr de ce
qu'il cherchait. Sans doute cela avait-il un rapport avec
ce que Barbara lui avait dit, que le magasin avait jadis
appartenu à Preston.

Il traversa sans bruit le rectangle de moquette sombre
du showroom puis marcha sur du ciment. Le silence qui
régnait dans le magasin lui donnait l'impression que tout
bruit eût été déplacé, sensation renforcée par les souvenirs accrochés aux murs, les trophées et les vieilles
affiches, les photos jaunies dont certaines portaient des
inscriptions manuscrites. Il observa plus attentivement
le décor que lors de sa première visite et aperçut une
chose qu'il s'étonna de ne pas avoir remarquée alors, un
décalque sur une vieille planche en balsa accrochée au
plafond. Le plafond était haut, comme si la pièce avait
jadis servi à autre chose, mais il pouvait nettement distinguer la forme du décalque : une vague en feu à l'intérieur d'un cercle. Il étudia quelques-unes des photos et y
découvrit d'autres planches décorées du même motif,
une douzaine peut-être.

Le magasin se composait de deux pièces. Une grande
sur le devant avec la moquette et le haut plafond, et une
autre plus petite sur l'arrière où s'empilaient les
planches d'occasion et les combinaisons. Ike y pénétra.
Il sentit l'odeur de caoutchouc des combinaisons neuves,
celle douce et forte de la résine fraîche. Au fond de la
pièce, accrochée au mur au-dessus des combinaisons, il
découvrit ce qui lui parut être la plus intéressante de
toutes les photos. C'était un agrandissement sur ce qui
paraissait être un papier de médiocre qualité, car les
couleurs en étaient fanées. Le ciel était d'un bleu très
pâle et la couleur avait disparu des visages de ceux qui
posaient : un homme d'âge moyen, deux hommes plus
jeunes et une fille. Cela prit un moment à Ike pour en

être sûr, mais sûr il le fut avant même d'avoir remarqué ce qui était écrit à la main au bas de la photo : les deux jeunes hommes étaient Hound Adams et Preston Marsh. Ils avaient tous les deux les cheveux courts, portaient des maillots de bain et des sweat-shirts identiques. Ils se tenaient appuyés à une vieille station-wagon Ford à flancs de bois de l'arrière de laquelle émergeaient des planches de surf. La fille se tenait entre eux, debout sur le marchepied, un bras autour des épaules de Hound et l'autre autour de celles de Preston. C'était une jolie fille avec des sourcils bien dessinés, un nez droit et des dents régulières. Elle avait un visage à faire du cinéma et elle souriait, elle riait presque. Preston et Hound souriaient aussi.

Pour une raison quelconque, l'homme d'âge moyen semblait ne pas cadrer dans le tableau. Il était en pantalon et en T-shirt, une veste de sport repliée sur son bras. Ses cheveux étaient très courts et noirs, coiffés en arrière, et il portait de petites lunettes de soleil rondes. Sa bouche était mince et droite, relevée à chaque coin par ce qui pouvait passer pour un sourire. La légende de la photo disait : Mexique, Labor Day 1965. Hound, Preston, Janet, Milo.

Le magasin était silencieux et Ike resta longtemps devant la photo, étonné par la ressemblance entre Hound et Preston à cette époque-là. Preston était plus grand d'une tête, un peu plus large d'épaules aussi, mais il avait l'air plus mince qu'aujourd'hui, bâti un peu comme Hound. Son nez était plus droit aussi, et avec leurs coupes de cheveux et leurs sweat-shirts identiques ils se ressemblaient de façon frappante. Mais il y avait autre chose qui retenait Ike devant la photo, sans qu'il sût très bien quoi. Peut-être la fille, quelque chose dans sa manière de rire, ses cheveux qui volaient dans le vent. Pour une raison quelconque, il imagina que la photo avait été prise en fin de journée – mais pas de n'importe quelle journée, d'une bonne journée. C'était le genre de cliché qui vous fait souhaiter que les gens qui posent soient vos amis, le genre de cliché qu'il suffit de regarder pour se sentir seul et délaissé. C'était ce que Ike était en train de se dire lorsqu'une voix lui demanda s'il avait besoin de quelque chose. La voix venait de derrière lui, et lorsqu'il se retourna il réalisa qu'elle appartenait à l'homme blond qu'il avait vu converser avec Preston dans la ruelle, l'homme qu'il avait vu lorsqu'il avait suivi Hound et Terry, l'homme qu'il croyait être Frank Baker sans en être tout à fait sûr. Sa voix résonnait si fort dans le silence que Ike mit un temps à répondre.

— Non, non merci, dit-il. Je jetais juste un coup d'œil.

L'homme pénétra dans la pièce et s'immobilisa tout près de Ike, les bras croisés sur la poitrine. Il paraissait regarder la photo lui aussi. Ike fit semblant d'examiner les combinaisons suspendues au-dessous des photos, fit une remarque à propos des économies qu'il devait faire puis se dirigea vers la sortie. L'homme aux cheveux blonds se tenait toujours devant la photo.

En sortant de la petite pièce, Ike remarqua une autre photo. On y voyait le troisième homme, celui avec les cheveux noirs. Ike reconnut le sourire mince, les lunettes rondes. Cette fois, l'homme posait seul sur une plage déserte. Ike ne s'arrêta pas devant la photo mais eut le temps de déchiffrer le nom écrit sur le papier. Ce nom était Milo Trax.

19

Le vent lui piquait et lui desséchait les yeux tandis qu'il marchait vers le nord, vers le Sea View, et passait devant l'arrêt des Greyhound. Il pensait à l'homme qu'il venait de voir sur les photos. Et il pensait à la petite silhouette vêtue de blanc qu'il avait aperçue depuis la clairière près de la falaise. Le type plein aux as. Il se dit qu'il pourrait être intéressant de parler de nouveau à Barbara, de jeter un coup d'œil à cet album qu'elle avait mentionné.

Michelle l'attendait. Elle était assise devant sa porte, vêtue d'un jean et d'un T-shirt. Elle lui avait rapporté de la nourriture de son travail. Il s'assit à la petite table près de la fenêtre et se mit à manger. Michelle le regardait.

— Où est Jill? demanda-t-il pour dire quelque chose, pour se sortir le magasin de surf et le ranch de l'esprit.

— Elle se fait couper les cheveux par une fille qu'on a rencontrée. Punk.

Il hocha la tête, examina la chambre. Elle était petite et encombrée tout comme la sienne. L'appartement se résumait à une chambre, une minuscule kitchenette et une salle de bains. Les filles avaient installé un rideau pour diviser la pièce principale. Apparemment, Jill dormait sur un grand divan épuisé et Michelle sur un matelas posé à même le sol. Des photos de magazines pornos étaient épinglées au-dessus du lit de Michelle. Elle s'aperçut qu'il les regardait et sourit. Elle prit une lime sur l'appui de la fenêtre et la passa sur ses ongles. Ceux-ci étaient d'un rouge cru, et d'un seul coup Ike retrouvait la Michelle qu'il avait connue avant la fête. Il ne savait quoi dire. Une longue soirée pleine de silences embarrassants se profilait devant eux.

— Tu as de la dope? voulut savoir Michelle.

Il secoua la tête.

— J'en fais pousser. Tu veux voir?

Ike dit que oui. Il finit son repas et alla se laver les mains dans le lavabo.

Michelle le fit passer de l'autre côté du rideau et lui montra, sur l'appui de sa fenêtre, quelques maigres plants de marijuana qui poussaient dans des tasses en plastique. Ike essaya d'avoir l'air intéressé.

La porte s'ouvrit et Ike se retourna. Jill entrait dans la pièce. Pour s'être fait couper les cheveux, elle s'était fait couper les cheveux. Ils étaient maintenant plus courts que ceux de Ike, et l'espace d'un instant il la soupçonna d'être allée se faire coiffer par sa grand-mère à San Arco. Ils étaient plus courts d'un côté que de l'autre et toute une zone en était teinte en orange. Pourtant, Michelle dit que c'était chouette. Les deux filles se tenaient dans la salle de bains, examinant minutieusement la nouvelle coupe de Jill à la lumière d'une ampoule nue. Jill avait entendu parler d'une fête quelque part et était impatiente d'aller y exhiber sa nouvelle tête.

— Il y aura un groupe de rock, dit-elle, et Ike comprit que Michelle aurait aimé y aller elle aussi. Elle le regardait, mais il fit semblant de ne pas s'en apercevoir et elle finit par dire à Jill qu'ils allaient au cinéma. Jill haussa les épaules.

— Comme vous voulez, dit-elle, laissant clairement entendre qu'elle trouvait cette idée très ennuyeuse.

Ils quittèrent l'appartement en silence et se dirigèrent vers le cinéma. Ike avait l'impression que Michelle était furieuse de rater la fête. Ils ne se tenaient pas la main comme ils l'avaient fait la nuit précédente et Ike se sentit embarrassé en marchant à côté d'elle, incapable de trouver quelque chose à dire et se demandant si c'était elle ou lui qui était différent ce soir. La nuit précédente, il était à moitié ivre et défoncé. Peut-être s'était-il trompé. Ou peut-être que c'était comme dans cette chanson – une de ces chansons country qu'il avait dû écouter encore et encore derrière l'atelier de Gordon et qui disait que les filles sont toujours plus belles à l'heure de la fermeture. C'était une pensée déprimante.

— Marsha dit qu'elle t'a déjà vu quelque part, dit Michelle.

Ils étaient à mi-chemin du Sea View et du Curl Theater.

— Marsha?

— Elle travaille avec moi. Elle était là aujourd'hui quand tu es passé. Elle dit qu'elle t'a déjà vu.

Ike repensa à la fille qu'il avait aperçue derrière la vitrine du drive-thru, celle qui le regardait. Il l'avait oubliée.

— Je vois pas où, dit-il. Elle est déjà allée à San Arco?

— J'en sais rien. Je pense pas. Elle croit qu'elle te connaît d'ici.

— Impossible.

— Alors tu ressembles à quelqu'un. Elle dit qu'elle te connaît, ou alors que tu ressembles à quelqu'un.

— À qui?

— Elle l'a pas dit.

Il y avait une petite file d'attente devant le Curl. Ike et Michelle attendirent en silence. Ike pensait à la fille du stand de tacos. Michelle s'éloigna un instant pour jeter un coup d'œil sur les affiches des prochains films placardées derrière des vitres sur la façade du bâtiment. Ike aurait voulu pouvoir s'en aller, retourner voir cette fille et lui demander à qui il ressemblait. Il voulait aussi voir Barbara. Il commençait à se sentir nerveux, là dans cette queue, comme s'il perdait du temps, comme si Michelle et lui n'avaient rien en commun, comme si cela avait été une erreur de l'inviter à sortir avec lui.

Ironiquement, le film était si bon que dès le début il oublia pratiquement tout le reste. Il aurait même pu oublier qu'il était avec Michelle, si elle n'avait fait sans cesse des remarques à haute voix – une habitude très embarrassante. N'importe où ailleurs cela eût été pire, mais le Curl était un endroit plutôt bruyant de toute manière, et le public ululait et applaudissait les figures les plus spectaculaires. Malgré tout, Ike trouvait le bavardage de Michelle pénible. Elle se conduisait comme si c'était la première fois qu'elle allait au cinéma.

Ike ne disait rien. Il regardait l'écran. Jamais il n'avait vu des vagues comme celles-là. Le film avait été tourné dans diverses parties du monde, en Australie, en Nouvelle Zélande, à Bali. Les vagues ressemblaient un peu à celles qu'il avait vues au ranch, vides, parfaites, et il songea de nouveau à ce sentiment d'harmonie qu'il avait ressenti là-bas. Il se remémora Preston assis sur un océan noir et le saluant avec son bras levé. Un rouleau liquide qui virait à l'ambre dans le soleil levant remplit l'écran, creux et sans cavalier, projetant de l'écume à dix mètres de hauteur. Il n'y avait aucun moyen d'expliquer cela à quelqu'un qui ne savait pas.

Avant la fin du film, il décida qu'il ramènerait directement Michelle chez elle, se coucherait tôt et irait voir Barbara le lendemain matin. Ils étaient dans le hall d'entrée quand Michelle repéra Hound Adams. Il était avec l'homme blond que Ike avait vu au magasin dans l'après-midi. Michelle se dirigea vers eux avant que Ike ait pu l'en empêcher et se mit à leur parler. Bien entendu, Hound Adams avait de la dope et Ike se retrouva bientôt sur le trottoir en train de marcher vers le nord de la ville. Avant qu'ils quittent le cinéma, cependant, Hound Adams présenta Michelle et Ike à l'homme qui l'accompagnait, et Ike serra la main de Frank Baker.

Seuls Hound et Michelle parlèrent durant le trajet vers la maison. Ike avait l'impression que Frank n'était pas enchanté d'avoir de la compagnie. Lorsqu'ils arrivèrent, il disparut dans la maison et on ne le revit plus. Une fois de plus, Ike et Michelle s'assirent sur le plancher du salon de Hound. Et une fois de plus, Ike eut l'impression que Hound draguait Michelle. Il trouvait des raisons pour la toucher, pour poser sa main sur son bras ou son genou. Et cela rendait Ike furieux. C'était dingue. Un instant plus tôt il se disait qu'il ne sortirait plus avec elle, et maintenant il était jaloux. Cela n'avait aucun sens.

Hound parlait du film et du Mexique.

— Tu te souviens de ce que je t'ai dit ? demanda-t-il en se tournant vers Ike. À propos du désert et de l'énergie qu'il y a là-bas tout comme dans la mer, du rythme ? Le surf peut te brancher sur cette énergie-là, si tu apprends. Mais il y a apprendre et apprendre. On nous apprend trop souvent à penser avec nos têtes et nous perdons le contact avec d'autres zones de perception, d'autres manières de voir. (Il s'interrompit un moment pour tirer une bouffée de la pipe.) C'est ça qui est bien, au Mexique. C'est un mélange des deux, du désert et de la mer, un mélange de rythmes. Ça me fait toujours drôle au début, quand je vais là-bas. Ça me prend quelques jours pour m'adapter, deux ou trois jours. Mais c'est une adaptation nécessaire. Le Mexique, c'est aussi un endroit fabuleux pour les champignons. Tu as déjà essayé ? (Il regarda Michelle et Ike puis sourit.) Ils en ont deux sortes dans ce village, qu'ils appellent Derumba et San Ysidro. Le San Ysidro est le plus fort des deux.

Hound s'arrêta pour tirer une autre bouffée et Ike jeta un coup d'œil à Michelle. Elle resta suspendue aux lèvres de Hound Adams tout le temps qu'il raconta quelques-unes de ses expériences mystiques avec le puissant San Ysidro. Il parla du matin où il surfa et se regarda surfer en même temps, du jour où il vit le fond de la mer à travers la transparence de sa propre chair.

— Je veux y aller, dit soudain Michelle, interrompant Hound au milieu d'une de ses histoires. Hound sourit et se pencha en avant pour poser la pipe au milieu du cercle tout en retenant ses cheveux avec sa main libre.

143

— Tu devrais. Et toi aussi, ajouta-t-il en regardant Ike. Tu peux en apprendre plus là-bas sur le surf qu'en des années ici.

Ike hocha la tête. Michelle avait posé sa main sur sa jambe et il sentait la chaleur de sa paume le brûler à travers son jean. Il pensait au ranch, à ce qu'il avait ressenti là-bas, à la folle part de vérité qu'il y avait dans les paroles de Hound Adams et qui pourtant ne collait pas quand il en parlait. C'était comme si Hound faisait un numéro pour eux, et Ike ne pouvait s'empêcher de se demander ce que Preston en aurait pensé, ou même si Hound aurait dit les mêmes choses s'il n'avait été en train de parler à un couple de gosses deux fois moins âgés que lui.

— Au fait, dit Hound. Tu as trouvé ta planche, Ike?

Ike dit que non.

— Tu te souviens de mon offre?

Ike dit que oui, et Hound se lançait dans une autre description du Mexique lorsqu'il fut interrompu par la sonnerie du téléphone. Il disparut pendant quelques minutes, et quand il revint Ike comprit immédiatement que quelque chose n'allait pas. Hound ne souriait plus et sa peau semblait tirée sur les os de son visage. Il avait l'air tout à coup plus vieux et plus dur qu'un instant auparavant.

— C'était le frère de Terry Jacobs, dit-il d'une voix plate. Terry vient de mourir.

20

Tout comme la nuit précédente, Ike et Michelle se tenaient dans le corridor. Ike avait l'impression que le bâtiment tournait légèrement, tanguait d'un côté et puis de l'autre tandis que les ampoules nues creusaient dans la chaude obscurité des puits de lumière. Ses jambes étaient faibles et il n'aurait su dire si c'était parce que Michelle le rendait nerveux ou parce qu'il n'arrivait pas à oublier l'expression du visage de Hound lorsqu'il avait annoncé la mort de Terry.

De nouveau elle l'invita, et de nouveau il hésita.

— D'accord, dit-elle. Je viens dans ta chambre, si tu veux. Tu vas pas te défiler deux nuits de suite.

Elle rit. Son visage était rouge et un peu exalté, Ike remarqua une goutte de transpiration sur sa lèvre supérieure. Elle avait posé une main sur le bouton de la porte et l'autre sur sa hanche. Ses mains étaient grandes et fortes comme celles d'un garçon, mais la peau en était douce au toucher. Ike regardait ses mains parce que c'était plus facile que de regarder ses yeux et il pensait à sa chambre, aux vêtements sales empilés, au sac poubelle qu'il avait oublié de descendre.

— J'ai de la bière au frigo, dit-elle. Viens.

Il la suivit dans sa chambre qui lui parut encore plus petite et encombrée qu'auparavant. Jill n'était pas là.

— Assieds-toi sur le lit, lui dit Michelle. C'est le seul endroit confortable.

Il s'assit à un bout du matelas et regarda Michelle sortir de la bière du frigo. Lorsqu'elle revint, elle posa les bouteilles sur le plancher près de ses pieds. Puis elle passa devant lui et prit une bougie sur l'appui de la fenêtre. Elle posa la bougie sur le sol et l'alluma, éteignit la lumière et tira le rideau qui divisait la pièce en deux. Immédiatement, tout changea. La chambre devint chaude et intime. La douce flamme jaune montait dans l'obscurité, créant d'étranges et mouvants motifs d'ombre et de lumière, dansant dans le verre sombre du miroir. Elle s'assit près de Ike, son épaule touchant la sienne, et il sentit la chaleur de son corps. Il but rapidement sa bière. Elle était froide, il en sentit la brûlure tandis qu'elle descendait en lui. Il posa sa main sur le lit, juste derrière elle, et elle s'appuya sur son bras tendu. Il la dévisagea, sa petite bouche parfaitement dessinée, ses pommettes hautes. Elle soutint son regard et il vit le reflet de la bougie dans ses yeux et sur le petit point sombre que formait la marque laissée par le bâton. Il fixa son attention sur ce point, le regardant bouger imperceptiblement et devenir soudain plus grand tandis qu'elle se penchait vers lui – et ses lèvres furent contre les siennes. Il goûta son haleine, sa langue. Ils s'étendirent sur le matelas et il eut l'impression de tomber. Il ressentit ce qu'il avait ressenti en dévalant cette première vague au ranch. Plus de contrôle. C'était fou de penser que c'était la même fille qu'il avait tant regretté d'avoir amenée au cinéma. Il s'étendit près d'elle, embrassant sa bouche, son cou et ses paupières, et ce fut soudain comme si sa chute s'interrompait et qu'il était simplement là auprès d'elle, pétrifié. Il était paisiblement étendu, il pouvait entendre le cœur de Michelle et le sien aussi battre contre son bras. Au bout d'un long moment elle se mit à se tortiller à côté de lui. Elle le saisit par l'épaule et le fit rouler loin d'elle, comme si elle voulait bien le regarder.

— J'ai jamais rencontré un garçon comme toi, dit-elle.

— Désolé.

— Pourquoi?

— Ben... (Il s'interrompit.) Je sais ce que tu veux, mais je crois pas pouvoir te le donner.

— Pourquoi pas?

— Je sais pas.

Elle l'attira de nouveau contre elle.

— J'imagine qu'il y avait pas tellement de filles, là-bas dans le désert.

Il secoua la tête.

— Non.

— Alors, tu as jamais eu de petite amie?

Il hésita. Il avait le sang au visage, et lorsqu'il ferma les yeux il eut l'impression que la poussière de San Arco lui desséchait et lui irritait l'intérieur des paupières.

— Une seule, dit-il. Il y en avait une. Mais elle est partie.

Il sentait qu'elle le regardait et, peut-être, ne le croyait pas.

— Tu as dû te sentir seul, quand elle est partie.

Il hocha de nouveau la tête.

— Oh! oui, dit-il.

Il regardait le plafond maintenant et ne se rappelait pas s'être senti aussi misérable depuis longtemps, inutile, le même sentiment qu'il avait eu lors de sa première journée en ville, quand les motards s'étaient moqués de lui. Merde, s'il ne pouvait ni baiser ni se battre, il ne voyait pas comment il allait pouvoir arriver à quelque chose. Il imagina Gordon l'observant depuis l'endroit où aurait dû se trouver le ciel, sa grosse figure rouge oscillant d'un côté et de l'autre et puis se détournant pour cracher dans la poussière.

Michelle se tenait appuyée sur un bras maintenant, sa mâchoire dans sa paume.

— Pour moi, c'était tout le contraire. J'ai commencé quand j'avais treize ans. (Elle parut y réfléchir pendant un moment.) Cette fille et toi, vous avez jamais rien fait?

Il haussa les épaules.

— Une fois.

— Une fois? (Il l'entendit rire.) Désolée, je voulais pas me moquer de toi, mais une fois?

— Elle est partie.

— C'est vrai. Et tu es resté tout seul avec ta sœur au milieu de tout ce nulle part.

Il y eut un long silence.

— Alors, demanda-t-elle enfin, tu as aimé ça?

— Quoi?

— Ce que tu as fait. Avec ton grand amour perdu?

Il tourna son visage vers elle pour la regarder et vit qu'elle souriait tout comme elle lui avait souri le jour où il était passé près d'elle sur la pelouse – d'un vrai sourire.

— Tu as peut-être besoin d'un peu de pratique, dit-elle. Et tu sais quoi?

Il dit qu'il ne savait pas.

— Je te laisserai pas sortir d'ici avant que tu m'aies baisée.

Elle glissa du matelas et se pencha pour souffler la bougie, puis elle se redressa pour ôter son T-shirt. Lorsqu'elle commença à déboutonner son pantalon, le clair de lune qui traversait la vitre de la fenêtre éclaira un côté de son visage et ses seins qui étaient petits et ronds, incroyablement blancs là où le maillot de bain les avait protégés du soleil, et après qu'elle eut quitté son pantalon et se fut allongée sur le dos près de lui il aurait pu jurer qu'elle avait eu l'air aussi pur qu'un ange dans cette douce lumière. Il fit courir ses mains le long de ses jambes et à travers les endroits frais sous ses cuisses, et plus tard quand elle le guida en elle et qu'il sentit la chaleur de ses bras et de son corps l'envelopper, il ferma les yeux et crut que la brûlante poussière rouge du désert montait pour l'étouffer. Et tandis que son corps se jetait dans le présent sur un rythme qui lui était propre, il crut entendre, venant d'un passé lointain, la voix de la vieille femme qui l'appelait. Et cette voix était remplie de surprise, de douleur et de colère.

21

Elle dormit un peu. Sa peau était tiède et douce contre la sienne et c'était bon d'être étendu là dans l'obscurité à écouter sa respiration près de lui. Il avait dû s'assoupir lui-même, car il était conscient de s'être éveillé et d'avoir dû se rappeler à lui-même que c'était vraiment arrivé, qu'il était vraiment là avec cette fille dont la jambe recouvrait les deux siennes, dont il sentait le souffle sur son cou et les doigts sur sa poitrine. Ce fut une découverte plaisante. Il se déplaça légèrement et elle remua.

— Tu es réveillé ? murmura-t-elle.

Il dit que oui. Quelque chose la fit rire. Ses doigts descendirent vers le ventre de Ike.

— Tu me rendrais un service ? demanda-t-il.

— Comme quoi ?

Il sentait de l'amusement dans la voix de Michelle.

— Comme de demander à ta copine à qui je ressemble.

— Tu parles sérieusement ?

Il dit que oui.

Les doigts de Michelle appuyèrent un peu.

— T'es un drôle de garçon, dit-elle.

Il se tourna vers elle et trouva sa bouche.

Il se réveilla tôt. Michelle dormait encore, sur le dos maintenant, la bouche ouverte et un bras au-dessus de la tête, un sein pointant hors du drap dans la lumière grise. Le plaisir qu'il avait éprouvé un peu plus tôt revint facilement, et il consacra un peu de temps à la regarder et à examiner la chambre. Il décida que c'était une des plus étranges qu'il ait jamais vues. Pour une moitié cela ressemblait à une chambre de bordel, pour une autre à une chambre de jeune fille. L'armoire était un bon exemple, haute et étroite avec une série d'étagères superposées. Sur l'une d'elles, une paire de bas résille était posée sur un gant de base-ball. Sur une autre, une paire de chaussures rouges à talons aiguilles à côté de tennis blanches. Sur la table de chevet près du lit, une petite collection de bouteilles de parfum et de produits de beauté, ainsi que la photo d'une équipe féminine de softball. Au-dessus de la table de chevet, une photo d'un couple en train de baiser et au-dessous de la photo des lettres découpées qui disaient *Chaud devant*. Près du rideau, un autocollant proclamait que la chasteté n'est que gâchis.

En un sens elle ressemblait à sa chambre, un mélange assez dingue. Cela la rendait difficile à juger. Elle changeait si vite. Très jeune à un moment donné – plus jeune encore que ses seize ans – et l'instant d'après très forte et plus maline qu'il ne l'avait cru tout d'abord. Et pas seulement parce qu'elle avait plus d'expérience que lui en matière de sexe. C'était plus que ça. Quelque chose de plus profond. C'était cela qui le faisait se sentir bien avec elle.

Il continua d'examiner la chambre pendant un moment tout en repensant à la nuit. Michelle dormait toujours. Il essaya d'imaginer comment ce serait s'il n'y avait rien d'autre : des journées remplies de soleil dans l'ombre fraîche de la jetée. Des gauches impeccables. De douces nuits dans le lit de Michelle. Et, l'espace d'un moment, il lui sembla que c'était ce qu'il avait obtenu – ou quelque chose d'approchant. Pendant un instant il lui sembla qu'il était absolument seul avec ce moment, immergé dedans, loin de la confusion du désert. Ce fut une impression fugitive, et quand elle disparut le plaisir des moments qui avaient précédé disparut avec elle, remplacé par une image du visage de Hound Adams tel qu'il avait été lorsqu'il avait annoncé la mort de Terry. Ce visage semblait entrer par l'étroite fenêtre avec la lumière du soleil et grandir jusqu'à envahir la pièce..

Ike finit par se glisser hors du lit et se mit à chercher ses vêtements. Il s'habilla en frissonnant sur le froid linoléum puis alla se laver la figure dans le lavabo – le plus doucement possible, afin de ne pas réveiller Michelle. Quand il eut fini, il revint pour la regarder encore une fois. Elle dormait toujours, mais tournée sur le côté maintenant, sa chevelure répandue derrière elle sur le drap tel un délicat éventail. Il aurait aimé la toucher, lisser avec ses doigts ses cheveux là où ils bouclaient sur ses tempes, mais quelque chose le retint. Il alla à la porte et sortit en la refermant doucement derrière lui.

Il faisait froid et encore sombre dans le corridor. Un courant d'air montait par la cage d'escalier et parcourait le bâtiment. Ike passa dans sa chambre, le temps de changer de chemise, et puis il ressortit, se réchauffant peu à peu tandis qu'il marchait vers le duplex de Preston. Il ne pouvait s'empêcher de repenser à la maison au-dessus de la pointe, à son lien avec le magasin de surf de Main Street. Barbara avait parlé d'un album. Il voulait le voir. Il marchait rapidement, les yeux collés au ciment pâle devant lui, essayant toujours d'effacer l'image du visage de Hound Adams qui avait gâché sa matinée.

Le duplex de Preston donnait à l'est et le porche en était lumineux et chaud quand il arriva. Barbara n'avait pas l'air bien. Son visage était pâle et bouffi, elle avait des cernes sombres sous les yeux. Elle n'eut pas l'air particulièrement contente de le voir, mais pas ennuyée non plus. En gros, elle avait l'air crevée. Elle l'invita à entrer. Elle portait ce qu'il supposa être une chemise de flanelle de Preston. La chemise lui descendait jusqu'aux genoux et les manches en étaient roulées en paquets au-dessus de ses coudes. Il s'assit dans la cuisine tandis qu'elle faisait du café. Elle paraissait petite et épuisée, et il y avait quelque chose dans le fait d'être assis là à la regarder qui le faisait se sentir coupable d'être venu. Il pensa à sa nuit avec Michelle et se demanda si cela avait été la même chose pour Barbara et Preston.

Barbara avait entendu parler de la mort de Terry. Il lui demanda où en était Preston et elle dit qu'il n'y avait toujours aucun témoin. Apparemment, Hound Adams avait dit à la police qu'il ne pensait pas que Preston avait donné le coup de couteau, que quelqu'un d'autre l'avait fait avant de s'enfuir par l'arrière. Elle dit aussi que la police n'avait pas pu retrouver l'arme et que Preston serait bientôt libre.

— Pour ce que j'en sais, ajouta-t-elle, il est peut-être déjà dehors.

— Il serait pas venu ici?

— Pas forcément. Il est peut-être à l'atelier.

— Je crois qu'ils le veulent dans la rue, dit Ike.

Et il lui raconta qu'il avait vu quelques membres de la famille de Terry. Elle parut choquée par cette nouvelle, comme si elle s'était demandé pourquoi personne ne voulait témoigner, et il se maudit pour en avoir parlé. Ils restèrent un instant assis en silence, Ike fixant le linoléum éraflé sous ses pieds.

— Écoute, dit-il. Si je suis venu ce matin, c'est parce que je voulais te demander quelque chose.

Il la regarda et elle lui rendit son regard, son coude appuyé sur la table et une tasse de café dans sa main.

— Tu m'as dit un jour que Hound et Preston avaient été associés. Qu'est-ce que tu sais de tout ça? Je veux dire, tu sais ce qui s'est passé entre eux?

Elle se leva et alla à un placard au-dessus du réfrigérateur. Elle déplaça quelques objets et revint avec un grand livre en mauvais état, une sorte de classeur avec une couverture en carton retenue par un ruban sombre.

— Son album, dit-elle. Il a balancé un tas de trucs quand je me suis installée ici et j'ai trouvé ça dans la poubelle. (Elle posa le livre sur la table, devant Ike.) Je sais pas si tu trouveras ce qui t'intéresse, mais si tu veux jeter un œil, vas-y. J'ai aucune idée de ce que tu me demandes. Je sais pas ce qui est arrivé avec Hound, avec la boutique. Tout ce que je sais, c'est qu'ils se parlent plus. Une fois ou deux j'ai rencontré Hound avec Preston, dans la rue je veux dire ou des endroits comme ça. Ils se croisent sans même se regarder, comme si chacun voulait que l'autre n'existe pas. C'est bizarre, mais j'en connais pas la raison.

Ike ouvrit le livre et se mit à le feuilleter.

— Tu dis que Preston est pas d'ici, qu'il est arrivé tout seul?

Elle hocha la tête.

— Il a grandi du côté de Long Beach, je crois. En tout cas, c'est là que ses parents vivent maintenant. Son père est un genre de pasteur, crois-le ou non.

— Il te l'a dit?

— Pas volontairement. Quand je me suis installée ici, il m'a dit que ses parents étaient morts. Et puis un jour, une vieille dame a appelé et l'a demandé en disant qu'elle était sa mère. Je l'ai engueulé pendant toute une journée et il a fini par reconnaître que ses parents étaient vivants. C'est là qu'il m'a dit que son père était pasteur. Je lui ai demandé pourquoi il m'avait dit qu'ils étaient morts, mais il a juste haussé les épaules. Si on lui pose trop de questions, il s'énerve.

— Je sais, dit Ike.

Il y avait des choses intéressantes dans l'album. Il y avait quelques vieilles photos du magasin, qui faisait alors environ la moitié de sa taille actuelle – le mur de brique qui séparait aujourd'hui le showroom du reste du bâtiment avait jadis servi de façade. Sur une des photos le mur était nu, sur une autre il avait été peint et portait l'ancien logo du magasin – la vague dans le cercle et les mots *Branché à la Source*.

Le livre était également rempli de clichés de Preston, beaucoup provenant des pages de magazines de surf et montrant le même jeune homme sombre que Ike avait vu sur les photos du magasin. Il comprenait maintenant ce que Barbara lui avait dit, que tout le monde savait qui était Preston, et il était facile d'imaginer pourquoi les gens avaient été surpris par sa transformation. Membres déliés et mouvements gracieux. Monsieur Californie du Sud. Il n'y avait pas trace de tatouages dans l'album. Ike allait tourner la page quand un nom lui tira l'œil. Ce nom figurait dans une publicité pour un film sur le surf qui disait : le champion senior des USA, Preston Marsh, dans *Wavetrains*, un film surf de Milo Trax.

— Ce type, demanda Ike, Milo Trax. C'est celui du Trax Ranch?

Barbara se pencha sur la table et regarda le nom.

— Je sais pas. Je crois que je l'ai jamais vu avant.

Ike lui parla des photos dans le magasin et décrivit Milo Trax. Elle haussa les épaules.

— Ça me dit rien, mais dans le temps un tas de gens bizarres traînaient dans cette boutique. Des types plus âgés je veux dire, des types qui avaient l'air de venir de L.A. et pas de la plage. L'endroit avait mauvaise réputation. C'était il y a longtemps, quand un tas de gens commençaient à se défoncer. On dit que Hound et Preston ont pas mal dealé à cette époque et se sont fait un paquet de fric. On les voyait se balader en ville avec des Porsche toutes neuves et tout ça. Je crois que Hound est toujours là-dedans. Il est propriétaire d'un tas de maisons dans le coin, d'après ce qu'on dit, et on gagne pas tout ce fric avec une boutique.

— Et Preston?

— Son fric? Je sais pas. Il l'a claqué. Je t'ai dit qu'il a fait son service. Je me souviens que ça a surpris pas mal de gens. Tout le monde pensait que Hound et Preston seraient assez malins pour y couper, mais je me souviens d'un jour où j'étais sur le jetée et où j'ai entendu une fille dire que Preston s'était engagé dans les Marines, qu'il partait en Asie et que personne pouvait y croire tellement c'était stupide. Et puis il est parti et puis il est revenu, et c'est là que je l'ai connu, je t'ai raconté.

Elle avait parlé vite et s'interrompit pour reprendre

son souffle et une gorgée de café. Ike continuait à parcourir l'album.

— Il y a une photo dans le magasin, dit-il. Une photo de Hound et de Preston ensemble. Il y a une fille avec eux, elle s'appelle Janet.

— Elle s'appelait Janet.

Il haussa les sourcils.

— Je suppose que c'est Janet Adams. Elle est jolie?

Il acquiesça.

— La sœur de Hound?

— Elle est morte. C'est arrivé il y a longtemps. J'étais encore en secondaire à l'époque, et je la connaissais pas. Mais je crois qu'elle est morte d'une overdose, ou quelque chose comme ça. Je sais que ça avait un rapport avec la drogue, et ça a fait toute une histoire.

Ike resta silencieux pendant un moment. Ce qu'il venait d'apprendre le perturbait étrangement. Il repensait à la photo dans le magasin, au rire de la fille, à ses cheveux emportés par le vent qui volaient d'un côté de son visage.

— Tu en sais pas plus?

Barbara secoua la tête.

— Non. Je la connaissais pas. Il y a longtemps de ça. Je me souviens juste de l'histoire, que tout le monde a été choqué d'apprendre qu'une fille comme Janet se droguait. (Elle se tut un instant et regarda la table.) Tu permets que je te pose une question? Pourquoi tu t'intéresses tellement à tout ça?

Ike referma le livre et haussa les épaules. Pendant un instant il avait envisagé de lui raconter, mais ce moment était passé.

— Je sais pas, dit-il. Je suppose que je suis curieux. Tu m'as dit combien Preston était différent. Tu ne t'es jamais demandé ce qui l'avait fait changer?

Elle lui lança un regard noir, comme s'il venait de poser une question idiote.

155

— Bien sûr que je me suis posé la question. Mais il est parti si longtemps, il est allé deux fois au Vietnam. Plein de gens en sont revenus changés.

— Je me demandais plutôt pourquoi il est allé là-bas, pourquoi il a laissé tomber le business. Ça avait peut-être quelque chose à voir avec Janet Adams. Tu dis que Hound et lui étaient dealers.

Barbara se leva, lui prit l'album des mains et alla le remettre dans le placard. Quand elle eut refermé la porte, elle s'y appuya et regarda Ike.

— Peut-être, dit-elle. Peut-être que tu as raison. Il y a encore six mois, ça m'aurait intéressée d'y penser. Maintenant, ça semble hors sujet. Quand les gens ne s'intéressent pas à eux-mêmes, on finit par ne plus s'intéresser à eux.

Ike se leva. Il y avait un tas de choses auxquelles il voulait réfléchir, et il voulait être seul. Pourtant, il aurait aimé pouvoir dire quelque chose à Barbara. Mais il ne savait pas quoi. Il lui dit au revoir, qu'il repasserait. Elle le reconduisit à la porte.

Le soleil dansait sur le trottoir et les maisons semblaient flotter dans les vagues de chaleur comme des morceaux de papier de couleur. Ike marcha en direction de la ville sans trop se préoccuper de savoir où il allait, réfléchissant à ce que Barbara lui avait dit. Il revoyait sans cesse la fille sur la photo, un bras autour de Hound Adams et l'autre autour de Preston – il était certain qu'elle était la clé. C'était la mort de cette fille qui avait séparé Preston et Hound. Et d'une manière ou d'une autre, bien qu'il fût incapable de dire pourquoi, il était certain que Janet Adams était la raison de cette étrange expression qui était passée sur le visage de Preston le jour où Ike lui avait parlé de sa sœur, lui avait montré le bout de papier avec les noms.

Il marchait vite maintenant, et avant même de s'en

être rendu compte il était dans le centre ville, se dirigeant vers Main le long d'une rue minable bordée de terrains herbeux et de puits de pétrole à l'abandon, d'un bar à bière solitaire. Il était presque parvenu à hauteur du bar quand Morris en sortit. Morris portait une casquette de camionneur avec la visière tournée vers l'arrière et des lunettes de soleil cerclées de métal. Il portait aussi sa veste de jean sans manches et avait l'air bourré. Il parut vaciller un peu dans la lumière crue tandis que Ike s'avançait vers lui, et il y avait quelque chose de définitivement agressif dans la façon dont il lui barra le passage, dans le demi-sourire derrière sa barbe blonde et broussailleuse. Pourtant, il aurait été idiot de tourner les talons et de s'enfuir. Il connaissait Morris. Il devenait paranoïaque. Ike fit encore deux pas et dit salut.

Morris retira méthodiquement ses lunettes noires, les replia avec soin et les glissa dans la poche de sa veste. Il enfonça son poing droit dans sa main gauche qu'il frappa deux ou trois fois. Ike fit un pas en arrière. Morris courut après lui avec un large sourire et cogna.

Tout arriva très vite. S'écarter n'aurait même pas été une solution. Il n'y avait plus que ce poing qui tombait de la chaleur et puis le ciel qui devenait noir. Ike se rendit brusquement compte qu'il était sur le dos, mais pendant un moment il ne sentit rien. Tout était brouillé. Il savait que son visage saignait. Il voyait trouble. C'était comme s'il avait du mal à décider s'il allait s'évanouir ou pas. Sa vision s'éclaircissait, puis s'assombrissait de nouveau. La grosse figure sale de Morris apparut au-dessus de lui et il devina un doigt épais pointé vers sa poitrine.

— Je savais que tu merderais, dit Morris.

Il attrapa Ike par le devant de son T-shirt comme s'il voulait le frapper de nouveau. Ike pensa au ciment sous sa tête. Puis il entendit quelqu'un parler à Morris.

— Je croyais que tu avais dit que tu pouvais le mettre KO, mec.

157

— Ah! mec, j'ai glissé.

— Mon cul.

La vision de Ike s'éclaircit légèrement et il put distinguer l'autre silhouette à côté de celle de Morris : Preston. Preston dans son vieux débardeur, le bandanna rouge autour de sa tête.

— Donne-moi encore une chance, mec, implorait Morris. Je lui pète son putain de crâne, cette fois.

— De la merde. T'as perdu. Tu me dois une bière.

Preston fit demi-tour et rentra dans le bar. Morris relâcha Ike.

— T'as pigé le topo maintenant, petit pédé? demanda-t-il.

22

De retour dans sa chambre, Ike s'examina dans le miroir. Il était couvert de sang. Le coup l'avait atteint au-dessus de l'œil droit et il avait près du sourcil une vilaine coupure au fond de laquelle on voyait un éclat blanc. Cette vision le rendit malade et il vomit dans le lavabo. Il enveloppa des glaçons dans une serviette et s'étendit, la glace pressée contre sa tête qui commençait à l'élancer. Il était trop désorienté pour avoir les idées claires, mais en gros il se sentait trahi et ignorait pourquoi. Est-ce que Morris avait dit quelque chose à Preston au sujet de Ike et de Barbara? Et en ce cas, Preston l'aurait-il cru? Non, ce n'était pas ça. Il y avait quelque chose d'autre, et il ne savait pas quoi.

Il dut s'endormir, car quand il rouvrit les yeux il constata que le ciel avait viré au rouge de l'autre côté de la fenêtre. La chambre était sombre et étouffante et puait le vomi. Les cubes de glace avaient fondu, trempant sa chemise et l'oreiller, mais il ne saignait plus. Lorsqu'il voulut se lever pour aller ouvrir la fenêtre, il faillit tomber à la renverse. Il s'agrippa au lit, attendit un instant et réussit à sa seconde tentative. Puis il tituba jusqu'à la porte qu'il ouvrit également, espérant créer un courant d'air, et se rallongea. Il resta étendu pendant ce qui lui parut être un long moment, réfléchissant et regardant le ciel devenir poupre et puis noir, observant les papillons de nuit qui tournaient autour de l'ampoule nue du couloir. Il y avait quelque chose dans cette ampoule, le tourbillon des papillons de nuit dans la lumière jaune et l'obscurité au-delà, quelque chose qui lui rappelait le désert, la terre dure derrière chez Gordon, la vieille véranda où la lumière creusait un trou dans l'obscurité, attirant tous les insectes des environs contre l'écran métallique.

Il somnola de nouveau tout en pensant au désert, et lorsqu'il rouvrit les yeux ce fut parce que Michelle l'observait. Elle se tenait debout dans l'embrasure de la porte, vêtue de son uniforme. Ses cheveux étaient tirés en arrière et retenus par des barrettes, et il ne se rappelait pas l'avoir jamais vue coiffée ainsi. Cela lui faisait un visage plus rond, plus enfantin.

— On m'a cogné, dit-il.

Elle alluma une lumière et se pencha pour mieux le regarder, puis elle alla chercher un T-shirt propre et des jeans dans son armoire.

— Mets ça, dit-elle en les jetant sur le lit.

— Pourquoi?

— Parce que je vais prendre la voiture de Jill et t'amener à l'hôpital.

— Pas la peine d'aller à l'hôpital.

— Si. Il faut recoudre ça.

— Pas besoin de recoudre, dit-il.

Appuyé sur ses coudes, il la regardait se diriger vers la porte. Elle s'arrêta et tourna la tête.

— Pas besoin, non, si tu veux une belle cicatrice. Discute pas, d'accord? Ma mère était infirmière.

— Merde. Tu sais même pas conduire.

— Mais si, je sais. Lève-toi et habille-toi. Tout de suite.

Elle referma la porte derrière elle et il l'entendit marcher dans le couloir. Il s'assit au bord du lit et ôta sa chemise. Il était toujours assis là lorsqu'elle revint. Elle finit de l'habiller. Il prit un plaisir absurde à la regarder faire, à observer ses mains et ses bras qui étaient aussi forts que les siens, plus peut-être. Quand elle eut terminé, il se leva et la suivit.

La voiture de Jill était une Rambler de 68 et Michelle ne se débrouillait pas trop bien avec un levier de vitesses. L'hôpital était à une dizaine de kilomètres, et tout le long du chemin elle fit craquer la boîte. Elle emmena Ike au Huntington Community, le même hôpital où on avait transporté Terry Jacobs la nuit de la bagarre au couteau.

Cela se passa moins mal que Ike ne l'avait craint. On l'assit sur une table blanche dans une pièce brillamment éclairée et on examina sa tête. Quand la plaie fut nettoyée et suturée, on lui fit une piqûre et on lui prescrivit du Nembutal. Depuis le comptoir où il attendait son ordonnance, il apercevait le couloir qui menait à l'entrée de la salle des urgences – et il les vit arriver. D'abord il ne distingua qu'un mouvement confus de jeans graisseux et de T-shirts, mais cela fut suffisant pour lui scier les jambes, car il comprit instantanément ce qui était arrivé. Puis il vit Barbara. Elle pressait un mouchoir contre son visage. Il quitta le comptoir et se dirigea vers elle. Il marcha dans l'étroit couloir sous les lumières fluorescentes, passa devant des portes grises tandis que Michelle lui tirait le bras et que Barbara levait les yeux pour le regarder. Ses yeux étaient écarquillés et injectés de sang, mais c'est d'une voix plate et calme qu'elle lui apprit la nouvelle : les Samoans avaient surpris Preston alors qu'il se trouvait seul à l'atelier. Morris était parti chercher des pièces détachées. Quelqu'un qui passait devant l'entrée de la ruelle avait apparemment vu la bagarre et appelé la police. Ce coup de fil avait probablement sauvé la vie de Preston, bien qu'il eût à la tête une blessure dont on ne connaissait pas encore la gravité. Mais il était arrivé trop tard pour sauver ses mains. Les Samoans les avaient introduites de force dans le tour mécanique et Preston avait perdu tous ses doigts, les pouces exceptés.

Sur le chemin du retour, Ike se sentit engourdi, comme paralysé dans les ténèbres qui l'entouraient. Michelle l'aida à sortir de la voiture et à monter dans sa chambre. La piqûre commençait à faire son effet et il s'étendit sur son lit tandis que la chambre tournait lentement autour de lui. Michelle s'allongea près de lui et il sentit ses doigts frais sur son front. Il l'entendit lui dire que tout allait bien, qu'elle l'aimait beaucoup. Et puis cela lui tomba dessus d'un seul coup. Il tituba jusqu'à la salle de bains et referma la porte. Il resta là agenouillé jusqu'à ce que la lumière vire au gris, vomissant tripes et boyaux dans les égouts de Huntington Beach, offrant à la ville de quoi se souvenir de lui.

23

Pendant une semaine, Ike se terra dans sa chambre. Il avait l'impression que c'était à lui qu'on avait fracassé la tête et charcuté les doigts. Il restait sur son lit et regardait les ombres changer de forme au plafond. Il allait à la fenêtre et observait le puits de pétrole et les oiseaux à travers les vitres sales. Peut-être que les choses auraient été différentes s'il avait eu sa planche. Les matins sur l'eau lui manquaient, et c'est avec amertume maintenant qu'il repensait à la balade au ranch.

Il ne voyait que Michelle. Elle lui rapportait de la nourriture de son travail et essayait de le persuader de sortir. Vers le milieu de la semaine, le temps devint particulièrement chaud.

— Pourquoi t'irais pas à la plage ? lui demanda-t-elle. Au moins, ça te rafraîchirait.

Ike haussa les épaules. Debout devant la fenêtre, il regardait les palmes immobiles dans l'air chaud.

— Tu as peur de rencontrer Morris ?

Elle avait posé la question sans malice, mais Ike se sentit irrité.

— Ces types sont des cons, dit Michelle. Tous les deux. Morris et Preston.

— Pas Preston.

— Qu'est-ce qu'il te faut ? Pourquoi tu veux faire un héros, de ce mec ? C'est rien qu'un abruti de motard, tu peux pas voir ça ?

— Non, je peux pas. (Il se détourna d'elle pour regarder dans le jardin.) Tu sais même pas de quoi tu parles.

— Moi ? Je sais pas de quoi je parle ? Ça, c'est la meilleure. Écoute, je suis désolée que tu aies été blessé. Mais il était là quand Morris t'a frappé. Tu me l'as dit. Ils avaient fait un pari ou quelque chose comme ça pour savoir si Morris pourrait te mettre KO.

Il aurait voulu ne pas lui avoir raconté l'histoire. Il ne savait plus quoi penser. Peut-être y avait-il du vrai dans ce qu'elle disait. Peut-être que toutes ces années passées dans le désert l'avaient déformé, tous ces rêves nourris de livres, ce besoin d'un père qu'il n'avait jamais connu et qu'il avait même essayé de remplacer par Gordon.

Peut-être qu'il y avait un peu de tout ça. Peut-être qu'il était un pédé refoulé, ou un truc comme ça. Mais cela n'expliquait pas tout, et ce qu'il savait avec certitude c'est que Preston n'était pas un abruti de motard. En cela, elle avait tort. Mais il n'essaya pas de lui expliquer. Il demeura silencieux à regarder à travers l'air immobile jusqu'à ce qu'elle vienne près de lui.

— Pourquoi t'irais pas parler à Hound ? Il te l'a proposé. Tu pourrais avoir une autre planche.

— Tu comprends donc pas ? demanda-t-il en lui faisant face. Il était dans le coup, pour Preston.

— Non, je comprends pas. Preston a laissé Morris te cogner. Il a poignardé le copain de Hound. Il est comme tous ces trous du cul de motards. Je pige pas pourquoi tu veux être copain avec lui plutôt qu'avec Hound. En plus, Hound t'aime bien.

Cette fois, il laissa passer la remarque sur Preston.

— Qu'est-ce qui te fait croire que Hound m'aime bien ?

— Ça se voit. D'abord, il t'appelle brother tout le temps.

— Il dit ça à tout le monde.

— C'est pas vrai.

Ike regardait le puits de pétrole au-dessous de lui tout en réfléchissant à ce que Michelle venait de dire. C'était difficile de discuter avec elle parfois, quand elle avait quelque chose en tête. Mais son entêtement faisait sans doute partie de sa force, et cette force était une des choses qu'il admirait le plus chez elle. De nouveau, il pensa à la fausse impression qu'il avait eue d'elle la première fois. Ce n'était pas une petite nana sans cervelle. Elle était jeune. Elle était seule. Il y avait des tas de choses qu'on ne lui avait jamais apprises. Mais elle réfléchissait. Et elle était dure. Il ne l'avait jamais entendue se plaindre. Elle n'avait qu'une paire de jeans décents dans son placard et qu'une robe marrante qu'elle avait achetée chez un soldeur, mais c'était pourtant elle qui avait payé les médicaments de Ike lorsque celui-ci était trop abattu pour le faire lui-même, et elle n'avait jamais demandé à être remboursée. Et depuis qu'elle l'avait baisé, il avait appris d'autres choses qui ne faisaient qu'ajouter à son admiration pour cette dureté. Il avait eu un aperçu de la merde dans laquelle une jeune fille seule doit se débattre – le harcèlement sexuel des employeurs par exemple, des fumiers qui savent qu'ils peuvent tout se permettre parce que rien ne leur arrivera, parce que les fugueuses ne vont pas se plaindre aux flics. Dans un de ses jobs en particulier – un stand de beignets ouvert toute la nuit – le gérant avait essayé de la violer, la menaçant avec un couteau enfoncé entre ses jambes. Elle avait saisi la lame à pleine main et l'avait écartée avant de griffer les yeux du type et de s'enfuir. Elle avait montré à Ike la longue cicatrice blanche dans sa paume. Parfois, lorsqu'elle lui racontait des choses comme celle-là, cela lui rappelait Ellen. Particulièrement cette façon de saisir la lame à pleine main, une chose qu'Ellen aurait pu faire. Elle était dure, elle aussi.

Il pensait à tout cela tandis qu'il se tenait devant la fenêtre, et il eut brusquement envie de tout raconter à Michelle à propos d'Ellen, de Hound Adams, de la raison pour laquelle il était là. Il abandonna sa contemplation du jardin et alla à la commode. Le soleil traversait la fenêtre et tombait sur le bois usé, de sorte que les poignées étaient chaudes au toucher. Il ouvrit le tiroir et vit le morceau de papier portant les noms. Il regarda Michelle par-dessus son épaule.

— Si je te dis quelque chose, tu le garderas pour toi ? Je veux dire, tu en parleras à personne, ni à Jill ni à personne ? (Elle hocha la tête. Il prit le papier et le lui tendit.) Ça concerne ma sœur.

Tout comme il l'avait fait avec Preston Marsh, il lui

raconta l'histoire. Il lui parla du garçon dans la Camaro blanche, du voyage au Mexique avec Hound Adams. Le papier à la main, elle le regardait tandis qu'il parlait.

— La seule personne qui soit au courant, c'est Preston. Je croyais qu'il allait m'aider.

— Tu croyais ça ?

Il haussa les épaules.

— Maintenant, j'en sais plus rien. Je sais pas ce qu'il voulait. Preston est un drôle de type. C'est parfois difficile de lui parler. Et maintenant, je peux plus lui parler du tout.

— Je crois pas que drôle soit le bon mot, dit-elle. (Puis elle fixa le plancher.) C'est pour ça que tu veux savoir à qui Marsha trouve que tu ressembles, qui tu lui rappelles ?

Il hocha la tête.

— Peut-être qu'elle sait quelque chose.

— Pourquoi est-ce que ton oncle t'a laissé venir tout seul ? Tu m'as dit qu'il était là quand le garçon t'a parlé. Pourquoi il a rien fait ?

— Parce qu'il pense qu'Ellen est dingue, que tout ce qui lui est arrivé est de sa faute. Parce qu'il s'en fout.

— De toi aussi, il s'en fout ?

— J'en sais rien.

— Il t'a élevé.

— Il a trouvé une combine pour toucher une subvention de l'état pour ça.

— Sans blague ?

Ike hocha la tête.

— Ellen l'a entendu en parler avec ma grand-mère un jour. Elle me l'a répété.

— Merde. (Michelle secoua la tête.) Ça ressemble à un truc que ma vieille aurait pu faire. Il ressemble à ma vieille. Elle s'en fout de savoir où je suis. Elle croit que je suis dingue moi aussi. Mais je suis rien, comparée à elle. Tu sais ce qu'elle faisait avant que je parte ? Elle

165

était tellement mal qu'elle essayait de draguer tous les types que j'amenais à la maison. Quand elle travaillait pas, elle restait allongée à moitié à poil toute la journée. Un après-midi en rentrant de l'école, je l'ai trouvée en train de baiser le type avec qui je sortais. Tu le crois, ça ?

Ike pensait à autre chose. Il pensait au jour où Ellen lui avait dit à propos de Gordon et de l'argent, à ce qu'il avait éprouvé. Il se demandait si cela ressemblait à ce que Michelle avait pu ressentir.

— On les oublie, dit Michelle. Merde à ton oncle et merde à ma vieille. (Elle se rapprocha et s'appuya sur lui.) Il y a une chose dont je suis sûre, c'est que je suis contente que tu sois venu. Je suis contente que tu sois comme tu es.

Il se demanda comment il était – car, bien sûr, il ne lui avait pas tout dit à propos d'Ellen.

— Je parlerai à Marsha, disait Michelle. Je peux demander à d'autres gens aussi. Je t'aiderai.

L'idée semblait presque l'enthousiasmer.

— Pour finir comme Preston ?

— Tu sais pas ce qui est arrivé. Tu es même pas sûr qu'il essayait de t'aider.

— Pose pas trop de questions. Tu vois ce que je veux dire ? Vas-y doucement.

— Oui, dit-elle. Oui. Oui. Oui.

Elle laissa les mots sortir lentement, dans son souffle, et appuya sa tête contre l'épaule de Ike, de sorte que leurs visages furent tout proches l'un de l'autre. Il leva une main et passa ses doigts dans les cheveux de Michelle, il sentit son haleine et l'odeur de sa peau. De nouveau elle lui chuchota qu'elle était contente qu'il soit venu, qu'il était différent, que peut-être elle pourrait l'aider. Et avant qu'il ait pu protester elle lui dit des choses folles à propos de l'exercice qu'il devrait prendre, qu'il était malsain de rester allongé toute la journée. Il la laissa le déshabiller, le pousser en arrière sur le lit et s'allonger sur lui. Il essayait de rester aussi tranquille qu'il le pouvait tandis qu'elle bougeait au-dessus de lui, de s'enfoncer dans le matelas tandis qu'elle l'introduisait en elle, de regarder le carré de soleil sur sa poitrine nue et la marque sombre sur son œil, sous la paupière à demi close et ensommeillée comme si elle se berçait elle-même pour s'endormir, pensant pendant tout ce temps-là combien il était dingue de faire l'amour alors qu'il y avait tant de choses auxquelles réfléchir, alors qu'il faisait si chaud. Enfin, il l'entoura de ses bras et l'attira à lui. Elle enfouit sa figure dans son cou, il s'arc-bouta contre elle et les seuls bruits audibles furent ceux que faisaient leurs corps trempés de sueur collés l'un contre l'autre et le grince-ment du vieux lit.

Quand ce fut terminé, elle roula sur le dos et ils restè-rent étendus côte à côte dans la chaleur. Ils demeu-rèrent longtemps ainsi tandis que la lumière changeait et que la pièce prenait la teinte jaune sombre d'une fin d'après-midi. Ce fut Michelle qui finit par parler.

— Qu'est-ce que tu feras quand tu auras retrouvé ta sœur ? Tu retourneras dans le désert ?

C'était bizarre d'entendre sa voix après ce long silence.

— Je sais pas, dit Ike.

Il réalisa brusquement qu'il n'y avait jamais sérieuse-ment pensé.

— Tu dois bien avoir envie de faire quelque chose. Réparer les motos. Ouvrir ton magasin.

— Je sais pas. Pas ça, je crois.

— Quoi, alors ?

Appuyée sur un coude, elle le regardait. Il haussa les épaules. Il pensait à ce que Preston avait dit au ranch.

— Peut-être voyager. Faire du surf.

— Tu aimes tellement ça ?

Il hocha la tête.

— Et toi ? Qu'est-ce que tu veux faire ?

— J'aimerais bien voyager, voir des choses. Je l'ai jamais fait.

— Et après ?

Elle ne répondait pas tout de suite. Ses épaules bougèrent et elle se rallongea à côté de lui.

— Tu vas pas rire ?

— Non.

— J'aimerais dresser des chevaux.

Il ne broncha pas.

— Tu trouves que c'est débile ?

— Non.

— Ma mère trouvait ça débile.

— Tu t'y connais en chevaux ?

— Je peux apprendre. Tu m'en crois pas capable ?

Il secoua la tête.

— Tu as demandé ça comme si tu m'en croyais pas capable.

— Non. Tu peux. Je suis sûr que tu peux. Si tu veux.

Après cela, ils restèrent silencieux. Ike observait la lumière sur leurs jambes nues. Il se sentait engourdi, mais c'était une sensation plutôt agréable. La chambre devint orange et puis d'un rose doux tandis que le soleil se rapprochait de la mer quelque part au-delà de la fenêtre. Michelle se leva pour aller boire au lavabo. Quand elle revint, elle s'assit au bord du lit. Ike regardait son profil dans la douce lumière rouge.

— C'est probablement dingue, dit-elle.

— Quoi ?

— Les chevaux. C'est ce que toutes les petites filles veulent faire, non ? C'est débile.

Il se souleva et l'attrapa par l'épaule. Quelque chose dans la manière dont elle avait dit cela l'avait mis en colère.

168

— Arrête tes conneries, dit-il. Tu es jeune. Tu peux faire tout ce que tu veux.

Tout en prononçant ces mots, il se souvint de Preston. C'était exactement ce que Preston lui avait dit.

À la fin de la semaine, Ike dut quitter sa chambre pour faire ôter ses points de suture. Michelle étant au travail, il prit le bus pour se rendre à l'hôpital. C'était la première fois depuis huit jours qu'il mettait le nez dehors, et il s'attendait à rencontrer Morris à chaque coin de rue.

Il avait prévu de rendre visite à Preston après qu'on lui aurait retiré les points, mais il n'osa pas. Il traîna un peu dans l'hôpital, espérant peut-être que tout cela n'était qu'une défaillance passagère de son courage. Il alla se regarder dans le miroir des toilettes. La cicatrice se trouvait au-dessus de son œil droit, tout près du sourcil et à peine visible. Il avait espéré que cela lui donnerait l'air plus dur, et pas d'un putain de joli garçon comme l'avait un jour appelé sa sœur. Son aspect avait quand même changé, d'une manière différente. Ses cheveux étaient beaucoup plus longs maintenant, épais et ondulés, bruns mais par endroits presque décolorés par le soleil. Ils étaient séparés par le milieu et recouvraient ses oreilles. Sa peau était plus sombre qu'il l'aurait cru et il trouva qu'il avait un peu forci des bras et des épaules, peut-être à force d'avoir tant ramé. Il n'était toujours pas bien épais, aucun doute là-dessus, mais il semblait en meilleure forme. Ou peut-être commençait-il à ressembler aux gens de Huntington Beach et non plus à un plouc, et il se demanda si Michelle l'aurait aimé s'il n'avait pas changé, s'il n'avait pas ressemblé à n'importe lequel des surfers près de la jetée. Curieux comme ces choses semblaient importantes ici, le besoin de ressembler à quelque chose, un punk, un surfer, un motard, n'importe quoi sauf un putain de paysan.

Il resta longtemps dans les toilettes. Il pensait tou-

169

jours à Preston debout derrière Morris dans l'entrée de ce bar. Cette pensée le troublait plus qu'elle ne le mettait en colère. Il ne pouvait se débarrasser de la sensation qu'il avait fait une faute quelque part et provoqué ce qui lui était arrivé, et pourtant il n'arrivait pas à deviner quelle était cette faute.

L'infirmière au comptoir était une grosse femme avec des cheveux rouge vif qui sortaient de son bonnet. Ike repensa à la mère de Michelle tandis que l'infirmière cherchait du doigt le nom de Preston sur une liste. Il se demanda si celle-là aussi prenait son pied en picolant et en draguant des minets de seize ans.

— Deux cent quatorze, dit-elle sans le regarder, puis elle le conduisit au fond du couloir, près d'un chariot chargé de blouses et de masques chirurgicaux. Il y avait une lourde porte grise et une petite lampe rouge sur le mur.

— Il vous faut mettre ça avant d'entrer, dit l'infirmière. Une de ses mains s'est infectée. Et vous ne pourrez pas rester longtemps. On l'a opéré, vous savez. Avant-hier, on lui a mis une plaque dans le crâne.

Ike enfila la blouse par-dessus son T-shirt et son jean, mit les gants et le masque. Il se sentait mal à l'aise. Il faisait chaud sous le masque. L'infirmière ouvrit la porte et il pénétra dans la pièce. Il faisait plus frais à l'intérieur et il y avait beaucoup moins de lumière. Deux des trois lits étaient vides. Celui de Preston était le plus éloigné de la porte. Preston semblait dormir. Ike traversa doucement la pièce. Les mains de Preston étaient posées sur la couverture, le long de son corps, les paumes tournées vers le bas. L'une d'elles était légèrement bandée, l'autre enveloppée dans une sorte de sac en plastique. Un tube, également en plastique, sortait du bandage et descendait vers le sol de l'autre côté du lit.

Preston portait sur la tête un bonnet vert pâle duquel dépassait le bas d'un bandage. Son visage était à peine reconnaissable. Autour de ses yeux la peau était noire et boursouflée et il y avait des marques de points de suture sur l'arête de son nez. Ike s'assit lourdement sur la chaise verte la plus proche du lit. Par-dessus le corps de son ami il regarda le store vénitien devant la fenêtre, les faibles motifs de lumière qui filtraient de chaque côté. La chambre sentait les médicaments, et Ike réajusta son masque. Lorsqu'il regarda de nouveau le visage de Preston, il vit que sa tête avait bougé sur l'oreiller et qu'il paraissait maintenant l'observer avec un œil. Le blanc de cet œil était d'un rouge si sombre qu'il était difficile de savoir où commençait la pupille. Ike eut soudain peur d'éclater en sanglots ou de se mettre à vomir sur le sol. Sa gorge était brûlante et nouée. Avant qu'il ait pu dire quoi que ce soit, Preston tourna de nouveau son visage vers le plafond.

Ike se leva. La pièce tournait lentement autour de lui. Il fit un pas en avant et posa une main sur le bras de Preston. Ce bras était épais et dur sous sa paume. Les manches de la chemise de nuit de Preston avaient été roulées au-dessus de ses coudes et Ike pouvait voir les tatouages se perdre sous les bandages. Preston ne dit rien, ne tourna pas la tête. Ike n'aurait su dire si Preston le regardait ou non. Il pressa le bras de l'homme étendu.

— Je suis désolé, dit-il.

Preston avala sa salive, et cela parut lui coûter un immense effort. Il cligna des yeux, et Ike vit qu'ils étaient pleins de larmes. Ses propres yeux le brûlèrent. Il avait une boule dans la gorge, il savait qu'il ne pourrait pas en dire beaucoup plus.

— À bientôt, marmonna-t-il. Je serai là.

Lorsqu'il sortit de la chambre, il arracha les gants et le masque, les roula en boule avec la blouse et balança le tout contre un mur. Un infirmier le regarda faire d'un air désapprobateur mais ne dit rien. Ike jeta un coup d'œil en arrière puis fonça dans l'entrée, poussa les lourdes portes et déboucha dans la lumière aveuglante du soleil.

24

— Tu avais raison pour Marsha, lui dit Michelle.

C'était la mi-journée. Ike avait quitté l'hôpital une heure auparavant.

— Elle dit que tu ressembles à une fille avec qui elle a travaillé dans un magasin de fringues. Elle dit que la fille s'appelait Ellen. Je lui ai demandé si elle savait ce qu'elle était devenue, mais elle dit que non. Elle a entendu dire qu'Ellen a quitté la ville. Je me disais qu'on pourrait peut-être aller à la boutique, parler au...

— Oublie la boutique.

Elle s'interrompit pour le regarder.

— Qu'est-ce que tu veux dire ?

— Je veux dire que c'est de la merde. On va à la boutique et le propriétaire dit : "Ah oui, Ellen Tucker. Elle travaille plus ici. Je crois qu'elle a quitté la ville. " Ça servira à que dalle. Personne sait rien, Michelle. Personne en sait plus que moi. C'est pour ça que ce garçon a fait tout ce chemin jusqu'au désert pour rechercher la famille d'Ellen, parce qu'il trouvait rien non plus, et pourtant il vivait ici. Tu comprends ce que je veux dire ? C'est Hound Adams. Hound Adams et Frank Baker. Le seul moyen de découvrir quelque chose, c'est de me rapprocher d'eux. Tout le reste est une perte de temps.

Michelle s'était assise au bord du lit. Elle avait croisé les jambes et balançait un de ses pieds tout en fixant le bout de sa chaussure.

— Et c'est ce que tu vas faire ?

— Je vais commencer par accepter l'offre de Hound. Je vais aller le voir pour une planche. (Il s'interrompit.) Après, on verra. (Il frappa sa paume avec son poing.) Ce putain de Hound Adams. Pourquoi il veut me donner une planche ?

— Je te l'ai dit, peut-être qu'il t'aime bien.

— Ou peut-être qu'il t'aime bien, toi. Ou peut-être que c'est autre chose. J'ai dans l'idée que Hound sait parfaitement que j'étais au ranch avec Preston. On dirait qu'il joue à un putain de jeu.

Il la regarda pendant un instant, mais elle ne dit rien alors il se détourna pour aller à la fenêtre.

— Peut-être que Preston avait raison, entendit-il Michelle dire. Peut-être que tu devrais partir. (Elle fit une pause.) Je pourrais aller avec toi.

Il secoua la tête. L'ennui c'était que maintenant, pour la première fois depuis qu'il était monté dans le car tandis que la vieille femme lui criait dessus dans l'obscurité, il n'était plus uniquement effrayé. D'abord ils lui avaient pris sa sœur. Puis ils avaient massacré son ami. C'était trop injuste qu'il soit aussi impuissant, il ne pouvait pas laisser passer ça. Il le dit à Michelle. Son visage lisse et pâle dans la lumière du soleil, elle continuait d'examiner sa chaussure. Enfin, elle le regarda.

— Gros dur, dit-elle. Sois prudent.

Il y alla l'après-midi même. Et il trouva Hound Adams assis sur un banc devant le magasin, en train de bavarder avec deux jeunes filles. Elles portaient des maillots une pièce pleins de trous et d'angles bizarres, de sorte qu'on apercevait pas mal de chair. C'était les filles qui parlaient la plupart du temps. Ike voyait leurs

bouches remuer, leur expression changer. En s'approchant, il les entendit rire. Hound Adams semblait bien s'amuser avec elles. Il souriait, et quand Ike fut assez près il se tourna vers lui, toujours souriant. Il fit un geste vers le bout du banc, invitant Ike à s'asseoir. Ike s'assit.
– Il faut que je parle affaires avec mon pote, dit Hound après avoir présenté Ike aux filles. Elles s'envolèrent. Ike et Hound regardèrent leurs maigres culs disparaître dans la chaleur, puis Hound se tourna vers Ike.

— Qu'est-ce que je peux faire pour toi ?

Les yeux de Ike rencontrèrent ceux de Hound qui étaient d'un brun profond, presque noir, et lui firent penser à ces sombres pierres polies que l'on vend comme souvenirs dans le désert – des agates.

— Tu m'as parlé d'une planche.

Hound hocha la tête. Son sourire vaguement amusé sembla s'élargir imperceptiblement. Il tourna une de ses paumes vers le magasin puis se leva et y entra. Ike le suivit.

Il faisait frais à l'intérieur. Frank Baker se tenait derrière le comptoir vitré. Il les regarda entrer sans changer d'expression puis se pencha pour fouiller dans des boîtes posées à ses pieds. Ike avait eu le temps de rencontrer son regard mais n'y avait rien décelé, même pas un signe que Frank le reconnaissait. Maintenant il se tenait à côté de Hound, légèrement en retrait, tandis que ce dernier lui montrait le présentoir à planches.

— Fais ton choix.

Les planches étaient rangées par ordre de taille, depuis les plus grandes, les *nose riders* et les *rounded pins*, jusqu'aux *twin fins* et autres *knee riders*.

— Cherche aussi dans les planches d'occasion si tu veux, dit Hound tandis que Ike se retournait pour regarder la pièce.

Presque instantanément, il repéra la *nose rider* qu'il avait utilisée au ranch. Elle avait été nettoyée et posée contre le mur avec les autres planches d'occasion. Il repensa à la conversation qu'il avait eue avec Michelle quelques heures auparavant. Il avait l'impression de jouer au chat et à la souris avec Hound Adams. Il détourna rapidement son regard, espérant que son visage ne l'avait pas trahi. Il pensa à Preston allongé dans cette chambre qui sentait le médicament, et sa colère revint. Il alla au présentoir et en sortit une *pintail* arrondie. Il la posa sur le sol et fit un pas en arrière pour l'examiner sur toute sa longueur, de la queue à la pointe, comme il avait vu Preston le faire le jour où ils avaient récupéré l'autre planche. Tout en se courbant, il remarqua que Frank Baker avait quitté son comptoir et l'observait, les bras croisés sur sa poitrine tout comme la dernière fois que Ike était venu au magasin.

La planche avait une seule dérive, elle était d'un bleu pâle avec de fines rayures sur le dessus. Hound Adams l'examinait avec Ike.

— Elle est bien, dit-il. Mais je pense que tu devrais prendre quelque chose d'un peu plus court.

Il alla au présentoir et en sortit une autre planche à une seule dérive, arrondie du bout elle aussi mais munie d'ailerons.

— Celle-ci te donnera autant de stabilité dans la vague, mais elle sera plus maniable. La bleue est un peu lourde, mais tu peux essayer les deux si tu veux et prendre celle que tu préfères.

Ike regarda les prix sur les étiquettes. Les planches valaient bien plus de deux cents dollars chacune.

— Et pour l'argent ?

Il était presque à sec et devrait bientôt trouver du boulot.

— J'ai dit qu'on pouvait s'arranger. Ça dépend de toi, mec. Mais c'est dur d'apprendre sans planche.

— J'ai pas de boulot en ce moment, dit Ike.

— J'ai entendu dire ça. Le mécano. Mais il y a

d'autres moyens de gagner sa vie dans cette ville que de rester le nez dans un moteur toute la journée. Écoute, prends une de ces planches tout de suite. Viens surfer avec nous demain et vois ce que tu en penses. On parlera de fric après.

Tandis qu'il se tenait là dans le magasin avec les planches à ses pieds, Ike eut l'impression de voir un Hound Adams différent, plus homme d'affaires cette fois que guru. Il regarda la planche que Hound lui avait recommandée. C'était la plus chère des deux, peinte à l'aéro sur le dessus dans des tons qui allaient du jaune vif en tête au rouge en queue en passant par toutes les couleurs de l'arc-en-ciel. Il la prit sous son bras pour en évaluer le poids et eut l'impression qu'elle avait toujours été là. Il regarda encore une fois vers le fond du magasin, les planches d'occasion et les combinaisons, les photos dont il savait qu'elles étaient là accrochées aux murs mais qu'il ne pouvait voir d'où il était, et il se demanda depuis quand le magasin avait laissé tomber son logo *Branché à la Source*. Car les nouvelles planches étaient ornées d'une sorte de forme en V compliquée avec les mots *Light Moves*.

Ike emporta la planche vers l'entrée. Il sentait que Frank et Hound l'observaient.

— On te revoit sur l'eau avec, mec. Demain. On prendra quelques vagues ensemble.

Tout en parlant, Hound souriait largement. Il accompagna Ike à la porte et leva une main en signe d'adieu. Ike répondit de sa main libre et s'engagea sur le trottoir. En regardant derrière Hound, il vit que Frank Baker se tenait de nouveau derrière le comptoir, les bras croisés. Frank, lui, ne souriait pas.

Lorsque Ike revint au Sea View, Michelle était déjà partie au travail et la chambre était vide. Il se demanda si elle verrait Marsha aujourd'hui, si elles se parleraient.

176

Il se demanda aussi s'il avait bien fait de tout lui raconter. Mais c'était fait, maintenant. Il avait accepté la planche de Hound Adams. Il avait commencé. Il posa la planche sur son lit et fit le tour de la pièce pour l'examiner sous tous les angles. Mis à part le gros chopper qui l'attendait dans le désert, c'était définitivement le truc le plus flashy qu'il ait jamais possédé.

25

Le matin suivant, Ike se leva tôt. Sa planche sous le bras, il marcha dans les rues de Huntington Beach vers son rendez-vous avec la patrouille de l'aube, pour surfer avec elle pour la première fois. Le soleil commençait à se lever au-dessus du Golden Bear et de la Wax Factory. De minces bandes de bleu se mélangeaient au jaune. De dures lignes de couleur contre le ciel gris. Et ce lever de soleil se reflétait dans chaque vitrine, dans les vitres fumées de chaque voiture garée, illuminant tout Main Street.

Tout en marchant il écoutait le bruit des vagues au-delà de la route côtière, essayant au son de deviner la taille des vagues et la direction de la houle, comptant les intervalles entre les séries. Il dépassa le Club Tahiti, les ruelles béantes, la route enfin. Il fit une pause en haut des marches de ciment pour regarder au-dessous de lui les étendues de sable vide, et comme toujours l'excitation fut là. Elle arriva dès qu'il vit les lignes de houle courir à l'horizon, la rencontre de la mer et du ciel, l'immense et pure source au bord de laquelle la ville n'était rien d'autre qu'une tache minuscule, une infime souillure sur la face de l'éternité.

La légère houle d'ouest des derniers jours avait fait place à une mer de sud-ouest beaucoup plus dure. Les vagues étaient plus hautes qu'un homme, plus grosses que tout ce qu'il avait surfé à Huntington. Il les observa en descendant les marches. Il pouvait voir que la patrouille de l'aube était déjà là, cherchant à prendre position près de la jetée. Les vagues n'étaient pas tellement plus grosses que celles qu'il avait surfées avec Preston au ranch, mais c'était différent. Au ranch, les vagues arrivaient en un point précis. Il y avait de grands dégagements sur les côtés et un chemin vers le large. Mais aujourd'hui, c'était le premier jour d'une grosse mer. Les vagues arrivaient en longues lignes gonflées, prêtes à vous écraser et à vous broyer comme des camions. Ike n'avait toujours pas de combinaison et il frissonna tandis qu'accroupi dans le sable mouillé il fixait son leash. Il croyait être prêt, mais il se trompait.

Ce matin-là, il fit sa première faute avant même d'entrer dans l'eau. Pour quelque étrange raison qu'il fut plus tard incapable de se remémorer, il passa sous la jetée et entra dans l'eau du côté sud, à cinquante mètres de la plage. Il avait mal évalué la puissance avec laquelle la houle poussait dans cette direction, et après avoir durement ramé pendant un quart d'heure il n'avait toujours pas atteint le large mais se rapprochait au contraire dangereusement des piliers. La vieille jetée qu'il en était peu à peu venu à aimer devenait soudain une présence très inquiétante. Il en était assez proche pour distinguer les craquelures, la fiente des pigeons et la mousse – et le bruit de l'écume refluant dans le couloir de ciment formé par les piliers résonnait comme un tir de barrage.

Loin au-dessus de lui, il voyait les visages impassibles d'une demi-douzaine de pêcheurs qui observaient sa progression. La patrouille de l'aube était encore à une bonne trentaine de mètres de lui, et il était conscient d'être coincé là tout seul. C'est à cet instant précis qu'il aperçut ce qu'il avait tant redouté, une énorme série de vagues arrivant depuis l'horizon. Il n'avait aucune chance. Il continua d'agiter ses bras pour la simple raison qu'il ne savait pas quoi faire d'autre, mais ses mains étaient devenues insensibles. Pris dans les piliers, attaché à sa planche par son leash. Il voyait déjà la scène. On le renverrait à San Arco dans une boîte à chaussures.

Il était presque sous la jetée quand la première vague de la série l'atteignit. Il commença à l'escalader, vit la crête liquide se recourber au-dessus de sa tête en même temps qu'une colonne de ciment surgissait tout près de lui. Il tendit sauvagement son bras gauche tout en restant accroché à la planche par son bras droit, et utilisa le pilier pour se propulser à travers la vague. Il se retrouva tout en bas, dans le creux entre deux vagues et toujours aspiré vers l'arrière par la première, mais pour la première fois de la matinée il faisait ce qu'il fallait faire, ramant comme un malade vers le côté nord de la jetée et espérant y parvenir avant la vague suivante. Et il y parvint, tout juste. Il émergea du côté nord juste à temps pour se faire prendre par la deuxième vague qui l'engloutit avec une telle violence qu'il eut l'impression que ses testicules lui remontaient dans le corps – mais il avait échappé à la jetée.

La vague le garda un long moment en elle et lorsqu'il refit enfin surface dans l'écume, poussé vers le nord et la plage, il avait perdu beaucoup de son enthousiasme pour cette houle très particulière. Il était de retour sur la plage, assis sur le nez de sa planche, quand il vit Hound Adams qui sortait de l'eau et s'avançait vers lui. Il portait un maillot bleu et le gilet sombre sans lequel Ike ne l'avait jamais vu surfer.

Hound posa sa planche près de celle de Ike et s'assit à côté de lui.

— Elle t'a mâché et recraché, hein ? demanda-t-il.

— On dirait.

— Tu es parti du mauvais côté de la jetée, mec. Reposons-nous une minute et retournons-y ensemble. Je te montrerai comment faire.

Ike faillit refuser l'invitation, mais c'était un peu comme lorsque Preston l'avait attendu après cette première vague au ranch. Ils finirent par se lever et Ike suivit Hound jusqu'au bord de l'eau.

— C'est un état d'esprit, lui dit Hound tandis que l'écume dansait à leurs pieds. Ces vagues exigent un certain engagement. Une fois que tu en as choisi une, tu ne dois penser à rien d'autre, ne doute surtout pas de toi. Rame aussi vite et aussi fort que tu peux. Tu prendras la vague plus vite et avec plus de contrôle. Ne te retiens pas. Fais partie d'elle. Tu comprends ?

Ike hocha la tête et suivit Hound dans l'eau. Le soleil se levait derrière eux maintenant, remplissant le ciel d'une belle lumière jaune qui paraissait suspendue au-dessus du sable comme une brume dorée. Au-dessus de l'eau, de petits arcs-en-ciel apparaissaient dans le brouillard liquide arraché au sommet des vagues, et sous la jetée on apercevait un incroyable jeu de lumière et d'ombre, une infinie progression de bleus et de verts transpercée par les rayons du soleil.

Ce fut plus facile de gagner le large, cette fois. Ike prit le sillage de Hound. Ils restèrent du côté nord de la jetée – à dix mètres environ, leurs planches dirigées vers elle selon un angle de quarante-cinq degrés – et bientôt ils furent au large avec le reste du groupe. Ils ne faisaient plus partie de la foule massée sur la jetée, ils étaient avec les danseurs.

Depuis le premier jour, quand le surfer l'avait frappé, Ike avait suivi les conseils de Preston et évité la jetée. Mais il s'était bien souvent tenu dessus pour observer les autres. C'était la guerre là-dessous avec ces surfers sans cesse en mouvement, cherchant la meilleure position, hurlant. Et maintenant il était parmi eux, essayant de rester à l'extérieur pour ne pas être pris dans la mêlée. Il reconnaissait certains des surfers, et parmi eux Frank Baker et un des Samoans.

Malgré la foule, cependant, il y avait une certaine hiérarchie. Il l'avait déjà remarqué : il pouvait y avoir quarante personnes dans l'eau, c'était toujours les mêmes dix ou douze qui prenaient les meilleures vagues. Cela avait à voir en partie avec le jugement et l'adresse, et en partie avec l'intimidation. Et l'une des choses que Ike remarqua ce matin-là était que, bien qu'il y eût de jeunes surfers aussi bons que lui, personne ne prenait plus de vagues que Hound Adams.

Ce fut une dure séance pour Ike, une matinée remplie de vagues pareilles à des trains de marchandises, une matinée passée à s'accrocher au sommet de rouleaux qui se refermaient sur lui et l'aspiraient. Peut-être que c'était, comme l'avait dit Hound, une question d'état d'esprit. Mais c'était aussi un sacré labeur, de sorte que Ike ne prêta guère attention au point brillant qu'il vit à un moment donné se déplacer sur la route et qu'il identifia comme étant le reflet du soleil sur du chrome. Plus tard, lorsque ce point grandit et qu'il fut possible de constater que ce n'était pas un seul gros objet mais plusieurs petits, il ne regardait plus du tout. Il ne les vit pas non plus quitter la route et s'engager dans le parking sous la jetée. En réalité, ce ne fut que lorsque Hound eut décidé qu'ils avaient assez surfé et qu'il le suivit sur le sable que Ike remarqua les motos, et particulièrement la Panhead surbaissée qu'il identifia comme étant celle de Morris.

À cet instant-là, Hound et l'un des frères Jacobs étaient à quelques mètres devant Ike, quittant la plage pour entrer sur le parking. Ce fut un moment horrible pendant lequel Ike eut l'impression que quelque chose coulait à pic dans son corps épuisé. Il appela Hound, mais au moment même où celui-ci tournait la tête, les motards entrèrent en action. Il y en avait quatre, Morris et trois autres que Ike ne connaissait pas. Il supposa que c'était le Samoan qu'ils voulaient le plus, n'empêche que lui, Ike, y aurait droit aussi.

Il y avait un petit bâtiment en brique au milieu du parking, derrière lequel les motards avaient attendu. Ils le contournaient maintenant, deux de chaque côté, et ils avançaient vite. Des chaînes et des clés surgirent de nulle part, reflétant le soleil. Une planche de surf heurta le sol dans un bruit de fibre de verre brisée. Ike supposa que c'était celle du Samoan, mais pour une raison quelconque, c'était difficile à dire. Il essayait de tout voir à la fois, d'envisager toutes les possibilités. Il fit quelques pas en arrière mais ne s'enfuit pas. Ses jambes étaient molles. C'était la même sensation que celle qu'il avait ressentie un peu plus tôt dans l'eau, quand il essayait de se frayer un chemin à travers la première vague de la série tout en guettant les mâchoires de pierre de la vieille jetée. Pendant un moment, il eut du mal à appréhender ce qui se passait. Tout n'était que mouvement, un tourbillon de jeans graisseux et de chair tatouée, de bottes noires arrachant des étincelles au sol, d'éclats de soleil sur le métal. Et puis l'action parut se fractionner en deux bagarres séparées, une de chaque côté de Ike.

C'était le choix des motards et ils avaient décidé de la jouer à deux contre un, s'attaquant d'abord à Hound et à Jacobs et gardant Ike pour la fin. Sur la gauche de Ike, Hound Adams se déplaçait si rapidement qu'il était difficile de voir ce qui se passait. Sa planche fendit l'air en tournoyant, comme s'il l'avait lancée sur les deux motards qui se dirigeaient vers lui. L'un des motards évita la planche, l'autre la projeta à terre puis trébucha dessus. Et pendant que l'homme trébuchait, Hound se tassa sur lui-même et esquissa un mouvement vers sa gauche, comme s'il voulait s'enfuir. L'autre motard mordit dans la feinte, enfonçant ses talons dans le parking et étendant ses bras comme pour barrer le chemin à Hound. Mais Hound n'essayait pas de s'enfuir. Il se redressa, fit un demi-pas en avant et pivota sur lui-même, cueillant le motard d'un vicieux coup à la tête. Ike vit la mâchoire du motard se décrocher, il le vit tomber sur un genou tandis que sa bouche se mettait à saigner et qu'il fixait le sol avec une expression de stupéfaction sur le visage.

À la droite de Ike, cependant, le Samoan était en difficulté. Il avait laissé tomber sa planche et, en se préparant à encaisser la charge des motards, il avait posé son pied sur le bord de l'engin et perdu l'équilibre. Morris en avait profité. Il avait chopé le Samoan au moment où, les jambes écartées, ce dernier essayait de retrouver son équilibre, et il l'avait méchamment touché à l'aine. Jacobs ouvrit la bouche pour essayer de respirer puis tomba de tout son poids sur son épaule. Instantanément, les deux motards furent sur lui. Quelqu'un lui passa une chaîne de vélo autour de la tête et deux paires de lourdes bottes noires se mirent au travail sur sa cage thoracique.

Bien que personne ne l'ait touché, Ike trébucha en arrière et heurta une voiture garée là avec sa planche. Brusquement, des gens se mirent à courir à travers le parking, des pêcheurs, des touristes et quelques surfers, tout le monde voulait voir. Ike s'accrochait à sa planche comme si elle allait le sauver, la cogna de nouveau dans la voiture. Le parking n'était plus que peur et confusion, des dizaines de gens couraient dans tous les sens, les pigeons se dispersaient et volaient comme des feuilles dans le vent. On entendit une sirène quelque part, on vit le gyrophare rouge d'une Jeep. Mais Hound Adams était seul maintenant, tournant et frappant, essayant désespérément de maintenir trois motards à distance. Un instant auparavant, lorsqu'un des motards avait trébuché et que l'autre était à terre, Hound aurait pu s'enfuir. Mais il était resté, et il n'y avait plus que lui entre Ike et la clé chromée que Morris tenait à la main.

Les motards, pourtant, avaient été stupides (Ike n'y pensa que plus tard) d'attaquer si près de la jetée, juste sous les tours des surveillants. Sans doute avaient-ils cru que cela irait vite, sans doute n'avaient-ils pas pensé que Hound Adams leur donnerait du fil à retordre. À moins qu'ils n'aient pensé à rien du tout. Toujours est-il que le parking fut soudain envahi de voitures pie et de flics casqués.

Les motards ne tentèrent même pas de se frayer un chemin vers la sortie et tout à coup, aussi soudainement que cela avait commencé, tout fut terminé. Cela n'avait duré que quelques minutes. Ike se retrouva debout près de Hound Adams tandis qu'on écartelait les motards sur les capots des voitures de police.

Bien qu'il eût été capable de se relever tout seul, Jacobs fut emporté dans une ambulance. Ike et Hound étaient maintenant seuls sur le trottoir, près du parking.

— Des cons, dit Hound. Des vrais cons. Et dire que c'est ses amis.

Il ne regardait pas Ike, il contemplait la mer. Ce qui était étrange, c'était que Ike savait de qui parlait Hound, et plus étrange encore il y avait une nuance de déception dans la voix de ce dernier, presque comme s'il parlait d'un membre de sa famille qui aurait mal tourné. Hound secoua la tête. La lumière délicate de l'aube avait maintenant disparu. L'horizon n'était plus qu'une ligne droite et bleue, le soleil haut et brillant au-dessus de l'eau.

— Ce type me tuait, dit Hound. Il avait des idées géniales, mais il n'a jamais su ce qu'il faisait. Il avait une façon de virer au pied des vagues quand la mer était grosse. Il changeait d'appui, il passait sur le bord extérieur de sa planche en une fraction de seconde avant de se remettre à l'intérieur. Ça lui donnait plus d'amplitude, plus de protection pendant son virage. J'ai remarqué ça sur un film une fois, et je le lui ai dit. Il ne savait même pas de quoi je parlais. Il faisait ça d'instinct. Je crois que ce type n'a jamais su combien il était bon. Et il a tout chié, mec, tout foutu en l'air. Maintenant, il a des copains comme Morris.

Ike ne savait pas si Hound lui parlait ou bien se parlait à lui-même. La seule chose dont il était sûr, c'est que c'était la première fois qu'il écoutait Hound sans avoir l'impression que ce dernier jouait un rôle ou se foutait de lui. Il parlait, tout simplement. Les premiers mots honnêtes qu'il ait jamais entendu sortir de sa bouche, et ces mots étaient pour Preston.

26

Plus tard cet après-midi-là, Ike était assis sur les marches du Sea View, regardant le soleil plonger derrière les buildings qui bordaient la route et attendant que Michelle rentre du travail. Toute la journée il avait repensé à ce qui s'était passé à la plage, essayant de ne pas imaginer ce qui se serait produit si Hound n'avait pas retenu les motards, si les flics n'étaient pas arrivés.

Il était toujours là quand Michelle arriva. Il la suivit dans sa chambre où elle se changea et arrosa ses plantes. Il lui raconta la bagarre, la façon dont Hound Adams n'avait pas reculé devant les motards.

— Peut-être que tu te trompes sur lui, dit-elle.

— Je sais pas. Il a sauvé mon cul aujourd'hui, c'est sûr. Il aurait pu se tirer. Il y a eu un moment où il aurait pu se tirer, mais il l'a pas fait. Il est resté.

— Je t'ai dit qu'il t'aimait bien.

— Pourquoi?

— Tu as déjà pensé à le lui demander?

— Vaguement.

— Et?

— Pas encore. (Il alla s'asseoir sur le matelas.) Il veut que je passe ce soir. Il dit qu'il veut me parler de quelque chose. De cette planche, je suppose.

— Emmène-moi.

— Je sais pas. Je crois que je ferais mieux d'y aller seul.

Michelle était en train de se changer. Il la regarda enfiler un jean délavé par-dessus le triangle de peau blanche qu'avait laissé son maillot de bain sur ses fesses nues, et brusquement il eut envie de rester avec elle. Il était certain qu'il ne voulait pas l'amener avec lui, qu'il n'avait pas envie de voir Hound la draguer. Elle s'assit près de lui.

— Allez, dit-elle. J'ai envie de venir.

— Tu parles. Tu veux seulement te défoncer.

Elle se laissa tomber en arrière et rebondit sur le matelas.

— Qu'est-ce qu'il y a de mal à ça? Au moins, Hound a toujours de la bonne dope.

— Je crois que je devrais y aller seul, c'est tout.

— Tu veux pas m'emmener chez Hound parce que tu es jaloux.

— Merde.

Il se leva et alla à la fenêtre. Il détestait quand elle se mettait à parler comme une sale morveuse. Il la regarda allongée sur le lit, appuyée sur ses coudes et ses cheveux sur ses épaules; il aurait voulu marcher vers elle et effacer son sourire d'une gifle. Et s'il avait envie de faire cela, c'était parce qu'il savait qu'elle avait raison. Il était jaloux. Hound Adams était trop malin. S'il voulait se faire une fille, il y arriverait. Il détourna son regard de

Michelle et fixa le verre sombre de la fenêtre. Et puis Michelle se leva et s'approcha de lui. Sa voix était plus douce.

— T'as pas à être jaloux, dit-elle. Je sais qu'il m'aime bien. Je sais ce qu'il veut, mais on devient trop facilement dépendante de types comme ça.

Il aurait voulu qu'elle se taise. C'était dingue, leur relation. Parfois il se sentait si proche d'elle, comme s'ils étaient pareils, et d'autres fois c'était comme s'ils ne parlaient pas la même langue.

— J'ai eu un petit ami comme ça et...

— Ça va, ça va.

Il n'avait pas envie de l'entendre lui raconter ses histoires avec ses anciens petits amis.

— Pourquoi tu te fâches? Tu le sais, que j'ai eu des tas de petits amis. C'est parce qu'on a grandi dans des endroits différents. Tu crois que ça veut dire que je t'aime pas?

Elle était toujours à côté de lui, et il passa son bras autour de ses épaules.

— Non. Écoute, je suis pas fâché, mais je pense toujours que tu devrais pas venir avec moi ce soir, d'accord? Je voulais pas en faire toute une histoire.

Elle retourna s'asseoir sur le lit.

— T'as même pas mangé, dit-elle.

— Je mangerai plus tard.

— Repasse, d'accord?

— D'accord. S'il est pas trop tard.

— Passe quand même.

Debout dans l'entrée, il la regarda. Elle était toujours sur le lit, appuyée sur ses bras tendus derrière elle. Avec ses longs bras et ses longues jambes bronzées, ses cheveux décolorés par le soleil, son bustier et ses jeans découpés, elle ressemblait à toutes ces filles qu'il voyait chaque jour près de la jetée, assises sur les parapets ou se baladant avec leurs transistors, et pourtant elle n'était pas tout à fait comme elles. Pour lui elle était spéciale, et cela ne changerait jamais.

La maison sur Fifth Street était sombre. Croyant qu'il arrivait trop tard, Ike faillit faire demi-tour. Il pensait à Michelle aussi, et avait envie de la rejoindre. Mais il se dit qu'il devait au moins frapper à la porte avant de s'en aller.

À sa surprise, la porte fut presque instantanément ouverte par une fille mince et brune qu'il n'avait jamais vue auparavant. Elle le fit entrer sans un mot puis le conduisit dans une pièce du fond où Frank Baker, Hound Adams et deux des frères Jacobs étaient assis sur des divans fatigués et se passaient une pipe. Ike chercha le frère qui s'était fait casser la gueule mais ne le vit pas. Il resta dans l'entrée, tant il se sentait embarrassé.

— Entre, dit Hound. Assieds-toi.

Ike s'assit sur le plancher et attendit.

Ils terminèrent de fumer ce qu'il y avait dans la pipe. Personne n'en offrit à Ike, qui ne disait rien mais se sentait de plus en plus mal à l'aise.

— Comment va Michelle ? demanda Hound.

Ike entendit un des Jacobs glousser.

— Bien.

— Pas mieux que ça ?

— Il veut dire sur une échelle de un à dix, dit Frank.

On entendit un autre gloussement étouffé. La fille brune souriait. Hound Adams se leva. Il portait des turquoises et une lourde chemise mexicaine.

— Allons faire un tour tous les deux, dit-il en regardant Ike.

À travers la pelouse, il le guida vers l'allée et un petit garage en bois. La lune n'était qu'un mince croissant, loin au-dessus d'eux. La nuit était tranquille et il n'y avait pas de vent. Une Sting-Ray décapotable était parquée dans le garage. Ike attendit dans l'allée tandis que

Hound faisait démarrer la voiture et sortait en marche arrière, puis il ferma le garage et monta.

Ils coupèrent par les rues du quartier résidentiel pour rejoindre la route côtière puis se dirigèrent vers le nord, vers les falaises et les puits de pétrole. Les lumières de la ville étaient loin derrière eux quand Hound fit un demi-tour sur place et se gara du côté de la mer. Ils étaient au milieu des champs de pétrole, quelque part au-dessus de ces plages que Ike n'avait vues que de jour, le domaine des gangs de l'intérieur.

L'habitacle de la voiture était silencieux et un peu étouffant. Ike baissa sa vitre. Il entendit le bruit du ressac et des bouffées de musique provenant des plages au-dessous d'eux. De temps à autre, il percevait des voix. Il pensa aux foyers de pierres noircies qu'il avait vus dans la journée et se demanda à quoi ils pouvaient bien ressembler la nuit, illuminés par les flammes. Ils attendirent dans la voiture. Hound ne disait rien, parfois il regardait sa montre. Ike sentait la sueur couler dans son dos, humecter ses paumes. L'air qui pénétrait par la vitre à demi ouverte était chargé de l'odeur des champs de pétrole et de celle, plus lourde, de quelque gaz pestilentiel. Hound se pencha vers Ike et ouvrit la boîte à gants. Quelque chose de dur glissa entre des papiers et heurta le métal du couvercle. À la lueur de l'ampoule de la boîte, Ike vit que c'était un revolver. Hound ne dit rien. Il prit le revolver et l'enfouit dans la poche de poitrine de sa chemise avant de refermer la boîte à gants.

Après ce qui lui parut être un très long moment, Ike décela un mouvement près de la voiture, du côté de la plage. Il distingua plusieurs silhouettes qui se déplaçaient parmi les derricks et les tronçons de grillage.

— Viens, dit Hound. On y va.

En sortant de la voiture, Hound attrapa un grand sac en papier derrière son siège. Ils claquèrent les portières et s'avancèrent vers le bord des falaises. Un petit groupe de gens se tenait là, parmi les ombres. Ike en compta six, tous vêtus de T-shirts blancs et de pantalons noirs.

Lorsqu'ils furent plus près, il se rendit compte que c'étaient tous de très jeunes garçons et qu'ils étaient mexicains. Ils formaient un vague demi-cercle. Lorsque Hound et Ike s'approchèrent d'eux, ils se détournèrent et allèrent vers le bord des falaises. À travers un enchevêtrement de rails, Hound et Ike les suivirent jusqu'à un derrick. Là, on ne pouvait les voir depuis la route. Ils étaient près d'un ravin qui séparait les falaises et au fond duquel on apercevait un bout de plage. Tout en bas, Ike vit un feu, des couples qui dansaient dans la lumière orange et, plus loin encore, la ligne blanche des vagues sur l'océan noir.

Les gosses avaient de l'argent pour Hound. Hound leur donna le sac. Ike était surpris par la jeunesse des garçons, pas du tout ce qu'il avait imaginé. On lui passa une pipe et il tira une bouffée avant de la tendre à Hound Adams.

— Hound, dit un des garçons. Tony veut savoir si tu peux te procurer d'autres photos. Des bonnes, mec, comme celle-ci.

Il montra une photo à Hound et Ike. Les autres se mirent à rire tous ensemble. Ils se tenaient sous la lumière du derrick, mais Ike avait du mal à voir la photo. Il comprit que c'était une espèce de cliché porno. Il entrevit des cuisses écartées, une sombre masse de poils. Hound hocha la tête.

— Pas de problème, si tu as le blé.

— Tu devrais nous les filer à l'œil, mec. Bonus pour tes clients.

Il y eut d'autres rires.

— Rien n'est gratuit, dit Hound.

Ike pensait encore à la photo. Qu'avait-il aperçu ? Une éclaboussure de couleur sur la peau, rouge comme du sang ? Il aurait voulu regarder encore, mais la photo

190

avait disparu et Hound se levait pour partir. Les gosses se levèrent aussi et bientôt ils furent hors de vue, évanouis parmi les ombres du chemin qui menait au ravin et descendait vers la plage. Tout en se brossant les genoux, Ike essaya de se rappeler un seul des visages du groupe et se rendit compte qu'il n'y arrivait pas. Il ne se souvenait que des voix, de l'éclat blanc des chemises, de la lumière se reflétant sur les chaussures noires et pointues.

De retour à la voiture, Hound tendit le rouleau de billets à Ike.

— Compte-les, dit-il.

Il se pencha pour remettre son revolver dans la boîte à gants tandis que Ike comptait l'argent.

— Pas mal, non, pour une nuit de boulot?

Ike fut d'accord.

— Maintenant, c'est ton tour.

Tandis qu'ils roulaient vers la ville, vers le fouillis de lumières qui marquait l'intersection de Main Street et de la route côtière, vers la longue et gracieuse traînée lumineuse qui était la jetée de Huntington Beach s'enfonçant dans le Pacifique, Ike se demanda ce que Hound avait voulu dire.

Ils passèrent d'abord lentement près de l'entrée de la jetée, puis firent demi-tour pour revenir par un autre chemin. Cette fois, Hound avait tourné à gauche sur la route avant de se garer dans un des longs parkings rectangulaires situés sous la jetée, celui-là même où il s'était battu avec les motards. Il coupa le contact et fit face à Ike, sa main posée sur l'appuie-coude entre les deux sièges.

— Comment ça a marché avec cette planche, aujourd'hui? demanda-t-il.

— Pas mal. J'aimerais l'essayer avec des vagues plus faciles.

— Attends la fin de la houle.

Ike hocha la tête.

— Tu as le potentiel, lui dit Hound. Tu es resté, aujourd'hui. Le surf, c'est autant une activité mentale que physique. (Hound s'interrompit et Ike contempla la plage sombre au-delà du capot.) Si je t'ai amené avec moi ce soir, c'est parce que je voulais que tu voies deux ou trois choses. Je veux que tu réfléchisses à une idée que j'ai. (Il fit une nouvelle pause et Ike le regarda, déconcerté par l'intensité avec laquelle Hound semblait l'examiner.) Tu travailles sur des moteurs. Ça requiert une certaine habileté et un certain savoir. Il faut comprendre les différents systèmes qui constituent un moteur et comment ces systèmes fonctionnent ensemble. En résumé, tu dois comprendre avant tout les principes selon lesquels les choses marchent et c'est donc, comme le surf, une activité mentale autant que physique. Mais il reste à comprendre certains principes cachés, pas vrai? Tu me suis?

Ike hocha la tête. De nouveau il regardait la plage obscure et se demandait où allait le mener cette nouvelle péroraison de Hound, comment ce dernier allait relier tout cela à la nouvelle planche dont il était persuadé, lui Ike, qu'il était là ce soir pour la payer.

— Regarde autour de toi, reprit Hound. Je t'ai dit qu'il y avait d'autres moyens de gagner sa vie ici qu'en bossant sur les motos. J'aurais dû dire qu'il y a d'autres machines sur lesquelles on peut bosser, parce qu'on peut travailler sur cette ville exactement comme sur un moteur. Tu peux la faire tourner pour toi, lui faire faire ce que tu veux qu'elle fasse. Et pas besoin de se noyer dans le cambouis pour ça. Pas besoin de se faire bousculer par des hommes des cavernes genre Morris. Tout ce que tu dois faire, c'est piger les principes cachés selon lesquels la machine fonctionne. (Hound s'interrompit encore une fois.) Tu as vu un de ces principes en action ce soir. Un principe très simple, celui de l'offre et de la demande. J'avais ce que ces métèques là-bas près des puits voulaient. J'ai ce qu'ils veulent, et je sais comment me le procurer. Eux, ils savent seulement ce qu'ils veulent. Pour tout le reste, ils sont dans le noir. Ils se cassent le cul à bosser toute la journée, toujours à la merci de la machine. Bien sûr, ces types sont le fond du tonneau, mais le principe s'applique jusqu'au sommet. Le principe de l'offre et de la demande fonctionne à tous les échelons. Tu perds une planche et tu en veux une autre. Je peux t'en donner une. Je peux te donner celle que tu veux, et toi tu peux faire quelque chose pour moi.

Hound ouvrit l'appuie-coude entre les sièges et exhiba un petit sac en plastique contenant une demi-douzaine de joints.

— Ce que tu peux faire ce soir, dit-il, c'est traîner près de la jetée pendant un moment et trouver quelques jolies filles qui veulent s'amuser.

Ike regardait stupidement le sac en plastique. Cela paraissait être une demande absurde. Il ne lui était jamais venu à l'idée que Hound Adams puisse avoir besoin de trouver des filles pour s'amuser, et il ne croyait pas que c'était le cas ce soir. Comme s'il avait lu dans ses pensées, Hound dit :

— Les Samoans aiment la chair fraîche. (Il sourit.) Comme beaucoup de gens. Je pourrais payer pour ça. Je pourrais appeler des filles que je connais. Mais aucune de ces possibilités ne m'apparaît très intéressante en ce moment. Il y a tout le temps des filles nouvelles dans cette ville, et j'aime en rencontrer. C'est devenu un autre aspect de la machine que j'ai appris à utiliser, et je peux aussi utiliser quelqu'un comme toi, un jeune et beau garçon qui peut faire connaissance avec les filles sans problème.

Ike regardait toujours les joints. Une goutte de transpiration roula sur une de ses tempes. Pour la première fois depuis qu'il était à Huntington Beach, il sentait qu'il était tout près de quelque chose, une chose qui était plus que tout ce qu'on avait pu lui dire, peut-être plus que n'en savait quiconque.

— Tu as un problème ? demanda Hound.

— Non, je... (Ike se mit à transpirer abondamment.) Je sais pas si j'y arriverai.

— Tu veux rire. Laisse-moi t'expliquer quelque chose. Je t'ai donné la planche. Elle est à toi. Me la rendre ne voudrait rien dire pour moi. Ce n'est qu'un objet. Moi, je te demande de faire quelque chose, quelque chose de très simple, mais ce n'est qu'un début. Trouve des filles et ramène-les à la maison. Si ça marche pas, tu peux ramener Michelle et sa copine. Le truc, c'est que tu reviennes pas seul. Pas la peine d'en faire une montagne. C'est vraiment simple. Trouve quelques nanas, fais-leur ton numéro, dis-leur que tu sais où il y a une fête. Rien de plus.

Hound Adams posa sa main sur le genou de Ike.

— On se revoit à la maison, mec.

27

Debout dans le parking, Ike regarda les feux arrière de la Sting-Ray disparaître dans la nuit. Il se mit à marcher lentement vers la jetée tout en se disant que le moment était venu de prendre une décision. Ou bien il faisait ce que Hound Adams lui avait demandé de faire, ou bien il quittait la ville. Plus rien entre les deux. Et pourtant n'était-ce pas ce qu'il avait voulu, s'approcher de Hound Adams, découvrir ce qui se passait, trouver quelque chose qu'il pourrait utiliser contre lui ? Merde. Il souffla doucement entre ses dents tout en marchant. Le plus curieux c'était que, d'une manière ou d'une autre, en dépit de son angoisse et du sentiment amer qu'on lui avait confié un boulot pourri, quelque chose en lui n'était pas resté insensible à la vision de Hound de la ville considérée comme une grosse machine organique qu'on pouvait faire fonctionner à son propre avantage. Et il y avait autre chose aussi, une espèce de curiosité tordue envers lui-même. Oui il était là, Ike Tucker, petit plouc surgi de nulle part, en train de marcher au bord de l'océan Pacifique avec de la dope plein la poche et pour mission de livrer des nanas à une soirée. Il y avait là-dedans quelque chose qui était à la fois terrifiant et follement excitant.

Il grimpa les marches de ciment qui conduisaient à la jetée. La promenade était envahie par les patineurs, les couples qui se baladaient bras dessus, bras dessous, les jeunes punks bronzés appuyés aux rambardes. De la musique s'échappait de la baraque de frites à l'entrée de la jetée et de tout un tas de transistors. De l'autre côté de la route, la ville dessinait une guirlande de lumière contre le ciel noir.

Il se dirigea vers la mer. Il avait l'impression d'être ivre mais il ne l'était pas, un peu défoncé encore peut-être par la dope qu'il avait fumée près du derrick. Pourtant c'était une impression différente, presque comme si quelque chose en lui s'était ouvert et l'avait libéré de tout sauf de ce qu'il ne pouvait dire. Il ne sentait pas la promenade sous ses pieds, mais il sentait le sang pulser dans ses bras et dans ses paumes. Deux filles en patins glissèrent près de lui, et il se creusa la cervelle pour trouver une entrée en matière. Il repéra un groupe de quatre filles. Elles faisaient du patin également, et comme lui elles se dirigeaient vers l'extrémité obscure de la jetée. Il les suivit. Elles s'arrêtèrent à l'endroit où la jetée s'élargissait et se penchèrent par-dessus la rambarde pour regarder des surfers au-dessous d'elles.

Ike s'immobilisa près d'elles. Son cœur battait si fort qu'il fut surpris qu'elles ne l'entendent pas.

— Chouette houle, dit-il.

Cette constatation coupa court à la conversation, et les quatre filles se retournèrent pour le regarder avant de se regarder entre elles. Enfin, l'une d'elles demanda :

— Quoi ?

— J'ai dit, chouette houle.

Il n'y eut pas de réponse. Les filles continuaient à se regarder, comme s'il était nécessaire de débattre de ce qu'il avait dit.

— Bonnes vagues, poursuivit Ike, convaincu qu'il était trop tard pour s'arrêter. Je veux dire, elles sont grosses et tout.

Personne ne lui répondit, et il commença à soupçonner que quelque chose ne tournait pas rond. Peut-être qu'il croyait leur parler mais ne faisait en réalité que les regarder ?

Les filles le regardaient aussi. L'une d'elles gloussa. Maintenant qu'elles n'étaient plus des cibles mouvantes mais qu'immobiles elles lui donnaient l'occasion de bien les étudier, il réalisait qu'il avait mal évalué leur âge. La plus grande paraissait avoir une douzaine d'années. Il supposa que les patins les avaient fait paraître plus âgées, ou en tout cas plus grandes.

Il fut sauvé de plus d'embarras encore par un vieil homme qui vint vers eux depuis l'autre côté de la jetée.

— Venez les filles, dit-il, allons manger.

Il lança un sale regard à Ike, et les quatre filles le suivirent sur leurs patins. L'une d'elles dit au revoir en partant.

Ike s'effondra contre la rambarde. Son cœur battait toujours et il s'était remis à transpirer. Il resta là pendant quelque temps tandis que la brise rafraîchissait son visage, essayant de retrouver ses esprits, écoutant la machine de Huntington Beach bourdonner tout autour de lui.

Et puis il remarqua les trois filles debout contre la

rambarde, de l'autre côté de la jetée. Elles lui parurent tout de suite être des candidates plus crédibles. Elles avaient l'air jeunes, mais à l'évidence elles n'étaient pas avec leurs parents. Deux d'entre elles, vêtues de jeans très serrés et de débardeurs étriqués, fumaient des cigarettes appuyées contre la rambarde. La troisième, une rouquine, montrait son profil à Ike. Elle portait un flottant de sport en soie et un haut de couleur claire.

Ike traversa la jetée et dit salut. Il alla vers la rouquine, et c'est à elle qu'il parla. C'était la plus jolie des trois. Ses cheveux étaient très rouges, d'un rouge profond couleur de sang, et sa peau très blanche. Ses lèvres et ses ongles étaient également rouges. Les deux autres avaient l'air de sœurs. Elles étaient minces et blondes, mais d'une blondeur artificielle. La rouquine sourit et dit salut. Les deux autres échangèrent des sourires entendus. Ike posa sa main sur la rambarde. Elles le regardaient toutes les trois, maintenant.

— Vous voulez fumer un peu ? demanda-t-il, car il avait décidé de ne pas tourner autour du pot.

Les filles se regardèrent. L'une des petites blondes balança son mégot par-dessus le parapet.

— Peut-être, dit la rousse. Où ça ?

— N'importe où. Sur la plage.

— T'en as de la bonne ?

— Colombienne.

La rousse regarda ses amies en haussant les sourcils.

— Pourquoi pas ? demanda quelqu'un.

C'était comme Hound l'avait dit, vraiment facile. Ils fumèrent un joint et il leur raconta que son frère était dealer et qu'il donnait une fête dans sa maison, un peu plus tard. Elles se consultèrent tandis que Ike attendait debout à l'écart en essayant de prendre l'air ennuyé. Elles étaient debout dans le sable sous la jetée, et il pouvait entendre leurs rires se mêler au froissement de l'écume contre les piliers. Elles finirent par décider qu'elles iraient, et il entendit l'une d'elles dire "Je le trouve mignon" tandis qu'elles émergeaient de l'ombre et s'avançaient vers lui.

Alors c'est comme ça, se disait-il. Il marchait près de la rousse qui, sans ses chaussures, aurait été à peine plus petite que lui. Ses talons hauts la rendaient presque aussi grande que Michelle et lui faisaient de longues jambes sexy, mais il se dit que Michelle, elle, était comme ça tout le temps, même quand elle était pieds nus. Peut-être était-ce parce qu'il venait de penser à Michelle, mais tandis qu'il marchait le long de la route vers la rue de Hound il se sentit submergé par une vague de culpabilité. L'excitation qu'il avait ressentie plus tôt avait complètement disparu, ne laissant qu'une sensation malsaine de moiteur dans ses paumes. Qu'était-il en train de faire? Il n'avait aucune idée de ce qui allait vraiment se passer chez Hound. Il repensa à la photo qu'il avait entrevue sous la lumière du derrick. Et si ça tournait mal? Il pensa à sa sœur. D'une certaine manière, les petites blondes lui faisaient penser à elle. Elle était comme ça. Il l'imagina appuyée au parapet de la jetée, l'air égaré et une cigarette à la bouche – une proie facile. Quel avait été le rôle d'Ellen dans la grande machine, dans le système de l'offre et de la demande? Un frisson lui parcourut l'échine et les épaules. Il ne savait plus quoi dire. Et s'il rencontrait Michelle ou Jill? Il se demanda s'il ne risquait pas de tout foutre en l'air. Est-ce que Michelle voudrait croire que c'était là ce que Hound avait exigé de lui en guise de paiement? Puis il pensa à une autre dette et revit Hound debout entre lui et Morris. Comment fait-on pour choisir, quand quelqu'un vous a sauvé la vie? Ou bien n'était-ce là qu'une excuse pour son propre manque de conviction?

Il se sentait vraiment minable lorsqu'ils atteignirent la rue de Hound. Derrière lui, les deux blondes discutaient du petit ami de la mère de quelqu'un. L'une d'elles avait commencé une histoire interminable à propos de ce type qui avait essayé de la mater pendant qu'elle était sous la douche, ou quelque chose comme ça. Elle racontait d'une voix très forte, et Ike soupçonna que cela lui était en partie destiné. La rousse le regarda en roulant des yeux. Avant qu'ils aient atteint la maison, elles changèrent de sujet et se mirent à parler d'une fête à laquelle elles étaient allées la nuit précédente. Des garçons les avaient invitées, mais il n'y avait pas la moindre fête, juste une bande de types assis dans tous les coins et attendant la queue à la main que les filles se pointent.

— C'est tout ce que ces mecs savent faire, dit une des filles. Ils vont à la plage tous les jours et disent à un tas de nanas qu'il y a une super-fête chez eux. Et quand on arrive il n'y a qu'eux, assis sur leurs culs et essayant d'avoir l'air cool.

— Et c'est même pas leur maison, dit quelqu'un. Elle est louée pour l'été. Ils sont de Santa Ana ou d'un endroit à la con comme ça, je les ai entendus.

— Et ils ont même pas de dope correcte, ajouta la rousse.

Ce passage de la conversation rendit Ike un peu nerveux. Et si elles prenaient peur ou se fâchaient ? Qu'est-ce que Hound dirait ? Est-ce qu'il l'enverrait chercher Michelle ?

Les lumières étaient éteintes dans la maison. Il n'y avait que deux bougies allumées dans le living-room et de la musique sur la stéréo, cette même musique punk que Ike avait entendue au Sea View mais jamais encore chez Hound. Les filles eurent l'air d'apprécier la maison. Elles se rendaient bien compte que celle-ci n'était pas louée.

— Tu vis ici ? demanda la rousse.

Ike dit que oui. Hound et les Samoans n'étaient pas là, mais les filles ne se formalisèrent pas. Elles ne firent même pas allusion à la fête. La rousse s'assit sur le divan et les deux autres se mirent à fouiller dans les disques.

Ike s'assit près de la rousse. Ses paumes étaient froides et humides. Il avait toujours du mal à trouver un sujet de conversation et il n'avait plus de joints. Et puis Hound arriva. Il ressemblait beaucoup au Hound que Ike avait rencontré la première fois à sa fête. Il portait un pantalon en coton blanc et l'une de ses plus belles chemises mexicaines. Il portait aussi un collier de perles, et il y avait d'autres perles sur le devant de sa chemise. Ses cheveux étaient propres et bien coiffés, maintenus par un bandeau qui avait l'air indien. Ike le présenta comme étant son frère. Hound sourit aux filles et s'assit sur le plancher. Il exhiba une pipe et une allumette. Il dit à Ike qu'il y avait de la bière dans la cuisine. Ike alla en chercher, et le temps qu'il revienne les blondes étaient assises sur le plancher avec Hound et la pipe tournait. Ike rejoignit la rousse sur le divan et se mit à ouvrir les bières.

La pipe était pleine de hasch et bientôt tout le monde fut joliment défoncé, Ike le premier. Il avait sauté le dîner, et maintenant il tirait comme un fou sur la pipe et avalait bière sur bière pour éteindre le feu dans sa gorge. Les deux blondes se levèrent et se mirent à danser, leurs corps pareils à des flammes minces léchant les murs. La rousse se penchait sur Ike de temps à autre pour attraper la pipe ou bien une bière, pressant ses seins contre son bras. Ils commencèrent à se peloter. À un moment donné, Ike vit du coin de l'œil qu'un des Samoans était revenu et dansait avec les blondes. Il remarqua aussi que Hound Adams avait quitté la pièce. Ike avait oublié les noms des filles. Il avait même oublié celui de la rousse, mais il ne se sentait plus du tout coupable maintenant car, d'une manière ou d'une autre, le bustier de la fille était descendu jusqu'à sa taille, elle lui agrippait la queue et jamais les choses ne lui étaient arrivées aussi vite. Un instant auparavant ils étaient assis là et l'instant d'après ils se jetaient l'un sur l'autre comme des malades et il avait tout oublié de Michelle qui l'attendait au Sea View.

— Viens, murmura-t-il à l'oreille de la rousse.

Il la prit par la main et la tira hors du divan. Elle laissa son bustier sur les coussins et le suivit dans une des pièces du fond, celle où il était allé plus tôt cette nuit-là. Les divans étaient vides, maintenant. La fille s'assit brusquement, le tirant vers elle, mais il lui glissa entre les mains et s'agenouilla devant elle pour dégrafer son short et le faire passer par-dessus les chaussures rouges à talons hauts. Dans un coin de son esprit il continuait à penser que tout ça était dingue, que quelques semaines auparavant cette scène eût été inconcevable. Mais il était bien là pourtant, en train d'ôter la culotte d'une fille dont il ne savait même pas le nom, et il allait la baiser tout en se disant dans un vague sursaut de culpabilité que c'était Michelle qui lui avait tout appris, qui lui avait donné la confiance nécessaire pour accomplir cet acte. Mais il n'avait pas vraiment le temps d'y réfléchir. Il suffisait de se dire que les deux choses, ce qui était arrivé avec Michelle et ce qui arrivait maintenant, n'avaient rien à voir l'une avec l'autre.

Il s'étendit à côté de la fille et enfonça sa main entre ses jambes. Elle était chaude et mouillée, elle tortillait du cul sur le sofa et se poussait contre ses doigts, enfonçant sa langue dans la bouche de Ike tout en gémissant. C'était comme si tout bougeait en même temps et aussi la pièce autour de lui, chaude, sombre et haletante. Un rayon de lune entrait par la fenêtre et effleurait les seins de la fille.

Et puis Ike sentit la main sur son épaule. Plus tard, il se souviendrait de la façon dont cela s'était passé. Pendant un instant il crut que la main appartenait à la fille, puis il réalisa que ce n'était pas le cas. Il se raidit un peu sur le divan tandis que la fille continuait à gémir et à se tordre à côté de lui. Il sursauta lorsqu'il comprit que c'était un des Samoans qui venait de le toucher. L'homme était nu et se tenait debout juste derrière lui, de l'autre côté du sofa dont il fit le tour pour venir près de la fille. Il souriait. Plus tard, Ike se souviendrait de la blancheur de ses dents dans la pièce sombre. Ce fut un moment très troublant. Il ne connaissait même pas le nom du Samoan. Il vit les muscles jouer sur la poitrine de l'homme tandis qu'il paraissait glisser devant eux pour aller s'asseoir sur le divan de l'autre côté de la fille. Celle-ci sembla prendre enfin conscience de ce qui se passait. Le Samoan l'attira vers lui de telle sorte que son corps fut comme tordu, la moitié supérieure tournée vers le Samoan et l'autre vers Ike.

À la grande surprise de Ike, la fille se laissa embrasser par le Samoan. En fait, cela parut l'exciter encore plus. Les doigts de Ike étaient toujours en elle et elle continuait de gigoter, plus fort qu'auparavant. Le Samoan bougea de nouveau, et la fille bougea avec lui. Aucun mot n'avait été échangé, mais l'homme semblait savoir ce qu'il voulait. Il mit la fille à genoux devant Ike et appuya sa main sur son cou pour rapprocher son visage du sexe de Ike. Les doigts de Ike glissèrent hors de la fille et séchèrent presque instantanément dans la pièce obscure. Il sentit qu'elle le prenait dans sa bouche et éprouva quelque chose qu'il n'avait jamais éprouvé auparavant. C'était comme si son corps était en feu et agissait de lui-même, il ne pouvait penser à rien d'autre. Et puis d'un seul coup la pièce ne fut plus sombre du tout mais éclairée par une sorte de lumière stroboscopique. Des flashes aveuglants lui déchiraient les yeux et ressortaient par la base de son crâne. Et dans les moments de lumière, il pouvait absolument tout voir. C'était comme le plein jour, comme ces orages électriques qu'il avait connus dans le désert. Il pouvait voir à trente centimètres de lui le Samoan en train de prendre la fille par derrière et bougeant dans son dos sur un rythme lent, son visage pareil à un masque. Et pendant ce temps-là la fille, ses cheveux rouges voltigeant, suçait la queue de Ike jusqu'à ce que ce soit la seule partie de lui qui reste vivante, jusqu'à ce qu'il soit sur le point de jouir et que plus rien d'autre n'ait d'importance. Il lui prit le visage entre ses mains et s'enfonça encore en elle. Lorsqu'il jouit, cela sembla venir de si loin en lui que ses yeux lui firent mal et que sa tête se mit à bourdonner. Pendant un instant il crut que ce bourdonnement naissait dans son crâne, mais l'instant suivant il comprit que non, qu'il venait d'ailleurs dans la pièce. Alors il vit la fille.

Il la vit dans la lumière du stroboscope, et ce fut comme s'il regardait une série de diapos. C'était la petite brune qu'il avait aperçue plus tôt avec Frank Baker. Elle se tenait dans l'entrée avec une espèce de caméra entre les mains. La caméra bourdonnait doucement. Hound Adams se tenait derrière la fille, les bras croisés sur la poitrine, ses cheveux blonds et ses bijoux apparaissant dans la lumière blanche et puis disparaissant dans l'obscurité.

Ike se réveilla sur le plancher. La chambre était déjà tiède, le soleil entrait par une fenêtre et formait une tache près de sa tête. Dès qu'il ouvrit les yeux, il eut mal. Ses yeux brûlaient et il avait l'impression que quelqu'un lui avait marché sur le cou. Il s'assit lentement afin que la pièce ne tourne pas trop vite autour de lui. Il cligna des yeux en repensant à la nuit précédente, et la première image qu'il revit fut celle de la rousse vomissant partout.

Ils avaient fait d'autres films, fumé d'autre dope. Et puis un des Samoans avait commencé à sniffer de la cocaïne. Les filles en avaient toutes pris avec lui, dans une petite cuiller en argent. Ike avait refusé. Il était passé au gin tonic et avait décidé de s'en tenir à ça. Plus tard, une heure ou deux après l'apparition de la petite cuiller, Hound Adams était revenu dans la pièce et le Samoan et lui avaient mélangé de la cocaïne avec quelques gouttes d'eau dans une cuiller à thé pour se l'injecter. La rousse avait voulu participer. Assis près d'elle sur le sofa, Ike avait vu le Samoan lui enfoncer l'aiguille dans le bras. Il avait vu le mélange disparaître et la seringue se remplir de sang, un sang rouge comme l'ombre des ongles de la fille sur sa peau blanche. Et puis le sang disparut à son tour, réinjecté par le Samoan. Le liquide se rua dans les veines de la fille et la shoota. D'un seul coup elle fut partie, raide et glacée comme si on avait injecté la foudre dans son corps – et Ike fut persuadé qu'elle était morte. Il la regardait, sa peau plus blanche que jamais, plus blanche que la craie, et tout ce qu'il arrivait à se dire c'était qu'il était responsable de tout cela. Pendant un instant son ivresse se dissipa et il resta seul avec cette terrible certitude et sa culpabilité. Et puis la fille ne fut plus morte du tout. Elle le regarda en tremblant comme une feuille et puis se mit à vomir, à vomir partout sur le sofa et sur son bras avant même qu'ils aient pu l'emmener dans la salle de bains. En fermant les yeux il pouvait revoir toute la scène, Hound et les Samoans essayant de comprendre ce qui s'était passé, l'air subitement effrayé de Hound Adams, plus effrayé ici dans sa propre maison qu'il l'avait été sur le parking seul face à trois motards. Quand les choses se furent calmées, quand on n'entendit plus que les bruits que faisait la fille dans la salle de bains, ils supposèrent que quelqu'un avait mélangé les cuillers et injecté à la fille la dose de Hound ou des Samoans au lieu de celle, légère, qu'ils avaient préparée pour elle. Elle s'en était tirée finalement, et quand elle était ressortie de la salle de bains elle était surexcitée, toujours tremblante mais surexcitée, et c'est à peu près tout ce dont il se souvenait, que tout le monde était excité à part lui et qu'il avait fini par tomber sur le plancher pendant qu'ils s'éclataient autour de lui. Et maintenant il était là dans cette pièce chaude et silencieuse qui sentait encore le vomi, et pour quelque absurde raison il se rappela le nom de la fille au moment où il se levait : Debbie. Dieu. Elle avait failli mourir sur lui, et c'était seulement maintenant qu'il se rappelait son nom.

Il les trouva dans le living-room, Debbie et les deux petites blondes, toutes trois assises sur un divan au-dessous d'un énorme tapis indien accroché au mur et sur lequel était épinglée une citation extraite du *Book of Changes*. Elles le regardèrent avec des yeux hagards. Une odeur de petit déjeuner flottait dans la pièce. Ce spectacle le rendit malade.

Il passa devant les filles sans leur parler et alla à la cuisine. La petite brune était en train de faire des œufs brouillés.

— Lève-toi et brille, dit-elle.

Il l'ignora. Il voulait sortir par l'arrière et filer en douce par le jardin.

Il y avait devant la cuisine une grande véranda grillagée qu'il fallait traverser pour se rendre au jardin. En débouchant sur cette véranda, Ike aperçut Hound Adams assis dans l'herbe devant la porte. Il était assis en tailleur, face au soleil et le dos tourné à la maison. Frank Baker se tenait debout à côté de lui. Ils n'avaient pas vu Ike, qui s'immobilisa sur la véranda. L'espace d'un instant il crut qu'ils bavardaient, mais il réalisa que seul Frank Baker parlait tandis que Hound restait assis à regarder le jardin. Frank avait l'air furieux.

— Tu déconnes, mec, disait-il. Laisser cette nana se shooter à la coke. Ça devient n'importe quoi, ici. Je croyais que tu avais dit que tu contrôlais la famille de Terry.

Frank portait un maillot de bain et, derrière lui, Ike aperçut deux planches posées sur l'herbe. Frank était tout près de Hound, presque penché sur lui. Ses bras étaient écartés de son corps et le soleil illuminait sa poitrine et ses paumes blanches.

Quand Hound parla, ce fut d'une voix douce et Ike dut tendre l'oreille. Il n'entendit que deux mots qui ressemblaient à "plus tard", ou quelque chose comme ça. Il n'était pas sûr.

Frank secoua la tête et s'apprêtait à dire autre chose quand il leva la tête et vit Ike sur la véranda. Il se détourna et alla ramasser sa planche dans le jardin. Il passa devant Hound Adams sans dire un mot, mais s'immobilisa à hauteur du portail. Il était tout près de Ike, un peu plus petit que lui à cause de l'élévation de la véranda, et tout en cherchant le loquet il regarda Ike droit dans les yeux.

— Tu l'as payée, ta planche, la nuit dernière?

La question surprit Ike. Frank semblait attendre une réponse. Ike haussa les épaules.

— J'en sais rien.

Frank se mit à rire d'un rire bref qui ressemblait à un aboiement et s'éteignit aussi vite qu'il avait commencé.

— Ça peut prendre longtemps, pour payer une planche comme celle-là.

Il sortit, laissant le portail ouvert derrière lui. Ike regarda le jardin et vit que Hound s'était levé et que lui aussi était en maillot de bain. De nouveau il fut stupéfait, tout comme il l'avait été après la première fête de Hound, de constater que celui-ci avait encore l'énergie d'aller surfer après une nuit pareille.

Ike descendit de la véranda et se retrouva en pleine lumière. Il chercha des signes de colère sur le visage de Hound, quelque réaction à ce que Frank lui avait dit. Mais ce visage était vide. Hound cligna des yeux dans la lumière en regardant Ike.

— Où est ta planche?

Les paroles de Frank à propos de cette planche et du

temps qu'il faudrait pour la payer avaient fait sortir quelque chose de Ike. Il n'était pas sûr d'avoir beaucoup de nuits comme celle-là en lui. Hound secoua la tête.

— Tu dépenses ton énergie à tort et à travers, mec. Il faudra qu'on parle de ça.

Puis il sortit par le portail, laissant Ike seul sur la marche de ciment.

Ike sortit à son tour du jardin. Il resta là un moment à regarder Hound Adams s'éloigner en direction de la plage, puis il tourna les talons pour rentrer chez lui. Plus il était réveillé et plus il se sentait mal. D'abord, plus il était réveillé et plus il se souvenait, et plus il se souvenait plus il voulait oublier ce qui s'était passé – mais il n'y arrivait pas, et c'était comme un cercle vicieux dans sa tête. Lorsqu'il pensa aux heures que Michelle avait dû passer à l'attendre, de brûlantes vagues de culpabilité le submergèrent. Et pourtant, quelque part au milieu de cette culpabilité et de ce dégoût, il y avait un autre sentiment relié en quelque sorte à cette curiosité envers lui-même qu'il avait ressentie auparavant, une sombre satisfaction tapie dans le matin amer, du respect presque pour ce qu'il avait fait, lui le Rase-Mottes, draguant les filles au cœur de Surf City et les baisant à mort dans la chaleur de la nuit californienne. Il l'avait fait. C'était comme s'il découvrait une force nouvelle à sa disposition. C'était étrange. Et c'était assez pour aggraver une déjà sévère gueule de bois. Il s'arrêta pour vomir derrière un buisson au coin de Fifth et de Rose.

Le soleil était déjà haut lorsqu'il atteignit le Sea View. Les rues étaient chaudes et la machinerie de la ville s'échauffait elle aussi et montait en régime, lubrifiée à l'huile de hasch et à l'ambre solaire, speedée à la cocaïne, haletant au rythme de quelque hymne new wave. Son cœur battait follement lorsqu'il entra dans sa chambre. Appuyé contre le montant de la porte, il contempla la pièce minable et sut de façon certaine qu'il n'était plus la même personne que celle qui s'était tenue là la nuit précédente.

Troisième partie

28

"Y en a qui les aiment maigres, y en a qui les aiment rondes, mais elles sont toutes pareilles, non c'est jamais Miss Monde." Le frère de Gordon chantait souvent cette chanson. Une fois, à King City, Ike avait surpris Jerry et un de ses copains pendant qu'ils baisaient une fille. C'était à l'arrière du magasin, dans la remise, et la fille était à genoux. Jerry se tenait derrière elle et l'autre type devant. Ike se rappelait encore combien la remise était chaude et confinée, pleine d'une odeur étrange, il se rappelait comme il avait couru à travers la cour en terre jusqu'au magasin, claquant des dents tandis que le rire de Jerry restait suspendu dans l'air. Cette nuit-là, dans la cabane derrière chez Gordon, il avait revu toute la scène, persuadé que ce qu'il avait aperçu dans l'après-midi resterait à tout jamais un mystère pour lui.

C'était drôle de voir comme les choses avaient changé, comme ce qui paraissait jadis si étrange était aujourd'hui si banal. Ce qui avait été jadis un mystère absolu était maintenant un jeu d'une si désarmante facilité que tout cela lui paraissait parfois stupide et ennuyeux. Et d'autres fois il avait l'impression d'être rempli de quelque chose, de quelque sensation dans ses tripes qu'il ne pourrait jamais vomir.

Il ne savait pas. Au début, après la nuit avec la rousse, il avait essayé de ne pas les baiser, ces tristes petites idiotes, seulement de les recruter pour les fêtes. Il avait ri de lui-même pour avoir cru qu'il y avait quelque grandeur là-dedans, quelque chose de magique même, et il espérait tout à la fois que la magie allait revenir et se méprisait pour y avoir cru. Mais la plupart du temps c'était trop dur de ne pas les baiser. Quand il était défoncé, à moitié bourré. Alors il voulait les baiser par-devant et par-derrière, partout, comme s'il escaladait une vague.

Frank Baker avait dit vrai en ce qui concernait le paiement de la planche. Ce n'était pas une chose toute simple que celle-là, imbriquée qu'elle était dans le Processus, intégrée dans les plans de la Machine. "Ce n'est pas tant l'argent", lui avait dit Hound, "que l'esprit du don. " Et bien que Hound le payât maintenant et le payât bien, il était difficile de savoir pour cette planche. Il passait toujours ses matinées avec la patrouille de l'aube dans les ombres de la vieille jetée. Puis il prenait son petit déjeuner et se recouchait, sauf que cette fois c'était Michelle qui était dans le lit. Ensuite il allait au magasin ou bien descendait à la plage avec les poches remplies de dope fournie par Hound Adams. Un œil sur les filles, il marchait dans le sable chaud avec parfois une ligne de coke dans le nez, car il avait découvert où Hound Adams puisait l'énergie qui lui permettait de faire la fête toute la nuit et de surfer toute la journée.

Il avait appris d'autres choses aussi, à propos de Hound Adams. Il avait remarqué, par exemple, que Hound ne sautait jamais les filles. Il était toujours là en train de regarder, mais jamais il ne participait. Pourtant c'était lui qui décidait quand il y aurait une fête ou quand on ferait des films, et Ike apprit qu'il était très exigeant en ce qui concernait les filles qu'il utilisait pour les films. Il aimait avoir un large choix, mais seules quelques-unes étaient encouragées à rester ou à revenir. Et si les choses tournaient mal avec une fille qui ne voulait pas ou qui prenait peur, Hound arrêtait tout immédiatement et s'assurait que la fille était calmée avant de la laisser partir. Ce qui était arrivé la première nuit avec la rousse était une exception, et rien de tel ne s'était reproduit depuis. Mais Hound avait dérapé, cette nuit-là. Il avait failli tout foutre en l'air et il avait pris peur, Ike l'avait vu.

L'incident avait prouvé à Ike que Hound était mortel et qu'il pouvait faire des fautes, mais cela ne l'avait mené à rien. Rien : c'était un mot curieux. Parfois il se le répétait à lui-même comme s'il en évaluait la taille et le poids. Il y pensait comme à quelque chose ayant un rapport avec les semaines qu'il avait passées au service de Hound Adams. Certaines questions se posaient d'elles-mêmes. Des questions évidentes, qui concernaient la recherche d'Ellen, la vengeance pour la mutilation de Preston. Les réponses étaient obscures, et la plupart du temps il lui semblait suffisant de se dire que les choses n'étaient plus les mêmes. Car pour lui, elles ne l'étaient plus. Il avait perdu quelque chose, et quand il l'avait perdu les choses avaient changé. C'était comme si les enjeux qu'il avait imaginés dans le temps n'étaient plus les mêmes. Il y avait des jours maintenant durant lesquels il ne pensait plus à sa sœur, et quand il pensait à elle c'était d'une façon différente. Comme s'il avait vu trop de choses. Il n'arrivait toujours pas à croire au genre de filles qu'il rencontrait sur la jetée et dans les soirées, ces filles qui laissaient les frères Jacobs les cogner et les sodomiser et revenaient pourtant le lendemain faire des pipes en échange d'une ligne de coke. Cela faisait deux ans maintenant qu'il n'avait pas revu Ellen, et parfois il repensait au jour où elle était partie et à la façon dont elle était passée devant lui en lui disant à peine au revoir, il la revoyait aux confins de la ville avec ses bottes couvertes de poussière et son jean moulant, attendant de faire signe à quelque camionneur, et il se disait que Gordon avait peut-être raison. Il repensait à ces nuits passées seul dans le désert pendant qu'Ellen était sortie avec un type et s'amusait quelque part au-delà des sombres limites de la ville. S'amuser. Le mot avait une signification nouvelle pour lui, désormais.

Ces pensées ne le rendaient pas particulièrement fier de lui, mais il les avait néanmoins. Il ne pouvait s'en empêcher. Peut-être que c'était là le karma d'Ellen. Et peut-être que ce qui était arrivé à Preston, c'était aussi son karma. Tout ce dont il pouvait être sûr, c'était que sa vision des choses avait changé, que l'été s'enfuyait doucement et que ce pour quoi il était venu s'enfuyait avec lui dans un autre espace et dans un autre temps qui lui paraissaient plus étrangers et plus distants chaque jour, de moins en moins reliés à la personne qu'il était devenu. C'était comme si un morceau de lui était tombé – ou peut-être une ancienne enveloppe; il était comme un serpent qui change de peau.

Bien entendu, le plus facile c'était de ne pas y penser du tout. Le plus facile c'était de laisser glisser, de s'occuper de soi-même et de ne pas laisser ces choses-là vous embarquer. C'était donc ce qu'il faisait. Il se défonçait en permanence, il surfait et il regardait tout cela passer. Il devint un spectateur du zoo, comme Preston avait une fois appelé ce ramassis de dingues sur terre et sur mer. Et parfois lors de chaudes soirées d'été, quand l'air était doux et chargé de l'odeur de la mer, il draguait des jeunes filles et faisait du cinéma pour Hound Adams. C'était, comme l'avait dit Hound, un jeu d'enfant. Et cela aurait pu durer longtemps encore. Cela aurait pu durer bien trop longtemps, jusqu'à la fin de l'été, si quelque chose ne s'était produit pour y mettre fin. Cette chose arriva. Cela commença quand Preston Marsh revint à Huntington Beach.

On ne l'avait pas revu depuis un mois. Des rumeurs plus folles les unes que les autres avaient circulé : il avait perdu ses mains et ses bras jusqu'aux coudes. Son cerveau avait été endommagé, il était dans une maison de retraite pour anciens combattants, plus inerte qu'un légume. Ou bien il avait dégagé la piste, en avait eu marre de HB et était parti pour de bon. Ike ne savait plus qui croire. Vers la mi-juillet il était retourné à l'hôpital, mais Preston n'y était plus. Deux ou trois fois il avait essayé de joindre Barbara, mais elle avait disparu elle aussi. Pourtant, il ne croyait pas qu'ils étaient partis pour de bon. Lors de ses visites au duplex, il avait trouvé une pile de journaux sur le seuil, des rideaux tirés et un jardin envahi par les mauvaises herbes. À l'évidence, il n'y avait pas de nouveaux locataires. Alors il écouta les rumeurs et il fit des suppositions, puis il laissa le karma s'en occuper et vaqua à ses propres affaires. Et puis un jour, il le vit. Preston Marsh, debout sur le trottoir en train de regarder le magasin de surf de Main Street.

Ike était dans le magasin. Il n'y avait pas de vagues ce jour-là, et il s'occupait de deux ou trois choses pour Hound. À genoux près du comptoir, il était en train de fixer un leash sur une planche quand il leva les yeux et vit Preston. Il avait tellement changé que cela faisait peur. Sa peau était d'une couleur sombre et maladive, cette sorte de peau que font aux vieux ivrognes trop de vaisseaux sanguins éclatés, trop de soleil et trop de crasse. Il portait une veste de treillis en loques et un béret sombre. Il y avait quelque chose de familier dans ce béret d'un vert foncé sur le devant duquel était cousu un petit écusson doré, et Ike le reconnut pour être celui que Preston portait sur une des photos que Barbara lui avait montrées, une photo, avait-elle dit, prise juste avant que Preston parte au Vietnam. Ike remarqua que les cheveux de Preston étaient désormais très courts. Bien que ce fût une chaude journée, Preston avait remonté jusqu'au cou la fermeture à glissière de sa veste. Il se tenait là avec ses mains enfoncées dans ses poches, penché d'un côté. Avec son béret et son treillis et son visage mal rasé, il avait l'air d'un révolutionnaire sur le retour. Il paraissait complètement déphasé, et c'était un spectacle effrayant que de le voir là tel un fantôme dans la lumière du jour.

Ike resta agenouillé près de la planche. Il n'aurait su dire si Preston le voyait ou non, si seulement il le reconnaissait. Il se tenait simplement là, plongeant son regard dans la vitrine. Et puis, aussi soudainement qu'il était apparu, il ne fut plus là.

Ike se leva vivement. Il avait l'impression qu'on l'avait giflé. Il alla à la porte et regarda Preston marcher sur le trottoir vers la cafétéria du dépôt des Greyhound. Il vit une bouteille de whisky enfoncée dans la poche arrière du jean de Preston, il remarqua que la veste qui aurait dû dissimuler cette bouteille était coincée derrière elle, de sorte que le verre étincelait au soleil. Ike sentit une présence à ses côtés. Il se retourna et vit que Frank Baker était sorti et se tenait lui aussi près de la porte. Ensemble ils regardèrent Preston tituber vers le coin de la rue, zigzaguant sur le trottoir jusqu'à ce qu'il heurte un présentoir à journaux en face du dépôt. En fait il y avait plusieurs présentoirs retenus par des chaînes, et Preston s'était apparemment pris la jambe dans l'une d'elles. Ils le virent injurier les présentoirs et leur donner des coups de pied. Les passants les plus proches de lui s'écartaient tandis que d'autres, à distance plus sûre, s'arrêtaient pour rire. Un vieil homme portant un tablier blanc sortit du restaurant et se mit à crier. Ike n'entendait pas ce qu'il disait, et il n'aurait su dire si l'homme était plus énervé parce que Preston foutait le bordel devant chez lui ou à cause de son béret. Ike le vit pointer son doigt vers sa tête, puis vers Preston. Alors ce dernier sortit une main de sa poche et frappa le type. Même à un demi-bloc de distance, Ike se rendit compte que c'était une main à l'aspect étrange, plus une massue qu'une main, et c'était de cette manière que Preston semblait s'en servir, la balançant d'une façon inhabituellement maladroite. Le coup atteignit le vieil homme à la clavicule, avec assez de force pour le culbuter en arrière dans le restaurant. Mais Preston tomba aussi, emporté par son élan, et Ike entendit la bouteille de whisky se briser quand il heurta le trottoir. Une famille qui traversait la rue en direction du dépôt s'arrêta net et repartit de l'autre côté. Ike se dit qu'il devait faire quelque chose, mais il ne savait pas quoi, et lorsqu'il se tourna vers Frank il fut presque aussi choqué par le changement qu'il vit sur le visage de ce dernier qu'il l'avait été en revoyant Preston. Jamais il n'avait vu pareille expression de dégoût, bien qu'il ne fût pas certain que c'était le mot qui convenait – c'était plus que ça. Apparemment, Frank en avait assez vu. Il secoua la tête et disparut dans le magasin.

Lorsque Ike regarda de nouveau la rue, il vit que Preston avait réussi à se relever et que le vieil homme était revenu, armé d'un balai. L'homme essayait de s'approcher assez près pour pouvoir frapper sans l'être lui-même. Mais Preston ne faisait pas attention à lui. D'un bras il le maintenait à distance, tout en regardant en direction du magasin. Et alors, tandis que Ike le regardait, Preston leva une de ses étranges mains en l'air, le dos de celle-ci tourné vers Ike comme s'il lui faisait un doigt – sauf qu'il n'y avait pas de doigts. Mais en cet instant précis, ils n'étaient pas indispensables. La signification du geste de Preston était claire. Et puis il tourna au coin de la rue et disparut, laissant le vieil homme seul au bord du trottoir.

Ike rentra dans le magasin, les jambes tremblantes. Il trouva Frank Baker dans la pièce du fond, debout devant la photo du Labor Day. Ike vint auprès de lui. Bien qu'il ait souvent travaillé avec Frank, ce dernier ne lui parlait guère et Ike supposait qu'il ne l'aimait pas. Mais aujourd'hui il avait cette impression bizarre qu'ils avaient été tous les deux affectés par la vue de Preston, que le moment était venu de poser une question à laquelle il avait souvent pensé.

— C'est toi qui l'as prise? demanda-t-il.

Frank le regarda pendant un moment puis regarda de nouveau les couleurs passées de la photo.

— Je les ai toutes prises. Toutes les photos de cette pièce.

Ike se tut un instant, se demandant jusqu'où il pouvait aller. Il finit par parler d'une autre photo qui l'avait toujours fasciné, un cliché de Preston en train de creuser un virage dans la base d'un énorme mur sombre. C'était une bonne photo, en ce sens qu'on pouvait sentir la puissance de la vague et la vitesse avec laquelle Preston sortait de son virage, la force qui l'obligeait à s'accroupir. On voyait la concentration sur son visage, ses cheveux tirés vers l'arrière comme par un vent puissant, le grand panache d'écume que projetait sa planche à la face de la vague.

— J'aime celle-là, dit Ike en montrant la photo, et il répéta à Frank ce que Hound lui avait dit des virages de Preston.

— Ça m'étonne qu'il s'en souvienne, dit Frank, et Ike fut surpris par l'amertume de sa voix.

— Hound dit qu'il était bon.

Frank regardait toujours le mur.

— Il était bon.

— Meilleur que Hound maintenant?

— Preston était le patron. Tu comprends ce que je veux dire? Il gagnait toutes les compétitions, c'était lui qui faisait marcher le truc.

— Quel truc?

— Le business. Si tu veux gagner ta vie dans le surf, il te faut quelqu'un qui ait un nom. C'était Preston.

— Et Hound?

— Il était bon, mais il était plus intéressé par le business. C'est lui qui a fait venir Milo.

Frank s'arrêta net en disant cela, presque au milieu de sa phrase, comme s'il venait de se rendre compte qu'il était en train de discuter avec un minus, en train de

216

répondre à trop de questions. Mais la touche d'amertume qui avait teinté sa voix quand il avait parlé de Milo Trax n'était pas passée inaperçue.

Frank haussa les épaules.

— Des vieilles histoires à la con, dit-il. C'est bien fini, tout ça. Tu as vu ce qu'il reste de la star, aujourd'hui.

Ike n'eut pas l'occasion d'en demander plus. Frank le laissa seul avec les photos et sortit. À travers la vitrine, Ike regarda la mince et blonde silhouette de Frank Baker traverser Main Street et entrer dans un bar.

29

Si le retour de Preston fut le début, alors ce qui se passa avec Michelle fut la fin. Pendant quelque temps elle avait été, supposait-il, le seul aspect de son existence qui n'était pas impliqué dans ce qui se passait avec Hound Adams – c'était du moins ce qu'il voulait croire. Ils parlaient rarement de sa sœur, et quand Michelle soulevait la question il lui disait qu'il continuait à chercher, qu'il essayait d'apprendre quelque chose chez Hound et que cela prendrait du temps. Quand elle lui demandait ce qu'il avait appris ou ce qu'il faisait, il restait dans le vague et cherchait à détourner la conversation. Très vite, elle cessa de le questionner. Mais parfois elle le regardait d'un air accusateur, comme si elle le soupçonnait de lui mentir. Mais il n'avait pas le courage de tout lui raconter, de lui dire que ce qu'il avait vraiment appris de son association avec Hound Adams avait affecté sa perception de son propre passé. Ici aussi c'était plus facile de faire la fête, de se défoncer avec la came de Hound Adams, de faire l'amour et des projets pour un futur lointain, quand ils seraient seuls et visiteraient ensemble des endroits exotiques. Il l'aimait vraiment. Parce qu'une partie de lui-même croyait encore en ces projets. Il croyait toujours que Michelle était quelque chose de particulier et qu'il pourrait maintenir leur relation à l'écart de ce qui se passait chez Hound, de la façon dont il gagnait sa vie.

Bien entendu, il était difficile de séparer les deux choses. Michelle savait qu'il passait tout son temps avec Hound, et même après qu'elle eut cessé de poser des questions, il sut que son silence la blessait. Et de son côté, Hound Adams avait compris que Ike essayait de maintenir Michelle hors du jeu. Quand ils en parlaient, ce qui arrivait de temps en temps, Ike trouvait toujours une excuse quelconque et Hound haussait les épaules en disant "Plus tard". Parfois, pourtant, Ike était travaillé par une certaine vision – Preston Marsh assis près d'un feu de camp et disant ce qu'il en était de certaines choses que l'on voulait être d'une certaine manière, sinon on n'en voulait pas du tout. Le temps qu'il comprenne combien tout cela était dingue et impossible et ingouvernable, ce fut fini. Dommage qu'il n'ait pas su voir les indices au bord du chemin.

Comme ce matin-là. Il était tard, il faisait chaud et les draps étaient imprégnés de leur sueur. Ils avaient long-temps fait l'amour. Et pendant qu'il la baisait, il avait commencé à jouer avec ce fantasme : ils faisaient ça pour la caméra, les frères Jacobs attendaient leur tour. Cela le répugnait et l'excitait en même temps. Il voulut la baiser jusqu'à ce que cela lui fasse mal. Il glissa hors d'elle et la mit à genoux pour la prendre en levrette, mais ce n'était pas encore assez. Il y avait un carré de soleil sur le dos de Michelle et le creux de ses reins était luisant de leurs sueurs mélangées. Il sortit d'elle encore une fois et enfonça ses doigts dans sa chatte puis dans son cul pour l'humecter. Elle essaya de s'écarter de lui pour se retourner, mais il la maintenait fermement, l'attirant de nouveau à lui et la pénétrant lentement, douloureusement d'abord parce que cela lui faisait un peu mal à lui aussi, mais moins qu'à elle il s'en rendait compte, et c'était ce qu'il voulait. Il la baisa plus fort encore, s'enfonçant en elle aussi loin qu'il le pouvait, et puis il jouit et retomba sur elle, haletant comme un fou et son cœur cognant contre le dos de Michelle. Puis il sortit d'elle et alla sur le balcon pour laisser le soleil et le vent sécher ses jambes et sa poitrine. Il était là, nu dans la lumière crue en train d'écouter le bruit de la circulation sur la route et au-delà le lointain grondement des vagues, et tout ce qu'il arrivait à se dire était que quelque chose ne tournait pas rond. Il n'avait jamais eu besoin de fantasmer comme ça avant, pas avec elle. L'acte lui-même lui avait toujours suffi. Il contempla l'herbe jaunie, le mécanisme souillé d'huile du puits tout en essayant d'y réfléchir, de s'éclaircir les idées. Mais c'était dur de réfléchir avec ce soleil trop brillant dans le jardin et sa tête comme prise dans un étau après deux jours sous coke et sans sommeil. Et puis Michelle avait soudain surgi sur le balcon près de lui, enveloppée dans une serviette de plage, et il vit qu'elle avait pleuré. Elle ne disait rien, elle le fixait seulement de ses yeux verts devenus vitreux et bordés de rouge. Le soleil illumina la trace des larmes sur ses joues et le bout de deux incisives qui semblaient l'épier de dessous sa lèvre supérieure. On aurait dit qu'elle attendait qu'il lui fournisse une explication, qu'il lui explique quelque chose qu'il ne comprenait pas lui-même, en tout cas pas avec cette chaleur et ce soleil dingue dans le jardin qui striait tout de perles de néon, depuis l'herbe et les arbres jusqu'au visage de Michelle obstinément tourné vers lui jusqu'à ce qu'il le frappe si durement que le coup résonna dans sa paume. Et sans savoir comment, il se retrouva à genoux en train d'enfoncer son visage dans la serviette qui entourait la taille de Michelle et de pleurer comme un bébé pendant qu'elle lui caressait les cheveux.

Et puis ce fut fini. Un jeudi, il ne l'oublierait jamais, cette même semaine où Preston était revenu à Huntington Beach.

Il s'était levé tôt pour aller surfer une petite houle venue de l'ouest. Hound Adams n'était pas dans l'eau. Ike surfa environ une heure puis reprit la direction du Sea View. Il aimait réveiller Michelle le matin. Il aimait son air ensommeillé et tiède dans la lumière tombée de la fenêtre. Il aimait sa façon de sourire, encore à moitié endormie, quand il se glissait sous les couvertures pour se réchauffer contre elle. Ensuite, ils descendaient prendre leur petit déjeuner à la cafétéria.

Il suspendit sa combinaison sur le balcon et enfila un jean et un T-shirt. Puis il longea le couloir jusqu'à la chambre de Michelle et essaya d'ouvrir. D'habitude, ce n'était pas fermé. Jeudi matin, cependant, ce fut différent. Il entendit des voix, des pieds nus sur le plancher. Il fut certain que quelque chose clochait, il avait du mal à respirer dans l'étroit couloir. La première chose qu'il remarqua lorsqu'elle ouvrit la porte, ce fut la puissante odeur de l'herbe. La première chose qu'il vit, ce fut une des chemises mexicaines de Hound Adams jetée sur le divan. Il ne pouvait pas voir le lit, mais c'était inutile : il voyait le visage de Michelle. Elle était un peu rouge, se dit-il, et très belle. Ses cheveux étaient en désordre et il y avait une trace d'humidité au coin de sa bouche. Il tourna les talons sans rien dire et s'en alla. La porte se referma derrière lui.

Et ce fut la fin. La fin de tout ce qui avait été spécial entre eux. Il ne put rester en place. Il ne put rester dans sa chambre. Ici, il n'avait pas de désert pour aller marcher comme il l'avait fait le jour où sa sœur s'était enfuie. Il finit par enfiler une combinaison froide et collante et retourna à la plage. La houle était pire encore, et il passa la plus grande partie de la journée à essayer d'attraper de bonnes vagues au milieu de cette bouillie, maudissant l'océan et tous les gêneurs qui se mettaient sur son chemin, à condition qu'ils soient à peu près de sa taille. C'était la première fois qu'il insultait quelqu'un sur l'eau. Il était enfin un mec du coin.

À la fin de l'après-midi, il était malade de froid et de fatigue. Il trouva un type qu'il connaissait de la patrouille de l'aube et l'envoya lui acheter un pack de six Old English 8OO, le truc le plus destroy auquel il pouvait penser. Il passa le reste de l'après-midi à boire dans sa chambre. Il attendait. Il regarda le soleil descendre derrière les buildings qui l'empêchaient de voir la mer. Il attendait le bruit de ses pas dans le couloir, mais rien ne vint. Elle aurait dû être revenue de son travail, maintenant. Peut-être qu'elle n'y était pas allée. Peut-être qu'elle était toujours avec Hound Adams, chez lui. Peut-être qu'ils tournaient un film en ce moment même.

Une envie irrésistible d'aller là-bas et de la trouver l'empoigna. Toutes sortes de cruautés et d'actes pervers prirent forme dans son esprit. Et pourtant, pouvait-il la blâmer ? Comment pouvait-il se permettre de la juger, alors que c'était lui qui avait tout détruit ? Les soirées, les films. Il s'était persuadé lui-même qu'il y avait une raison à tout cela. Était-ce vrai ? Ou bien était-ce son propre égoïsme ? Il aurait dû emmener Michelle aussi loin que possible de Hound Adams, il aurait dû abandonner cette charade qu'était la recherche de sa sœur et qui était devenue un masque dissimulant sa propre luxure. Merde, il était resté parce qu'il aimait ça. Les filles, les films, tout ça c'était une espèce d'ego trip assez dingue, et maintenant il payait le prix. Pourquoi fallait-il absolument qu'il gâche tout ? Qu'est-ce qui n'allait pas chez lui ? Tout n'avait été que mensonge, tout son séjour ici. Il s'en rendait compte, maintenant. Il s'était tout simplement enfui. Il avait supporté aussi longtemps qu'il le pouvait le regard haineux de la vieille femme et le silence du désert, et puis il s'était enfui. La disparition de sa sœur et l'histoire du garçon lui avaient donné le coup de pied au cul nécessaire, une raison de faire ce que n'importe qui avec des couilles aurait fait depuis longtemps. Il était tordu, ça ne pouvait être que ça. C'était le sang de sa mère. Ici, il avait trouvé un truc bien et un truc moche, et il avait choisi le moche. Peut-être que la vieille femme avait dit vrai, après tout. Peut-être que c'était lui qui avait tort au ranch – tout ce baratin à propos de responsabilité et de culpabilité. Merde. Il était parti parce qu'il ne pouvait pas vivre sans Ellen, la responsabilité et la culpabilité n'avaient rien à voir là-dedans. Peut-être que la vieille avait raison à propos d'eux tous, que sa mère était une putain, que sa sœur ne valait guère mieux et que lui n'était qu'un pauvre dégénéré – tout au bout de la mauvaise lignée. Il était venu à Huntington Beach et il avait trouvé un moyen de se défoncer, de baiser et de faire du fric sans travailler. Et il aurait laissé tomber tout ça ? Bien sûr qu'il voulait vivre cette vie-là ; et il voulait Michelle en plus. Et maintenant, il geignait et pleurnichait parce que tout allait de travers. Dieu. Il chialait exactement comme le petit merdeux qu'au fond de lui-même il savait être.

Il pensa à tout cela tout en expédiant sa dernière bouteille de liqueur de malt, renversant de temps à autre une chaise et donnant des coups de pied dans les murs tandis que l'image du doux cul de Michelle dans le lit de Hound Adams se propageait comme un cancer dans son système jusqu'à ce que la chambre devienne trop petite pour lui. Il fonçait vers la porte lorsqu'il vit la maudite planche appuyée contre le mur et fut tout surpris de ne pas lui avoir prêté attention avant. La maudite planche avec ses bords incurvés et ses dessins flashy. Ça le rendait malade de la regarder, et il rit quand il se rappela les bonnes raisons qu'il s'était trouvées pour aller voir Hound Adams. Merde. Ça avait été un mensonge, comme tout le reste. Il voulait la planche, et il avait trouvé un moyen de l'avoir.

Il l'arracha du mur et fonça hors de la chambre, cognant la planche contre le montant de la porte et puis enfonçant son nez pointu dans le mur du couloir avec assez de violence pour créer une petite explosion de plâtre. Il ne savait pas si la planche avait grandi ou si le couloir avait rétréci, mais il ne pouvait faire un pas sans rentrer dans quelque chose, et lorsqu'il atteignit l'obscurité qui l'attendait au pied de l'escalier les gens réclamaient le silence en hurlant et le maudissaient. Il s'arrêta le temps de leur renvoyer leurs insultes et de faire des doigts à tout le putain d'immeuble et puis il partit avec sa planche sous le bras, titubant à travers les rues de la ville en direction de la maison de Hound Adams.

30

Des visions grotesques lui traversèrent l'esprit tandis qu'il marchait, d'indicibles perversions auxquelles il devait mettre fin. Il n'était pas en état de penser aux conséquences. Il ne prit pas la peine de frapper, il laissa tomber la planche sur le seuil et poussa violemment la porte.

Le salon était sombre, mais une lumière venait d'une des pièces du fond. Ce fut là qu'il les trouva. Son esprit avait imaginé tant de scènes folles pendant qu'il venait que la réalité mit du temps à le pénétrer. Il s'immobilisa dans l'entrée pour les regarder, et il n'y avait pas de bruit plus fort que celui du sang battant à ses oreilles.

C'était très simple, en réalité. Michelle était assise sur le plancher, près de Hound Adams. Un des frères Jacobs était assis sur le divan. Tout le monde était habillé. La pièce sentait l'herbe et l'encens. Tout le monde le regardait, les visages flottaient devant lui dans un brouillard liquide. Il fit quelques pas hésitants en avant, essayant de retrouver la détermination qui l'avait soutenu jusque-là.

— Entre, dit Hound. Assieds-toi.

Ike regarda Hound un moment, puis Michelle. Il ne voulait pas s'asseoir.

— Je veux te parler, dit-il à Michelle.

Sa gorge était si serrée qu'il avait du mal à en faire sortir les mots.

Michelle semblait flotter quelque part devant lui dans la brume épaisse qui remplissait la pièce. Son visage était vide. Il n'aurait su dire si elle était furieuse ou embarrassée.

— Qu'est-ce que tu veux?

— Il faut qu'on parle.

— On peut parler ici.

Elle regarda Hound, puis de nouveau Ike. Il aurait voulu aller vers elle et la mettre de force sur ses pieds. Il avait l'impression que la situation lui échappait, qu'il se noyait dans l'épaisse fumée.

— Bordel de merde. (Il se rendait compte qu'il parlait beaucoup plus fort, maintenant.) Je suis venu pour te parler. Tu vas lever ton putain de cul ou quoi?

Elle ne leva pas son cul. Elle resta assise là, flottante, avec cette expression un peu étonnée sur son visage. C'était une expression horrible et qui méritait qu'on l'efface à coups de pied. Il alla vers elle sans savoir ce qu'il ferait quand il arriverait, sachant seulement que ce serait quelque chose qu'elle méritait. Mais il ne l'atteignit jamais. Hound Adams se leva rapidement et s'interposa entre eux. Il posa sur l'épaule de Ike une main que celui-ci chassa violemment. Il était sûr que Hound allait le tuer, mais la liqueur de malt avait lavé presque toute sa peur et il était décidé à aller jusqu'au bout. Mais Hound se contenta de faire un pas en arrière, ses mains posées sur ses hanches.

— La jalousie est un trip salement négatif, mec. Essaie d'y penser.

Sa voix était calme. Ike ne bougea pas. Il regardait Hound Adams et ne l'avait jamais tant haï qu'en cet instant.

— C'est quoi, l'idée? demanda Hound. Tu veux faire une connerie? Tu veux que ça saigne? On peut t'arranger ça.

Il fit brusquement demi-tour et alla à la commode près du divan, laissant Ike planté là comme s'il était cloué au sol et regardant Michelle qui avait tourné son visage vers le mur. Puis Hound revint et fourra quelque chose dans la main de Ike. C'était un revolver. Le métal était froid contre sa peau, il regarda stupidement l'arme. Elle paraissait pendre au bout de son bras comme si elle y était attachée d'une manière quelconque, comme s'il ne la tenait pas vraiment. Hound la lui reprit et la pointa contre le mur. Le coup partit avec un bruit assourdissant. Une odeur nouvelle envahit la pièce, les oreilles de Ike résonnaient. Houd lui remit le revolver dans la main.

— Tu as les balles, dit-il, et tu as le flingue.

Ike avait l'impression d'avoir de la fièvre, que rien dans la pièce n'était réel.

— Tu crois que je suis à toi, dit soudain Michelle, rompant le silence qui avait envahi la chambre. (Elle le regardait maintenant, son visage déformé par la colère.) Vous les mecs, vous êtes tellement abrutis que vous croyez qu'on est à vous, qu'on peut vous appartenir pendant que vous faites tout ce que vous voulez. Je suis au courant pour tes petites soirées. Alors va faire un tour, parce que je t'appartiens pas. J'appartiens à personne. Pourquoi tu retournes pas dans ta cambrousse?

— Pauvre conne.

Il ne pouvait empêcher sa voix de trembler. C'était comme si les mots de Michelle avaient touché juste, et il aurait voulu l'étrangler pour ça. Il la traita de sale pute et elle se leva pour lui renvoyer ses injures. Il ne savait plus ce qu'ils disaient. S'ils avaient été seuls dans la pièce, il l'aurait frappée. Ils auraient roulé sur le plancher et se seraient griffé les yeux. Au moins, la présence de Hound leur épargnait cela. L'estomac de Ike n'était plus qu'un nœud de douleur. Le plancher tanguait sous ses pieds. Il balança le revolver sur le divan et tituba à travers la maison, passa le porche de bois et s'enfonça dans la nuit.

Il n'y avait pas de soulagement en vue et pas d'endroit où aller. Il piétina des pelouses, shoota dans des pots de fleurs, injuria des roquets glapissants. Il zigzagua dans des ruelles, renversant les poubelles sur son passage. Des gens lui crièrent dessus, des voix désincarnées qui le poursuivaient dans l'obscurité. Il leur répondait, et sa voix enrouée allait se perdre parmi les bâtiments délabrés.

Il finit par atterrir devant la vitrine du tatoueur de Main Street, et une brillante idée lui traversa l'esprit. Il comprit soudain pourquoi certains types étaient couverts de tatouages. C'était parce qu'ils étaient des ratés et qu'ils le savaient. Il comprenait soudain pourquoi les mecs en prison pouvaient s'asseoir et se trouer la peau eux-mêmes. Ils savaient qu'ils étaient des trous du cul et se punissaient pour ça. C'était parfaitement logique. Il aurait pu se faire ça tout seul avec un peu d'encre et un canif, mais il se dit qu'il n'aurait probablement pas le courage d'aller au bout et qu'il serait désastreux d'essayer pour échouer. Non, il se le ferait faire dans la boutique. Il s'assiérait dans le fauteuil, et il n'y aurait plus que le bourdonnement de l'aiguille. Il avait vu comment ça marchait. On choisissait le tatouage qu'on voulait et on payait le type. Il fouilla ses poches pour voir combien d'argent il avait. Ce serait bien de s'en faire faire un très grand et très con – le plus grand possible et le plus con possible. Membre du club des ratés pour la vie, et pas moyen de le cacher.

La boutique était chaude et mal aérée, remplie d'une odeur étrange qui rappelait celle des médicaments, comme s'il était entré dans le cabinet d'un médecin de troisième ordre. Il alla vers le mur et examina les modèles. Il se décida pour une paire d'ailes Harley Davidson. Au milieu, à la place du petit écusson et du mot *Motorcycles*, il y avait un crâne et des tibias croisés, et sous les tibias l'inscription *Harley-Fuckin'-Davidson*. Il y en avait un autre qui était encore mieux, avec les mêmes ailes, le même crâne et les mêmes tibias, mais au-dessus du crâne il y avait une femme nue aux jambes si écartées qu'on pouvait voir sa grosse chatte poilue. Mais le prix de celui-là était exorbitant. Il demanda s'il pouvait payer une partie tout de suite et le reste plus tard.

— Pas question, répondit le type.

Il était vieux, avec un crâne chauve et des bras couverts de tatouages. Il mâchonna son cigare pendant que Ike faisait son choix, puis il l'assit et se mit au travail.

Ike se le fit faire sur l'épaule. Il se disait que comme ça il pourrait le dissimuler sous son T-shirt et puis l'exhiber d'un seul coup devant les gens, juste au moment où ils se diraient qu'il était un gars bien. Ce serait un peu comme d'avoir une identité secrète. Le vieux type passa un rasoir sur son épaule puis la nettoya à l'alcool. Il transféra l'image avec une espèce de pochoir. Ike avait chaud et sa tête tournait. Il regarda la rue à travers la vitrine sale. Deux nanas au look incroyable l'observaient, debout sur le trottoir. Elles étaient coiffées un peu comme Jill. L'une était très blonde et l'autre avait les cheveux d'une étrange sorte de rouge, presque pourpre. La nuit, la liqueur de malt, les chaudes lumières jaunes et les punkettes de l'autre côté de la vitre. C'était comme un rêve. Et le vieux y allait maintenant, avec son aiguille. Il la tenait dans une main, et de l'autre il épongeait le sang.

Cela commença par une sensation de chaleur et de picotement dans l'épaule, sensation qui s'amplifia au point que la transpiration jaillit du front de Ike et ruissela dans son dos. Il eut la nausée et crut un instant qu'il allait vomir. Il demanda au type s'il pouvait faire une pause, mais l'autre ne dut pas l'entendre car il continua. Ike ferma les yeux en se demandant s'il devait parler plus fort, mais il finit par rester là à grimacer jusqu'à ce que le vieux le fasse tourner comme dans un fauteuil de coiffeur afin qu'il puisse voir son tatouage dans le petit miroir accroché au-dessus du lavabo. Le type essuya rapidement le tatouage, le temps que Ike le voie, puis il le recouvrit avec de la gaze qu'il colla sur l'épaule de Ike.

Ike avait voulu un grand tatouage, mais il fut un peu surpris de constater combien était grand celui qu'on venait de lui faire et qui recouvrait toute sa putain d'épaule. Ça avait l'air plus petit que ça, sur le mur. Sa surprise se transforma pourtant en une espèce de satisfaction lugubre. Il l'avait fait. Il faisait partie du club des ratés.

Il faillit s'évanouir en descendant du fauteuil. Le vieux lui donna la main.

— Ça va, petit gars ?

Ike dit que ça allait, qu'il n'avait besoin que d'un peu d'air.

Sur le trottoir, il se sentit mieux. La brise venait de l'océan, chargée d'une odeur de sel. Les filles étaient toujours là, à un demi-bloc de distance et accompagnées maintenant par deux types. Ils se tenaient dans l'ombre d'une boutique. Il entendit une des filles dire "C'est lui". Quelqu'un d'autre cria :

— Hé, mec, montre-nous ton tatouage.

Il leur dit d'aller se faire foutre, et ils marchèrent sur lui. Il tourna les talons et s'enfuit dans une ruelle. Ses jambes étaient en caoutchouc et sa poitrine en feu, mais il s'en foutait. Il voulait les attirer dans la ruelle et puis leur tomber dessus pour leur écraser la gueule à coups de couvercle de poubelle. Il riait presque tout en courant, ricanant et cherchant de l'air alternativement. Mais ils ne le suivirent pas bien longtemps. Il se tourna vers eux pour les insulter, mais ils repartirent par où ils étaient venus. Ils devaient croire qu'il était dingue ou qu'il avait un flingue ou quelque chose comme ça. Il se souvint de ce que Gordon lui avait dit une fois, que si on arrive à faire croire aux gens qu'on est fou, vraiment fou, ils ne vous emmerderont jamais. Ça avait l'air de marcher, en tout cas de temps à autre.

Il pissa dans la ruelle et déboucha sur Main. Son ivresse se dissipait et son épaule lui faisait mal, mais il n'avait pas l'intention de rentrer. La nuit devenait fraîche et la transpiration séchait sur son visage. Il finit par échouer devant le duplex de Preston, de l'autre côté de la rue. Il y avait de la lumière cette fois, mais il n'alla pas à la porte. Il s'assit en tailleur dans l'herbe humide qui bordait le trottoir et observa. Il ne savait pas très bien pourquoi il était là ni pourquoi il était incapable d'aller sonner à la porte. Peut-être que le fait d'être venu ici avait un rapport avec son tatouage. En tout cas, quelles que soient les raisons, il ne voulait pas partir. C'était comme si quelque chose le forçait à rester là. Et il resta jusqu'à ce que les lumières s'éteignent derrière les rideaux et que seule brille, oubliée, celle du porche, attirant les papillons de nuit qui voltigeaient stupidement dans sa chaleur – mais même alors il ne partit pas.

31

Il avait dû s'évanouir sur l'herbe, parce que quand il ouvrit les yeux le soleil était chaud sur son visage et il était toujours au même endroit. Des voitures circulaient dans la rue et des oiseaux chantaient dans les palmes au-dessus de sa tête. Il s'assit lentement et regarda autour de lui. Il était sidéré d'avoir dormi là, comme un ivrogne au bord du trottoir, et d'être encore vivant, d'avoir échappé aux gangs de punks, aux artistes du viol et à Dieu sait laquelle de cette racaille qui rampe hors de l'ombre pour rôder dans les rues de Surf City quand le soleil s'enfonce dans la mer. Il ressentit une violente douleur à l'épaule et aperçut un bout de gaze qui dépassait de sa manche, fixé par du sparadrap. Cela lui prit un moment pour se remémorer les événements de la nuit, et lorsqu'il songea à ce qui se cachait sous la gaze, il eut la nausée. Et puis cela passa et il se dit que c'était ce qu'il avait voulu, que tout cela n'était que justice après tout.

Il était en train de péniblement se remettre sur ses pieds quand il vit Barbara qui descendait vers la rue. L'espace d'un instant il chercha un endroit où se cacher, mais il n'y en avait pas et de toute façon il était trop tard : elle traversait la rue et s'avançait vers lui.

— Mon Dieu.

Ce fut la première chose qu'elle dit quand elle le vit, et puis elle porta sa main à sa tête.

— Ike, tu as une mine épouvantable.

— Je vais bien.

— Je savais même pas que tu étais encore en ville. Tu as vraiment une sale gueule.

— Je vais bien, sans blague, dit Ike en oscillant légèrement. Je suis passé une fois ou deux, mais tu étais pas là.

Maintenant qu'il la voyait mieux, il réalisait qu'elle n'avait pas l'air d'aller tellement bien elle-même. Elle était plus pâle et plus mince que dans son souvenir, et elle était déjà très mince avant.

— J'étais chez mes parents. Je me suis réinstallée chez eux, mais je cherche un endroit à moi. Je suis juste revenue ici pour donner un coup de main. Mon Dieu, Ike, qu'est-ce que tu as au bras ?

Il regarda le pansement comme s'il le voyait pour la première fois.

— Je suis tombé.

Elle se pencha un peu.

— Tu mens. J'en ai vu assez, de ces trucs-là. Tu t'es fait tatouer.

Elle se redressa et secoua la tête. Il eut le sentiment qu'il devait se justifier, mais il ne le fit pas. Cela aurait pris trop de temps pour tout expliquer. Alors il resta là, regardant d'un air penaud l'herbe à ses pieds.

— Écoute, dit-elle. Je vais pas rester bien longtemps et j'espérais justement qu'on pourrait parler. Pourquoi tu viendrais pas avec moi ? Je vais à la pharmacie, je t'offre le petit déjeuner avant.

Ils échouèrent à la cafétéria du dépôt, l'endroit le plus merdique de la ville, mais situé en face de la pharmacie. Ike se sentait étourdi et lessivé. Il lui était difficile de se concentrer sur le présent, car il ne cessait de déterrer des détails oubliés de sa nuit, et en plus son épaule lui faisait mal. Il commanda un café et attendit que Barbara parle.

— Je t'ai appelé une fois ou deux au Sea View, dit-elle, mais j'ai pas pu te joindre. J'espérais que tu avais quitté la ville, pour te dire la vérité.

— Pourquoi ça ?

— Preston m'a dit pourquoi tu es ici.

Ike fixait le formica éraflé. Barbara posa ses mains sur le comptoir et étudia ses doigts. Comme Ike ne disait rien, elle poursuivit.

— Ça lui ressemble pas vraiment de parler de choses comme ça. Mais il a raconté pas mal de trucs quand il était à l'hôpital, surtout après son opération. Il était bourré de drogues.

Une serveuse s'approcha, versa du café et prit leur commande. Ike referma ses doigts autour de sa tasse.

— Qu'est-ce qu'il t'a dit d'autre ?

— Des tas de choses. Des trucs dingues. Ça avait pas toujours de sens. (Elle fit une pause.) Il a parlé de Janet

231

Adams, reprit-elle lentement. Il l'appelait. Et par moments, je suis sûre qu'il croyait lui parler à elle, qu'il croyait que j'étais elle. Ça m'a fait repenser à ce dont on avait parlé toi et moi. Alors je suis allée à la bibliothèque municipale. Ils ont tous les vieux journaux sur microfilms là-bas, et je voulais savoir ce qu'ils disaient sur Janet Adams. Tout ce que j'en savais, c'était ce que j'avais entendu et, comme je te l'ai dit, c'était il y a longtemps.

Ike but une gorgée de café et se brûla la bouche. La serveuse revint avec les petits déjeuners. Des assiettes heurtèrent le comptoir. L'odeur grasse des œufs frits les frappa en pleine figure.

— J'ai trouvé les articles, un dans le journal local et un dans le *LA Times*. Il y avait un certain nombre de choses que je savais pas, ou dont je me souvenais pas. Tu m'as demandé pour Milo Trax. Eh bien, l'article du *Times* parle surtout de lui. Il possède le Trax Ranch. Apparemment, son père était un des premiers nababs de Hollywood. C'est lui qui a acheté le terrain sur lequel est construite la maison. Son fils Milo en a hérité. C'est une espèce de play-boy, j'ai l'impression, et pendant un moment il a fait des films sur le surf. En tout cas, c'est ce qu'il faisait quand Janet est morte. Milo avait emmené Preston, Hound et Janet au Mexique, sur son yacht. Mais les hommes sont revenus seuls, sans Janet. On a d'abord dit qu'elle s'était noyée. Et puis des pêcheurs mexicains ont retrouvé son corps, et c'est là qu'on a découvert qu'il y avait une histoire de drogue. Et on a aussi découvert qu'elle était enceinte.

Ike n'avait pas touché à sa nourriture. Il fixait toujours le formica rose. Le soleil entrait par la vitrine derrière eux et lui cognait sur la nuque, des mouches bourdonnaient contre la vitre. Barbara reposa sa fourchette. Elle sortit des cigarettes de son sac.

— Je viens de m'y mettre, dit-elle. C'est bête, hein ?

Ike haussa les épaules. La seule chose à laquelle il était

capable de penser, c'était la ressemblance entre les deux histoires : deux voyages au Mexique. Deux filles qui n'étaient pas revenues. Il ferma les yeux et revit la photo fanée dans le magasin de surf, Janet Adams lui souriant sur fond de ciel trop pâle. À l'évidence, cette ressemblance n'avait pas échappé à Preston. Était-ce pour cela qu'il n'en avait jamais dit plus, parce qu'admettre qu'il soupçonnait ce qui était arrivé à Ellen reviendrait à avouer qu'il était impliqué dans la mort de Janet Adams ? À une vitesse effrayante, de nouvelles questions se frayaient un chemin dans son crâne douloureux.

— Je sais pas si tout ça a un rapport avec ce qui a pu arriver à ta sœur, dit Barbara. Mais je me suis dit que c'était peut-être pour ça que tu t'intéressais tant à Hound et à Preston. Preston m'a dit que ta sœur avait fréquenté Hound, ou en tout cas que tu le croyais. Et que tu essayais de découvrir quelque chose.

— C'est tout ce qu'il a dit ?

— En gros, oui. C'était une conversation à sens unique. Je sais qu'il pense que c'est une mauvaise idée, que tu finiras par te fourrer dans quelque chose dont tu pourrais avoir du mal à te sortir.

— Ça veut dire quoi, ça ?

Mais il savait très bien ce que cela voulait dire.

Barbara secoua la tête.

— Je sais pas. Mais j'ai l'impression qu'il a probablement raison. J'ai peur pour toi, Ike. On fréquente pas des gens comme Hound Adams sans y laisser des plumes.

Il ne l'écoutait même plus. Une nouvelle et horrible pensée s'insinuait lentement dans sa conscience. Et s'il y avait eu d'autres voyages au Mexique, d'autres filles qui n'étaient jamais revenues ? Et Michelle ? Il avait entendu Hound en parler, il avait entendu Michelle dire qu'elle voulait y aller. Dieu, elle irait sans hésiter. Il en était sûr. Une autre idée le frappa : les filles, les fêtes, les films. Était-ce cela que Hound recherchait ? Une certaine fille, la fille qu'il lui fallait pour quelque chose de terrible? Le sang battait à ses tempes, et lorsqu'il repensa à sa stupide tentative pour parler à Michelle chez Hound, il eut envie de vomir sur le comptoir. Il se dit aussi que c'était lui le responsable, qu'avec sa paranoïa et sa conduite erratique il avait mené Michelle tout droit chez Hound. Mais il était au moins sûr d'une chose : il ne resterait pas à Huntington Beach pour regarder Michelle partir avec Hound Adams. Il n'attendrait pas que Hound Adams revienne tout seul. Les choses ne se passeraient pas comme ça, cette fois. Il trouverait un moyen de l'en empêcher. Il trouverait un moyen, et ça marcherait. Brusquement, c'était tout ce qui importait.

Il se rappelait à peine ce que Barbara lui avait dit sur le chemin du retour. Il ne pensait qu'à Michelle, et il voulait parler de nouveau à Preston aussi, peu importe les conséquences.

Ils arrivèrent au duplex par l'arrière, cette fois, et s'arrêtèrent près d'une petite haie qui séparait la cour de la ruelle. Barbara posa sa main sur le portail.

— Il faut que j'entre, dit Ike. Il faut que je lui parle.

Elle avait sorti ses lunettes noires de son sac et les mettait devant ses yeux.

— Pas maintenant, dit-elle. Je suis sûre qu'il dort. Il venait de prendre ses médicaments quand je suis sortie. Ça le met KO pendant un moment. Et puis il se réveille et se met à boire.

Il lui dit qu'il avait vu Preston devant le magasin.

— Ça arrive tout le temps, dit-elle. (Elle se détourna un instant puis le regarda de nouveau.) Je le quitte pour de bon, Ike. J'ai posé ma candidature dans quelques écoles. Mon père m'aidera. Je m'en vais.

Il ne sut quoi dire. Il attendit.

— Tu trouves ça moche, de m'en aller alors qu'il a besoin de moi? C'est ça que tu penses?

— Je sais pas.

— J'en peux plus. C'est comme si ce que je t'avais dit cette nuit-là dans ta chambre s'était réalisé. Je peux plus rester là à regarder ma vie partir à l'égout. Il est en train de se tuer, Ike. C'est qu'une question de temps. Je peux plus regarder ça.

Ike sentait le soleil sur ses épaules. Il se sentait très fatigué et insensible à ce que lui disait Barbara. Après tout, c'était le putain de karma de Preston, pas vrai? Qu'il aille se faire foutre. Tout ce que Ike voulait, c'était lui parler encore une fois. Qu'il vive encore assez longtemps pour ça, au moins.

— Je passerai ce soir, dit-il.

— Pas ce soir. Ses parents arrivent en fin d'après-midi. Et moi, je fais mes valises. Ils m'emmèneront en ville. Ça va être un spectacle.

— Je viendrai tard.

Elle haussa les épaules.

— Comme tu veux. Je sais pas à quoi tu dois t'attendre. Il est mauvais, Ike.

Elle laissa tomber sa cigarette et l'écrasa. Puis elle fouilla dans son sac et en sortit un stylo et une pochette d'allumettes. Elle griffonna un numéro à l'intérieur de la pochette.

— Appelle-moi s'il arrive quelque chose. Si tu es toujours dans le coin. Salut, Ike.

Elle posa sa main sur le bras de Ike puis tourna les talons et remonta l'allée sans se retourner.

Ike resta là un moment à la regarder. Il se sentait irritable et il eut des vertiges tandis qu'il marchait vers le Sea View. Par moments, il avait l'impression de disparaître dans les vagues de chaleur qui montaient du trottoir.

Il grimpa l'escalier, conscient que son épaule avait recommencé à le lancer, et alla dans la salle de bains pour retirer la gaze qui recouvrait son toujours sanglant acte de folie. Il sentit la brise fraîche sur sa peau brûlante. Il se demanda ce qui lui était arrivé. Il se demanda qui il était, et il eut peur de ne pas reconnaître la figure de dingue et le corps tatoué qui s'encadraient dans le miroir décoloré au-dessus du lavabo.

32

— La connasse m'a plaqué.
C'est par ces mots que Preston l'accueillit. Ike était entré par une cuisine en désordre où une ampoule nue fournissait de la lumière à tout l'appartement. Il était passé entre des dizaines de sacs d'ordures avant de pénétrer dans un sombre living où Preston se tenait assis, enfoncé dans un divan épuisé entouré par un océan de boîtes de bière vides. L'odeur des médicaments se mêlait à celle des ordures, de la transpiration et de la bière. Ike avait attendu longtemps avant de venir. Il était crevé et avait utilisé ce qu'il lui restait de coke pour ne pas s'endormir. Maintenant il se sentait énervé, sur le fil du rasoir.

Plusieurs semaines auparavant, quand Preston était à l'hôpital, Ike avait travaillé sur une idée assez dingue – un moyen de transformer la Knuckle afin que quelqu'un privé de ses doigts puisse la piloter. Il avait failli venir sans ses plans, mais avait changé d'avis au dernier moment. Peut-être était-ce par manque de courage, les plans lui fournissant une excuse pour sa visite, un tampon entre lui et Preston. Et maintenant, debout dans l'entrée de la pièce obscure et en désordre, il était heureux de les avoir apportés. Il fit quelques pas en avant et posa ses dessins sur une chaise, près de la porte d'entrée.

— Ça t'ennuie si j'allume ? demanda-t-il. Je veux te montrer quelque chose.

— Comme tu veux, dit Preston. Allume toutes les

putains de lampes de la maison, si ça peut te rendre heureux. Mais apporte-moi une bière, pendant que tu y es.

Ike alla chercher la bière, Il revint dans le living tout en allumant les lumières sur son passage. Preston n'avait pas bonne allure. Son visage avait toujours cette teinte sombre que Ike avait remarquée au magasin. Et les yeux bleu pâle paraissaient s'être retirés, s'être enfoncés dans le visage jusqu'à n'être plus que de lointains éclats de glace. On voyait les traces rouges des points de suture sur l'arête du nez de Preston et une mince cicatrice lui traversait le front, juste au-dessous de ses cheveux. Il dut utiliser ses deux mains pour saisir la bière, des mains qu'il leva et poussa presque contre le visage de Ike. Ike regarda les moignons couturés et devina plus qu'il ne le vit le rictus de Preston.

— Joli, hein? Bof, on s'en branle. C'est rien. On récolte ce qu'on a semé, ou une connerie comme ça. C'est ce que mon vieux dirait. Tu sais que ce connard est venu? Tu sais ça?

Ike ne répondit pas. Son désir d'interroger Preston et la force nerveuse qui l'avaient amené là commençaient à se dissiper rapidement dans l'atmosphère pesante, et il se souvint de ce qu'il avait pensé la nuit précédente quand les punks l'avaient poursuivi dans la ruelle et qu'il leur avait fait peur, cette histoire à propos des gens qui ne veulent pas déconner avec les dingues. Il était de l'autre côté de la barrière maintenant, car il ne doutait pas que Preston avait franchi la limite et qu'il était aussi cinglé qu'on peut l'être.

— Ouais, il était là le vertueux bâtard.

Preston porta la boîte de bière à sa bouche et Ike remarqua la Bible ouverte et posée à l'envers sur la table basse, parmi les détritus.

— Mais au moins, il m'a appris quelque chose, poursuivit Preston, sa tête penchée de côté et la glace bleue de ses yeux brûlant au fond des puits profonds de ses orbites. Qu'est-ce qu'on fait quand un truc est pourri?

Ike le regarda, incapable d'imaginer le genre de réponse qu'attendait Preston.

— Allez, qu'est-ce qu'on fait quand un truc est mauvais ? C'est là-dedans.

Il essaya de prendre le livre, mais celui-ci lui échappa et tomba par terre. Ike voulut le ramasser, mais Preston l'écarta.

— On s'en fout. Je sais ce que ça dit. "La lumière communie-t-elle avec les ténèbres ?" (Il éleva son pauvre moignon vers la lumière.) Tranche-le, le salopard. Arrache ses putains de racines. Tu piges ? Si c'est pourri, faut s'en débarrasser.

Il se renversa en arrière dans le divan et parut attendre une réponse. Ike s'était assis sur la chaise près de la porte et tripotait les dessins posés sur ses genoux. Il savait que cela n'avait plus aucun sens de les montrer à Preston. Mais puisqu'il était là et qu'il les avait apportés et qu'il devait dire quelque chose...

— Je voudrais que tu regardes ça, dit-il.

Preston le regarda d'un air hébété, comme s'ils parlaient des langues différentes. Ike traversa la pièce et s'agenouilla près de la table basse. Il repoussa les détritus pour étaler ses dessins.

— Tu peux encore faire de la moto, dit-il, et au moment même où les mots sortaient de sa bouche il réalisa combien ils étaient dérisoires. Dans l'état où il était, Preston aurait eu du mal à traverser la pièce, alors faire le tour de la ville à moto... Mais il avait commencé, et il poursuivit :

— J'ai trouvé un moyen de changer les prises, dit-il. (Il essayait de mettre un peu d'enthousiasme dans sa voix, mais sa gorge et sa bouche étaient plus sèches que du coton.) Avec un levier suicide, tu peux passer les vitesses avec la paume. Tout ce que tu as à faire, en haut, c'est ouvrir et fermer les gaz.

Il leva les yeux pour voir comment Preston réagissait. Preston ne regardait même pas les dessins. Il était affalé sur le divan, les yeux fermés, sa bière posée sur sa cuisse. Lorsque Ike se tut, Preston ouvrit un œil et laissa couler un regard le long de son nez et des marques rouges.

— Sale petite merde.

Ike cilla.

— Sale petit connard, tu crois que ça sert à quelque chose, maintenant ? Tu crois que t'as pensé à tout, hein ? Merde. Tu sais rien de rien. Travailler pour Hound Adams. Tu crois que je suis pas au courant ? Qu'est-ce que tu fais pour lui, hein ? Tu fais le mac, ou bien tu le laisses t'enculer ?

Ike se dressa. Il avait le vertige et quelque chose hurlait dans ses oreilles.

— Tu sais rien de rien, répéta Preston en le regardant.

Le hurlement continuait, pareil à celui d'une bouilloire sur le feu. Ike se pencha pour ramasser ses dessins puis les lança à Preston. Ils flottèrent dans l'air tout autour de lui.

— Si je sais rien, c'est parce que tu m'as jamais rien dit.

L'espace d'un instant, le rictus disparut du visage de Preston. Il cligna des yeux et regarda durement Ike.

— Ça veut dire quoi, ça ?

— Rien de plus. Tu m'as jamais rien dit. Tu m'as jamais dit que tu connaissais Hound Adams, que c'était ton putain d'associé. Tu m'as jamais dit qu'il y avait eu un autre voyage au Mexique, une autre fille qui était jamais revenue. Tu m'as jamais parlé de Janet Adams ou de Milo Trax, tu m'as jamais dit pourquoi on est allé au ranch.

Le visage de Preston s'assombrissait à mesure que Ike parlait. Soudain, il essaya maladroitement de se lever, heurta la table avec ses genoux et puis se rassit. Il n'avait réussi qu'à faire tomber sa bière sur le sol où elle se mit à mousser sur le tapis.

— Petit salopard, croassa-t-il. Espèce de sale petit fils de pute de trou du cul.

Ike n'avait pas l'intention de rester pour entendre ça. Il voulait partir, loin de la puanteur et du hurlement dans sa tête. Il se pencha en avant et montra son majeur à Preston. Merde, Preston ne pouvait même pas se lever de son putain de divan, et Ike se demandait de quoi il avait bien pu avoir peur.

— Va te faire enculer, dit-il, et il se dirigea vers la porte.

Le hurlement était de plus en plus fort maintenant, mais il pouvait quand même entendre Preston se débattre pour s'extraire du divan. Il entendit la table basse heurter le sol et tout le bordel qui était dessus dégringoler, il entendit Preston se débattre pour s'en dépêtrer en lâchant des jurons. Ike se mit à courir vers la porte de la cuisine tandis que les bottes de Preston s'enfonçaient dans le linoléum derrière lui.

Ike atteignit la porte le premier, mais Preston n'arriva qu'une fraction de seconde après lui et referma d'un coup de poing la porte que Ike était en train d'ouvrir. Ike vit un moignon s'écraser sur le bois avec assez de force pour laisser une trace sanglante sur la peinture jaune. Preston maintenait la porte fermée et bloquait la fuite de Ike avec son bras. Il força Ike à se retourner et celui-ci plongea son regard dans les yeux fous de Preston. Le hurlement avait cessé dans sa tête, il n'y avait plus que le bruit de leurs deux respirations dans le silence.

— Petit merdeux, dit Preston d'une voix haletante tout en s'appuyant contre la porte. (Et Ike eut l'impression qu'un peu de cette lueur de folie désertait ses yeux, comme si la course vers la porte l'avait vaguement dessoûlé.) Je t'ai dit que tu savais que dalle, et c'est vrai. Hound Adams. Milo Trax. Ça veut dire quoi, toute cette merde ? Tu crois que tu es sur une piste, hein ? (Il s'interrompit pour reprendre son souffle et s'épongea le front avec la manche de sa chemise.) Tu veux savoir pour Janet Adams ? Je vais te dire. Elle s'est suicidée. Elle a découvert qu'elle était enceinte. Elle a pris trop de drogue et elle est tombée de ce maudit bateau. Elle a pris sa propre putain de vie. (Il secoua sa lourde tête d'un côté et de l'autre.) Et ça t'aide en quoi, pour ta sœur ? Ça te dit quoi sur quoi ? J'ai essayé de t'expliquer au ranch, mec. Tu trouveras rien par ici. (Il montra la pièce de son bras libre, mais son geste englobait manifestement toute la ville.) Ta sœur est pas ici. Mais toi, tu as fait quoi ? Tu es resté, tu as fait la pute pour Hound Adams. Et où ça t'a mené ?

Preston s'interrompit pour respirer, et brusquement il eut plus l'air d'un homme brisé que d'un fou. Sa question resta sans réponse. Il s'écarta de la porte. Son bras tatoué retomba. Il tituba jusqu'au frigo et prit une nouvelle bière.

— T'es en train de tout foutre en l'air, ducon. T'aurais dû partir quand c'était possible. Maintenant, tu peux disparaître de ma vue.

Ike posa sa main sur le bouton de la porte mais ne sortit pas. Il avait l'impression qu'il s'était encore trompé, que quelque chose lui échappait.

— Hé. J'ai dit casse-toi. Tu ferais mieux de te remuer pendant que tu peux encore.

Ike franchit la porte et descendit l'allée jusqu'à la ruelle.

33

Le sommeil ne vint pas facilement. Il n'arrêtait pas de penser à ce que Preston avait dit, qu'il était en train de tout foutre en l'air. Peut-être bien qu'il faisait cela depuis longtemps, pas seulement ici mais avant, depuis cette nuit dans les plaines de sel où Ellen avait eu besoin de lui et où il avait laissé une autre sorte de désir tout gâcher.

Ce que Preston lui avait dit au ranch semblait prendre tout son sens, maintenant. À propos de sa sœur qui était ou bien partie ou bien morte, et que dans les deux cas il n'y avait pas grand-chose à faire. Il pensait en ce temps-là qu'il devait quelque chose à Ellen, mais quoi? Peut-être que le prix à payer pour trouver des informations était trop élevé, peut-être qu'il avait impliqué trop de gens autour de lui. Un homme avait déjà été tué, un autre mutilé. Et maintenant, il y avait Michelle.

Peut-être qu'elle aurait fini dans le lit de Hound Adams de toute façon. Après tout, elle l'avait rencontré bien avant que Ike apparaisse. Mais au moins, ce serait arrivé sans qu'il le sache. Quoi que Preston puisse en dire, le fait demeurait dans l'esprit de Ike qu'il y avait eu plus d'un voyage au Mexique, plus d'une fille qui était partie mais n'était pas revenue, et la promesse qu'il s'était faite à lui-même l'autre jour quand il avait vu Barbara, cette promesse tenait toujours – il n'attendrait pas de voir la même chose arriver à Michelle. Le problème c'était de la faire revenir, ou au moins de l'éloigner de Hound Adams. Rien d'autre n'avait d'importance. Tout le reste était du passé, et on ne pouvait rien y changer. Quelle que soit la chose qui allait arriver à Michelle, cette chose n'était pas encore arrivée et on pouvait encore changer le cours des événements. Peut-être que c'était cela qu'il devait à sa sœur, après tout – faire en sorte que cela ne se reproduise pas.

Il passa toute la journée suivante à chercher Michelle, errant dans les rues comme un fantôme, épuisé et malade de quelque chose de plus que la fatigue. La journée passa sans résultat. Le soir, il alla frapper à sa porte et Jill l'informa – avec sur sa figure un sourire stupide et satisfait qu'il aurait aimé effacer d'un revers de main – que Michelle vivait maintenant avec Hound. Ce n'était pas ce qu'il voulait entendre. Il retourna dans sa chambre. Plus tard, il alla en ville et s'acheta deux T-shirts à manches longues. C'était plus pratique pour dissimuler son tatouage de merde.

Le lendemain matin, il se réveilla en sursaut avec l'impression que quelque chose n'allait pas. Et la première chose qu'il vit en ouvrant les yeux, ce fut sa planche de surf appuyée contre le mur.

— C'était un cadeau, lui dit Hound lorsque leurs regards se croisèrent. De la part d'un ami.

Ik avait dormi avec un de ses nouveaux T-shirts et un short. Il se leva, enfila un jean et s'assit au bord du lit sans dire un mot.

Toujours assis sur le sol, ses jambes croisées sous lui et le dos appuyé au mur, Hound l'observait

Ike se frotta les yeux avec ses paumes. Il y avait quelque chose d'oppressant dans la présence de Hound. La perspective d'une autre conversation à la con avec lui était presque insupportable.

— Qu'est-ce que tu veux ? demanda Ike.

— Te rapporter ta planche, mec. Tu m'as manqué.

— Je te l'ai rendue. Tu t'en souviens ?

Hound haussa les épaules.

— Tu es troublé, dit-il. Par un tas de choses.

Ike secoua la tête.

— Tu parles.

— Et tu t'es conduit comme un vrai trou du cul. Tu sais ça ?

— Pourquoi tu lui as dit, pour les soirées ?

— Hé, mec, fais-moi plaisir, tu veux ? Essaie pas de reporter ta culpabilité sur moi. Pourquoi tu lui as pas dit, toi ? J'ignorais qu'il y avait quelque chose à cacher.

Ike ne répondit pas. Il n'était pas d'humeur à écouter une des conférences de Hound. Pourtant, quelque chose dans la question le gênait.

— Tu réponds pas ? Peut-être que je peux t'aider. Tu pensais que ce qui se passe à la maison est mal, que tu devais le cacher à Michelle. Et puis tout d'un coup, tu crois que tout le monde essaie de te jongler. Tu crois que je t'ai piqué ta nana, ou quelque chose comme ça.

— C'est pas ce que tu as fait?

— Je savais pas que c'était une propriété privée. Je me demande si c'est pas toi qui essaies de jongler les autres.

Ike regarda ailleurs, le visage brusquement dur et brûlant.

— Michelle est jeune, mec, elle a besoin d'espace. Ça, c'est une chose. L'autre chose, plus importante, c'est que tu as décidé de lui cacher ce que tu faisais avec moi, décidé que c'était quelque chose de mal. J'aimerais savoir comment tu en es arrivé à cette conclusion.

Ike haussa les épaules. Il fréquentait Hound Adams depuis assez longtemps maintenant pour reconnaître ses changements de personnage. Aujourd'hui, Hound était le guru. Sans aucun doute, cela augurait d'une conférence sur les valeurs, sur les différentes façons de voir les choses, une conférence qui se terminerait à coup sûr par une offre d'amitié et de réconciliation. Oui, c'était le jeu qu'on jouait aujourd'hui.

— Tu réponds toujours pas? Alors, pense à ça : les gens ont rempli ta tête de merde pendant toute ta vie, et tu le sais même pas. Tu as une famille? Tout le monde s'entend bien? Pas de problèmes?

Ike ne répondit pas, mais il pensa au désert, à la vieille femme cachée dans la maison, à Gordon à la station-service. Il pensa à sa mère et au père qu'il n'avait jamais vu.

— Ils sont nazes, pas vrai? Mais ils savent quand même tout du bien et du mal, pas vrai? Ils sont toujours prêts à te faire la leçon, pas vrai? Ma famille était comme ça. Aucune communication, chacun tellement coupé des autres qu'ils pouvaient même pas se toucher. Mais pourtant ils savaient ce qui était bien et ce qui était mal, comment il fallait se comporter. De la merde. Ça m'a pris un moment, mais j'ai fini par comprendre qu'ils avaient tout faux. Presque tout ce qu'ils trouvaient mal s'est avéré être bon pour moi, tout ce qu'ils trouvaient acceptable s'est transformé dans mon esprit en mal de la pire espèce, l'espèce qui suce la vie des gens sans même qu'ils le sachent et en fait des coquilles vides, des putains de morts-vivants.

Ike fixait le sol, prêt pour la conférence, mais il leva les yeux. Quelque chose dans la voix de Hound lui fit lever les yeux. La lumière du matin se déversait par la fenêtre et frappait Hound en pleine figure, de sorte que Ike pouvait le voir parfaitement, les pattes-d'oie autour des yeux, la pigmentation inégale qui trahissait des années d'exposition au soleil et à l'eau.

— Je sais pas pour toi, petit frère, poursuivait Hound, mais moi j'ai rien vu de mal dans cette maison. J'ai jamais vu personne y trouver autre chose que ce qu'il était venu chercher. Et j'ai vu des gens s'amuser, lâcher un peu de vapeur et briser peut-être un ou deux tabous. Pourquoi c'est pas la même chose pour toi ? À cause de la culpabilité que tu y attaches ? Mais d'où vient cette culpabilité ? Peut-être de ces gens là-bas chez toi, ou de ces zombis que tu vois sur la route côtière chaque week-end en train d'engueuler leurs mômes ? Tu vois où je veux en venir ? Je crois que tu laisses peut-être d'autres gens décider pour toi de tes valeurs, penser pour toi. C'est pas rare. La plupart des gens traversent la vie comme ça. Je voudrais que tu commences à voir les choses par toi-même. Je veux...

Hound s'arrêta soudain de parler, en plein milieu de sa phrase. Il essuya ses mains sur son pantalon et se leva.

— Tu veux dire quelque chose ?

Cette fois encore Ike n'avait rien à dire, mais il était sidéré que la conférence s'achève si vite. Il savait que Hound Adams pouvait parler pendant des heures, qu'on l'écoute ou pas.

Hound fit un pas vers Ike et lui tendit la main.

— Tu fais ce que tu veux, dit-il. Mais pas de mauvaises vibrations, d'accord? *Hermanos del mar*, non?

Ike prit sa main, qui était sèche et forte.

— Écoute, dit Hound. Michelle et moi, on fait du bateau demain. Pourquoi tu viendrais pas? Je suis sûr qu'elle aimerait que tu viennes. Et il y aura quelqu'un que je voudrais que tu rencontres, un vieil ami à moi. Qu'est-ce que tu en penses?

— Quand? demanda Ike.

— Tôt. Six heures. Michelle et moi, on passera te prendre.

Hound tourna les talons comme s'il voulait partir, mais il s'arrêta et revint.

— Il y a autre chose que je voulais te dire. Je sais que ça te tracasse. Frank m'a dit que Preston était venu à la boutique. Je sais que tu penses que j'ai quelque chose à voir avec toute cette histoire. (Il se tut un instant.) Mais tu as tort de croire ça. Je savais depuis longtemps qu'un truc comme ça allait arriver, mais ça m'a fait aucun plaisir crois-moi. C'est pas moi le responsable, c'est lui. Preston a cherché ce qui lui est arrivé. C'est son karma, si tu peux comprendre ça. Je l'aurais sauvé, si j'avais pu.

— Tu l'aurais sauvé?

Le regard de Ike rencontra celui de Hound. Il avait été un peu déstabilisé par la fin abrupte de la conférence, mais là, il n'allait pas se laisser bluffer aussi facilement.

— Laisse-moi te demander quelque chose, dit Hound. À ton avis, qui a ouvert la grille pour lui au ranch?

Ike était sur le point de parler, mais la question le stoppa net. Il repensa soudain à ce que Preston avait dit cette nuit-là, quand il avait demandé à Ike s'il serait capable de retrouver la camionnette, et plus tard son sifflement de surprise quand il avait vu la grille ouverte.

— Ouais, j'ai sauvé son cul cette nuit-là. Et le tien aussi, pas vrai? Quelques-uns de ces cow-boys avaient des flingues. Il y en avait même un ou deux qui connaissaient Preston. Et tout le monde est pas aussi fou de ce gros fouteur de merde que toi et moi.

Ike voulut dire quelque chose, mais Hound le fit taire d'un geste.

— Ce qui s'est passé ici, c'était entre lui et les Samoans. J'espérais qu'il serait assez malin pour se tirer. Mais, bien sûr, il l'était pas. Si tu veux savoir la vérité, je crois que c'est peut-être bien ce qu'il voulait – sauf qu'il est toujours vivant.

Il se tut et fixa Ike pendant un moment, ses yeux sombres remplis d'une étrange lumière. Ike soutint son regard. Qu'y avait-il dans l'expression de Hound en ce moment précis ? Quelque chose de familier. Quelque chose qui n'était ni son flegme habituel ni l'air qu'il avait quand il était défoncé à la coke, quelque chose d'un peu égaré, peut-être même désespéré. Et puis Ike se rappela où il avait vu cette expression avant. Sur le visage de Preston Marsh alors qu'il regardait le feu au ranch, ce que Ike avait pris pour de la peur. Il se rendit compte que Hound continuait à parler, répétant qu'il avait prévu cette chose et qu'elle ne lui avait fait aucun plaisir.

— C'était mon ami, Ike, entendit-il Hound dire. Et je l'aimais.

Quand Hound fut parti, Ike resta assis quelque temps, seul dans sa chambre. Il avait du mal à avaler cette histoire de ranch, qui faisait quelques trous dans sa théorie. Peut-être que toute cette histoire de chat et de souris n'était que le fruit de son imagination. Cela n'avait aucun sens. Il était possible, bien sûr, que Hound ait menti, qu'il n'ait raconté tout cela que pour le bénéfice de Ike. Mais il avait Michelle maintenant, que pouvait-il vouloir de plus de lui ? Ike se leva et arpenta le plancher de sa chambre. Derrière la fenêtre, le soleil grimpait vite et le ciel devenait bleu et chaud. Tout cela était troublant, mais ce trouble était lié au passé, et Ike en avait terminé avec ça.

Hound pouvait bien avoir ses petits secrets et ses jeux, Preston son karma. Tout ce que Ike voulait, lui, c'était récupérer Michelle. C'était pour elle qu'il avait serré la main de Hound Adams, pour elle qu'il irait demain. Pourtant, tandis qu'appuyé à la fenêtre il regardait le ciel sans nuage s'étendre à perte de vue au-dessus des toits, il ne put s'empêcher de se demander qui pouvait bien être cet ami avec le bateau. Un nom dansait sur le bout de sa langue, mais il ne le prononça pas.

34

Le lendemain matin, ils passèrent le prendre dans la Sting-Ray de Hound. Ike et Michelle durent se serrer sur le même siège, et durant tout le trajet il sentit leurs épaules se toucher, leurs cuisses collées l'une à l'autre. Elle portait un short blanc et un bustier sur lequel était dessinée une mouette. Il n'avait jamais vu ces vêtements auparavant et se demanda si c'étaient des cadeaux de Hound Adams. Michelle n'avait pas l'air particulièrement ravie de le revoir. Elle se comportait comme si la présence de Ike la mettait mal à l'aise, et il se demanda si elle avait vraiment souhaité qu'il vienne comme l'avait prétendu Hound.

Ce fut un étrange voyage. Ike se contenta de regarder par la vitre les plages qui défilaient. C'était la première fois qu'il allait au sud de Huntington Beach, et il fut surpris par la vitesse à laquelle le paysage changeait. Les puits de pétrole et les buildings de brique de Huntington firent rapidement place à de grandes maisons de front de mer. Ils dépassèrent un panneau qui disait NEWPORT BEACH, tournèrent à droite pour quitter la grand-route et s'engagèrent sur un pont qui surplombait un port. Le port était vaste et bleu, bordé de quais, de portions de plage blanche et de hautes constructions. Il y avait des bateaux partout, leurs voiles brillantes et colorées posées sur l'étendue bleue de la baie. La circulation était dense sur le pont, et Ike eut le temps de savourer la vue. Il avait du mal à réaliser qu'ils n'étaient qu'à quelques minutes du centre de Huntington Beach, que la côte pouvait changer de façon aussi spectaculaire en quelques kilomètres. Cela ne rappelait plus du tout les villes du désert, ici. C'était la Californie du Sud telle qu'il l'avait imaginée : des voiles blanches dans le soleil, des signes d'opulence un peu partout, et il repensa à ce que Preston lui avait dit une fois à propos des amis pleins de fric de Hound.

— T'avais jamais vu un port avant? demanda Hound tandis qu'ils patientaient dans un embouteillage.

Ike et Michelle répondirent en même temps. Apparemment, Michelle n'était jamais venue aussi loin au sud non plus. Hound sourit et montra la mer du menton.

— Des tonnes de fric, dit-il.

La Sting-Ray quitta le pont et s'engagea dans ce que Hound leur dit être une péninsule. Deux blocs plus loin, ils tournèrent à gauche et s'engagèrent sur un autre pont. Ike n'avait jamais vu des maisons comme celles qui bordaient la route, excepté peut-être celle au-dessus de la pointe. Tout n'était que verre et ciment, bois et pierre, arbres manucurés, éclairs de sable blanc et étroits chemins fermés par des grilles sur lesquelles des écriteaux disaient PLAGE PRIVÉE. Les chemins descendaient vers les eaux bleues de la baie.

Hound se gara sur un petit parking près d'un poste de garde. Des vagues de chaleur dansaient sur les bords du parking. Ike resta près de la voiture tandis que Hound fermait les portières. Michelle ne le regardait pas. Elle se tenait à quelques mètres de lui et observait Hound. Lorsque celui-ci en eut fini avec les portières, il sortit un carton du coffre et leur dit de le suivre.

Michelle marchait à côté de Hound, et Ike derrière

eux. Ils passèrent devant le poste de garde et s'engagèrent sur un long et étroit quai gris. Ils étaient sur la baie maintenant, avançant au milieu d'une forêt de mâts. Les gréements claquaient et grinçaient tout autour d'eux. Les coques blanches heurtaient les butoirs en caoutchouc qui amortissaient les chocs. De l'autre côté de la baie il y avait d'autres quais, d'autres maisons immenses et d'autres plages privées.

Ils arrivèrent devant un long voilier à un mât dont la coque blanche portait une bande verte et le nom *Warlock*. Le pont n'était qu'un labyrinthe de scintillants gadgets chromés. Une passerelle blanche reliait le bateau au quai. Hound les fit monter sur le pont. Ike fermait toujours la marche. Il sentit le bateau rouler légèrement sous ses pieds. Pendant un moment ils furent seuls sur le pont avec le bruit du gréement, le clapotis de l'eau contre la coque. Et puis une voix d'homme se fit entendre quelque part sous leurs pieds et un visage apparut dans le cockpit.

Un corps suivit ce visage, et bientôt l'homme fut debout sur le pont et marcha vers eux. C'était l'homme que Ike avait vu sur les photos dans le magasin. Il reconnut instantanément la petite bouche droite et le menton pointu. Certains de ses traits étaient les mêmes et aisément reconnaissables, mais d'autres choses avaient changé. Le corps était beaucoup plus épais que sur les photos, pas gras mais épais et puissant d'une façon qui ne s'accordait pas avec le visage qui ressemblait à celui d'un elfe avec ses traits ciselés et ses petits yeux noirs.

L'homme portait une chemise bleue et un short blanc. Ses jambes bronzées, courtes et lourdement musclées, se mouvaient dans le soleil tandis qu'il avançait vers eux. Sa taille était difficile à estimer, et ce ne fut que lorsqu'il fut devant lui et le regarda dans les yeux que Ike réalisa que l'homme ne le dépassait que d'un ou deux centimètres, bien que pesant probablement une bonne vingtaine de kilos de muscles de plus.

250

— Ike, Michelle, dit Hound. Je vous présente mon ami Milo Trax.

Ike s'y était attendu, et pourtant un léger frisson lui parcourut l'échine lorsqu'il entendit le nom. Il repensa à l'amertume dans la voix de Frank Baker et à ses paroles : c'était Hound qui "avait amené Milo". Comme si cela avait été le début de la fin.

Ike prit la main qu'on lui tendait. C'était une main épaisse et ferme, tout comme le corps, et la sienne était mince et frêle en comparaison. Il croisa le regard des yeux noirs et brillants, presque espiègles, et cela il n'avait pu le voir sur les photos.

— Oui, dit Milo avec ce qui ressemblait à un enthousiasme sincère dans la voix. Ike Tucker, j'ai entendu parler de vous.

Il se tourna vers Michelle, laissant Ike méditer sur ce qu'il avait bien pu vouloir dire.

Ils sortirent du port au moteur, Milo debout derrière la grande barre argentée dans le cockpit avec Michelle à ses côtés, Ike et Hound Adams sur le pont. De voies navigables en chenaux de plus en plus larges, le port semblait ne jamais vouloir finir. L'eau passa d'un vert profond à un bleu presque noir, et en se penchant Ike vit des bancs de poissons filant derrière eux, pareils à des pièces d'argent lancées dans l'eau. Ils brillaient un instant et puis disparaissaient.

Plus ils avançaient vers la sortie du port et plus les choses semblaient grandir, les plages, les maisons et les yachts, et Milo Trax avait l'air de savoir à qui appartenait tout cela. Il montrait du doigt des bateaux de compétition célèbres, d'autres yachts et des maisons appartenant à des stars de cinéma. C'était comme un pays de rêve glissant devant eux, un monde d'argent que Ike n'avait même pas imaginé dans le désert.

Ils empruntèrent enfin un chenal, passèrent entre deux longues jetées et se retrouvèrent en pleine mer. Milo dirigeait la manœuvre maintenant, leur indiquant sur quel cordage tirer et quand. Et puis le gréement fut secoué par un grand bruit et la voile jaune et blanche parut exploser dans le ciel. La coque sembla bondir sous eux et frémit quand elle s'enfonça dans la houle. D'un seul coup le visage de Ike fut trempé, ses poumons remplis de vent frais. Ils étaient sous voile. Il se réfugia dans le cockpit. Milo lui sourit, et Ike ne put s'empêcher de lui rendre son sourire. Le navire gîta. Les embruns balayèrent le pont.

— On peut aller au bout du monde avec un bateau comme celui-là, Ike, dit Milo. Hound dit que vous aimez surfer. Vous ne pouvez pas imaginer les endroits que nous avons vus.

Ils passèrent la journée au large. La côte n'était plus qu'un mirage scintillant à l'horizon. Vers midi, ils mangèrent des sandwiches et burent de la bière. Quand ils eurent terminé, Michelle débarrassa et descendit. Ike proposa son aide et la suivit.

Debout devant un petit évier dans le coin-cuisine, elle rinçait les assiettes. La mer s'était calmée et le bateau glissait sur l'eau sans heurts. Quand Ike descendit les marches, Michelle regarda par-dessus son épaule puis détourna la tête.

Il s'approcha d'elle. Elle avait tiré ses cheveux en arrière en une queue de cheval, et il contempla les cheveux fins qui bouclaient sur sa nuque.

— Je t'ai cherchée toute la semaine.

— J'étais chez Hound, dit-elle d'une voix plate, les yeux fixés sur l'évier.

— Écoute, Michelle, je suis désolé.

— Je croyais que tu étais différent, dit-elle. Mais tu es comme les autres.

— Je sais que j'ai eu tort. Je croyais que ça serait un bon moyen de découvrir quelque chose.

— Bien sûr. Ta sœur.

Elle dit cela sur un ton sarcastique.

— J'ai essayé, au début, dit Ike. Je sais que c'est difficile à croire, mais j'ai essayé au début. Et puis j'avais déjà pris cette maudite planche. Il fallait que je la paie.

— Avec les films?

Elle était toujours sarcastique et ne quittait pas l'évier des yeux, mais elle avait cessé de laver les assiettes. Ses mains flottaient, immobiles, dans l'eau savonneuse. Il avait peur de trop en dire, de la mettre en colère et d'attirer l'attention de Hound.

— Michelle, écoute-moi une minute, d'accord?

Elle ne dit rien.

— Je cherchais ma sœur. Je voulais savoir ce qui lui était arrivé, mais je voulais découvrir autre chose aussi, à propos de Hound et de Preston. Et j'ai déjanté. Je le sais maintenant. Je me suis piégé moi-même et j'ai été idiot, je le sais. Mais j'ai jamais pensé que tu étais comme ces filles. Nous deux, c'était différent et ça pourrait l'être de nouveau. C'est ça que je veux, qu'on soit ensemble.

Elle le regarda. Ses yeux étaient vitreux et un peu rouges.

— Ce que tu veux?

— C'était spécial, nous deux. Tu le sais. C'est tout ce qui compte. Et il y a d'autres choses que je veux te dire, mais pas ici. On peut pas parler, ici. Dis-moi seulement que tu y réfléchiras, qu'on en reparlera plus tard.

Il parlait vite maintenant, parce qu'il ne voulait pas rester en bas trop longtemps. Il posa sa main sur l'épaule de Michelle et elle se retourna vers lui. L'eau s'égouttait de ses mains et tombait entre eux sur le plancher. Elle le regarda droit dans les yeux, et quelque chose dans son regard lui donna envie de reculer.

— C'est tout ce qui compte? Et ta sœur? Elle a plus d'importance?

— Non, c'est pas ça. C'est pas aussi simple. Merde, Michelle, je sais que j'ai déconné. Tu sais même pas combien j'ai déconné. Mais j'ai appris deux ou trois trucs aussi. Dis-moi seulement qu'on peut parler quelque part. Demain.

Il attendit, les yeux fixés sur son visage, mais le silence fut rompu par une autre voix. Milo Trax. Il devait se tenir à plat ventre sur l'écoutille, car sa tête pendait à l'envers dans la cabine, souriante.

— Baleine à tribord, dit-il. Venez voir.

La tête disparut. Ike ne dit rien. Il regardait Michelle.

— On devrait monter voir, dit-elle.

En s'écartant d'elle, il remarqua un objet posé sur la banquette près de la table de la cuisine. C'était le carton que Hound avait sorti du coffre. Il en souleva un coin mal fermé et regarda. Des boîtes de films. Le carton en était rempli. Il les montra du doigt à Michelle.

Elle regarda le carton.

— Et alors?

— Je sais pas. Je me suis toujours demandé ce qu'il faisait de ces trucs-là.

— C'est pas moi qui te le dirai.

Quelque chose dans sa façon de dire cela ennuya Ike.

— Parce que toi, tu es pas dessus?

— Exact, dit-elle en s'approchant pour le regarder avec ces yeux étranges. Et tu veux savoir autre chose? J'ai jamais baisé avec Hound Adams non plus. Il est gentil avec moi, rien d'autre.

Elle le planta là dans la cuisine. Il vit ses jambes disparaître dans le ciel au-dessus de l'écoutille. Il regarda encore une fois le carton sur la banquette puis la suivit dans la lumière pour aller voir la baleine de Milo.

Ils rentrèrent au port au soleil couchant. Le ciel était

rouge et doré au-dessus des grandes maisons qui bordaient la baie. Ike avait du mal à croire que ces demeures n'étaient qu'à quelques kilomètres de Huntington Beach, des falaises et des puits de pétrole, des foyers de pierre couverts de graffitis et des fêtes des gangs de l'intérieur.

Après qu'ils eurent lavé le pont à grande eau et lové les cordages, ils restèrent un moment au-dessus des quais à contempler la baie et les lumières des maisons.

— J'ai un peu de terre au nord d'ici, dit Milo en regardant Ike. Un bon endroit pour le surf. Je donne une fête la semaine prochaine, une sorte de rituel de fin d'été que je pratique avec des amis. J'aurai besoin qu'on m'aide à tout préparer. Ça vous dirait de venir, vous et Michelle ? Apportez votre planche, vous prendrez quelques vagues.

Ike hocha la tête. Il regarda Michelle.

— Bien sûr, dit-il. Ça a l'air super.

Il essayait de faire passer la juste dose d'enthousiasme dans sa voix.

— Bien, dit Milo. Vous pouvez venir tous ensemble.

L'idée parut l'amuser et il battit des mains en riant.

35

Après une journée de soleil et de vent, la peau de Ike était chaude et tendue. De nouveau il sentait l'épaule de Michelle contre la sienne tandis que de sombres étendues de plages défilaient à côté d'eux. Ils roulèrent en silence et bientôt ils furent à l'extrémité ouest de Main Street, bloqués dans la circulation devant les bars à bière et les pizzerias, les vitrines éteintes des magasins de surf.

Hound se gara devant le Sea View et alla ouvrir le coffre. Ike ouvrit sa portière et posa un pied sur le trottoir, mais il ne descendit pas.

— Je veux toujours te parler, dit-il à Michelle.

Elle haussa les épaules.

— Si tu veux.

— Quand?

— Je sais pas. Tu vas à la fête de Milo?

— Et toi?

— Oui.

— Mais je veux te parler avant.

— C'est dans quelques jours.

Ike sortit à moitié de la voiture. Hound attendait près du coffre ouvert. Michelle posa sa main sur celle de Ike.

— Viens à la fête, chuchota-t-elle. Je veux que tu viennes, d'accord?

Il la regarda dans les yeux, essayant de dire quelque chose. Elle soutint son regard puis détourna les yeux et contempla le capot de l'autre côté du pare-brise.

— D'accord, dit Ike. Je viendrai et on parlera.

Il la laissa et se dirigea vers le coffre. Son sac de toile contenant ses vêtements de rechange et le maillot de bain qu'il n'avait pas utilisé était déjà posé sur le trottoir. Hound se tenait debout à côté.

— Milo sait pas que tu as déjà visité son ranch, dit-il. Je crois que c'est aussi bien comme ça.

Ike hocha la tête, surpris que Hound ait trouvé nécessaire de lui dire cela. Il se sentait très las, tout à coup. Il était en train de ramasser son sac lorsqu'il sentit que Hound se figeait à côté de lui. Il leva les yeux et constata que le visage de Hound changeait tandis qu'il regardait, au-delà de Ike, le vieil immeuble qui émergeait de l'ombre derrière eux. Ike tourna la tête pour voir ce que Hound regardait, et c'est alors qu'il vit la silhouette noire debout sur les marches qui menaient au bâtiment.

Ce n'était guère plus qu'une forme sombre découpée

sur le fond jaune de la porte ouverte, mais Preston était aisément reconnaissable. Personne n'était aussi costaud, personne ne se tenait comme cela. Il paraissait porter la même grosse veste de treillis que le premier jour où Ike l'avait revu, ainsi que le même béret sur la tête. La pente du jardin, la hauteur des marches et la façon dont il se découpait sur la lumière de l'entrée, tout contribuait à lui donner l'air encore plus grand qu'il n'était en réalité, une ombre noire surgissant de l'ombre de l'immeuble pour planer sur eux. Ce fut un moment étrange, comme si le temps s'était arrêté tandis que les deux hommes se regardaient en silence par-dessus la pelouse mitée. Ce fut Hound qui finit par rompre le charme. Il se retourna pour fermer le couvercle du coffre et marcha jusqu'à sa portière. Il regarda encore une fois Preston par-dessus le toit puis monta dans la voiture et démarra.

Ike traversa la pelouse, ne sachant trop à quoi s'attendre. Il s'immobilisa au pied de l'escalier. Preston était maintenant appuyé au montant de la porte, ses mains profondément enfoncées dans les poches de sa veste. Il faisait trop noir pour distinguer l'expression de son visage, mais sa voix était claire et sobre.

— Amène-toi, dit-il. Je veux te montrer quelque chose.

Il était tard et les rues du quartier résidentiel étaient tranquilles. Preston ne disait plus rien. Il marchait vite, ses lourdes bottes faisant résonner le trottoir, et Ike avait du mal à le suivre. Ils traversèrent Main Street et s'engagèrent dans une ruelle. Ike n'eut pas besoin de demander où ils allaient. Il vit la lumière briller sur la façade de l'atelier, et puis il repéra la forme sombre de Morris debout près d'un poteau devant l'entrée.

Morris ne dit rien mais les suivit tandis qu'ils se dirigeaient vers la remise. La nuit était pleine du bruit que faisaient les bottes en s'enfonçant dans le gravier. Preston ouvrit la porte d'un coup de pied et entra, suivi de Ike et de Morris.

La remise était petite, avec un sol en terre battue. Et la moto qui trônait là n'était pas un chopper, pas même une Harley, mais une BSA Lightning Rocket. Presque un modèle de série, mais pas tout à fait. Les inscriptions avaient été effacées, les réservoirs repeints d'une couleur qui rappelait celle de l'acier d'un revolver et polis jusqu'à ce qu'ils brillent comme de sombres bijoux dans la lumière.

— Je voulais que tu la voies, dit Preston. Qu'est-ce que tu en penses?

— Pas mal. Il a fait du bon boulot.

— Pas mal mon cul, dit Morris derrière eux. C'est une putain de bombe.

Et c'était vrai – une bécane qui tapait son deux cents à la sortie du magasin. Ike fit le tour de la machine tout en hochant la tête et en regardant Preston du coin de l'œil. Preston avait l'air en meilleure forme que la dernière fois. En tout cas il était relativement sobre, et il était debout. Mais il y avait toujours quelque chose d'effrayant dans la façon dont ses yeux bleu pâle s'étaient retirés dans son visage sombre. Et il y avait aussi quelque chose d'abrupt dans ses manières, une nervosité que Ike ne lui avait pas connue avant. Il ne restait pas en place mais faisait les cent pas d'un bout de la remise à l'autre.

— Je veux que tu l'écoutes, dit-il. Vérifie.

— Merde mec, je l'ai vérifiée, dit Morris. Qu'est-ce que tu veux de plus?

— Je veux qu'il l'entende. Je veux qu'elle soit parfaite.

Jusque-là, Morris était resté près de la porte. Il fit quelques pas vers Ike.

— T'es dingue, mec. Je devrais démolir ce petit con tout de suite.

Preston s'immobilisa et regarda Morris par-dessus la machine.

— Laisse tomber. Je veux qu'il l'écoute.

— Mais il est avec eux. Il était avec Hound et les Samoans sur le parking. Je veux lui faire la peau, Prez.

Tout en parlant, Morris regardait Ike et une expression à la fois glacée et avide envahissait son visage, presque comme s'il essayait d'entrer en transe. Ike se demanda si, dans l'état de faiblesse où il était, Preston serait capable de l'arrêter – s'il le voulait. Il sortit ses mains de ses poches et les laissa pendre de chaque côté de son corps, geste qui n'échappa pas à Morris.

— Oh, voyez-vous ça, dit-il dans un ricanement. Il est prêt, cette fois. Regardez-le, le petit merdeux. Je parie qu'il est en train de se pisser dessus. (Il gloussa.) Allez viens, petit pédé, voyons comment tu te défends.

Morris fit un pas rapide en avant et frappa, un coup large avec la main ouverte destiné à faire éclater le tympan de Ike. Mais Ike était prêt, cette fois. Il ne s'était encore jamais battu, mais Gordon lui avait un jour acheté une paire de gants et avait passé quelque temps à lui taper dessus derrière le magasin, essayant de lui apprendre deux ou trois trucs. Une des choses que Gordon lui avait apprises était que la plupart des types abaissent leur droite quand ils balancent un gauche et que si on arrive à se glisser là-dessous et à expédier un crochet, ça peut faire des dégâts. Et c'est ce que fit Ike. Pourquoi, il n'en savait rien. Il savait qu'il n'avait pas l'ombre d'une chance contre Morris et qu'il aurait été plus malin de laisser l'affaire se terminer rapidement, mais il y avait quelque chose dans cette grosse figure graisseuse, dans ce rictus, dans le souvenir de ce jour où, étendu sur le trottoir devant le bar à bière, il avait avalé son propre sang. Il se glissa sous le coup et expédia un crochet dans lequel il mit tout ce qu'il avait, le laissant partir de sa hanche comme Gordon le lui avait appris, ce que Gordon appelait un crochet venu des chaussettes. Il sentit le coup arriver en même temps qu'une douleur aiguë qui lui remonta dans le bras jusqu'à l'épaule.

Morris se contenta de lui sourire. Mais il cessa d'avancer et observa Ike pendant un instant.

— Voyez-vous ça, dit-il. Le petit pédé s'est laissé pousser des couilles. (Il sortit des tenailles de sa poche arrière.) Voyons voir comment ça fait quand on les arrache.

Son rire retentit dans la remise, mais Preston était près de lui maintenant et disait d'une voix qui n'était plus qu'un grondement sourd :

— J'ai dit laisse tomber. T'as fini de l'emmerder.

— De la merde, mec. Je le veux. Tu vois pas qu'il en redemande ? Je veux son cul si fort que j'en bande presque.

Ike ne reculait pas. Il tenait ses mains levées comme Gordon le lui avait appris, et par-dessus elles il regardait le sourire de Morris.

Celui-ci était sur le point de foncer sur Ike encore une fois quand le bras de Preston se détendit, le frappant en pleine poitrine et l'envoyant valdinguer en arrière si fort qu'il dut pédaler pour garder son équilibre. Une fois de plus, Ike fut surpris par la force qu'avait encore Preston après ce qui lui était arrivé.

— Je te préviens, Morris. Tu déconnes encore un coup avec moi et je t'égorge.

Pendant un moment les deux hommes se firent face, la main gantée de Preston toujours appuyée sur la poitrine de Morris. Brusquement, ce dernier tourna les talons et balança les tenailles. Il les balança plus ou moins en direction de Ike, mais si haut qu'elles allèrent s'écraser contre la paroi de tôle. Morris alla à la porte et resta là à regarder l'obscurité au-dehors.

— D'accord, dit-il. Mais que je revoie plus ce petit suceur de bites.

Preston éclata de rire. Il renversa la tête en arrière, et il y avait quelque chose de dément dans son rire. Il sortit un jeu de clés de sa poche, se dirigea vers la moto et l'enfourcha.

— Viens, dit-il à Ike. Monte.

Ike se contenta de regarder les six cent cinquante centimètres cubes de mort et de destruction. Ce n'était pas le genre de moto sur laquelle on a envie de monter avec n'importe qui. Alors avec un alcoolique à demi-fou et privé de doigts... Morris se retourna et sourit. Ike comprit qu'il avait deviné ce qu'il pensait. Il avait deux possibilités : une balade avec Preston ou bien une conversation avec Morris. Il grimpa sur la moto. Et il éprouva une certaine satisfaction lorsqu'il remarqua la bosse qui était apparue sous l'œil de Morris. Gordon aurait été fier de lui.

Preston fit démarrer la moto d'un coup de kick, et le tonnerre du moteur gonflé menaça de faire voler les murs de la remise jusqu'à la mer. Ike entoura la poitrine de Preston de ses bras. Il ne voyait plus que de larges épaules recouvertes de tissu militaire vert, il respirait la même odeur de médicament qu'il avait remarquée chez Preston. Preston enfonça son béret sur sa tête et à l'aide de ses jambes poussa la moto jusqu'à la porte où Morris attendait. "Ils virent un cheval pâle", croassa Preston par-dessus le rugissement du moteur. "Et le nom de celui qui le chevauchait était la Mort et l'Enfer le suivait." Puis il rit et ulula dans l'obscurité et ils trouèrent la nuit, déchirèrent le cul de Surf City, gravèrent des virages dans les rues vides et foncèrent sur la route côtière où ils dépassèrent un groupe de low riders, si vite que ceux-ci avaient l'air immobiles.

Ils étaient à mi-chemin environ des champs de pétrole quand Preston, qui tirait au maximum sur chaque vitesse, enclencha la plus haute. Il n'y avait rien d'autre à faire pour Ike que de s'accrocher, de penser au sable et aux virages et de supposer qu'à cette vitesse, au moins, la mort arriverait vite. Quelque part au nord des champs de pétrole, ils rencontrèrent cette chose que les motards appellent la limite et qui était noire et vide, silencieuse aussi parce que le bruit du moteur se perdait derrière eux comme un souvenir dans le vent.

Puis ils s'arrêtèrent. Ils allèrent jusqu'à la limite et puis s'arrêtèrent au bord de la route, là où l'air était tiède et où la nuit sentait le goudron et le sel. Il faisait très sombre. Les seules lumières visibles étaient les lointains points jaunes des derricks marins coincés au large entre un océan noir et un ciel sans étoiles. Le bruit de vagues qu'ils ne pouvaient voir montait des plages quelque part au-dessous d'eux.

Ils se tenaient sur un bas-côté de terre dure, et Ike essayait de s'adapter à cette sensation de calme. Preston, lui, semblait plein d'enthousiasme, comme si la vitesse de la course avait rallumé une étincelle de vie en lui.

— Alors, champion, qu'est-ce que tu en dis? demandat-il. Elle marche l'enfer, non? Je te chie pas.

Preston sembla trouver la phrase amusante et il la répéta en ricanant tandis qu'il arpentait le sol. Puis il s'arrêta pour sortir une bouteille de sa veste et but une longue gorgée. Il passa la bouteille à Ike, qui but aussi. C'était de la tequila qui brûlait en descendant dans le corps et réchauffait la nuit. Bien qu'il n'ait pas été ravi de voir apparaître la bouteille, Ike n'avait plus peur. C'était comme si sa frayeur avait été emportée, perdue quelque part avec le rugissement du moteur. Il ressentait même une bizarre sorte d'exaltation et se dit que c'était ce que seuls devaient éprouver ceux qui ont atteint la limite. Il resta là à passer la bouteille et à discuter moteurs et vitesse, laissant la tequila consumer tout ce qu'il pouvait rester de terreur dans ses tripes.

C'était trop tard pour les questions. Il le savait maintenant, là au bord de la route sombre. Il savait qu'il ne demanderait plus rien à Preston à propos de la balade au ranch, de Terry Jacobs ou de Hound Adams. C'était le passé et Preston, ce Preston-ci, n'était pas celui qui l'avait amené au ranch, qui avait voulu lui montrer comment les choses pouvaient être. Ike soupçonnait que Preston avait commencé son déclin bien longtemps auparavant et que la mutilation à l'atelier, l'opération et la plaque d'acier n'étaient que les derniers clous dans son cercueil. Qui qu'ait été l'homme avec qui il avait parlé autour d'un feu à la fin d'une journée parfaite, cet homme n'existait plus et il ne restait plus que cet étranger en face de lui, et la chevauchée du retour vers la ville.

Preston le déposa sur le trottoir devant le Sea View. Ike avait du mal à imaginer que deux heures seulement avaient passé depuis qu'il s'était tenu au même endroit avec Hound et Michelle.

— Il y a une chose que je veux te dire, dit Preston. Le jour où Morris t'a cogné, j'ai eu tort de le laisser faire. Tu étais mon équipier, mec. Et j'avais jamais laissé un équipier se faire casser la gueule avant. J'espérais que ça te ferait assez peur pour que tu quittes la ville, mais j'aurais quand même pas dû laisser faire ça.

— Tu avais raison, dit Ike d'une voix trop forte et précipitée. J'aurais dû partir. Mais c'est Michelle, maintenant.

Il eut tout à coup l'impression qu'il s'était trompé sur la route, qu'il pouvait parler, tout dire à Preston. Il voulait parler à quelqu'un, mais il ne savait pas par où commencer.

— Michelle, c'est ma petite amie, dit-il. Enfin, c'était. Maintenant, elle veut partir au Mexique avec Hound Adams et Milo Trax...

Quelque chose l'obligea à s'interrompre. Il voyait que Preston n'écoutait pas vraiment, qu'il se contentait de hocher la tête mais qu'il y avait un air lointain sur son visage, comme si tout ce que disait Ike était à côté de la question.

Lorsque Ike essaya de parler, Preston le regarda.

— J'ai eu tort, répéta-t-il. Je t'en dois une. Et tu as devant toi un mec qui paie ses dettes.

Et puis il disparut, le gros moteur crachant le feu dans la nuit, et Ike se demanda s'il y avait déjà eu un moment, même dans le vide du désert, où il s'était senti aussi seul.

Il revit encore une fois Preston, cette semaine-là. C'était la nuit précédant son départ pour le ranch. Il n'arrivait pas à dormir et marchait le long de la route côtière quand il vit Preston dans la boutique du tatoueur. Il était très tard et tous les autres magasins étaient fermés, mais Ike aperçut cette lumière jaune qui se répandait sur le trottoir et il s'arrêta pour regarder à travers la vitrine sale tout comme l'avaient fait les punkettes pour le regarder lui. Il vit d'abord les lourdes bottes noires et les pauvres mains sans doigts qui pendaient de chaque côté du fauteuil. Renversé en arrière, Preston regardait le plafond. Le vieil homme était penché sur lui, son dos épais voûté tandis qu'il se concentrait sur son travail. Il paraissait travailler très lentement, d'une manière différente de celle qu'il avait employée avec Ike. Ce dernier n'aurait su dire exactement quelle était cette différence, ou ce qu'elle signifiait, il comprit seulement qu'il n'était pas supposé voir ce qui se passait, et il recula dans l'ombre. Il songea à attendre que Preston sorte, mais il ne le fit pas. Pour une raison absurde, ses dents s'étaient mises à claquer et il se hâta de retourner vers sa chambre à travers les rues de Huntington Beach, cette ville qu'il n'imaginait plus comme une machine tournant sans heurts mais plutôt comme un labyrinthe, un sombre dédale duquel, il en avait peur, il était impossible de s'enfuir.

Quatrième partie

36

Le voyage vers chez Milo ne fut pas agréable. À la minute où il le vit, Ike comprit que Hound Adams n'avait pas beaucoup dormi ces derniers temps. Il avait l'air bourré de coke, à vif, et c'est ainsi qu'il conduisit. Pied au plancher. Rubans de ciment gris se déroulant trop vite dans la lumière du matin. Ils étaient dans la Sting-Ray. Frank Baker venait aussi, il conduisait une camionnette pleine de matériel. Hound entassa les planches et les combinaisons dans la camionnette et ils partirent ensemble, mais bientôt Frank fut loin derrière. À un moment, Michelle demanda à Hound de ralentir mais il la moucha en lui disant de s'occuper de ses affaires tandis que les pneus laissaient des traces de gomme dans un long virage. Ike se demanda ce que Michelle savait vraiment de la dépendance de Hound.

Il était encore tôt quand ils arrivèrent devant la petite maison de brique rouge qui gardait l'entrée du domaine Trax. Rien ici ne préparait à la splendeur qui s'étalait un peu plus loin : la luxuriante forêt qui semblait jaillir tout d'un coup des collines desséchées. D'immenses arbres sombres. La mousse pareille à des fantômes sous les branches noires. Des échappées de ciel bleu à la verticale, de sorte qu'il fallait se tordre le cou pour les apercevoir. Les murmures de l'eau vive. Et puis subitement, surgissant des arbres, la grande pelouse circulaire cernée par une allée de pierre. L'énorme maison avec ses petites fenêtres espagnoles, les balcons de fer forgé et les toits de tuile, les dessins du vieux lierre accroché aux murs. Et par-dessus tout cela, le silence.

Hound s'arrêta près d'un bassin. Des oiseaux noirs qui se baignaient dans l'eau s'envolèrent en entendant le moteur, et puis ils revinrent et leurs chants se mêlèrent aux éclaboussures de la fontaine, aux cliquetis du métal chaud.

Ils montèrent des marches de pierre, passèrent une haute porte de bois et entrèrent dans une roseraie. C'est seulement en la traversant que Ike remarqua, comme s'il avait été aveuglé par la vision initiale de la maison, que celle-ci était dans un surprenant état de délabrement. La roseraie était envahie par une herbe épaisse et sèche au milieu de laquelle quelques vieux rosiers dardaient une poignée de pétales pareils à des flammes dans le soleil.

Ils franchirent une autre entrée de pierre et grimpèrent un escalier recouvert d'un tapis épais. Ils trouvèrent Milo Trax assis derrière un bureau, en train de parler au téléphone. Il leur fit un signe de la tête tandis qu'ils entraient dans la pièce, ses petits yeux pétillant mais sa voix ne trahissant rien. Hound les conduisit à une fenêtre d'où ils purent admirer la vue.

Ils étaient du côté ouest de la maison, et en plongeant leurs regards au-delà d'un canyon touffu dans lequel Ike reconnut la tache de végétation sombre qu'il avait aperçue un jour depuis l'eau, ils pouvaient voir l'océan. Une vue splendide, comme si le monde s'étalait à leurs pieds. Des collines verdoyantes. Les taches jaunes de la moutarde sauvage. Lointaine collision de bleus. Ike entendit Michelle retenir son souffle à côté de lui.

— Ça vous plaît ? demanda une voix derrière eux.

Milo Trax avait quitté son bureau et marchait vers la

fenêtre. Les muscles jouaient d'une manière étrange dans ses cuisses courtes et épaisses.

— Génial, dit Michelle. Je peux pas y croire. J'ai jamais rien vu d'aussi beau.

— Bien, dit Milo en posant sa main sur son dos. Nous avons pas mal de temps avant la fête. Visitez. Amusez-vous. Ike, vous avez apporté votre planche ?

Ike dit que oui. Derrière Milo, il vit Hound Adams debout près du bureau. Les bras croisés et la tête penchée, il regardait le sol comme s'il était perdu dans ses pensées ou bien dormait debout. Ike ne distinguait pas assez clairement son visage pour décider.

Vers le milieu de la matinée, Ike alla surfer tout seul. Frank était arrivé avec les planches puis avait disparu quelque part dans la propriété avec Hound. Michelle visitait la maison avec Milo. Elle avait accepté de rencontrer Ike sur la plage, un peu plus tard.

La mer n'aurait pu être plus parfaite. Un houle de sud-ouest bien propre, des creux d'un mètre environ. Des rouleaux fins comme du papier, de longues lames faciles à surfer tournées vers le soleil. Un banc de marsouins vint se joindre à Ike pendant quelque temps. Ils glissaient paresseusement à côté de lui, giflant l'eau avec leurs queues et s'interpellant dans un étrange langage. Ils passèrent si près qu'il aurait pu les toucher en tendant le bras. Un groupe de pélicans volait dans les parages en formation serrée, à quelques centimètres de l'eau. Ils tournèrent au-dessus de la pointe puis revinrent vers Ike en rasant une vague, le dernier d'entre eux volant juste devant la crête qui retombait, de sorte qu'ils avaient l'air de surfer. Il se joignit à eux dans les rouleaux, laissant les murs liquides parsemés de diamants glisser sous sa planche, creusant des sillons dans le matin de verre.

Il n'avait pas à se précipiter, pas à se préoccuper de se

267

mettre en position avant les autres, pas à surveiller ceux qui lui arrivaient dessus. Il pouvait ramer lentement et prendre autant de plaisir à observer les lignes liquides qu'à les chevaucher. C'était une chose qu'il n'avait pas pleinement appréciée lors de sa première visite, mais maintenant il réalisait que surfer, ce n'était pas seulement prendre les vagues. Cela le frappa, ce matin-là. Ce qu'il faisait n'était pas fractionné en plusieurs séquences : ramer, prendre les vagues, se mettre debout. Tout à coup ce n'était plus qu'un acte unique, une fluide série de mouvements, un seul mouvement, même. Tout se mélangeait jusqu'à n'être plus qu'un : les oiseaux, les marsouins, les algues reflétant le soleil à travers l'eau, une seule et même chose dont il faisait partie. Il ne se branchait pas seulement à la source, il était la source. Ce devait être ce qu'ils avaient ressenti avant lui, ce que deux jeunes hommes avaient ressenti avant de lui donner un nom. Il songea à ce que ce devait être alors, les plages comme celle-ci éparpillées tout au long de la côte comme des joyaux au bord de la mer. Cela avait dû paraître trop beau pour être vrai, mais ils avaient dû croire aussi que cela allait durer éternellement. Et pourtant, aujourd'hui, c'était le naufrage de ce rêve qui se dressait entre eux. Il comprit que ce n'était pas seulement Preston et Hound qui avaient perdu. Il revit la jetée, les hordes de surfers se battant pour une vague, le zoo d'une ville tapie dans le sable, et ce qui avait jadis pu passer pour du désir et de la vitalité n'avait plus qu'un air de désespérance et d'épuisement au goût de cocaïne, oui ils avaient tous perdu et il ne restait plus qu'une grande vague qui les emportait et par-dessus laquelle il était impossible de revenir. Ce que Preston avait voulu qu'il voie ici lui apparaissait clairement maintenant, plus clairement que jamais. Preston avait eu raison. Il y avait quelque chose ici et dans cet instant qui valait qu'on s'y accroche, qu'on construise sa vie autour.

268

C'était à portée de sa main si seulement il pouvait s'en aller tout de suite, s'il pouvait emmener Michelle avec lui.

Elle était là quand il revint sur la plage, allongée sur le ventre et les yeux clos. Il marcha dans le sable blanc et chaud et s'arrêta pour la regarder. Il ne faisait pas de bruit, car elle paraissait endormie.

Elle portait un deux pièces blanc dont elle avait dégrafé le dos. Ses bras et ses jambes semblaient plus minces que dans son souvenir. Un fin duvet doré brillait sur l'arrière de ses cuisses. Les moments perdus de Huntington Beach lui revinrent en mémoire. L'auto-apitoiement et le désir montèrent en lui pour l'étouffer comme la poussière charriée par le vent du désert. Il en avait le vertige. Il ôta sa combinaison et s'allongea près d'elle.

Le corps de Ike était encore froid et trempé. Celui de Michelle était chaud, gorgé de soleil. Elle tressaillit et frissonna quand il se pressa contre elle. Elle se tourna vers lui en riant doucement.

— Tu deviens bon, chuchota-t-elle. Je t'ai regardé.

Des grains de sable s'accrochaient à sa peau, aux endroits frais et blancs sous ses seins, là où ils s'étaient appuyés sur la serviette. Il abaissa son visage et prit un de ses tétons dans sa bouche, il sentit les grains de sable sur sa langue. Il promena sa bouche sur son corps, goûtant sa peau. Elle s'arc-bouta sous lui et le soleil devint du feu sur son dos. Il sentit les doigts de Michelle courir dans ses cheveux tandis qu'il faisait glisser le bas de son maillot le long de ses jambes, et puis ils furent nus tous les deux sur le rectangle de tissu, sur le croissant de sable blanc. Elle le prit dans sa main et le guida en elle, il sentit la chaleur de son corps s'approcher pour l'engloutir. Il jouit très vite et longtemps, tremblant comme si tout son corps se vidait en elle. La douleur lui fit fermer les yeux et il enfonça son visage dans la mer de cheveux clairs, la bouche ouverte et les lèvres pressées contre le cou de Michelle, son cœur cognant entre eux. Il bougeait encore un peu en elle quand il eut tout à coup conscience d'une petite douleur aiguë près de sa tempe, comme si quelque chose creusait sa peau. Il rouvrit les yeux et leva la tête. Les cheveux de Michelle s'étaient dénoués et s'étalaient comme un arc doré sur la serviette au-dessous d'elle, et un brutal éclat de lumière éblouit Ike – un objet en ivoire, d'un blanc cru sous le soleil. L'ivoire était délicatement sculpté selon un motif qui paraissait oriental – un long et mince alligator armé de mâchoires qui faisaient les deux tiers de son corps et enserraient dans un sourire diabolique les cheveux blonds de Michelle tout comme elles avaient jadis enserré les cheveux noirs d'Ellen.

37

Il se figea. Il était toujours en elle mais il fixait l'objet, conscient qu'elle le regardait elle aussi, même si ses yeux n'étaient pas tournés vers son visage mais vers le tatouage qui recouvrait son épaule, et l'expression qui envahissait les traits de Michelle oscillait entre la fascination et l'horreur – tout comme, il le supposait, celle de son propre visage.

Leurs yeux se rencontrèrent, mais personne ne parla. Et puis le charme fut rompu par le bruit d'une pierre dégringolant loin au-dessus d'eux. Ike leva les yeux et vit deux planches qui reflétaient le soleil, deux silhouettes qui descendaient le long et vieil escalier. Hound Adams et Frank Baker venaient surfer.

Ike eut le temps de remettre sa combinaison avant que Frank et Hound n'atteignent la plage. Le tissu noir et

pourpre était encore humide et froid, un froid qui l'envahit d'un seul coup et le pénétra jusqu'aux os. Michelle
remettait son maillot et enfilait un short. Bientôt ils
furent habillés tous les deux, assis côte à côte et silencieux, la magie du moment précédent enfuie. Le peigne.
Le tatouage. Il savait que pendant quelques secondes
elle l'avait dévisagé, intriguée par le changement qui
s'était opéré en lui. Mais il n'avait pas fait confiance à sa
propre voix et n'avait rien dit. Et tandis qu'elle le regardait il avait senti sa main fraîche se poser sur la sienne,
mais il avait été incapable de se tourner vers elle et la
main s'était retirée. Il savait sans avoir besoin de regarder que Hound et Frank étaient tout près d'eux.

— Ce peigne, dit-il finalement d'une voix étranglée.
Où tu l'as eu?

— Milo me l'a donné, dit-elle. Je le trouve joli.

Elle paraissait sur la défensive, et il y avait quelque
chose de distant dans sa voix. Quand il se tourna pour la
regarder, il constata qu'elle fixait la mer.

— La marée descend, dit quelqu'un. Tant mieux.

C'était Hound. Ike hocha la tête. Frank Baker était au
bord de l'eau. Il le regarda pousser sa planche et s'allonger dessus avant de se mettre à ramer avec des gestes
rapides et efficaces qui l'emportèrent là où le soleil dansait sur la mer.

Michelle se leva brusquement et lui cacha le soleil
pendant un instant. Elle se pencha pour essuyer le sable
sur ses jambes.

— Je retourne à la maison, dit-elle.

Et puis, comme si elle y pensait seulement :

— Tu devrais demander à Milo de te faire visiter, Ike.
J'ai jamais vu une maison comme celle-là. Il y a une
vraie salle de cinéma au sous-sol.

Ike eut l'impression que sa voix était mécanique, for-
cée, comme si elle essayait d'avoir l'air naturel devant
Hound. Il se demanda si Hound l'avait remarqué aussi.

Et il se demanda combien de temps Hound et Frank étaient restés en haut de l'escalier.

Il regarda Michelle marcher le long de la plage, et puis il regarda Hound qui regardait Michelle lui aussi. Lorsqu'elle fut partie, Hound s'agenouilla à côté de lui, souriant et plein d'énergie maintenant. Son air fatigué avait disparu, ses yeux étaient grands ouverts, plats et noirs comme des pierres. Il y avait quelque chose de curieux là-dedans pourtant, dans la manière dont ces yeux étaient accrochés au visage – comme s'ils étaient flambant neufs alors que le visage conservait encore des traces de fatigue, la peau un peu trop pâle et trop tendue sur les os.

— C'est pas une matinée, ça, mec ? demanda Hound d'une voix égale. On se retrouve là-bas ?

Ike sentit la main de Hound sur son épaule. Hound partit vers la mer. Ike regardait en clignant des yeux dans la lumière, observant une barre d'écume. Lorsqu'il se leva, il se sentit encore faible d'avoir fait l'amour. Il resta immobile un moment, regardant Hound franchir la crête d'une vague et disparaître de l'autre côté. Puis il ramassa sa planche et se mit en marche comme un somnambule, comme si son corps agissait de lui-même tandis que son esprit se concentrait sur le peigne. Tandis qu'il pataugeait dans l'eau peu profonde et sentait les pierres dures rouler sous ses pieds, il se rendit compte qu'il parlait tout seul, que ses mots montaient et s'évanouissaient dans l'air.

— Elle est venue ici, dit-il. Et ils le savaient. Ils le savaient depuis le début.

C'était une phrase surprenante, et il la répéta pendant qu'il commençait à ramer et que l'écume balayait son corps – oui, il la répéta comme s'il ne savait rien d'autre.

Ils surfèrent pendant une heure. Hound dit qu'au ranch c'était comme au Mexique, qu'il y avait un rythme différent ici, qu'il fallait un moment pour s'adapter, pour ajuster son énergie au flux. Il dit un tas de choses, et curieusement certaines d'entre elles correspondaient aux pensées de Ike. Mais elles sonnaient faux quand on les énonçait à voix haute. Peut-être parce qu'elles étaient au-delà des mots. Ou peut-être parce que la voix de Hound était trop plate et trop creuse, rien qu'un autre bavardage, et Ike se rappela les journées passées dans la maison de Hound, ce dernier assis en tailleur sur le plancher et dissertant sur quelque artefact qu'il avait déniché tandis que les gens allaient et venaient et que même les petites filles défoncées avec sa dope savaient que c'était du vent. Ike remarqua que Frank Baker ne se joignait pas à eux. Il surfait de son côté, assez loin, et Ike finit par tourner le dos à Hound. Il le laissa en plein milieu d'une phrase et se mit à ramer vers sa gauche, vers l'endroit où il était resté assis un jour avec Preston Marsh et où il pourrait être seul pour réfléchir.

Ils sortirent de l'eau et montèrent l'escalier de pierre. Ils grimpaient en file indienne, Hound devant et Ike fermant la marche. Le sol devint frais et humide sous leurs pieds. L'odeur des fleurs descendait vers eux depuis les jardins.

Ils trouvèrent Milo Trax et Michelle sur la première terrasse. Milo portait une tenue de tennis et avait étalé ses courtes jambes sur une chaise longue. Des lunettes de soleil cerclées de métal dissimulaient ses yeux. Michelle portait une robe d'été blanche que Ike ne lui avait jamais vue. Il y avait une boisson sur la table en fer forgé devant elle. Ses doigts reposaient près du verre et elle regardait au loin, vers les arbres, de sorte qu'il la voyait de profil, son nez court et droit et un de ces sourcils arqués qu'il tenait pour responsables de son air légèrement arrogant. Il remarqua que sa chevelure était tirée en arrière et retenue par le peigne en ivoire. Elle ne le regarda pas.

— Été à la mer? demanda Milo. (Il sourit sous ses

lunettes et leva son verre comme pour porter un toast.)
Comment étaient les vagues?

— Bonnes, dit Hound.

Ike ne disait rien. Il regardait toujours Michelle.
Frank Baker ne s'était même pas arrêté, il avait disparu
parmi les arbres. Ike réalisa que quelqu'un lui parlait.

— Je suis content que vous vous amusiez, disait Milo.
Je suis content qu'il y ait eu des vagues. Vous êtes prêt à
travailler un peu?

Ike se sentit hocher la tête. Il regarda encore Michelle
pendant un instant, et puis les deux petits trous noirs qui
étaient les lunettes de Milo.

— Il y a une liste dans la maison, lui dit celui-ci. Des
choses à faire avant que les invités arrivent. Il y a aussi
des vêtements que j'aimerais vous voir porter ce soir.
Hound vous montrera.

Ike tourna les talons et suivit Hound sur le chemin.

38

Il passa le reste de l'après-midi à arroser les allées et
les patios, à ratisser les feuilles et à balayer le sol.

— Milo était en Europe, avait expliqué Hound. Il faut
nettoyer un peu.

Ike fit ce qu'on lui demandait, mais son esprit était
ailleurs. Ellen était-elle venue ici comme il l'avait d'abord
supposé? Ou bien le peigne avait-il été laissé ailleurs, sur
le bateau ou au Mexique? Et pourquoi l'avait-on offert à
Michelle? N'était-ce qu'une étrange coïncidence? Ou
était-ce un appât? À un moment donné, il releva la tête et
vit Frank et un des Samoans de Huntington Beach en
train de charger des caisses sur un petit camion. Puis ils
partirent à travers les jardins et s'éloignèrent de la mai-

son en direction de la pointe. Ike s'arrêta de balayer. L'espace d'un instant, il envisagea de les suivre et regarda par-dessus son épaule pour voir s'il y avait quelqu'un alentour. Il aperçut Milo Trax debout sur un petit balcon, appuyé à la rambarde de fer. Lorsqu'il vit que Ike le regardait, Milo leva la main. Ike lui fit signe à son tour et se remit à travailler, poussant son balai entre les murs décolorés par le soleil, le vieux lierre aux feuilles sombres et aux tiges épaisses comme des branches.

Lorsqu'il en eut terminé avec les jardins, il se rendit dans le bureau de Milo où il trouva les vêtements qu'on avait laissés là pour lui, une chemise blanche à manches longues avec des fronces sur le devant, un pantalon, des chaussettes et des chaussures noirs. Il prit une douche et enfila les vêtements qui lui allaient étonnamment bien et étaient plus chic que tout ce qu'il avait jamais possédé. Puis il alla à la fenêtre et regarda le soleil se coucher sur l'océan, d'abord une grosse sphère rouge qui descendait rapidement et puis éclatait et fondait dans la mer. Il y avait quelque chose d'hypnotique dans ces changements de lumière, et Ike les contempla, fasciné, jusqu'à ce qu'on frappe à la porte. Il aurait voulu que ce soit Michelle. Mais ce fut Hound Adams qui poussa la porte et entra dans la pièce, puis s'arrêta et alla refermer. La main de Ike se crispa sur l'appui de la fenêtre.

La pièce n'était éclairée que par les couleurs de juke-box du coucher de soleil en train de s'évanouir, et Hound ne fit rien pour les altérer. Il traversa le tapis en direction de la fenêtre et s'immobilisa près de Ike.

— Pas mal, la vue, non ?

Il se tut un instant mais ne parut pas attendre de réponse. Il semblait plutôt attendre que Ike tourne la tête pour regarder une fois encore par-dessus les arbres pourpres, vers la mer et le dernier éclat de soleil couleur de sang. Ike s'exécuta et regarda pendant que Hound parlait.

— Quand Preston et moi on était au lycée, on venait ici en douce pour surfer. Je connaissais l'endroit avant Preston. Tu aurais vu sa tête, la première fois qu'il a regardé ça. On campait en bas, là dans les collines, presque à l'endroit où on a trouvé les planches, vos planches. (Hound s'interrompit. Ike attendait tout en contemplant la fin du soleil.) On s'asseyait là-bas et on parlait des endroits où on irait, de ce que ça ferait d'avoir un coin comme ça à nous. Qu'est-ce qu'on peut demander de plus? Hein?

Ike repensait à sa première visite au ranch, à sa première vision de la pointe déserte. Il s'était dit exactement la même chose.

— Ça nous a pas pris longtemps pour connaître Milo, dit Hound. Je vais te raconter comment ça s'est passé. Preston et moi on avait prévu un chemin de repli, au cas où. On avait découvert une ravine qui partage la grande falaise près de la pointe et qui va presque en ligne droite jusqu'à la grille et le chemin de terre qu'empruntent les cow-boys. C'était plein de broussailles et de sauge, alors un jour on a apporté des machettes pour nettoyer un peu tout ça en n'y touchant pas trop du côté de la plage, parce qu'on se disait que les cow-boys ne connaissaient peut-être pas ce passage. C'est le chemin que vous avez pris cette nuit-là.

Ike acquiesça. Une fois de plus, il revit Preston accroupi au pied de la falaise en train de lui demander s'il saurait retrouver la camionnette.

— Ça a marché comme sur des roulettes, reprit Hound. Mais je te parlais de notre rencontre avec Milo. On était venu un jour de gros temps et on était dans l'eau, bien au large, quand on a regardé en l'air et vu ces cow-boys sur la colline en train de nous observer. Puis ils sont montés dans une camionnette et ont commencé à descendre. On a discuté de ce qu'on devait faire. La route pour descendre est plutôt longue parce qu'elle fait plein de lacets, alors on s'est dit que si on pouvait prendre une ou deux vagues en vitesse et retourner à la plage, on pourrait se tirer par la ravine. Le problème, c'était que la mer était de plus en plus grosse et qu'il était presque impossible de prendre une vague. Des rouleaux monstrueux.

Il se tut un instant, comme s'il revoyait les vagues en question. Ike essayait de se les imaginer lui aussi, d'imaginer Hound et Preston ensemble sur l'eau comme il les avait vus sur cette photo dans le magasin.

— Preston a toujours été un poil meilleur que moi, continuait Hound. Je voulais pas le reconnaître à cette époque, mais il l'était. Et ce jour-là aussi, il l'a été. Il a pris une vague inimaginable. C'était difficile de seulement monter dessus, tellement elles étaient hautes. Mais il l'a fait. J'ai vu sa tête sauter par-dessus la crête loin de moi, et j'ai compris qu'il y était arrivé. Le temps filait, et il fallait que je fasse quelque chose. Je sais pas si la vague que j'ai prise était prenable ou pas, mais je me la suis mangée, mec, je me la suis prise en pleine gueule. (Il se tut et fit un geste imperceptible, comme pour chasser ce souvenir.) J'ai failli me noyer. En tout cas, ça a été l'enfer pour rentrer à la nage, et ça a pris longtemps. Quand je suis arrivé à la plage, la camionnette était là et trois cow-boys m'attendaient. L'un d'eux tenait un manche de hache. J'avais jamais eu d'ennuis au ranch, mais tout le monde avait entendu des histoires de mecs qui s'étaient fait choper, à qui on avait piqué leurs planches et botté le cul. J'étais tellement épuisé que tout ce que j'ai pu faire, c'est ramper hors de l'eau. Preston était pas en vue, alors je me suis dit qu'il avait réussi à rejoindre la ravine et que ça allait être ma fête. J'ai essayé de me lever, mais ce salopard m'a cogné avec son manche de hache et m'a filé un coup de botte en pleine gueule. Et puis Prez a surgi. Il était allé jusqu'à la camionnette, avait enterré sa planche et était revenu avec un démonte-pneu.

Il s'arrêta pour glousser et une fois de plus, comme c'était déjà arrivé auparavant, Ike eut l'impression que Hound Adams ne lui racontait pas des bobards ou ne jouait pas un rôle, qu'il parlait tout simplement et qu'en ces instants-là il restait quelque chose en lui qu'on pouvait aimer. Qu'en dépit de tout le reste, de ses évidentes trahisons et de ses nombreux déguisements, il restait encore quelque chose – l'ombre, peut-être, de l'ancien ami de Preston.

— C'était pas le salopard à l'allure de dingue qu'il est devenu, disait Hound. Mais il était costaud, un putain d'athlète. Il a aplati le mec au manche de pioche avant même qu'il comprenne ce qui lui tombait dessus. Pendant un moment, j'ai même cru qu'il l'avait tué. C'était pas le cas, mais à cet instant-là personne en savait rien et tout d'un coup les deux autres gars ont plus eu tellement envie de nous dérouiller. J'ai ramassé le manche de hache et on a poursuivi ces trous du cul jusqu'au bout de la plage. Et puis on est monté dans leur saloperie de camionnette et on s'est tiré. Quand on est arrivé à la grille, on a vu ce petit mec râblé en tenue de tennis qui nous attendait avec un fusil de chasse en travers de son bras et une demi-douzaine de cow-boys derrière lui.

"C'est comme ça qu'on a rencontré Milo Trax. Le plus drôle de l'histoire, c'est qu'on l'avait impressionné. Il avait observé toute la scène avec des jumelles, et il avait pas l'habitude de voir ses types se carapater comme ça. Il avait pas non plus l'habitude de voir des types prendre des vagues de cinq mètres – et surtout pas comme l'avait fait Preston. Alors il nous a invités chez lui. Ici même. Dans cette pièce. On s'est assis ici pour regarder la pointe et fumer la dope que Prez avait apportée avec lui, et puis après celle de Milo. (Il fit un geste vers la fenêtre.) Une chose en entraînant une autre, cette nuit-là on a quitté le ranch avec nos clés à nous. Nos clés, Ike. On croyait qu'on allait mourir, et on se retrouvait au paradis.

Ike se retourna vers la fenêtre. Le soleil avait disparu, maintenant. Il n'y avait plus qu'une bande de lumière rougeâtre à l'horizon, sous un ciel qui s'obscurcissait rapidement. Les arbres étaient sombres eux aussi, noirs et sauvages contre la mer d'un pourpre profond, et sous leurs branches un léger brouillard se levait. Ike ne savait pas pourquoi Hound lui racontait tout cela. Mais il devait y avoir une raison. Il en avait assez des jeux de Hound, et des siens propres aussi.

— Et ta sœur Janet, demanda-t-il doucement. Tu l'as amenée ici, elle aussi ?

Pendant un instant Hound ne dit rien, comme si pour une fois Ike l'avait pris par surprise.

— Oui, dit-il enfin.

— Et puis au Mexique ?

— Oui.

— Et Ellen Tucker ? Tu l'as amenée ici, ou seulement au Mexique ?

La sensation qu'éprouva Ike en prononçant ces mots n'était pas très différente de celle qu'il avait éprouvée sur la moto avec Preston – la giclée d'adrénaline qui accompagne un voyage à la limite.

Hound se contenta de le regarder, mais l'expression d'étonnement s'effaçait déjà de son visage. Il y avait maintenant l'ombre d'un sourire dans ses yeux.

— Je crois que tu as tout faux, mec, dit-il. J'ai jamais emmené ta sœur nulle part, mais elle est peut-être allée toute seule au Mexique. Elle est peut-être là-bas.

Il sourit en écartant ses mains.

— Tu savais que c'était ma sœur depuis le début, hein ?

— Non. Pas depuis le début. Je l'avais entendue parler d'un frère, mais j'avais l'impression que tu étais plus vieux. Et puis je t'ai vu un matin dans ce café. Et après ça j'ai vu que tu fouinais à la plage, collant comme un putain de sparadrap. Et puis je t'ai vu chez moi. Mauvaises vibrations de plouc. Des tonnes de parano. Je me suis dit qu'Ellen avait menti, ou exagéré, ou qu'il y avait un autre frère. Je t'ai posé quelques questions au feeling cette nuit-là, mais tu m'as donné les bonnes réponses. Après ça, il y a eu l'histoire de ta planche volée. J'ai suivi la piste de celle qu'on avait retrouvée au ranch, et j'ai abouti au môme qui te l'avait vendue. (Il s'interrompit pour rire.) Preston a dû lui flanquer une putain de frousse, à ce môme. Il chiait encore dans son froc à l'idée que ce dingue de motard puisse se repointer.

— Alors pourquoi tu as rien dit?

Hound souriait toujours, et son sourire était hideux maintenant.

— Un bon petit jeu donne toujours un peu de sel à l'existence. J'ai vu à quoi tu jouais. J'ai décidé de te laisser étaler tes cartes. Mais qu'est-ce qui te fait croire que j'ai emmené ta sœur au Mexique?

Ike regarda fixement le sourire de Hound tout en se demandant ce qu'il pourrait bien répondre. Devait-il parler du peigne? Ou du garçon dans la Camaro blanche? Le chat et la souris, encore un coup. Il se dit brusquement qu'il ne fallait pas mentionner le peigne, pas maintenant.

— Quelqu'un me l'a dit. Un type est venu me voir dans le désert et m'a dit qu'Ellen était allée au Mexique avec des mecs de Huntington Beach et qu'elle était pas revenue.

— Il a dit que c'était moi?

Ike choisit soigneusement ses mots.

— Seulement qu'elle était partie et que tu saurais peut-être ce qui s'était passé.

— Qui c'était?

— J'en sais rien.

Pendant un instant, Hound parut sincèrement intrigué.

— Je dirais qu'on t'a menti, mec. Je sais pas pourquoi. Ta sœur était une fugueuse, Ike. Elle fuyait le désert, les gens qui l'ont élevée, elle te fuyait toi. (Il laissa pendant un moment les derniers mots en suspens entre eux.) Elle est passée, oui, dit-il. On s'est un peu amusé.

— Comme tu t'es amusé avec Janet?

Ike sentit son taux d'adrénaline grimper de nouveau. Mais il n'aimait pas du tout le tour que prenait la conversation. Hound se foutait tout simplement de sa gueule et lui racontait des bobards, exactement comme il l'avait prévu. Une fois de plus, il eut envie d'effacer le sourire de Hound de son visage.

Cela marcha. Hound fit un pas en avant et sa poitrine toucha presque celle de Ike.

— Tu pousses un peu, non? demanda-t-il. Je sais pas ce que tu crois savoir sur Janet et je sais pas qui te l'a dit, mais je vais te dire quelque chose sur elle et sur ta sœur. Et sur Preston aussi, pendant qu'on y est. Ils ont tous choisi, mec. Leur propre chemin. Ils ont choisi ce qu'ils voulaient. Ta sœur aurait pu rester. Je l'aimais bien. Elle a choisi autre chose. Comme Janet.

— Et elle a choisi quoi?

Au moment même où il posait la question, Ike se rendit compte qu'il n'avait pas précisé. Janet ou Ellen? Il attendit.

— Elle a choisi de mourir, dit Hound. (Il parlait d'une voix plus douce, et la pièce devint soudain très calme.) Mourir parce qu'elle avait peur de vivre. Tu sais, les choses étaient devenues compliquées pour elle, cette fois-là au Mexique. Dans sa tête, en tout cas. (Hound se tapota la tempe.) C'était pas compliqué, en fait. C'était nouveau. C'était un voyage d'exploration, mec, sans blague. Et Janet était avec nous. Au début elle était très libre et aimante, mais elle a commis l'erreur de s'arrêter, de retomber dans les pensées des autres. Elle a cessé d'écouter son cœur. (Il haussa les épaules.) Et ça l'a tuée. (Il regarda la fenêtre sombre par-dessus l'épaule de Ike.) Peut-être que tu comprends mieux maintenant ce que j'ai essayé de te dire l'autre jour dans ta chambre – ce truc à propos des autres qui pensent pour toi.

"Tout est là-dedans, dit-il en frappant la poitrine de Ike avec sa main, assez fort pour que cela fasse mal. Tu sais, la plupart des gens font jamais le genre de voyage dont je parle. Ils commencent même pas. Tout ce qu'ils font, c'est passer leur vie à se cacher d'eux-mêmes. Et à cause de ça, à cause aussi du fait que ce sont eux qui fixent les normes, c'est un voyage solitaire, mec. On est là tout seul, et ça peut devenir très bizarre. J'ai vu des gens flipper à cause de ça. Arrivés à mi-chemin, ils perdent la foi. Et ils peuvent pas le supporter. Janet a pas pu le supporter. Et Preston a pas pu le supporter. Avec Janet, les complications sont arrivées quand elle est tombée enceinte sans savoir qui était le père de son enfant. (Il s'interrompit et haussa de nouveau les épaules.) Mais c'est ce que j'essaie de te dire depuis le début. C'est ton trip, mec. Et c'est ton choix.

Ike attendait que Hound continue, qu'il en dise plus à propos de ce choix, mais Hound se tut. Il se détourna de la fenêtre et fit quelques pas vers le milieu de la pièce. Lorsqu'il se tourna de nouveau vers Ike, ce fut pour parler sur le ton de la conversation.

— Tu sais, Milo t'aime bien. Et tu t'es bien débrouillé cet été, à une petite exception près que nous ne mentionnerons pas. Je veux dire, on a fait du bon boulot ensemble, non? Et je pourrais engager quelqu'un à la boutique. Je veux pas dire seulement pour y travailler, mais pour s'en occuper. Je veux voyager plus souvent, et j'aime savoir que les choses sont en de bonnes mains quand je pars.

— Et Frank?

Hound haussa les épaules une fois de plus. Sa réponse fut surprenante.

— Frank est un perdant, dit-il. Il est là, c'est tout.

Merde. Il est toujours là. Tu veux savoir quelque chose ? Frank Baker a même pas la clé de la grille d'ici. Je pourrais arranger ça pour toi. Je plaisante pas, mec. Ta propre putain de clé. Tu pourrais l'avoir, mec. (Il hocha la tête tout en regardant la fenêtre obscure au-delà de laquelle la forêt et l'océan étaient maintenant invisibles, et c'était comme si Hound Adams parlait depuis les ténèbres.) Mais souviens-toi de ce que je t'ai dit, mec. Tu dois choisir. Penses-y.

Hound s'en alla. Il sortit dans le hall et laissa Ike seul dans le bureau de Milo Trax. Il avait laissé la porte entrouverte, et Ike vit une mince bande de lumière jaune traverser le tapis et éclabousser le cuir lustré de ses chaussures.

39

Ike alla au bureau de Milo et alluma une lampe. La lumière transforma les grandes fenêtres qui regardaient la mer en miroirs dans lesquels il aperçut son reflet, le reflet d'un étranger portant des vêtements coûteux. Et s'il le faisait tout de suite, ce choix ? Si, en revenant dans son bureau, Milo y trouvait deux jeux de vêtements coûteux ? Et si, à ce moment-là, Michelle et Ike avaient déjà disparu ? Partis vers la plage, engagés dans la ravine. Il lui restait un peu d'argent à Huntington Beach, assez pour acheter des billets de car. Au matin, ils pourraient être en route vers un autre endroit. N'importe où. Cela n'avait pas d'importance. Il préviendrait Preston et ils garderaient le contact, de sorte que si on découvrait quelque chose, Preston pourrait le prévenir. Il sortit de la pièce et s'engagea dans le couloir.

Il y avait dans la maison des bruits qu'il n'avait pas

remarqués depuis le bureau. Quelqu'un jouait de la musique dans un des patios extérieurs et on entendait des voix – il supposa que c'était les invités de Milo. La soirée avait commencé.

La plupart des voix étaient indistinctes et dérivaient vers lui depuis des parties éloignées de la maison. L'une d'entre elles, cependant, était aisément reconnaissable, et c'était celle de Milo. Elle était plus proche que les autres, venant presque de dessous Ike. Il se pencha sur la rambarde de la galerie pour regarder.

Il était au-dessus de l'entrée au sol de pierre par laquelle ils étaient arrivés plus tôt dans la journée. Il y avait quatre hommes au-dessous de lui. Hound, Milo et deux hommes qu'il n'avait jamais vus. L'un de ces hommes était brun et costaud. Il se tenait légèrement à l'écart des autres, les mains le long du corps. L'autre inconnu était grand et plutôt mince, sec et bronzé. Il portait un pantalon blanc et un blazer bleu. Au-dessus de la veste, ses cheveux étaient d'une très belle teinte de gris, presque de l'argent sous les lumières de l'entrée. Apparemment, les deux étrangers venaient d'arriver et Milo et Hound les escortaient dans la maison. Ils passèrent presque directement sous Ike, et il entendit de nouveau la voix de Milo, assez clairement pour distinguer chaque mot.

— Oui, disait Milo. J'ai des hommes qui y travaillent en ce moment. Ce sera prêt.

L'homme aux cheveux d'argent hocha la tête. Sa voix était plus douce que celle de Milo.

— Ces gens? demanda-t-il. C'est pour la vraie chose?

— Oh, oui. Certains, en tout cas.

— Et vous les avez en main?

Ils faisaient demi-tour maintenant et revenaient sous la galerie, hors de vue de Ike.

— Je fais entièrement confiance à Hound, disait Milo. Mais ne vous en faites pas. Je pense que vous trouverez cela intéressant. L'homme aux cheveux d'argent dit encore quelque chose que Ike fut incapable de comprendre. Il resta un moment appuyé à la rambarde et allait partir quand il revit Milo et Hound. Ils discutaient tout en arpentant le sol de pierre au-dessous de lui. Milo avait posé sa main sur le dos de Hound. C'était une attitude étrange, comme s'il guidait Hound à travers le hall d'entrée et puis vers la porte de l'autre côté, et le geste intrigua Ike. C'était ainsi, pensa-t-il, que l'on pose sa main sur le dos d'un enfant. D'un enfant ou d'un amant.

Ike s'écarta rapidement de la rambarde et s'engagea dans le couloir tout au bout de la galerie. Il y faisait sombre, et il s'immobilisa le temps que ses yeux s'habituent à l'obscurité. Il ne savait que penser de ce qu'il venait d'entendre. En fait, il pensait plutôt à cette image de Hound et Milo passant la porte, à la main de Milo sur le dos de Hound. Cela collait avec d'autres choses – ces lettres qu'il avait un jour vues gravées sur le mur des toilettes à Huntington Beach, ce que Michelle lui avait dit sur le bateau, l'abstinence de Hound à ses propres fêtes. Et il se demanda ce que Hound trouverait à dire de cela. Un beau paquet de baratin, sans aucun doute – un autre pas sur la route de la découverte. À moins que Ike ne se trompe, que cela ne veuille rien dire du tout.

Il y avait une fenêtre quelque part au-dessus de lui. Il sentait l'odeur de la mer et le parfum d'un bougainvillier. Il y avait de nombreuses portes le long du couloir. L'une d'elles était à moitié ouverte. Ike s'en approcha et s'immobilisa. Il chuchota. Personne ne répondit, alors il poussa la porte et entra.

La pièce était grande, sombre et vide, et seules deux fenêtres à la française donnant sur un petit balcon l'empêchaient d'être plongée dans une obscurité absolue. Le brouillard était monté et luisait faiblement derrière les fenêtres. Ike distingua quelques meubles – un lit, une commode, une petite table de chevet, deux grandes chaises. Il allait sortir lorsqu'il remarqua ce qui ressemblait à une robe blanche suspendue contre le fond sombre d'une penderie. Il crut d'abord que c'était celle qu'il avait vu Michelle porter dans l'après-midi. Mais en s'approchant, il réalisa qu'il s'était trompé. La coupe de celle-ci était légèrement différente. Et puis il vit une autre robe posée sur une des chaises. Celle-là était également blanche, et d'une coupe identique à celle de Michelle. Il repoussa la robe qui était accrochée devant la porte de la penderie. L'étroit espace était rempli de vêtements de femmes – ou de jeunes filles, plus exactement, car il y avait quelque chose dans leurs tons et dans leur coupe qui suggérait la jeunesse. En les touchant, il prit conscience du battement de son pouls dans son poignet, de la fraîcheur des étoffes contre sa peau.

De la penderie, il passa à la commode. Il y avait quelques articles de toilette sur le dessus – des brosses, un miroir à main. Il ouvrit un des tiroirs et vit qu'il était rempli de joaillerie, de bracelets et d'ornements pour les cheveux. Il fourragea dedans avec ses doigts, écoutant les petits bruits que faisaient les objets contre le bois et imaginant soudain Milo Trax debout au même endroit en train de faire exactement la même chose, cherchant quelque colifichet et choisissant le peigne en ivoire – qui était, d'après ce qu'il pouvait voir, la plus belle et la plus chère des pièces. C'était aussi simple que cela. Le peigne n'avait pas été donné à Michelle pour appâter Ike. Hound Adams ignorait probablement jusqu'à son existence, et Ike avait eu raison de ne pas le confronter à son mensonge. Au moins, sa méfiance lui avait fait gagner un peu de temps. Et pourtant, il y avait dans tout cela quelque chose qui le frappa comme une plaisanterie cruelle. Il était entré dans le piège et il n'arrivait pas à croire qu'il ne l'avait pas vu avant, qu'il n'avait pas senti dès le premier instant que le mal rôdait dans cet endroit. Son attention avait été, il le supposait, détournée par trop d'autres choses. Il n'avait pensé qu'à la possibilité qu'il avait de parler avec Michelle, de la sauver de quelque voyage mortel au Mexique. La sauver. Dieu du ciel. Il n'y avait pas eu de voyage au Mexique pour Ellen Tucker. Preston avait raison : le garçon à la voiture blanche avait menti. Ou peut-être qu'il s'était trompé. Mais cela ne faisait plus de différence, maintenant. Il avait vu juste, sur la plage : Ellen était venue ici. À une fête au ranch. Et le ranch, c'était le bout du chemin.

40

Il laissa la chambre comme il l'avait trouvée, seulement éclairée par la pâle lumière qui entrait par les fenêtres vitrées. Mais il avait l'impression que c'était une tombe maintenant, et en refermant la porte il sentit quelque chose s'en aller de lui, comme s'il laissait un peu de lui-même dans cette pièce.

Il trouva d'autres escaliers au bout du couloir, et une porte donnant sur l'extérieur. Il la franchit et sentit l'air frais sur sa figure, dense et humide. Il eut l'impression que son visage était chaud, presque fiévreux, tandis qu'il traversait un jardin obscur, tournait au coin de la maison et entrait dans un des patios où les invités s'étaient rassemblés.

Il y avait déjà beaucoup de gens. Certains s'étaient assis sur des chaises de jardin, d'autres à même le sol. Ike demeura un moment à l'entrée du patio, cherchant Michelle du regard et observant la scène. Les invités étaient d'âges divers, bien que la plupart soient plus jeunes que Milo, plus proches en fait de l'âge de Hound, et Ike repensa à la conversation qu'il venait d'entendre – la question de l'homme aux cheveux d'argent à propos de contrôle, la réponse de Milo disant qu'il faisait confiance à Hound.

La plupart des gens étaient habillés simplement, pantalons et vestes de jean ou pulls mexicains. D'autres, cependant, étaient vêtus de façon plus élaborée et portaient une espèce de robe délirante qui ressemblait plus à un déguisement qu'à autre chose. Les invités semblaient se regrouper en fonction de la manière dont ils étaient habillés. Ceux qui étaient vêtus le plus simplement avaient formé un cercle sur le sol cimenté du patio, et en les regardant Ike vit que Hound Adams était là aussi, assis au milieu du groupe et apparemment engagé dans une discussion ou un débat avec un homme épais et chauve que Ike n'avait jamais vu. Il était trop loin pour entendre ce qui se disait, mais il voyait les deux hommes remuer la tête et de temps à autre faire des gestes avec leurs mains. Tous ceux qui étaient assis sur le sol semblaient suivre la conversation avec intérêt. Et même si certains des invités vêtus de robes se tenaient à la limite du cercle, la plupart des autres étaient dispersés dans le jardin et formaient de petits groupes entre eux.

À travers une porte coulissante ouverte, Ike aperçut fugitivement les deux hommes qu'il avait vus dans l'entrée avec Hound et Milo. Il devina un éclat de lumière dans les cheveux du plus grand. Il n'aurait su dire si Milo était avec eux ou non. De la musique venait de la maison et flottait dans le jardin, humide maintenant à cause du brouillard, de sorte que dans la lumière les feuilles des plantes paraissaient luisantes et mouillées. Lorsqu'il fut certain que Michelle n'était pas parmi les invités, Ike fit un pas en arrière et s'enfonça dans l'ombre.

Il commençait à être inquiet. Il ne voulait pas retourner dans la maison en passant par le patio. Il ne voulait pas prendre le risque d'une autre confrontation avec Hound ou Milo, car il ne savait toujours pas ce qu'ils attendaient de lui. Il se sentait idiot dans ses vêtements. Ils ressemblaient un peu, décida-t-il, aux déguisements de certains des invités. Mais il y avait autre chose dans ces vêtements, quelque chose qui lui faisait penser qu'il s'était déjà compromis, qu'il était la chose de Milo.

Il était revenu sur le devant de la maison et cherchait la porte par laquelle il était sorti lorsqu'il entendit le bruit d'un moteur démarrant dans la nuit. Il fila sur une étroite allée et monta une volée de marches en pierre. Les marches conduisaient à une grande pelouse ronde dont il atteignit le niveau juste à temps pour voir des phares se déplacer dans le brouillard devant lui. Les phares s'éloignèrent de lui à l'endroit où l'allée tournait, et il vit le van jaune de Frank Baker passer devant lui. Frank devait l'avoir vu monter les marches, parce que le van ralentit un peu et Ike aperçut le visage de Frank qui se tournait vers lui de l'autre côté de la vitre. Il n'y avait guère de distance entre eux, trois ou quatre mètres peut-être, mais il faisait trop noir pour que Ike puisse distinguer l'expression de Frank. Il ne vit que l'ombre des traits, les cheveux blonds et frisés rejetés vers l'arrière et mouillés reflétant un peu de lumière tout comme ils l'avaient fait dans cette ruelle de Huntington Beach la nuit où il avait vu Frank parler à Preston Marsh.

Le van ne s'arrêta pas complètement. Le visage se détourna de la vitre et il n'y eut plus que les feux arrière disparaissant parmi les arbres, et puis seulement le bruit du moteur déclinant jusqu'à ce qu'il soit englouti par la forêt, par le silence du ranch.

Il finit par la retrouver. Elle était au sous-sol, dans la salle de cinéma dont elle avait parlé. C'était un petit cinéma, mais un cinéma tout de même. Il y avait environ trois douzaines de sièges, un écran et une petite scène. D'épais rideaux de velours recouvraient les murs, et là où ils s'entrouvraient on apercevait des sculptures en plâtre, des têtes de lions et de chats de la gueule desquels sortaient de douces lumières bleues. Michelle était seule. Elle était assise près de l'écran et avait passé une jambe par-dessus le bras de son fauteuil, de sorte que la robe blanche remontait haut sur sa cuisse. Elle tenait un verre à la main, posé sur son genou, et quand elle tourna la tête pour le regarder il vit que ses yeux étaient remplis de sommeil et légèrement flous.

— C'est pas super ? demanda-t-elle tandis qu'il s'agenouillait auprès d'elle. Cet endroit est super.

— Michelle, il faut qu'on parte. Tout de suite.

Elle battit des paupières, comme si elle était ivre.

— Il m'a dit d'attendre ici. De quoi tu parles ?

Instinctivement, il regarda par-dessus son épaule les lourdes portes de bois au bout de la travée.

— Je parle de partir. Juste nous deux, et tout de suite. (Il posa sa main sur le bras de Michelle.) Fais-moi confiance, d'accord ? Je t'expliquerai en route. Mais il faut qu'on s'en aille.

Elle parut s'enfoncer plus profondément dans son fauteuil.

— Mais pourquoi...

— Parce qu'il se passe quelque chose de dingue, ici. (Il parlait vite maintenant, comme s'il n'avait plus de souffle.) Tu te rappelles qu'on croyait que ma sœur était allée au Mexique, que c'était ce que le garçon m'avait dit ? Je suis venu ici parce que j'avais peur qu'ils t'y emmènent aussi. Je voulais pas. Je voulais te sortir de là, te dire ce que j'avais appris. Mais c'est pas le Mexique, Michelle. Ellen est jamais allée au Mexique. Ils l'ont amenée ici, au ranch, et ils lui ont fait quelque chose. Il

Il serrait fort son bras, et elle essaya de le dégager. Il

serra plus fort. Elle finit par lui crier d'arrêter, et il obéit. Il lâcha son bras et elle se mit à le frotter.

— Mon Dieu, dit-elle. Calme-toi un peu. Hound sait pourquoi tu es ici. Il sait que tu es le frère d'Ellen. Et c'est pas moi qui lui ai dit.

— Il le sait depuis la fête chez lui. Je viens de parler avec lui.

— Il dit qu'elle est venue à Huntington Beach mais qu'elle est repartie, qu'elle était en fuite et qu'elle voulait que personne puisse la suivre. Il a dit qu'elle voulait pas que tu la suives. Mais que tu veux pas l'admettre, alors tu inventes des trucs.

— Et tu le crois?

Elle regardait le sol en se tenant toujours le bras.

— Je sais pas, dit-elle. Je sais plus qui croire. Tu avais raison pour une chose. Tu te souviens de cette boutique de fringues où Ellen travaillait avec Marsha? Je voulais qu'on aille là-bas, mais tu m'as dit que ça servirait à rien. Tu avais en partie raison. La vieille dame qui tient la boutique dit qu'elle sait pas où Ellen est allée. Mais elle a dit qu'elle était partie sans même prendre l'argent qu'on lui devait. Elle a dit que c'était pas une grosse somme, mais que si je trouvais une adresse, elle la lui enverrait. Je voulais te le dire, mais j'ai pas eu l'occasion.

Ike garda un moment le silence. Il pensait à Michelle allant vérifier au magasin, il pensait à ce qu'elle venait de lui dire.

— Je sais pas, Ike, dit Michelle. Tu t'es conduit comme un tel crétin...

Ike se leva brusquement et arracha le peigne d'ivoire des cheveux de Michelle. Elle poussa un petit cri aigu et porta une main à sa tête. Ike lui mit le peigne sous le nez.

— Tu vois ça? demanda-t-il. C'était à elle, Michelle. C'était le putain de peigne d'Ellen. Notre mère le lui avait donné, et elle serait jamais partie sans. Écoute-moi. J'ai vu une photo, une fois. Hound l'a vendue à un de ces types qui lui achètent de la dope. J'ai pas pu bien la voir, mais on aurait dit la photo d'une nana qui s'était fait charcuter. (Il secoua la tête.) Je sais pas exactement comment, mais toute ça colle. Les films de Hound, les fugueuses qu'il essaie toujours de rencontrer. Et sur le bateau. Hound livrait des films. Je crois que Hound passe tout l'été à faire ces merdes, et puis qu'il les montre à Milo. Ils cherchent quelque chose – la bonne personne, quelque chose. Et après ils viennent ici. La fête de l'été de Milo. Tu as bien regardé cet endroit ? Ils pourraient faire n'importe quoi ici sans que personne le sache. Tout ce que je sais, c'est qu'il va se passer quelque chose de terrible, Michelle. Ici. Hound s'est comporté de façon très étrange – c'est pas inhabituel, mais il m'a parlé de choisir, il m'a dit que si je faisais le bon choix je pourrais devenir son associé, ou quelque chose comme ça. Mais je veux pas être son associé, Michelle. J'ai fait mon choix, et Hound aimera pas ça quand il saura. Voilà pourquoi il faut qu'on s'en aille tous les deux, et tout de suite.

Elle le regardait enfin. Il n'était toujours pas sûr qu'elle croyait ce qu'il lui disait, mais il n'avait plus de temps pour parler. Il se leva et la tira vers lui. La jambe de Michelle passa par-dessus le dossier et son verre se brisa en tombant par terre entre eux.

— Ike...

Elle voulait dire quelque chose, mais n'en eut pas le temps. Elle fut interrompue par le doux sifflement d'une porte battante.

— Vous ne partez pas, au moins ?

Les mots parvinrent jusqu'à eux depuis le fond de la salle. Ike se retourna et vit Hound Adams et Milo Trax debout en haut de la travée. Milo tenait quelque chose à la main, quelque chose qui ressemblait à une boîte de film. Derrière Milo et Hound se tenaient les deux hommes que Ike avait vus auparavant, le grand type aux cheveux d'argent et son costaud et sombre compagnon.

— Ils forment un joli couple, n'est-ce pas? demanda Milo.

Personne ne lui répondit. Ike sentit quelque chose se tordre dans sa poitrine. Il regarda Michelle. Elle le regardait toujours. Ses yeux étaient grands ouverts et tout à fait clairs, maintenant. Mais c'était trop tard.

Les quatre hommes descendaient la travée. Hound portait quelque chose lui aussi, une sacoche de cuir noir. L'homme aux cheveux d'argent avait enfoncé ses mains dans les poches de son blazer bleu. Il souriait. Ike dévisagea chacun des hommes, puis Hound Adams. Hound lui rendit son regard, mais son expression ne changea pas – elle était parfaitement absente en fait, et après un instant il détourna son regard vers l'écran et les lourds rideaux. Et il y avait dans ce simple mouvement des yeux quelque chose qui suggérait peut-être qu'il se lavait les mains de ce qui allait arriver. Hound et Ike avaient eu leur petit entretien. Hound avait fait tout ce qu'il pouvait. Ce qui allait arriver maintenant, c'était entre Ike et Milo Trax.

— J'allais suggérer que nous prenions des drogues et fassions un film, dit Milo. Vous devriez faire du cinéma, tous les deux. Et vous allez en faire.

Ike remarqua que l'homme aux cheveux gris regardait Milo en souriant.

— Je m'étais toujours demandé comment vous procédiez, dit-il. Hound Adams ouvrit la sacoche de cuir et en sortit une seringue et une aiguille, ainsi qu'un cordon de couleur.

— Qu'est-ce que c'est? demanda Michelle. De la coke?

— Ordre du docteur, répondit Milo. (Il regardait Ike.) D'accord?

Ike ne répondit pas. Il regarda Milo puis se tourna pour regarder Hound Adams. Il le fit délibérément. Il se détourna de Milo et de ses amis et attendit que Hound lève les yeux de son ouvrage. Lorsqu'il le fit enfin, sa face était toujours aussi dénuée d'expression, comme si Ike était un parfait étranger. Mais Ike savait. Il savait ce qu'il allait dire, il espérait seulement qu'il y arriverait sans que sa voix se brise. Son cœur battait fort, il avait du mal à respirer.

— On veut pas, dit-il. Ni l'un ni l'autre. Et plus de films non plus. (Il regardait Hound Adams.) On va partir. Maintenant.

Il savait bien sûr que ce n'était pas vrai, mais il avait eu besoin de le dire – pour la gloire, ou quelque chose comme ça. Il tendit même une main en arrière comme pour saisir celle de Michelle, comme s'ils allaient remonter la travée et rentrer chez eux.

Quelque part près de lui, Ike entendit Milo faire un petit bruit avec sa bouche. Il se dit que Milo devait également secouer la tête d'un air navré, mais il ne put s'en assurer car il ne voulait pas quitter Hound des yeux. Et l'expression de Hound commençait à légèrement s'altérer maintenant, c'était du moins l'impression qu'avait Ike : Hound avait de nouveau l'air las, comme dans le bureau de Milo. Mais il ne regardait toujours pas Ike. Il rangea soigneusement son matériel dans la sacoche et posa celle-ci sur un fauteuil devant Ike et Michelle. Ensuite il leva la tête, et l'espace d'un instant leurs regards se croisèrent. Et puis Hound frappa.

Il frappa si fort et si vite que pendant un instant Ike ne fut même pas sûr d'avoir été touché, seulement que quelque chose n'allait pas du tout, qu'il n'avait plus de voix et qu'il sombrait. Il était à genoux quand Hound saisit son bras pour le bloquer entre son biceps et son torse pendant que Milo relevait sa manche. Ike regarda Milo – ses yeux fixés sur l'aiguille, sa bouche désapprobatrice. Il vit le cordon s'enrouler autour de son bras, l'aiguille se glisser sous sa peau. Il attendit le choc, mais il ne vint pas. Il y eut au contraire une sorte de brouillard, un ralentissement, un glissement vers l'obscurité. Cela lui rappelait le jour où le médecin l'avait anesthésié à King City avant de se mettre au boulot sur sa jambe. Tandis qu'il sombrait, il lui sembla entendre Michelle hurler quelque part et il essaya de se dégager, mais c'était inutile. Il descendait et descendait encore. Il pouvait toujours voir leurs visages, pourtant – Hound et Milo l'observant de très, très haut, presque joue contre joue aurait-on dit, pareils à deux chirurgiens sur le point de perdre un patient. Il y avait quelque chose de comique dans ces visages – celui de Milo pincé et sombre, sa petite bouche froncée comme un trou dans quelque chose. Un enfant gâté sur le point de faire un caprice. Hound, lui, n'avait pas l'air fâché. Il avait plutôt l'air soucieux, ou peut-être même effrayé. D'une manière curieusement détachée, Ike s'étonna d'être l'objet d'une telle attention. C'est alors, et ce fut le dernier détail dont il se souvint, qu'il se rendit compte qu'ils ne regardaient pas son visage mais son épaule, le tatouage qui sortait comme un serpent de sa manche relevée. Les doigts de Milo s'approchèrent, épais et courts comme des pinces de fer et froids sur la peau de Ike, et déchirèrent sa chemise afin qu'ils puissent contempler la chose dans son entier. Apparemment, cela ne leur plut pas. Incroyable. Ike sourit à la bouche boudeuse de Milo. Il sourit à la peur de Hound Adams. Harley-Fuckin'-Davidson. Les visages disparurent.

41

Il se dit que c'était un film, ou alors un rêve. Lorsqu'il rouvrit les yeux, la première chose qu'il vit, ce fut du feu. Il y avait un feu presque en face de lui, d'autres de chaque côté, et d'autres lueurs encore au-dessus des

flammes – différentes celles-là, des trous blancs qui brûlaient dans la nuit et lui blessaient les yeux. Et puis il y
avait la musique, une sorte de sinistre battement de tam-
bour accordé à celui de son cœur et au-dessus duquel
flottait une plainte ténue. C'était trop de choses à la fois.
Il se sentait malade et désorienté, noyé dans le mouvement et le bruit – tout pulsait et oscillait selon ce rythme
lent. Il referma les yeux et une brise légère lui caressa le
visage. La fumée qui saturait l'air lui brûla l'intérieur
des paupières. Il pouvait également sentir les odeurs des
broussailles et de la sauge mêlées à celle, humide et
pourrissante, d'un lointain rivage – et puis quelque
chose d'autre encore, le puissant parfum de l'encens qui
montait avec la fumée et devenait de plus en plus fort et
de plus en plus lourd, jusqu'à ce qu'il ait masqué toutes
les autres odeurs et ait complètement envahi la nuit. Il
faillit avoir la nausée et rouvrit les yeux.

Il y avait un poteau près de chaque feu, et à chaque
poteau était attaché un animal massacré. Par-dessus le
feu le plus proche de lui, il devina une fourrure claire
tachée de sang, des mâchoires noires et des dents
blanches, une langue sombre. Il détourna les yeux. Il
voyait mieux maintenant, mais c'était comme s'il regardait tout au ralenti, au rythme de ce lent battement et à
travers l'étrange mélange des lumières, de la fumée et
de l'encens. Il prit conscience d'une douleur quelque
part à la base de son crâne, de l'incroyable faiblesse de
ses membres. Il constata qu'il était assis sur le sol et que
d'autres gens étaient assis à côté de lui, formant un
grand cercle. À l'intérieur de ce cercle humain il y avait
un cercle de pierres, et au milieu de ce cercle un grand
anneau de pierre avec un rocher plat en son centre. Et
Ike comprit enfin où il était – dans cet endroit au bord
de la falaise d'où il avait vu la maison pour la première
fois, l'endroit où Preston s'était battu avec Terry Jacobs,
et il se rappela avoir vu un animal mort cette nuit-là éga-

lement, des dents blanches et une langue noire. Des yeux morts.

Les feux, il voyait maintenant qu'il y en avait quatre, avaient été allumés à ce qui pouvait être les quatre points cardinaux. Un là où le cercle était le plus proche de la mer, un autre près de la forêt et les deux autres à égale distance entre ceux-là. Il vit aussi qu'on avait tracé des lignes sur le sol. Elles rayonnaient depuis le centre et reliaient l'ouvrage de pierres aux quatre feux placés entre le cercle humain et le cercle de pierres. On aurait dit que ces lignes avaient été creusées dans le sol et puis éclaboussées de sang.

Au-delà du cercle humain dont Ike faisait partie, il distinguait les formes floues de ce qui semblait être d'autres silhouettes portant des robes sombres et des capuches, mais il était difficile d'évaluer leur nombre car elles se fondaient dans la nuit. Par endroits, le feu éclairait des poitrines nues et des visages pareils au sien, mais la plupart des spectateurs s'étaient enduit la peau d'une pâte noire. Il essaya de repérer la source de la musique. Elle ne venait d'aucun endroit qu'il pouvait voir, mais plutôt de la forêt, comme si toute la clairière avait été sonorisée. Au fond de la clairière on distinguait une espèce de structure à laquelle les lumières brillantes étaient accrochées, mais il était difficile de les regarder en face et il ne vit pas grand-chose. Il ne vit pas Milo Trax et Hound Adams non plus. Mais c'est à ce moment-là qu'il vit Michelle.

Une des silhouettes encapuchonnées la portait dans la clairière. Ce devait être un homme, car la silhouette était grande et massive sous la robe, et assez forte pour porter Michelle dans ses bras sans effort. L'homme traversa les différents cercles et puis s'immobilisa au centre pour déposer Michelle sur le rectangle de pierre qui marquait le milieu exact des anneaux. Il la coucha sur le dos, et elle fut instantanément inondée par un flot de lumière.

Celui qui venait de la porter ôta sa capuche, et Ike constata que c'était l'homme chauve qu'il avait vu parler avec Hound dans le patio. Il était difficile de lui donner un âge. Son crâne était entouré par une frange de cheveux clairs, mais Ike n'aurait pu dire s'ils étaient blonds ou gris. Le visage lisse de l'homme était tourné vers la forêt. Michelle ne bougeait pas. Elle portait toujours la robe blanche. Après être demeuré immobile pendant quelques secondes, l'homme se pencha et d'un mouvement rapide il déchira la robe. Le tissu blanc retomba de chaque côté de la pierre. La surface de l'autel était légèrement convexe, de sorte que les jambes et la tête de Michelle pendaient et que son corps semblait projeté en avant dans la nuit. Elle était nue maintenant, et avec la noirceur du roc sous elle et la noirceur du ciel au-dessus, avec ses bras tendus vers l'arrière comme si elle voulait toucher le sol sous sa tête et ses seins aplatis, elle ressemblait à un mince arc blanc. Il y avait une sorte de beauté terrible dans ce spectacle, se dit Ike, et aussi quelque chose qui glaça ses os d'horreur. Il ne pouvait détacher ses yeux de Michelle. Il pensait à elle sur la plage, à sa peau chauffée par le soleil sous ses doigts.

Quelqu'un tendit à l'homme un grand récipient de céramique et il se mit à asperger Michelle avec ce qui devait être le sang des animaux sacrifiés. Enfin, il inclina le récipient et le vida sur son sexe. Elle ne remua pas. L'homme reposa le récipient sur le sol et enfouit son visage entre les jambes de Michelle.

Une nausée glaciale envahit Ike. Il aurait voulu bouger, mais des vagues de nausée traversaient son corps comme du plomb chaud et l'alourdissaient tellement qu'il ne pouvait remuer. Il se pencha en avant, essayant de se ramasser pour courir vers Michelle, mais une main surgie de nulle part le tira en arrière.

— Regarde, dit une voix.

C'était celle de Hound Adams, et Ike repensa à la photo qu'il avait entraperçue une nuit sur les falaises de Huntington Beach. Était-ce le sang des animaux, ou bien celui de la fille elle-même? Qui étaient ces gens, et jusqu'où iraient-ils?

Il ne devait jamais le savoir. Car quoi qu'ait programmé Milo Trax pour sa fête d'été cette nuit-là, il n'avait sûrement pas prévu le soudain grondement qui fit trembler le sol, une sorte de tonnerre sinistre qui sembla naître quelque part sous eux et puis s'amplifier, teintant la nuit d'une lueur rougeâtre qui envahit le ciel loin au-dessus de la lumière des feux. Ike sentit la main quitter son épaule. Hound Adams passa près de lui. Hound ne portait pas de robe noire, mais un pantalon de coton blanc et un pull mexicain également blanc, de sorte que sa silhouette contrastait violemment avec les ombres qui s'agitaient autour de lui. Ike vit Milo Trax se détacher du cercle humain de l'autre côté de la clairière. Il portait un short bleu et une chemise hawaïenne bariolée. Une casquette de marin était posée sur sa tête, la visière tournée vers l'arrière, et malgré l'obscurité ambiante il portait ses lunettes noires cerclées de métal.

L'homme agenouillé devant Michelle avait relevé la tête et regardait autour de lui, d'abord Hound et puis Milo. Son visage était souillé de liquide sombre. Sa robe s'était ouverte et Ike aperçut un collier de crânes sur sa poitrine et l'éclat d'un objet métallique à sa ceinture. Les autres spectateurs regardaient vers la forêt, où la musique s'était tue.

Ce fut un moment étrange, comme figé. Ike attendait que quelque chose bouge, mais rien ne vint. Milo, Hound et l'homme auprès de Michelle paraissaient cloués sur place, attendant eux aussi. Et puis Milo leva une main vers son visage et ôta ses lunettes. Il les tint un moment devant lui et puis les jeta au sol en un geste de dépit. Il se retourna à demi et dit par-dessus son épaule quelque chose qui ressemblait à : "Non, ce n'est pas au programme. " Ike vit qu'il parlait à l'homme aux cheveux d'argent. L'homme était à peine visible à la limite de la clairière, sous les lumières blanches.

Milo regardait vers sa maison, vers le tonnerre qui avait fait place maintenant à un lointain crépitement, et Ike remarqua pour la première fois qu'il tenait une badine à la main, une espèce de cravache. Il en fouetta sa jambe et puis fit quelque chose d'étrange avec. Il la leva et l'agita en direction des arbres. Presque comme s'il pouvait changer le cours des choses grâce à elle, se dit Ike, comme si c'était une baguette magique. Il y avait quelque chose de presque comique dans ce geste, dans la silhouette absurde de Milo Trax – son corps trapu et puissant, sa chemise voyante, sa badine. Et puis le moment passa et tout commença à se désagréger.

Cela prit un moment à Ike pour faire le rapport entre les craquements provenant de la forêt et ce qui arrivait à Milo. Une seconde auparavant celui-ci se tenait là debout dans la clairière, le bras levé, et maintenant il gisait sur le dos, des trous plein la poitrine – des impacts noirs et hideux là où sa chemise était mouillée et plaquée à sa peau. Et puis il y eut ce bruit étrange que Ike n'oublierait pas de sitôt, comme si ces trous aspiraient l'air et recrachaient un brouillard sombre. Mais le moment de silence durant lequel ce bruit fut audible ne dura pas, et subitement rien ne fut plus silencieux et rien ne fut plus immobile. La giclée d'adrénaline de la terreur absolue avait fini par atteindre le nerf collectif, et la nuit ne fut plus qu'un grand cirque plein de mouvement et de bruit, de panique et de mort. Si ces silhouettes encapuchonnées étaient venues pour pratiquer quelque rituel satanique ou invoquer quelque diable, alors il dut paraître à quelques-uns de ces esprits déments qu'ils avaient réussi. Oui, certains durent croire que le géant à demi-nu qui tombait sur eux depuis les arbres, son corps pareil à un labyrinthe de noirs symboles et ses mains crachant les flammes, était Lucifer en personne.

Tout devint extrêmement confus. Des gens arrachaient leurs capuches pour chercher par où s'enfuir. D'autres couraient aveuglément à travers la nuit et disparaissaient au bord de la falaise. Les hurlements se perdaient dans le crépitement des armes automatiques. La chose dont Ike devait se souvenir le mieux quand tout fut terminé, ce fut l'incroyable effort qu'il dut faire pour bouger, pour se mettre à quatre pattes et ramper vers l'endroit où Michelle était toujours étendue, ses mains devant son visage et en larmes maintenant, pour l'emmener avec lui. Cela nécessita toute la force qui lui restait, et il n'eut pas le temps de s'occuper de quoi que ce soit d'autre. Mais il emporta avec lui un collage d'images : des visages tordus, flous dans la fuite ou figés dans la mort, Preston lui-même, torse nu, en pantalon sombre et son béret sur la tête, des fils enroulés autour de son torse comme s'il était branché sur quelque chose, la boîte noire sous un de ses bras et l'arme automatique vomissant des flammes – un détail surprenant, aussi : la main de Preston ne se tenait pas là où aurait dû se trouver la gâchette, mais un peu écartée sur le côté. Levier suicide contre la paume de sa main, il tirait comme Ike lui avait appris à passer les vitesses. Et encore d'autres morceaux du puzzle qui lui reviendraient plus tard : le compagnon brun de l'homme aux cheveux d'argent debout près du cercle de pierre et tirant avec un revolver qu'il tenait à deux mains et pointait vers les arbres. Le revolver faisait un drôle de bruit, comme s'il était à amorces. Et là sur le sol, aux pieds de l'homme au revolver, celui qui avait porté Michelle, si proche de l'autel que Ike réalisa qu'il avait pratiquement dû ramper par-dessus son corps pour atteindre Michelle, et pourtant il ne le vit que plus tard, quand il fut sur le point de descendre vers la plage. L'homme n'était plus chauve, il n'y avait plus rien là-haut, tout le sommet de son crâne avait été emporté. Il gisait à plat sur le dos, ses jambes repliées sous lui selon un angle impossible. Sa robe s'était ouverte et Ike put clairement voir ce qu'il n'avait fait que deviner un peu plus tôt, cet éclair métallique à la ceinture de l'homme : c'était une longue dague au pommeau gravé et qui brillait encore sous les projecteurs.

Quant à Hound Adams, ce fut la dernière personne que Ike vit avant de basculer par-dessus le bord de la falaise. Hound tournait le dos à Ike et à la mer. Il faisait face au tir meurtrier, les jambes légèrement écartées et les bras le long du corps, une attitude qui rappela à Ike le jour où Hound avait fait face aux motards sur le parking, quand il lui avait sauvé son cul. Ce fut la dernière fois qu'il le vit. Hound Adams et le type brun avec le revolver – c'étaient les deux seuls qui n'étaient pas fous de terreur, et Ike devait souvent se demander par la suite comment tout cela s'était terminé, quel avait été le baisser de rideau. Hound Adams et Preston Marsh s'étaient-ils enfin fait face dans la clairière ? Y avait-il eu un moment d'immobilité tandis que les vagues cognaient au-dessous d'eux comme le dernier battement de cœur d'un rêve devenu cauchemar ? "Que fait-on quand quelque chose est pourri ?" lui avait un jour demandé Preston. Ike n'avait pas répondu, mais Preston l'avait fait et continuait de le faire tandis qu'une ultime explosion ébranlait la falaise au-dessus d'eux, projetant une telle averse de terre et de rochers qu'ils durent s'arrêter pour se protéger et attendre que ce soit fini. Et puis ils reprirent leur descente vers la plage sur leurs jambes de caoutchouc, leurs poumons en feu. Ike se mouvait comme dans un rêve et parfois, tandis qu'il glissait et dérapait dans la terre et les buissons, il était persuadé que c'était un rêve, ou en tout cas quelque hallucination tordue due à la drogue et de laquelle, au bout du compte, il finirait par émerger.

42

Michelle avait commencé à revenir à elle lorsqu'ils atteignirent la plage, mais elle était toujours incapable de marcher sans aide. Ike resta avec elle dans les ombres noires de la falaise, lui parlant et la faisant bouger afin qu'elle reste éveillée. Puis ils se déshabillèrent. Michelle ôta les restes de la robe blanche souillée de sang et ils se baignèrent dans l'eau froide. Au-dessus d'eux, au-dessus du sommet dentelé de la falaise, ils apercevaient encore une lueur orange dans le ciel. La nuit était tranquille. Ils étaient seuls sur la plage avec le bruit des vagues. Et puis soudain, comme provenant d'un autre monde, ils entendirent le bruit lointain des sirènes.

Ils ne parlèrent pas de ce qui venait d'arriver tandis qu'ils suivaient les rails de la voie ferrée en direction de la ville. Ils parlèrent au contraire de menues choses, de ce que cela coûterait pour rentrer, de la durée de leur marche. Michelle avait perdu ses chaussures et Ike lui donna les siennes. Elle était encore groggy et avait du mal à marcher droit. Elle dut s'arrêter une fois pour vomir.

Ike n'aurait su dire si ce fut une longue ou une courte marche. Parfois il avait l'impression qu'ils avançaient depuis des heures, d'autres fois qu'ils venaient de commencer. Il compta les traverses, perdit le fil et recommença, ses pieds nus sur le bois grossier, jusqu'à ce que les lumières qui n'avaient d'abord été qu'une faible lueur à l'horizon grandissent et se fractionnent pour devenir celles de la ville.

À l'arrêt des cars, ils se rendirent aux toilettes et essayèrent de se rendre aussi présentables que possible. Malgré tout, Ike se demandait quelle impression ils pouvaient bien faire – Michelle enveloppée dans la robe noire qu'il avait trouvée au pied de la falaise, lui dans son pantalon souillé et sa chemise dont il avait arraché l'autre manche. Il vit des gens s'arrêter pour les regarder et eut un instant de panique quand il se demanda si on les laisserait monter à bord. À Huntington Beach, on aurait pu les prendre pour des punks. Il n'avait aucune idée de ce pour quoi on les prendrait ici, mais fut aussi poli qu'on peut l'être au guichet derrière lequel une grosse Mexicaine le regarda à peine.

Ils prirent un Greyhound jusqu'à Los Angeles, où ils changèrent pour un Free Flyer. Ike était persuadé que le car dans lequel ils montèrent à L.A. était le même que celui dans lequel il était venu la nuit où il avait fui le désert. Il ne savait pas pourquoi il pensait cela, car il était incapable de se rappeler le numéro, mais il le pensait. Michelle réussit à s'endormir. Pas Ike. Il pensait au car. Et il pensait à ce qu'ils auraient à faire en arrivant à Huntington Beach. Il attira Michelle contre lui, et elle posa sa tête sur sa poitrine. Il caressa ses cheveux pendant qu'elle dormait.

Le car ronronnait sur une route vide. La nuit glissait à côté d'eux. Les vibrations du moteur montaient dans les jambes de Ike et jusqu'à sa colonne vertébrale, mais elles ne le berçaient pas. Il avait l'impression d'être prisonnier dans quelque endroit étrange et vertigineux où le sommeil ne viendrait jamais mais où l'on pouvait rêver tout éveillé, les yeux grands ouverts. Et il rêva du désert, de jambes maigres et brunes maculées de poussière. Il observa les gens autour de lui depuis son rêve et se demanda s'ils étaient comme lui, si leurs vies étaient aussi embrouillées. Il se demanda s'il y avait de noirs secrets dans chaque cœur. Il regardait leurs visages, leurs mâchoires décrochées par le sommeil, leurs yeux collés. Il observa un vieil homme en vêtements de travail gris qui fumait calmement en regardant par la vitre. Ces gens, que savaient-ils du monde? Savaient-ils que des êtres humains massacraient encore des animaux pour boire leur sang et célébraient des sacrifices sur des falaises surplombant la mer? Et s'ils l'apprenaient, cela les intéresserait-il? Ou bien ces visages n'étaient-ils que des masques derrière lesquels se cachaient des crânes grimaçants, le rictus de dents tachées de sang? Il secoua la tête. Il se dit qu'il était très fatigué. Comment aurait-il pu savoir ce qu'ils pensaient, tous autant qu'ils étaient? Il regarda le visage rond et lisse de Michelle et se demanda ce qu'elle avait vu et ce dont elle se souviendrait. Tout ce qu'elle lui avait raconté, pendant qu'ils attendaient le car, c'était la colère que Milo Trax avait piquée dans la salle de cinéma après que Ike eut sombré dans l'inconscience – c'était à cause du tatouage qui n'allait pas du tout, qui gâchait tout. Et puis ils lui avaient fait une piqûre à elle aussi, et la dernière chose qu'elle avait vue c'était Milo Trax jetant une boîte de film vers Hound Adams tandis que ce dernier tournait les talons et s'en allait. Ike y pensa pendant un long moment. Était-ce grâce à son tatouage qu'il était resté au bord du cercle au lieu d'être en son milieu avec Michelle? Il la regarda de nouveau dormir et repensa à tout ce qu'elle avait traversé – mais son visage ne trahissait rien et était aussi vide que les autres visages autour de lui, aussi vide que le sien qui le regardait dans le miroir noir de la fenêtre. Il semblait suspendu là selon un angle bizarre, une image de lui-même en train de se regarder se regardant, une image accrochée dans le ciel nocturne, au-dessus du néant.

Il eut un mal fou à la réveiller lorsqu'ils atteignirent Huntington Beach. Le chauffeur vint voir ce qui se passait, car ils étaient les derniers passagers, et il y eut un terrible moment de panique tandis que Ike et le chauffeur essayaient de réveiller Michelle. À la fin, pourtant, elle finit par ouvrir les yeux et ils la mirent sur ses pieds.

— Qu'est-ce qu'elle a, mec ? voulut savoir le chauffeur.

Il avait reculé de quelques pas et les regardait tous les deux. Ike dit qu'il n'en savait rien.

— Vous devriez voir un docteur, suggéra le chauffeur.

— Non, c'est rien. Elle va aller mieux. Elle est seulement fatiguée.

Le chauffeur le dévisagea d'un air soupçonneux. C'était un grand type avec une boucle de ceinture de cow-boy. Ike vit qu'il regardait son tatouage. L'homme finit par faire un pas de côté pour les laisser passer, mais Ike sentit qu'il les observait toujours tandis qu'ils descendaient les marches. À l'évidence, il savait reconnaître un paumé quand il en voyait un.

43

Ce matin-là, ils décidèrent que Michelle retournerait chez sa mère, pour un moment du moins, et qu'elle attendrait que Ike la contacte. C'était Ike qui avait décidé, mais Michelle fut d'accord. C'était drôle, la façon dont les choses se passaient. Peu de temps auparavant il était prêt à s'enfuir avec elle, à aller n'importe où du moment qu'ils étaient ensemble. Mais la nuit avait tout changé. Peut-être qu'il avait maintenant une idée plus précise de ce qu'il devait à Preston. Ou alors, il n'aimait pas les histoires inachevées. Il y avait, après tout, trois noms sur la liste : Terry Jacobs, Hound Adams et Frank Baker.

Il ramena Michelle à la gare routière et attendit encore une fois le car avec elle. Ils avaient passé la nuit au Sea View, dans sa chambre à elle. Avant de partir, elle était restée longtemps sous la douche puis avait passé un chemisier blanc et une jupe vert pâle pour rentrer chez elle. Elle n'avait pas pris de valise. Tout le reste, les vêtements neufs que Hound lui avait achetés, ses articles de toilette, ses photos et ses plantes, tout était resté là. "Poubelle", avait-elle dit quand Ike lui en avait parlé, et puis elle avait franchi la porte sans se retourner.

Maintenant ils étaient assis sur un long banc de bois, adossés à un mur de brique et leurs visages tournés vers un pâle soleil. Il lui tenait la main, mais il y avait quelque chose de triste et de distant dans l'expression de Michelle, et aussi dans le silence installé entre eux. Il pensait aux choses qu'il aurait voulu lui dire, mais il ne savait par où commencer. Ce fut Michelle qui parla. Sa voix était basse, et on aurait dit qu'elle avait du mal à formuler sa question.

— Ike. Qu'est-ce qui serait arrivé, tu crois ?

— Je sais pas.

Elle allait dire autre chose, il le vit dans ses yeux, mais elle se tut. Il supposa que c'était à propos d'Ellen. Il voyait le car maintenant, arrêté au croisement de Walnut et de Main. Dans quelques minutes, elle serait partie.

— Il y a quelque chose que je veux te dire, commença-t-il. Je sais pas pourquoi, mais je veux te le dire. Ce soir-là, dans ta chambre. Après le film. C'était la première fois pour moi.

Elle se retourna pour le regarder. Le soleil éclairait un côté de son visage, laissant l'autre dans l'ombre.

— Et ta petite amie dans le désert ?

— Il y en avait pas. Rien qu'Ellen.

Elle regarda de nouveau la rue.

— C'était Ellen, la fille ?

— Non. Pas comme je t'ai raconté. Tu étais la première.

Il s'interrompit pour regarder le car. Il le regardait toujours quand il parla.

— Ellen et moi, on a failli le faire, une fois. Je crois qu'on aurait fini par le faire si elle était pas partie. J'en avais envie – ou je le croyais. Je savais pas ce que je voulais, en fait. C'était tout mélangé. Mais je me rendais dingue à force d'y penser. Et puis un jour, la vieille nous a surpris dans la cave. Ellen était nue parce qu'elle lavait la robe qu'elle avait mise pour passer la nuit avec un mec – elle voulait pas que notre grand-mère la voie, mais la vieille a cru que c'était moi. Elle a cru qu'on était resté là en bas à baiser comme des malades ou je sais pas quoi, et pendant tout le temps que je suis resté là-bas après ça j'ai dû l'écouter dire que j'étais un sale pervers. Le plus drôle, c'est que j'ai jamais essayé de la détromper. Je croyais que c'était comme dans ce passage de la Bible où Jésus dit que si quelqu'un désire une femme, c'est comme s'il avait déjà péché dans son cœur. Je croyais que c'était comme ça. Je l'avais désirée, donc j'étais coupable.

Michelle l'avait regardé pendant qu'il parlait, inexpressive. Elle resta un moment silencieuse.

— Pendant un moment, j'ai été à l'école avec une fille qui baisait tout le temps avec son frère, dit-elle. Elle trouvait ça marrant. Lui aussi. Ils le racontaient à tous leurs copains, comme si c'était une bonne blague. Ça m'a paru un peu bizarre à l'époque, mais pas de quoi en faire un plat. Peut-être que ça aurait eu de l'importance si elle s'était fait engrosser. Ou peut-être que j'étais trop conne pour savoir quoi en penser.

Elle haussa les épaules et regarda la rue, puis de nouveau Ike – et il y avait un bout de sourire sur son visage, le premier depuis longtemps.

— Je t'imagine bien, dit-elle. Paumé dans le désert à

te rendre dingue pour quelque chose qui est même pas arrivé.

Il secoua la tête et expira lentement.

— C'est vrai que ça a l'air loin tout ça, maintenant. Des fois j'ai du mal à croire que j'ai seulement vécu là-bas. J'ai l'impression que c'était un autre abruti de plouc.

— Je crois pas que tu étais un abruti. C'est seulement que tu as été élevé par des cons, des gens à qui tu pouvais même pas parler. Comme moi.

— Ouais, tu as en partie raison. Mais je crois aussi qu'il faut faire gaffe à pas trop se décharger sur les autres. (Le car se garait dans le parking.) Je crois qu'une partie de ce qui est arrivé cet été, toute cette merde avec Hound, a un rapport avec l'image que j'avais de moi-même quand je suis arrivé. Quand quelqu'un te dit sans cesse que tu es un raté, tu finis par le croire. Tu vois ce que je veux dire? Et tout d'un coup tu découvres que tu te conduis vraiment comme un raté et tu as la tentation de dire : "Ah, vous pensez que je suis mauvais? Eh bien vous avez encore rien vu, les mecs. Regardez-moi faire. " Tu sais de quoi je parle?

Il s'interrompit, cherchant désespérément comment conclure tandis que Michelle regardait le car.

— Mais c'est qu'une partie, ça, Michelle. Une autre partie de moi désirait ce qui est arrivé ici. Je le voulais, mais je voulais pas être responsable. Je croyais pouvoir m'en tirer en accusant d'autres gens – les crétins qui m'ont élevé, ma mère qui m'a roulé, n'importe quoi.

Maintenant qu'il était lancé, il lui était difficile de s'arrêter. Michelle se leva.

— Il faut que j'y aille, Ike. Le car.

Il se leva à son tour. Il respira profondément, et quand il parla de nouveau il le fit plus lentement.

— C'est simplement que j'ai pensé à tout ça récemment. Je voulais que tu comprennes.

— Je comprends, dit-elle. (Elle posa sa main sur le

bras de Ike.) Tout le monde peut faire une connerie.

Il l'accompagna jusqu'à la porte. Les cheveux de Michelle étaient doux et dorés dans le soleil, légèrement soulevés par le vent. Son visage était plus pâle que jamais.

— C'était aussi ma faute, dit-elle. J'ai cru que tout ce truc avec Hound allait être un vrai trip. Il m'a même dit qu'il me laisserait avoir un cheval au ranch, que les cowboys m'apprendraient à le dresser.

Elle haussa les épaules puis gravit les marches et entra dans le car. Il la regardait. Il la regarda à travers la vitre jusqu'à ce qu'elle ait trouvé une place, jusqu'à ce que le car démarre, puis il rentra seul au Sea View. Sa chambre était froide et obscure, les stores encore baissés. Il dormit de nouveau, longtemps et d'un sommeil sans rêves.

44

Les articles parurent dans les journaux du lendemain. La plupart d'entre eux donnaient la vedette à Milo Trax, qui avait été le fils unique d'un célèbre réalisateur de Hollywood. Ils parlèrent de ses promesses en tant que réalisateur lui-même et de sa déchéance, de ses implications dans la drogue et la pornographie – et peut-être dans des meurtres rituels, l'enquête se poursuivait – de sa mort violente enfin sur le domaine de son père.

Ike lut quelques-uns des articles, mais les relations de l'événement lui-même lui parurent n'avoir aucun sens. Preston Marsh et Hound Adams n'étaient mentionnés qu'en passant. Preston était décrit comme un motard rendu cinglé par la dope, un névrosé victime de la guerre du Vietnam. Le massacre, pensait-on, était lié à la drogue, Preston ayant peut-être été la victime d'une arnaque. Ike finit par cesser de lire les articles. Cependant, un passage avait attiré son attention. On y lisait que, son père et sa sœur étant décédés, Hound Adams laissait derrière lui un unique parent : sa mère, une certaine Hazel Adams de Huntington Beach. Ike relut le passage plusieurs fois. Il retourna même jusqu'à Ocean Avenue pour s'asseoir une fois encore sur le mur de pierre de l'école. C'était là qu'il s'était assis au début de l'été, et qu'il soit de retour en ce lieu représentait une sorte de mystère pour lui. C'était comme un morceau de quelque chose, un motif qu'il ne pouvait saisir.

Il ne vit pas la vieille femme. Il regarda les murs de stuc délavé, les arbustes bien taillés et les fenêtres vides, et il l'imagina à l'intérieur, marmonnant dans sa barbe, cuisant du pain pour des visiteurs qui ne viendraient pas et attendant d'improbables coups de téléphone. Il resta là jusqu'à ce qu'une insupportable tristesse s'abatte sur lui. Alors il se leva et partit.

Cinquième partie

45

Le vingt-cinquième jour de septembre, on enterra ce que l'on avait pu retrouver de Preston Marsh. Les funérailles eurent lieu quelque part derrière Long Beach, dans le patelin désolé que Preston avait laissé derrière lui bien longtemps auparavant. Ike fit le voyage seul, en car. Il descendit à l'arrêt approprié et fit le reste du trajet vers le cimetière à pied. Quand ce fut terminé il repartit à pied, monta dans un autre car et repartit sans même savoir dans quelle ville il était venu. Pour ce qu'il put en voir, les villes se succédaient et se ressemblaient toutes là-bas, un labyrinthe de maisons de stuc nu, de dépôts de marchandises et de terrains envahis par les mauvaises herbes. C'était un pays de centres commerciaux et de panneaux publicitaires, un endroit si terne et si lugubre que Ike se demanda comment il avait pu trouver le désert ennuyeux.

C'était Barbara qui l'avait prévenu par téléphone. Elle avait appelé le soir où il était retourné voir la maison de Mrs Adams. Sa voix était ténue et très lointaine. Ils n'avaient pas parlé longtemps. Elle avait contacté les parents de Preston et avait pensé que Ike voudrait savoir. Quand il lui avait demandé si elle viendrait, il y avait eu un silence et puis elle avait dit qu'elle ne savait pas. Il l'avait cherchée en arrivant au cimetière, mais ne l'avait pas vue. Il n'en avait pas été surpris.

La cérémonie n'eut pas lieu dans une église. C'était un simple service funèbre devant la tombe. Ike se sentait mal à l'aise et avait chaud dans le costume qu'il avait acheté pour douze dollars dans un magasin de soldes de Huntington Beach. Il y avait bien peu d'ombre parmi les pierres tombales plates et polies. Le soleil était haut dans un ciel gris, de temps à autre un avion rompait le silence – et cela se produisait à intervalles réguliers, comme si le cimetière était situé au bout des pistes de quelque aéroport voisin.

Il y avait moins de gens que Ike ne l'avait imaginé. La célébrité dont Barbara lui avait parlé et dont il avait vu les preuves dans les magazines semblait s'être estompée avec le temps. Il n'y avait guère qu'une demi-douzaine de types de l'âge de Preston, capables de se souvenir d'un autre Preston, du jeune homme qui avait laissé derrière lui cet endroit désolé pour aller se graver un nom dans les ombres de la vieille jetée de Huntington Beach. Il y avait aussi quelques personnes plus âgées – des amis, supposa Ike, des parents de Preston. Le reste se composait de motards, une douzaine environ. Morris était parmi eux, et pas une fois cet après-midi-là son regard et celui de Ike ne se croisèrent. Les motards avaient revêtu leurs couleurs et leurs machines étaient debout derrière eux sur l'étroit chemin de gravier qui longeait la pelouse, leurs chromes si étincelants qu'il était presque impossible de les regarder dans la lumière de midi.

C'est le père de Preston qui récita l'oraison funèbre. Et la première chose qui frappa Ike chez cet homme, ce fut sa voix. Ce n'était pas la voix d'un prêcheur. En tout cas, elle ne ressemblait en rien à celles des prêcheurs que sa grand-mère écoutait à la radio, et ceux-là étaient les seuls qu'il avait jamais entendus. Non, celle-ci était une voix ordinaire, et une voix lasse. C'était un homme âgé et fort, plus grand encore que Preston bien que moins large, et il y avait en lui et dans sa voix une dureté qui faisait qu'en le regardant, Ike vit son fils.

Le vieil homme portait un costume bleu bon marché, une cravate sombre et des chaussures noires. Ses cheveux étaient fins et gris, soulevés par les sporadiques bouffées de vent qui couraient sur l'herbe chaude. Il tenait une Bible dans une main. Ses deux bras pendaient à ses côtés. Il regarda son maigre troupeau par-dessus la tombe de son fils, et à côté de lui le cercueil d'un gris brillant paraissait être en feu, comme les motos sur le chemin.

— C'est mon devoir, dit le vieil homme, et sa voix coupa la grisaille et la chaleur, mon devoir devant Dieu de prononcer quelques mots. Je ne jugerai pas mon fils aujourd'hui. Le jugement appartient à Celui qui sait lire dans les cœurs. Mais je ne peux pas rester ici sans vous dire un mot, à vous qui êtes venus, mes amis.

Il regarda les assistants et ils lui rendirent son regard, leurs boucles d'oreilles étincelant au soleil et leurs faces barbues ruisselant de sueur. Ike songea qu'il devait y avoir bien longtemps qu'ils n'avaient pas écouté un sermon.

— Je ne serai pas long, poursuivit le vieil homme. (Ses cheveux furent ébouriffés par la brise fraîche, et au-dessus d'eux un jet passa dans un bruit de tonnerre. Il se tut, attendant que le bruit décroisse.) Je voudrais seulement vous rappeler les mots de Jean : "Car Dieu aimait tant le monde qu'Il lui donna Son fils unique, et quiconque croira en Lui ne périra pas mais vivra éternellement. " Ceci est la base même du Jugement, la Lumière est venue sur le monde mais les hommes ont préféré les ténèbres. (Par-dessus la tombe, il regarda les fils de Satan qui transpiraient sur l'herbe.) On nous a donné un choix. J'ai mis la vie et la mort devant vous, la bénédiction et la malédiction.

La voix du vieil homme vacilla pour la première fois.

Il courba la tête et regarda la fosse à ses pieds. Ike se tordait dans son costume. La transpiration trempait son col et ruisselait dans son dos. Il eut brusquement pitié du vieil homme. Preston avait été son seul enfant, et Ike se demanda s'il savait qu'il y avait eu une différence entre son fils et la troupe dépenaillée qui se tenait devant lui aujourd'hui, s'il savait que le sillage de destruction qu'avait laissé la mort de Preston n'était pas né du désir de quelque demeuré de cracher à la face des conventions, du désir d'un quelconque loser de régner ou de détruire. Au contraire, il était le fruit d'un mécontentement plus profond, d'un besoin de quelque chose qui ressemblait à une pénitence – Preston avait porté ses couleurs comme on se couvre la tête de cendres. Et Ike se demanda également s'il n'y avait pas eu plus de son père en Preston qu'ils ne l'avaient jamais imaginé tous les deux.

Le vieil homme prononça ses derniers mots la tête baissée, et ce furent les plus difficiles à comprendre.

— Seigneur, Tu es notre demeure. Tu as étalé nos iniquités devant Toi, nos péchés secrets dans la lumière de Ton approbation. Car tous nos jours ont passé dans Ton courroux...

Il y eut d'autres mots, mais ils se perdirent dans le rugissement d'un autre avion à réaction et dans les cris d'une bande de corbeaux s'enfuyant des arbres.

Quand ce fut terminé, personne n'eut l'air de savoir exactement quoi faire. Le père de Preston restait près de la tombe ouverte. La petite foule piétinait l'herbe. Il y avait un type que Ike avait remarqué en arrivant, un type d'une vingtaine d'années avec un appareil à la main qui restait dans son coin et semblait hésiter à prendre des photos. Ike supposa qu'il travaillait pour un des journaux qui couvraient l'affaire. Lorsque le vieil homme s'arrêta de parler et que le ciel fut silencieux, on entendit le déclic de l'appareil. Il y avait quelque chose d'embarrassant dans ce bruit. Et puis un des motards jeta une boîte de bière. Elle siffla dans l'air en projetant de la mousse et accrocha le soleil tandis qu'elle manquait de trente centimètres la tête du photographe. Le jeune homme remit son appareil en bandoulière et s'éloigna rapidement à travers l'herbe. Malgré le col qui lui grattait le cou, Ike tourna la tête pour mieux voir les motards. Il avait dans l'idée que c'était Morris qui avait lancé la boîte, mais il ne pouvait en être sûr. Pourtant il aimait à penser que c'était lui, et s'ils avaient été en meilleurs termes il l'aurait remercié.

Il demeura là avec les autres à transpirer un long moment avant d'avoir le courage de s'approcher du père de Preston. C'était une chose qu'il voulait faire, pour Preston. Il voulait dire au vieil homme ce à quoi il venait de penser, le dire avec des mots. Mais cela ne marcha pas très bien. Ce n'était pas une chose aisée à formuler, et il ne fit que balbutier tandis que le vieil homme le regardait de toute sa hauteur, un air légèrement étonné dans ses yeux gris de rapace. Par la suite, Ike ne fut pas tout à fait sûr de ce qu'il avait dit, quelque chose à propos de Preston et de combien il était différent des autres, à propos du bien que Preston avait fait tout à la fin, qu'il avait sauvé une vie et peut-être deux. Il ne savait pas comment il l'avait dit, ni même s'il était content de l'avoir dit. Il finit par décider qu'il l'était. Le vieil homme n'avait rien dit. Il était resté là, attendant patiemment que Ike finisse, puis il avait hoché la tête et s'était éloigné. Ike l'avait vu pour la dernière fois alors qu'il marchait à travers l'herbe, sa Bible dans une main et son bras passé autour des épaules d'une petite femme aux cheveux gris qui devait être la mère de Preston. Il y eut une bouffée de vent juste à cet instant, et Ike vit les bas de pantalon du vieil homme battre ses chevilles et ses fins cheveux gris se dresser sur sa tête. Ike resta seul près de la tombe et le regarda partir. Il regarda jusqu'à ce qu'un autre avion passe dans le ciel. Celui-là, cependant, personne ne l'entendit car le bruit de ses lointains réacteurs fut noyé dans le rugissement d'une douzaine de choppers pulvérisant le silence du cimetière balayé par le vent.

46

Il retourna à Huntington Beach début octobre. Une lettre de Michelle l'attendait au Sea View. Elle était repartie de chez sa mère pour aller vivre avec son père quelque part au nord, sur la côte; son père lui avait envoyé l'argent du voyage. Il y avait le nom d'une ville, une adresse. Il pouvait venir, disait-elle, s'il en avait envie. Il replia la lettre et la glissa dans la poche arrière de son jean. Michelle était, après tout, l'une des raisons pour lesquelles il était revenu. Cela, et aussi le fait qu'il n'aimait pas les histoires inachevées. Il allait trouver Frank Baker, et ils parleraient une dernière fois.

Il quitta le Sea View et prit une chambre dans un motel près du croisement de Main et de Pacific Coast Highway. Le motel était de construction plus récente que le Sea View, un bâtiment de stuc blanc long et bas avec des petites chambres carrées peintes en turquoise et en orange. La petite piscine en forme de haricot était déserte, désespérément noyée dans un rectangle de béton. Depuis sa fenêtre, Ike pouvait voir la route et, au-delà, la plage. La saison touristique s'était terminée avec la rentrée des classes, et bien qu'il y eût encore des hordes de surfeurs tôt le matin et le soir aussi, la plage avait un aspect différent. Elle était plus propre et plus vide, parfois presque déserte dans l'après-midi, quand un violent vent de terre soulevait le sable et hachait les vagues.

Il n'avait pas de planche et ne se préoccupa pas d'en trouver une. Il surferait plus tard, il le savait, dans d'autres endroits. Mais pas ici. Il n'était là que parce qu'il avait quelque chose à terminer, et quand ce serait fait il pourrait partir. Il en aurait fini avec Huntington Beach, tout comme il en avait fini avec San Arco. C'était là qu'il était allé après l'enterrement, il était retourné dans le désert. Personne dans sa famille n'avait jamais quitté cet endroit sans s'enfuir, personne n'avait pris la peine de dire au revoir. Il voulait être le premier. Alors, il était revenu. Il avait parlé à Gordon sur la piste de gravier surchauffée, il lui avait raconté tout ce qu'il savait et le vieil homme avait accueilli les nouvelles avec son stoïcisme habituel. Puis Ike lui avait serré la main et l'avait remercié. Une seule fois il avait regardé la maison, le porche frais et pourrissant, le grand halo de lierre poussiéreux, et n'avait vu aucune raison d'y entrer.

Il était resté deux jours encore à San Arco, dormant à l'arrière du magasin et enlevant les toiles d'araignée de la Harley. Puis il était monté dessus et l'avait conduite. Il s'était entraîné, passant et repassant devant la maison de la vieille femme tel un train de marchandises vide quittant King City et fonçant dans la descente. Quand il s'était senti assez à l'aise pour entrer dans la ville, il avait pris des ciseaux au magasin et coupé les manches d'un de ces satanés T-shirts à manches longues. Il avait pris sept ou huit kilos durant l'été à force de ramer et de nager, et ce poids s'était surtout réparti sur ses bras et ses épaules. Ike n'était toujours pas un colosse, mais il n'était plus un gringalet non plus. Il était ressorti et avait chevauché la Knuckle jusqu'à King City, ses lunettes d'aviateur toutes neuves reflétant le soleil. Il était entré dans le magasin de Jerry et lui avait dit que la moto était à vendre. Il s'en était tenu à son prix, avait obtenu ce qu'il voulait et était parti.

La dernière fois qu'il avait vu King City, il était dans le car de Los Angeles, sur l'autoroute, et de là la ville n'était guère plus qu'un reflet, comme un morceau de verre ou de métal brillant au soleil loin là-bas dans les collines desséchées. Ike avait fermé les yeux, appuyé sa tête au dossier et repensé à l'expression de Gordon lorsqu'il avait découvert ce maudit tatouage, à la façon dont le vieil homme l'avait regardé quand il était passé devant lui pour la dernière fois, les manches en lambeaux de son T-shirt battant dans le vent.

47

Il resta une semaine dans le motel blanc. Il passait son temps dans les rues. Il se renseigna même un peu à propos de Frank Baker. Personne ne l'avait vu, ou bien personne ne voulait le dire à Ike. Mais le magasin était toujours là, fermé et obscur, et Ike se disait que Frank devrait s'en occuper tôt ou tard, qu'il reviendrait. L'après-midi il marchait sur la plage, depuis la jetée jusqu'aux falaises et aux puits de pétrole, puis il revenait en longeant la mer, là où le sable était mouillé.

Cela lui faisait un drôle d'effet de parler aux gens. Il réalisa qu'ici comme dans le désert, il ne s'était pas fait beaucoup d'amis. Michelle, Preston et Barbara avaient été ses amis, mais ils étaient partis. Même Morris, avait-il entendu dire, avait quitté la ville et était allé s'installer à l'intérieur des terres, à San Bernardino ou dans un endroit comme ça. Et les autres, ceux de son âge qu'il avait rencontrés assez souvent dans l'eau pour les saluer, ceux-là ne paraissaient guère avoir envie de lui parler ou même de croiser son regard. Pour eux il avait été la chose de Hound Adams, et il ne pouvait les blâmer.

Un après-midi, une jeune fille s'approcha de lui sur la jetée. Il ne la reconnut pas. Elle était petite et brune, assez séduisante dans le genre fatigué. Elle prétendit l'avoir rencontré à une fête quelconque et voulut savoir s'il avait de la dope. Il la regarda pendant un peu trop longtemps lui sembla-t-il, l'obligeant à lâcher un petit rire nerveux. Quand il lui dit qu'il n'avait pas de dope et qu'il ne savait pas qui pouvait en avoir, le sourire de la fille se fit cynique et exprima clairement qu'elle ne le croyait pas. Mais elle n'insista pas, et il lui en fut reconnaissant. Elle enserra son corps dans ses bras comme si elle venait seulement de remarquer qu'il y avait du vent, puis elle s'éloigna. Il la regarda partir le long de la promenade déserte, sa mince robe d'été fouettant ses jambes. Il la regarda jusqu'à ce qu'elle ait disparu, perdue dans la lointaine tache de soleil, là où la jetée rejoignait la ville.

Un autre jour passa, et puis encore un autre. C'est vers le soir de ce second jour qu'il vit Frank Baker. Frank se tenait debout dans le parking d'un des rares bars chic de Huntington Beach, une grande structure de verre et de béton qu'on venait de construire près de l'entrée de la jetée. Frank parlait à deux autres hommes. Ils se tenaient près d'une voiture de sport jaune surbaissée.

Ike était sur le trottoir qui longe la route côtière, au-dessus des parkings qui descendent jusqu'au sable, pas loin de l'endroit où Hound Adams s'était battu avec les motards. Le trottoir était bordé de palmiers et Ike resta tout contre l'un d'eux, hors de vue. Il resta là pendant ce qui lui parut être une éternité mais ne dura probablement pas plus de quatre ou cinq minutes. Enfin, il vit les trois hommes se serrer la main. Deux d'entre eux montèrent dans la voiture. Frank les regarda partir puis se mit à marcher.

Ike le suivit. Il était sûr que Frank se rendait au magasin, et il ne fut pas déçu. Ils remontèrent Main Street, tournèrent à gauche sur Walnut et puis à droite dans la ruelle.

Depuis l'entrée de la ruelle, Ike aperçut le van de Frank garé près de l'arrière du magasin, et l'espace d'un instant il craignit que Frank ne monte dedans et ne s'en aille. Mais Frank passa devant le van sans s'arrêter et se dirigea vers la porte de derrière du bâtiment.

Ike remonta la ruelle, marchant silencieusement et rasant l'arrière des immeubles tandis qu'une grosse lune pâle montait dans le ciel. Il entendit les pas de Frank sur le gravier. Il entendit un bruit de clés s'enfonçant dans une serrure. Un rectangle de lumière jaune apparut derrière le van et il comprit que Frank était à l'intérieur, seul. C'était exactement ce qu'il avait attendu. Il se déplaçait très rapidement maintenant, et en ce qui lui parut être une seule enjambée il atteignit la porte et regarda Frank Baker pour la première fois depuis le ranch.

Le magasin n'avait pratiquement pas changé. Quelques planches avaient été décrochées et le vieux mur de brique avait été repeint en blanc, mais en dehors de cela tout était pareil et il y avait dans cette similitude une étrange et presque mystérieuse qualité sur laquelle il n'avait pas compté. La plupart des vieilles photos étaient encore accrochées aux murs, sauf quelques-unes qui étaient étalées sur la surface vitrée du comptoir. Frank était debout près de ce comptoir. La tête baissée, il était en train de regarder les photos lorsque Ike entra. Il sursauta en entendant le bruit des bottes de Ike sur le ciment.

Frank paraissait un peu plus mince que dans le souvenir de Ike, et son bronzage semblait avoir pâli. Mais il avait toujours l'air aussi net et impeccable dans ce qui paraissait être des vêtements neufs – pantalon de toile blanche, pull rayé et chaussures de bateau étincelantes. Ike prit soudain conscience de sa propre apparence, du jean graisseux dans lequel il avait travaillé sur la Harley, des grosses bottes noires qui l'avaient attendu dans le désert et étaient désormais les seules qu'il possédait, du T-shirt sale aux manches coupées. Et puis cette barbe d'une semaine, ses cheveux dans son cou. Les bottes le grandissaient de quelques centimètres, et il ne put s'empêcher de se demander ce que Frank avait bien pu penser au moment où il avait sursauté – peut-être qu'une version miniature de Preston Marsh était revenue le hanter.

Ils restèrent là un moment à se dévisager. Puis Frank abaissa les yeux sur les photos et se mit à parler.

— Tu es allé à l'enterrement? demanda-t-il.

Il parlait doucement, et sa voix était à peine audible dans le magasin pourtant silencieux. Ike dit qu'il y était allé. Frank hocha la tête, les yeux toujours rivés au comptoir.

— Beaucoup de monde?

— Non. Ses parents. Quelques motards.

Frank leva les yeux sur lui.

— Il y a eu une époque où la moitié de cette ville aurait été là. Son père a dit l'oraison?

Ike dit que oui puis traversa la pièce jusqu'à l'extrémité du comptoir. Une idée le travaillait depuis cette nuit au ranch où il avait aperçu Frank dans le van et l'avait regardé partir tout en se rappelant que c'était lui, Frank Baker, qu'il avait vu parler à Preston un soir, avant la première virée au ranch, avant que la merde se mette à pleuvoir.

— Tu l'as piégé, dit-il. La première fois. Tu l'as envoyé au ranch, et puis tu leur as dit.

Frank secoua la tête, mais ses yeux restaient maintenant fixés sur Ike.

— Non, dit-il. J'ai pas fait ça.

— Sale menteur.

Frank haussa les épaules.

— Peut-être que tu as de la chance d'être encore en vie, mec. Peut-être que tu devrais en rester là.

Il se déplaça comme s'il voulait s'éloigner du comptoir, mais Ike lui barra le passage.

— T'es un putain de menteur, dit-il.

Les mots avaient du mal à sortir de sa gorge, son visage était brûlant. Les yeux de Frank étincelèrent de colère, mais cela passa vite et de nouveau il eut l'air plus las que fâché, meurtri comme Ike ne l'avait jamais vu. C'est sans doute pourquoi il fut surpris quand Frank le frappa. Il était venu là prêt à la bagarre, certes, mais il avait imaginé que les choses se passeraient malgré tout autrement. Frank fit un demi-pas de côté et lui expédia un méchant crochet du gauche. C'était un coup puissant, mais Ike en avait reçu de plus durs depuis qu'il était à Huntington Beach. Il accompagna le coup, rebondit contre le comptoir et fonça tête baissée sur son adversaire, exactement comme Gordon lui avait appris à ne pas le faire. Mais c'était comme s'il laissait quelque chose sortir de lui, la frustration ou la colère, quelque chose qui était resté là trop longtemps. Il cogna, et l'impact fit monter des vagues et de minces rubans de douleur depuis sa main jusqu'à son épaule. Mais il continua à charger tout en se courbant encore plus. Il reçut un coup violent sur la nuque et un genou dans la figure, mais il parvint à agripper la jambe de Frank et à se relever brusquement tout en la tordant. Ce fut suffisant pour faire perdre son équilibre à Frank et le projeter contre le mur. Ike entendit son dos et son crâne heurter le mur de brique fraîchement repeint. Mais il ne ralentit pas, il continua à s'acharner sur lui, le travaillant au corps maintenant, sous les côtes, et il entendit Frank chercher son souffle.

Ils glissèrent le long du mur, Ike cognant et Frank cherchant alternativement à frapper et à rester debout. Ils finirent par heurter un présentoir de combinaisons et tombèrent ensemble, leurs pieds emmêlés dans les débris. Ike s'arrangea pour s'accrocher à son adversaire afin de tomber sur lui, et quand ils touchèrent le sol il sentit que ce qu'il restait de souffle à Frank s'échappait. Ike roula sur le côté. Il dégagea ses jambes des combinaisons et puis s'assit, les mains posées sur les cuisses. Tout s'était passé plus vite que prévu – rapide, mais intense. Et pourtant, il y avait eu comme du soulagement dans cette intensité. Maintenant, il attendait de voir si Frank voulait continuer.

Frank resta au sol un peu plus longtemps que Ike, puis roula sur lui-même dans l'autre direction et finit par s'asseoir, les bras tendus derrière lui. Curieusement, il n'avait toujours pas l'air furieux. Il porta une main à son visage et toucha sa lèvre, qui était ouverte et commençait à enfler.

— Merde, t'es toujours un putain de punk, dit-il. (Il respirait fort et parlait par courtes saccades.) D'accord, je lui ai dit deux ou trois trucs à propos du ranch. (Il s'arrêta pour reprendre sa respiration, secoua la tête.) Mais je l'ai pas piégé. J'ai su qu'après qu'il y était allé.

Il cracha un peu de sang sur le sol. Ike avait le souffle court, lui aussi. Il était penché en avant maintenant, agenouillé dans la poussière grise qui recouvrait le sol, ses mains toujours sur ses jambes.

— Qu'est-ce que tu lui as dit ?

— Allez, mec. C'est quoi, ce truc ? Tu veux me faire croire que tu le sais pas ? Tu étais avec lui, d'après ce qu'on m'a dit.

— Dis-moi seulement ce que tu as raconté à Preston.

— Merde. (Frank secoua la tête encore une fois.)

Disons que Preston et moi, on a échangé des histoires. Il a surgi une nuit, là-bas dans la ruelle. (Il montra du menton l'arrière du magasin.) Bon Dieu, je lui avais pas parlé depuis des années. Il m'a foutu une trouille bleue, si tu veux savoir. Il prétendait qu'il essayait de découvrir quelque chose à propos de cette nana, Ellen, et il voulait qu'on échange des informations. Ce qui était arrivé à Ellen en échange de sa version de ce qui était arrivé à Janet Adams.

Ike resta un moment silencieux.

— Mais tu étais avec eux, au Mexique. Tu as même pris la photo.

— C'était la veille de mon départ.

Frank fit une pause tout en regardant Ike, et ce dernier comprit qu'il essayait de prendre une décision. Frank tourna la tête vers le fond du magasin, et quand il regarda de nouveau Ike l'expression de son visage s'était légèrement altérée, comme s'il s'était enfin décidé.

— J'étais le plus jeune, dit Frank. Plus jeune que Hound et Preston, d'un an plus jeune que Janet. J'ai jamais aimé Milo. Le voyage commençait à devenir très dingue. Les drogues. J'ai pris peur et je me suis tiré. J'ai prétendu avoir reçu un coup de fil de chez moi. Preston savait que c'était faux mais il a marché, il a même dit qu'il était à terre avec moi quand on m'avait appelé. Plus tard, j'ai essayé de persuader Janet de venir avec moi, mais elle est restée. Je suis rentré et j'ai attendu. Je les ai vus revenir sans elle. (Il s'interrompit.) Tu l'as pas connue. C'était une fille à part. Je savais pas ce qui lui était vraiment arrivé. J'avais entendu la version de Hound, mais je savais au fond de moi-même que celle de Preston serait différente. Mais au retour du voyage, il a fait ses paquets et s'est engagé dans les Marines.

Ike avait du mal à se concentrer sur l'histoire de Frank. Il y avait quelque chose d'autre, quelque long et lent filament de reconnaissance qui rampait dans sa conscience. Et soudain il sut pourquoi Preston avait eu l'air si bizarre la première fois qu'il lui avait raconté ce que le garçon à la Camaro blanche lui avait dit, pourquoi Preston n'avait jamais cru à l'histoire du garçon et pourquoi, aussi, il était allé trouver Frank Baker. Ce n'était pas seulement que, comme Ike l'avait cru au début, les deux histoires se ressemblaient – elles étaient identiques.

— C'était ton histoire, dit Ike.

Frank eut l'air sidéré. Puis il sourit. Sa lèvre enflée transformait son sourire en rictus.

— Preston est venu te trouver parce qu'il voulait savoir pourquoi un garçon en Camaro blanche racontait ton histoire dans le désert, poursuivit Ike.

Frank se toucha encore une fois la lèvre.

— C'est bizarre comme ça s'est goupillé, non ? Mais c'était pas vraiment mon histoire. Ça y ressemblait, c'est tout.

— Et le garçon ?

Frank haussa les épaules.

— Il bandait pour ta sœur. Quand elle est partie pour le week-end avec Hound Adams et n'est pas revenue, il s'est inquiété. Hound lui a dit que la fille était partie d'elle-même et que le sujet était clos. Le gamin l'a pas cru et a décidé d'aller chercher le frère d'Ellen. C'est moi qui lui ai dit qu'ils étaient allés au Mexique. Je lui ai aussi dit que ce qu'il avait en tête était idiot, mais que s'il le faisait il ferait mieux de rester loin d'ici pendant un moment.

— Toi, tu lui as dit ?

Frank écarta les mains.

— Qu'est-ce que je pouvais faire d'autre ? Ce petit con est mon frère.

— Mais il a dit qu'Ellen était partie avec toi aussi.

— Comme je te l'ai dit, c'est un petit con. Et il était

amoureux. Tu vois ce que je veux dire ? Il croyait que je lui mentais, comme tous les autres.

— Mais pourquoi ton nom et pas celui de Milo ?

— Merde, tu comprends donc rien ? Il savait rien de Milo ni du ranch ni de rien. C'était mieux comme ça. Qu'il croie que c'était Terry et Hound, même moi. Qu'il aille trouver le frère d'Ellen. Qu'est-ce que ça pouvait bien foutre ? Hound pouvait s'occuper de ça.

D'accord, pensait Ike, mais on en était revenu à la question initiale, à ce que Frank avait dit à Preston. Quand il demanda à Frank ce qu'il savait à propos d'Ellen, une douleur sourde lui tordit le ventre.

Frank soutint son regard.

— Tu es allé là-haut, dit-il.

— Dis-moi ce que tu as raconté à Preston.

— Je lui ai dit qu'il y avait des tombes au ranch.

— Des tombes, répéta lentement Ike, et sa voix n'était plus qu'un murmure.

— C'est ce qu'on raconte, dit Frank, et pour la première fois il avait l'air en colère. Qu'est-ce qu'on en sait, de toute cette merde ? Je savais pas vraiment ce qui se passait là-haut, et je voulais pas le savoir. J'ai juste entendu des rumeurs.

— Par exemple ?

— Par exemple que Milo s'était embringué dans une espèce de secte. Des riches salopards complètement pervers qui le payaient pour utiliser sa propriété. Milo était presque fauché, tu sais. Il avait fait de la taule. Il avait dilapidé presque tout son héritage.

— Et les films ?

— Ceux de Hound ? (Frank haussa les épaules.) Hound les tournait pour les vendre aux métèques, mais en même temps il cherchait des filles qu'il pourrait refiler à Milo et à ses amis, pour autant que je sache.

— Mais Milo aussi filmait ce truc, au ranch.

— Je t'ai dit que je voulais rien savoir de tout ça. Je

328

voulais pas. Peut-être que c'était pour que ses copains puissent prendre leur pied entre deux cérémonies. Ou alors, il avait trouvé un tordu qui lui achetait tout ça. Qui sait? C'est fini, maintenant.

Ike se tut pendant un moment.

— Et tu l'as dit à Preston.

— Ouais, dit Frank. Je lui ai dit. (Il avait l'air sur la défensive, maintenant.) Je l'ai dit à ce trou du cul, je lui ai tout raconté. Et c'était pas parce que j'avais peur, pas vraiment, c'était même pas parce que je voulais savoir pour Janet. Je voulais seulement qu'il entende ça, mec. Je voulais qu'il sache.

Il secoua la tête, et quand il parla de nouveau il y avait dans sa voix une note d'urgence que Ike n'y avait pas décelée auparavant.

— J'étais là, au début. (D'un geste bref du doigt, il montra le sol à ses pieds.) Ces deux types avaient quelque chose, mec. Pas seulement du blé. Un putain de sty'.e de vie. C'était ça leur truc, en ce temps-là. Ils avaient pas besoin de Milo Trax. Mais ils ont tout chié, et personne le savait mieux que Preston. Merde, il a pas pu supporter ce qui est arrivé à Janet. Je voulais qu'il sache jusqu'où tout ça était allé. Je lui ai pas raconté pour le piéger. Je lui ai raconté parce qu'il avait le droit de savoir. J'étais même pas sûr qu'il me croirait. (Il fit une pause.) Mais c'était avant que j'entende sa version de ce qui s'était passé au Mexique.

Ike attendit. Il s'était demandé s'il devrait questionner Frank à propos de cela aussi, mais Frank parlait maintenant, il laissait tout sortir de lui.

— Il m'a dit que Milo avait tué une fille, là-bas. Une Mexicaine qu'il avait ramenée à la plage. Ils étaient tous défoncés et Milo a sorti sa lame et a saigné la fille avant que les autres aient compris ce qui se passait. Janet a tout vu. Elle a fait une overdose le soir-même. (Frank s'interrompit.) Il t'a jamais rien dit de tout ça, pas vrai?

Alors, explique-moi une chose. Qu'est-ce que tu croyais que vous alliez faire au ranch, quand tu y es allé avec Preston?

Ike se sentit soudain très las.

— Du surf, dit-il, et les mots résonnèrent d'une étrange manière dans le magasin vide.

— Du surf? Tu veux dire que vous avez surfé là-haut? Que Preston a surfé?

— C'était la fin de la bonne houle. Il a jamais parlé de tombes. Il a dit qu'il voulait me montrer comment ça pouvait être. Il voulait me dissuader de rester à Huntington Beach.

Frank secoua de nouveau la tête. Il tâta sa lèvre abîmée avec son doigt.

— Comment ça pouvait être, hein? Se brancher à la vieille source. C'était ça? (Avant que Ike ait pu répondre, il poursuivit.) Ouais, c'est cool. C'est cool. Mais tu veux savoir ce qui est drôle là-dedans, à propos de toute cette connerie de se brancher à la source? C'est ni Hound ni Preston qui ont inventé ça. C'est Janet. Et elle parlait de dope. C'était la seule source à laquelle elle pensait, frangin. L'herbe vertueuse, les champignons, la cocaïne pure. La bonne came. Et avec Milo qui tirait les ficelles, c'était une source inépuisable sur laquelle ils s'étaient branchés. Tu vois, Hound et Preston avaient commencé à dealer un peu par-ci, par-là, ils rapportaient de l'herbe du Mexique dans leur bagnole. Et c'est Janet qui a trouvé la formule – branché à la source. Hound et Preston ont adoré. L'idée que les gens puissent prendre ça au premier degré et que ça soit leur *private joke* à eux, ça les faisait rire et ils ont utilisé ça sur leurs planches pendant un an. Et puis Janet est morte, Preston a disparu et je suppose que Hound a plus trouvé ça drôle du tout. (Il se tut un instant, puis reprit d'une voix plus basse.) Te trompes pas, mec. Hound était peut-être un sacré fumier, mais lui aussi savait qu'ils avaient tout chié. Peu importe ce qu'il disait. Ils le savaient tous les deux. Ils sont devenus dingues de deux manières différentes.

Après cela, ils se regardèrent en silence pendant un long moment. Ike se dit qu'il n'y avait pas grand-chose à ajouter. Il continuait à penser à Hound Adams remontant cette maudite ravine pour ouvrir la grille à Preston Marsh.

— Comment Preston a su, pour la soirée de Milo? finit-il par demander. Ça aussi, c'est toi qui lui as dit?

Frank sourit.

— Je lui ai envoyé une invitation.

— Et c'est pour ça que tu t'es tiré?

La lèvre de Frank s'ouvrit et se mit à saigner. Il ne fit rien pour arrêter le sang qui colora son sourire.

— Je te l'ai dit, mec. Je me tire toujours. Mais cette nuit-là, j'ai eu un pressentiment.

48

Il n'avait aucune idée du temps qu'ils avaient passé dans le magasin – mais il avait eu le sentiment qu'il existait une sorte de lien entre eux, qu'ils avaient fait partie de quelque chose qui était révolu et dont, quand ils auraient fini de discuter, aucun d'entre eux ne reparlerait plus jamais de la même façon. Curieusement, il eut l'impression que Frank éprouvait la même chose. Il ne l'avait pas forcé à parler en lui tapant dessus. Tout avait été là, attendant de sortir depuis longtemps. Simplement, cela avait eu du mal à sortir, et sans doute la bagarre y avait-elle aidé. Et puis qui y avait-il, à part Ike, à qui raconter tout cela?

Frank se releva le premier. Il brossa sans conviction la

poussière sur son pantalon puis alla au comptoir et prit une des photos qui étaient posées dessus. Il la souleva, et Ike vit que c'était la photo de Hound, Preston et Janet.

— Les nouveaux propriétaires s'installent demain, lui dit Frank. Des connards de punks. Je voulais pas qu'ils aient celle-là.

— Et les autres ?

Frank haussa les épaules.

— Des fantômes, dit-il. Si tu veux quelque chose ici, sers-toi et referme en partant.

Ike s'était relevé lui aussi et faisait bouger ses jambes pour chasser les crampes. Tandis que Frank passait devant lui pour gagner la porte, il lui parla encore une fois.

— Tu vas en parler à quelqu'un, de ces tombes ?

— Je sais pas. À part les flics, et ça veut plus rien dire pour moi, je suis pas sûr que les gens aient envie de savoir ce genre de trucs. Ta sœur est peut-être là-haut. Tu veux savoir ?

— Je sais pas.

— Et voilà. (Frank alla à la porte et s'arrêta.) Tu restes dans le coin ?

— Je pense pas.

— Tu as des projets ?

— Pas vraiment. Juste partir.

Frank hocha la tête.

— C'est ce que j'aurais dû faire, dit-il. Il y a long-temps. (Il haussa les épaules.) Le temps passe.

Il tourna le dos à Ike et sortit dans la ruelle. Ike entendit la portière du van se refermer. Il entendit le bruit du moteur qui démarrait et puis se perdait dans la nuit. Et il fut seul dans le magasin vide dont le silence n'était troublé que par le bruit d'une voiture qui passait de temps à autre et le fracas étouffé des vagues.

Il resta là longtemps. Il marchait et il réfléchissait, il regardait les souvenirs accrochés aux murs. Les planches que Preston et lui avaient utilisées au ranch étaient encore là. Il les sortit et les posa sur le sol. C'était drôle, songea-t-il, qu'il ait cru qu'on puisse en finir aussi facilement avec les choses, le désert ou Huntington Beach. Il repensa aux vertes collines au-dessus de la pointe, aussi silencieuses que le désert à l'aube. Il pensa à Frank Baker, qui était resté là tellement longtemps. Peut-être aurait-il dû lui poser d'autres questions. Mais, en fin de compte, il se dit qu'il en savait assez.

D'un côté, il aurait aimé emporter une de ces planches. D'un autre côté, cela ne lui paraissait pas bien. Il se décida pour un unique objet, cette photo qu'il avait tellement admirée de Preston Marsh gravant son virage dans le mur sombre d'un énorme rouleau. En soulevant la photo, il en aperçut une autre dessous qu'il avait déjà vue sans lui accorder beaucoup d'attention. On y voyait une vague, noire et vierge de tout surfer. Ce qu'il y avait d'intéressant dans cette photo, c'était la manière dont le soleil semblait prisonnier de la crête de la vague et restait suspendu là, illuminant le fin brouillard blanc qui s'élevait au-dessus d'elle. Mais ce qui attira plus encore son attention, c'était que le cadre se disloquait et que le carton qui soutenait la photo avait légèrement glissé, révélant un autre morceau de papier. Ike coinça la photo de Preston sous son bras et sortit le morceau de papier jaune et fragile du cadre.

Il était couvert d'inscriptions et d'une série d'esquisses à l'encre de Chine. Il y avait quelque chose d'élégant et de résolument féminin dans ce travail, et son cœur se serra quand il réalisa que c'était certainement son œuvre à elle. Et il la revit telle qu'elle avait été ce jour-là au Mexique, ses bras entourant les épaules des deux hommes à ses côtés, sa fine chevelure pâle soulevée par le vent. Il se rappela ce qu'il avait ressenti la pre-

mière fois qu'il avait vu cette photo, l'impression qu'il
était seul et exclu de quelque chose. Et il comprit soudain que tout était là, dans cette photo, tout. La promesse. L'urgence. Et il comprenait maintenant pourquoi
Frank Baker était resté si longtemps – il n'y avait nulle
part ailleurs où aller. Il lui sembla, dans le silence du
magasin, qu'un vent pareil à un fantôme secouait la
porte de derrière, un vent qui ne venait pas de la mer
mais était à la fois chaud et sec, un vent chargé de sable
qui soufflait depuis les plaines de sel de San Arco. Il y
avait des noms écrits sur ce vent. Janet Adams. Ellen
Tucker. Et combien d'autres entre les deux? Il revit
avec l'œil de son esprit les fraîches collines vertes du
ranch qui descendaient vers le Pacifique, enfouissant
leur secret dans la terre. Le papier jaune tremblait légèrement dans sa main tandis qu'il étudiait les dessins – les
vagues pas plus grosses que l'ongle qui devenaient de
plus en plus stylisées et traversaient la page pour se terminer par la silhouette d'une vague enfermée dans un
cercle et dont la crête se transformait en flammes.

Il allait emporter le papier quand une impulsion sou-
daine lui fit chercher des allumettes. Il en trouva une
pochette dans un tiroir, près de la caisse. Et il tint la
mince feuille au-dessus du comptoir pendant qu'elle
brûlait, jusqu'à ce que les flammes lèchent ses doigts. Ce
qu'il restait du papier brûla sur le verre jusqu'à ce qu'il
n'y ait plus qu'un morceau de cendre froissé qui se brisa
quand il souffla dessus. Alors, il prit la photo de Preston
et sortit dans la ruelle.

Il avait dû rester dans le magasin bien plus longtemps
qu'il ne l'avait cru, car quand il atteignit l'entrée de la
ruelle il constata que les rues étaient noires et vides et
annonçaient à leur manière silencieuse cette heure qui
précède la première lumière. Au loin, au bout de Main
Street, il apercevait les minuscules points de lumière
jaune qui marquaient l'entrée de la jetée. Le reste de la

ville était mort. Même le néon pourpre au-dessus du Club Tahiti paraissait noir et froid contre le ciel. Ce fut un étrange et pourtant familier moment, dominé par l'oppressante quiétude et transpercé par l'odeur de la mer là où il y avait eu auparavant celle du désert. Et il comprit comment tout cela fonctionnait, ce moment très particulier qui tendait vers un silence si absolu que la terre elle-même devrait le briser pour parler d'une chose secrète avec sa voix secrète. Ou peut-être l'avait-elle fait, se dit-il, bien des fois auparavant, peut-être qu'elle avait révélé son secret encore et encore, mais que les gens avaient oublié comment écouter. Pour la première fois, il n'avait pas envie de fuir. Parce que le secret était là, pensa-t-il. Et parce que le découvrir était tout ce qui importait.

Il coinça la photo sous son bras et remonta la ruelle pour retourner une dernière fois dans le magasin. Il se rappelait la configuration première du bâtiment, car il l'avait vue dans l'album de Barbara. Il se rappelait que le mur de brique qui séparait maintenant les deux pièces avait jadis servi de façade au magasin, et il se rappelait aussi ce qui avait été peint sur cette façade. Il trouva des cubes de wax de couleur sous le comptoir et se mit au travail sur la brique blanche tout en se demandant combien de couches de peinture pouvaient le séparer de l'original. Il savait que son trait n'était pas aussi net que l'avait été celui de la fille sur la photo, mais il s'y attela malgré tout dans son style cru – au moins, cela donnerait à réfléchir aux nouveaux propriétaires. Il devait appuyer dur pour tracer ses lignes, et l'effort faisait trembler sa main. Il dessina un cercle grossier, et à l'intérieur de ce cercle le contour d'une vague qui retombait, sa crête en flammes. Au-dessous, il inscrivit ces mots : *Branché à la Source.*

FIN

Cet ouvrage a été composé
par Infoprint.
Reproduit et achevé d'imprimer sur Roto-Page
par l'Imprimerie Floch à Mayenne
le 24 août 1995.
Dépôt légal : août 1995.
Numéro d'imprimeur : 38039.

ISBN 2-07-049483-7 / Imprimé en France.

69323